横溝正史少年小説コレクション 2

# 迷宮の扉

Meikyu no Tobira

横溝正史

Yokomizo Seishi

日下三蔵 編

柏書房

目次

横溝正史少年小説コレクション2

# 迷宮の扉

**挿画**

『仮面城』　諏訪部晃
『金色の魔術師』　富永謙太郎
（121P扉　中村猛男）
『迷宮の扉』　深尾徹哉
「灯台島の怪」　岩田浩昌
「黄金の花びら」　山中冬児

# 仮面城

# たずねびと

　世の中には十年にいちどか百年にいちど、人間の思いも及ばぬぶきみな事件が起こることがあります。しかし、そういうおそろしい事件でも、はじめはなんのかわりもない、ふつうの出来事のように見えることが多いものです。

　何も知らずにその中にまきこまれた人びとは、途中で事件のおそろしさに気がついて、身ぶるいをして逃げ出そうとしますが、そのときにはもう、金《かな》しばりにあったように、身動きもできなくなっているのです。

　竹田《たけだ》文彦《ふみひと》君のばあいがちょうどそれでした。あのとき文彦君がラジオのスイッチをひねらなかったら、あの老人をたずねていなかったら、さてはまた、あの金《きん》の箱をうけとらなかったら、これからお話しするような、かずかずの恐ろしい事件のなかに、まきこまれるようなことはなかったでしょう。

　文彦君は今年十三、東京の山の手にある、花園《はなぞの》小学校の六年生。おとうさんは丸の内に事務所を持っている貿易会社の会社員。おかあさんはもと、オペラなどにも出た有名な歌手でしたが、いまは舞台も音楽もやめて、ただ文彦君の成長をたのしみに、貧しいながらも一家むつまじくくらしているのです。

　戦争後、満州《まんしゅう》からひきあげてくるまでは、文彦君の一家も、奉天《ほうてん》ではなやかなくらしをしていて、自動車の三台も持っていたくらいですが、いまはもうその面影《おもかげ》もなく、四十をすぎたおとうさんが、友だちの経営している会社へ、毎日べんとうさげてかよっているのです。

　しかし、おとうさんもおかあさんも、そのことについて、不平をいったことは一度もなく、文彦君もじぶんを不仕合《ふしあわ》せだなどと思ったことはありません。ところが春のお休みのとある一日から、思いがけない運命が、このあどけない、眼《め》のクリクリとした少年のうえにおそいかかってきたのです。

その朝、おとうさんは会社のご用で、大阪のほうへ出かけていましたし、おかあさんはかぜをひいて寝ていらっしゃいました。しかし、べつに心配するほどのことはないので、文彦君はいつものとおり、お勉強をすませると、ふと、ラジオのスイッチをひねりましたが、そのとたん、耳にとびこんできたのは、つぎのようなことばでした。

「……満州奉天市、大山町《おおやままち》三十六番地に住んでいられた、竹田文彦さんのことをご存じのかたは世田谷《せたがや》区成城町《せいじょうまち》一〇一七番地、大野健蔵《おおのけんぞう》さんまでお知らせください」

たずね人の時間だったのです。

文彦君はびっくりしてしまいました。満州奉天市、大山町三十六番地にすんでいた竹田文彦とは、じぶんのことではありませんか。

隣りの部屋に寝ていらっしゃったおかあさんも、びっくりして起きていらっしゃいましたが、そのときラジオが、またしても同じことをくりかえしました。

おかあさんと文彦君は、だまって顔を見合わせていましたが、やがて文彦君があえぐような声でいいました。

「おかあさん、ぼ、ぼくのことですね」

おかあさんはだまってうなずきました。なんとなく不安そうな顔色です。

「おかあさん、大野健蔵ってだれなの。どうしてぼくをさがしているの」

「おかあさんにもわかりません。いままでいちども聞いたことない名前です」

「おとうさんのお知合《しりあ》いでしょうか」

「いいえ、おとうさんのお知合いなら、みんなおかあさんが知っています。いままで一度もおとうさんのお口から、そんなお名前をうかがったことはありませんよ」

文彦君とおかあさんは、そこでまただまって顔を見合わせました。

まえにもいったように、文彦君のおかあさんというひとは、舞台に立っていたことがあるだけに、年よりは若くみえ、いまはおかぜで多少やつれていらっしゃるというものの、たいへんきれいな人でした。そのきれいなおかあさんが、何か気にかかることがあるらしく、心配そうにわなわなと、唇《くちびる》をふるわせていらっしゃるのが、文彦君にはなんとなくみょうに思われました。

「おかあさん、ぼく、いってきましょうか」

「いくってどこへ……?」

「大野健蔵さんというひとのところへ……」

「そ、そんなこと……そんなあぶないこと……相手がどんな人だかわかりもしないのに……」

「だって、ラジオをきいていながら、だまっているのは悪いでしょう。ぼく、いってきます。大丈夫《だいじょうぶ》です、おかあさん。向《むこ》うへいってみて、なにかいやなことがありそうだったら、なかへはいらずにかえってきます。おかあさん、それならいいでしょう」

文彦君はもうすっかり決心をしていました。

少年はだれしも冒険にあこがれる心を持っています。まだ見ぬ世界にあこがれる強い好奇心を子供たちはだれでも持っているものですが、文彦君もやっぱりそのとおりでした。

だからその日文彦君は、ラジオのたずね人をきくと、やもたてもたまらなくなり、心配してひきとめるおかあさんを、いろいろとなだめて、とうとう成城の大野健蔵というひとをたずねていくことになりました。

成城にはお友だちがいるので、まえに二、三度あそびにきたことがあります。それに家を出るまえに、地図をしらべてきたので、一〇一七番というのも、だいたい見当《けんとう》がついていました。

小田急《おだきゅう》の成城駅で電車をおりて、駅の北側出口からそとへ出ると、そこにはいかにも学校町らしい、おちついた桜並木の、鋪装《ほそう》道路がつづいています。桜並木の桜はいまそろそろひらきかけているところでした。

その道を十分くらいもあるいていくと、急に家がとだえて、そのさきは、さびしい武蔵野《むさしの》の景色がひろがっています。畑には麦があおみ、空にはひばりがさえずっています。そして、あちこちに点々としてみえるのは、雑木林《ぞうきばやし》にとりかこまれたわらぶきの家。

文彦君は急に心細くなってきました。じぶんがこれからたずねていこうという家は、こんな淋《さび》しいところにあるのだろうか。……

まえに二、三度、成城へあそびにきたことのある文彦君は、成城といえば上品な、お屋敷町だとばかり思っていました。そして、そこに住んでいる大野健蔵というひとの家も、そういうお屋敷のひとつだろうとばかり思いこんでいたのです。

ところが、そういうお屋敷町には、一〇〇〇台の家はなく、一〇一七番地といえば、どうしてもこのさびしい、麦畑と雑木林のおくにあることになるのです。

文彦君はポケットから、もういちど地図を出ししらべてみましたが、やっぱりそうです。大野健蔵というひとの住んでいる一〇一七番地は、どうしてもこのさびしい、武蔵野のおくにあることになります。

文彦君は勇気のある少年でしたが、さすがにちょっとためらいました。よっぽどそこからひきかえそうかと思いましたが、そのときでした。だしぬけにうしろから、

「坊《ぼっ》ちゃん、坊ちゃん、ちょっとおたずねいたしますが……」

と、しゃがれた声をかけたものがあります。

文彦君はなにげなく、そのほうをふりかえりましたが、そのとたん、つめたい水でもぶっかけられたようにきみのわるさを感じたのです。

そのひとはお婆《ばあ》さんでした。しかし、世のつねのお婆さんではなく、なんともいいようのないほど、きみのわるいお婆さんでした。諸君はきっと西洋のおとぎばなしのさし絵で、いじのわるい魔法使いのお婆さんの絵をみたことがあるでしょう。

いま、文彦君に声をかけたお婆さんというのが、そういう絵にそっくりでした。もうそろそろ桜も咲こうというのに、黒い長いマントをきて、頭からスッポリと、三角けいの頭巾《ずきん》をかぶっています。そして、その頭巾の下からはみ出している、もじゃもじゃとした銀色の髪、ギョロリとした意地のわるそうな眼、わしのくちばしのような曲《まが》った鼻、腰が弓のようにまがり、こぶこぶだらけの長い杖《つえ》をついているところまで、魔法使いのお婆さんにそっくりです。

文彦君はあまりのことに、しばらくことばが出ま

せんでしたが、するとお婆さんは意地悪《いじわる》そうな眼で、ジロジロと文彦君を見ながら、

「これ、坊ちゃん、おまえはつんぼかな。わしのいうことがきこえぬのかな。おまえにちょっと、たずねたいことがあるというのに……」

「は、はい。お婆さん。ぼ、ぼくに何かご用ですか」

文彦君はやっと声が出ました。それから急いでハンケチを出してひたいの汗をふきました。

「おお、おまえにたずねているのじゃよ。このへんに大野健蔵という男が住んでいるはずじゃがおまえ知らんかな」

大野健蔵——と、声を出しかけて、文彦君は思わずつばきをのみました。どういうわけか文彦君は、そのとき正直に、大野健蔵さんなら、ぼくもいまさがしているところですとはいえなかったのです。

文彦君がだまっていると、お婆さんはかんしゃくを起こしたように、トントンとこぶこぶだらけの杖で地面をたたきながら、

「これ、なんとかいわぬか。大野健蔵——知っているのかおらんのか」

「ぼ、ぼく、知りません。お婆さん、ぼくこのへんの子じゃないんですもの」

文彦君はとうとううそをついてしまいました。もっとも文彦君も、まだ大野健蔵というひとの家を知らないのですから、まんざらうそともいえませんけれど、するとお婆さんは、こわい眼でジロリと文彦君をにらみながら、

「なんじゃ。それじゃなんでそのことを早くいわんのじゃ。ちょっ、つまらんことでひまをつぶした」

魔法使いのようなお婆さんは、そこでくるりと背をむけると、コトコトと杖をつきながら、麦畑のあいだのみちをむこうの雑木林のほうへあるいていきました。

文彦君はまた、ゾーッとするような寒気《さむけ》をおぼえたのです。

## 草の上の血

文彦君はますます気味がわるくなってきました。じぶんのたずねていこうとする、大野健蔵というひとの家がこんなさびしいところにあるだけでも、子

供としては気おくれがするのに、同じその家へたずねていこうとするのが、あの気味のわるいお婆さんです。

　大野健蔵というひとと、あのお婆さんとのあいだに、どんなかんけいがあるのか知りませんがあんな気味のわるいお婆さんの知りあいがあるところを見ると、なんだか大野健蔵というひともまともなひとのようには思えなくなりました。

（よそう、よそう、やっぱりおかあさんのおっしゃったとおりだ。子供のぼくが出かけてくるのがまちがっていたのだ。おとうさんがおかえりになるのを待って、よくご相談するのがほんとうだったのだ）

　そこで文彦君はくるりとまわれ右をすると、いまきた道をものの一丁《ちょう》ほどもひきかえしてきましたが、ああ、あとから思えば文彦君が、そのまま家へかえっていたら、あのように恐ろしい事件にも出あわず、また、あのように、奇々怪々な思いもせずにすんだでしょうに。

　ところが、桜並木を一丁ほどひきかえしてきたところで、文彦君はハッとあることに気がつきました。

　あのお婆さんははたして、大野健蔵というひとの、仲のよいお友だちでしょうか。いやいや、さっきのことばのようすでは、なんだかそうでないように思われます。大野健蔵という名前をいうとき、お婆さんの眼が、なんとなく意地悪そうにかがやいたではありませんか。あのお婆さんは大野健蔵というひとの味方ではなく、ひょっとすると敵ではないでしょうか。

　それからまた、文彦君はこんなことにも気がつきました。

　あのお婆さんが、大野健蔵というひとをたずねてきたのは、あのひともまた、きょうのラジオをきいたせいではありますまいか。あのラジオをきいて、大野健蔵というひとのいどころを知りそれでああして、押しかけていくのではありますまいか。……

　少年の心のなかには、おとなも及ばぬ鋭さがやどっていることがあります。とっさのあいだにこれだけのことを考えると、文彦君はこんどは急に、大野健蔵というひとのことが心配になってきました。

　そこでまた、まわれ右をすると、大急ぎでさっきのところまできましたが、そのときにはもうきみのわるいお婆さんのすがたは、どこにも見えませんでした。

文彦君はしかしもうためらいません。麦畑のあいだの道を、ズンズンすすんでいくと、間もなく雑木《ぞうき》林《ばやし》にそうて道がまがっています。そのへんまでくると、あたりはいよいよさびしく、どこにも人影は見えません。

道のいっぽうはふかい雑木林になっており、はんたいがわには、流れのはやい小川が流れています。そして小川のむこうはふかい竹やぶ。

文彦君はしばらくその道をあるいていましたが、するとまがりくねった道のほうから、急ぎあしにこちらのほうへやってくる足音がきこえました。文彦君は立ちどまって、その足音をきいていましたが、急に顔色をかえると、かたわらの雑木林にとびこんで、草のなかに身をふせました。足音のなかにまじっている、コトコトという杖《つえ》の音をきいたからです。

むこうからやってきたのは、はたしてさっきのお婆さんでした。お婆さんはいきを切らしてあたふたと、文彦君のかくれているまえまでくるとそこでふと立ちどまって、鋭い眼であたりを見廻《みまわ》すと、いままで弓のようにまがっていた腰を、急にシャンとのばしたではありませんか。

文彦君は思わずあっといきをのみました。ああ、このひとはお婆さんではないのです。お婆さんのまねをしているだけなのです。ひょっとするとこのひとは、男ではありますまいか。

怪しいひとは、また鋭い眼であたりを見廻すと、やがて杖を草のうえにおいて、土手をくだってむこうの小川のふちへおりていきました。そして、ジャブジャブと手をあらっているようすでしたが、それがすむと、草のうえにおいた杖をとりあげそれをまたジャブジャブジャブと洗いました。

そして、それにきれいにぬぐいをかけると、道のうえへあがってきて、それからもういちど、鋭い眼であたりを見廻すと、いままでシャンとのばしていた腰をふたたび弓のようにまげ、コトコトと杖をついて、雑木林のむこうへきえていきました。

あまりのきみ悪さに、文彦君の心臓は、はやがねをつくようにおどっています。怪しいひとの足音がきこえなくなってからのちも、文彦君はずいぶん長いあいだ、草のなかにかくれていましたが、やっと安心して、雑木林からにげ出したときには、体じゅ

うがべっとり汗でぬれていました。

しかも、そのとき文彦君は、まだまだもっと恐ろしいものを見たのです。怪しいひとがさっき杖をおいた草のうえをみるとひとところ、べっとり赤くぬれているではありませんか。文彦君はおそるおそる指でさわってみて、すぐ、それが血であることに気がつきました。

ああ、さっきのひとは、小川で血のついた手をあらっていたのです。

## 白髪の老紳士

文彦君が臆病な少年ならば、もうそれ以上がまんすることはできなかったにちがいありません。きっとその場から逃げだして、お家《うち》へかえったにちがいありません。

ところが文彦君はたいへん勇敢な少年でしたので、それを見るとはんたいに勇気が出ました。文彦君は大急ぎで、いま怪しいひとがやってきたほうへ走っていました。

すると、ものの半町《ちょう》もいかぬうちに、むこうのほうからきこえてきたのは、けたたましい悲鳴です。どうやら人を呼んでいるらしく、かわいい少女の声のようです。

文彦君はそれをきくと、いよいよ足をはやめて走っていきましたが、すると、急に雑木林《ぞうきばやし》がとぎれて、一軒の洋館が眼《め》のまえにあらわれました。見るとその洋館の窓から、文彦君とおなじ年頃《としごろ》の少女が、半身のりだし、両手をふって、金切《かなき》り声《ごえ》をあげているのです。

文彦君はそれを見ると、むちゅうで門のなかへとびこみました。門から玄関までは二十メートルくらいあります。文彦君はそのみちをむがむちゅうで走っていくと、玄関からなかへとびこみましたが、そのまえに、ちらりと玄関のわきにかかっている表札を見ることをわすれませんでした。

その表札には、たしかに、
大野健蔵という四文字。

文彦君はハッと胸をおどらせると、少女のさけんでいる、左がわの部屋へはいっていきましたがそのとたん、思わずあっと立ちすくんでしまいました。

そこは二十畳《じょう》じきもあろうと思われる、ひろい、そしてぜいたくな洋間でした。椅子《いす》からテーブル、窓のカーテンから床のしきもの、何から何まで古びてはいるものの、金目《かねめ》のかかったりっぱなものばかりでした。

そのりっぱな洋間の中央に、頭の白い老人が、うつむけになって倒れています。しかも、まっしろな頭のうしろには、大きな傷ができて、そこから恐ろしい血が吹きだしているのです。

「あ、こ、これはどうしたのです」

文彦君がたずねると、

「どうしたのか、わたしにもわかりませんの。いまお使いからかえってみると、おとうさんがこうして倒れていた……」

少女は頭をおかっぱにして、かわいいセーター服をきています。

「この人は君のおとうさんなの」

少女は涙のいっぱいたまった眼で、コックリとうなずきました。

「それじゃ、表札に出ている大野健蔵さんというひとは、この人のことなの」

少女はまたこっくりとうなずきましたが、そのときでした。

大野健蔵という名が耳にはいったのか、床に倒れていたひとがかすかに身動きをすると、

「だ、だれだ……小夜子《さよこ》……だれかきているのか……」

と、よわよわしい声でつぶやきました。

「あっ、君、小夜子さんというの。おとうさん、気がおつきになったようだよ、何か薬はないの」

「あら、わたし、忘れていたわ、すぐとってくるわ」

小夜子は大急ぎで、部屋からとび出していきましたが、そのあとで、床に倒れていたひとは、よろよろと起きなおりました。

年はまだ、五十まえだと思われるのに、頭の毛はもう雪のようにまっ白です。そしてなんとなく、上品なかんじのする紳士でしたから、文彦君はほっと胸をなでおろしました。この人ならば悪人ではない。

……

白髪の紳士は床から起きなおりましたが、まだ頭がふらふらするらしく、足もとがひょろついているので、文彦は大急ぎで椅子をもってきてあげました。

「おじさん、これにおかけなさい。あぶないですよ」

「ありがとう、ありがとう……」

白髪の紳士はよろよろと椅子に腰をおろすと、はじめて文彦君に気がついたように、

「おや、君は……？」

「おじさん、ぼく、竹田文彦です。きょうのラジオを聞いてやってきたのです。おじさん、何かぼくにご用ですか」

竹田文彦という名をきいたとたん、白髪の老紳士の顔色がさっとかわりました。

ああ、このひとは文彦君に、いったい、どのような用事があるのでしょうか。

## 地底の音

「文彦――おお、君が文彦君だったのか」

白髪の老紳士の顔には、さっとよろこびの色がもえあがりましたが、すぐまた痛そうに顔をしかめて、

「小夜子は……小夜子はどうした？」

「小夜子さんならいま薬をさがしにいきました。おじさん、いったいどうしたんですか」

「いや、なに、年をとるとしかたないもんでな。足をすべらせて、暖炉《だんろ》のかどにぶっつけたのじゃ。ははは……」

文彦君は思わず相手の顔を見なおしました。

このひとはうそをついている。このひとはさっきの老婆《ろうば》のステッキで、なぐりたおされたのにちがいないのです。それだのに、なぜこんな見えすいたうそをつかねばならないのでしょう。……文彦君はなんとなく、きみがわるくなってきましたが、そこへ小夜子が薬とほうたいをもってきました。

そこで文彦君もてつだって、応急手あてをしましたが、さいわい傷は思ったより、ずっと軽かったのです。

「おとうさま、お医者さまは……」

小夜子が心配そうにたずねると、

「いいんだ、いいんだ、医者なんかいらん」

そのことばつきがあまりはげしかったので、文彦君はまた、相手の顔を見なおしましたが、すると老紳士も気がついたように、にわかにことばをやわらげて、

「小夜子、おまえはむこうへいっておいで、わしはこの少年に話があるから」

小夜子は心配そうな眼《め》で、オドオドとふたりの顔を見ていましたが、それでもだまって部屋から出ていきました。

あとには老紳士と文彦君のふたりきり。老紳士は無言のままくいいるように文彦君の顔をながめています。文彦君はなんとなく、きまりが悪くなってうつむいてしまいましたが、そのときでした。文彦君は老人のほかにもうひとり、だれかの眼がじっとじぶんを見ているような気がしてハッと顔をあげて、部屋のなかを見まわしました。

まえにもいったとおり、そこはたいへんゼイタクな部屋ですが、なにもかも古びていて、なんとなく陰気なかんじです。しかし、そこには老人と、文彦君のほかにはだれもいません。それではじぶんの気のまよいだったのかと、文彦君は老人のほうへむきなおろうとしましたが、そのとき、ふとかれの眼をとらえたのは、暖炉の横のほのぐらいすみに立っている、大きな西洋のよろいです。

文彦君はハッとしました。ひょっとするとあのよろいのなかにだれかひとが……だが、そのとき老人の声が耳にはいったので、文彦君はやっとわれにかえりました。

「文彦君、なにをキョトキョトしているんじゃ。わしのことばがわからんかな。君のおとうさんの名前はなんというの」

「あ、ぼ、ぼくの父は竹田新一郎《しんいちろう》……」

「満州で何をしておられた」

「奉天物産の社長でした」

「おかあさんの名は」

「竹田妙子《たえこ》といいます」

「いまどこに住んでいるの」

まるで口頭試問《こうとうしもん》をうけているみたいです。

文彦君の答えに耳をかたむけていた老紳士は、やがてふかいためいきをついて、

「文彦君、君はたしかにわしのさがしている少年にちがいないと思うが、念には念をいれよじゃ。左の腕を見せてくれんか。また、さっきのようなことがあっては……」

さっきのようなこととはなんだろう。そしてまた、なぜ左の腕を見せろというのだろう。……文彦君は

また、なんとなくうすきみ悪くなってきましたが、そのときでした。あの奇《き》みょうな物音がきこえてきたのは。……

どこから聞こえてくるのか、となりの部屋か、天じょううらか……いやいや、それはたしかに地《ち》の底からきこえてくるのです。

キリキリキリキリと、時計の歯車をまくような音。……それがしばらくつづいたかと思うと、やがてジャランジャランと、重いくさりをひきずるような音にかわっていきます。

武蔵野のおくのこの古めかしい一軒家の、地の底からひびいてくるその物音……それはなんともいえぬきみ悪さでした。

## ダイヤのキング

「おじさん、おじさん、あれはなんの音ですか」

文彦君は思わず息をはずませます。老人もいくらかあわてたようですが、しかし、べつに悪びれたふうもなく、

「そんなことはどうでもよい。それよりも文彦君、早く左の腕を見せておくれ」

物音はいつの間にかやんでいましたが、文彦君はしばらく老人の顔をながめていましたが、やがて思いきって上着をぬぐと、グーッとシャツの袖《そで》をまくりあげました。老人はくいいるように、左の腕の内側をながめていましたが、

「ああ、これだ、これだ。これがあるからには、君はたしかにわしがさがしていた文彦だ」

老人の声はふるえています。それにしてもこの老人は、いったい何をみたのでしょう。

文彦君の左腕の内側には、たて十三ミリ、横七ミリぐらいの、ちょうどトランプのダイヤのような形をした、菱《ひし》がたのあざがあるのです。文彦君はまえからそれを知っていましたが、いままで別に、気にもとめずにいたのです。

「おじさん、おじさんのいうのはこのあざのことですか」

「そうだ、そうだ、それがひとつの目印になっているんだよ」

「それで、おじさん、ぼくにご用というのは……」

「実はな、ある人にたのまれて、ずうっと前から君

をさがしていたんだよ。戦争がおわって六年、やっと望みがかなったわけだ」

「おじさん、ある人ってだれですか」

「それはまだいえない。でもそのことについて二、三日うちに、君の家へいって、おとうさんやおかあさんとも、よくご相談するからね」

まったくふしぎな話です。けさから起こったこの出来事が、文彦君には夢のようにしか思えません。えたいの知れぬ渦《うず》のなかにまきこまれて、グルグル廻《まわ》りをしているような、または、何かに酔うたような気持《きもち》です。

文彦君と老紳士は、しばらくだまって、たがいに顔を見あっていましたが、そのときでした。この家のうらにあたって、なんともいえぬ一種異様な、それこそ、人かけものかわからぬような叫びごえが、ひとこえ高くきこえたかと思うと、やがてろうかをドタバタと、こちらのほうへちかづく足音。

文彦君と老紳士は、スワとばかりに立ちあがりましたが、そこへころげるようにはいってきたのは……ああ、なんという奇《き》みょうな人物でしょうか。

背の高さは二メートルちかく、まるで拳闘《けんとう》の選手のような、ガッチリとしたからだを、お医者さまの着るような、白衣でつつんでいるのですが、その顔ときたら猿《さる》にそっくり西洋の土人のように髪がちぢれて、額《ひたい》がせまく、鼻がひらぺったく、しかも、おお、その声。……何かいおうとするのですが、あわてているのか、あがっているのか、人間ともけだものともわからぬ声で、ただ、ワアワアと叫びつづけるのです。

文彦君はあっけにとられて、そのようすを眺《なが》めていましたが、それに気がついた老紳士は、相手をたしなめるように、

「これ、牛丸《うしまる》、どうしたものじゃ。お客さまがびっくりしていらっしゃるじゃないか。文彦君、かんにんしてやってください。こいつはおしつんぼでな。もっともふだんは読唇術《どくしんじゅつ》で、話もできるのだが、きょうはよっぽどあわてているらしい。牛丸、落ち着きなさい」

老紳士にたしなめられて、牛丸青年もいくらか落ち着き、手まねをまじえて、なにやら話をしていましたが、それをきくと老紳士のかおが、とつぜん、きっとかわりました。

「な、な、なんだって？　それじゃまたダイヤのキングが……」

「おう、おう、おう……」

「よし、案内しろ」

老人はよろめく足をふみしめながら、牛丸青年のあとからついていきます。文彦君はちょっとためらっていましたが、思いきってあとからついていきました。

洋館のうしろは芝生《しばふ》の庭になっていて、その芝生の中央に太い杉の古木《こぼく》がそびえています。その杉の木のそばに、小夜子がまっさおになって立っていました。

牛丸青年にみちびかれるままに、老人はよろよろと、杉の木のそばへちかづいていきましたがひとめその幹をみると、あっと叫んで立ちすくんでしまいました。

杉の幹のちょうど眼のたかさのあたりに、みょうなものが五寸釘《ごすんくぎ》で、グサリと突きさしてあるのです。それはトランプのダイヤのキングでした。

## 黄金の小箱

「あっ、こ、これはいけない！」

ヘビにみこまれたカエルのように、しばらく、身動きもせずに、あのあやしいダイヤのキングを見つめていた老紳士は、とつぜん、そう叫んでとびあがりました。そして、そのひょうしに文彦君のすがたを見つけると、

「あっ、文彦君、君もここへきていたのか。いけない、いけない。君はこんなところへきちゃいけないのだ！」

そう叫んで文彦君の手をとると、

「さあ、いこう、むこうへいこう。小夜子、牛丸、おまえたちも気をつけて……」

文彦君の手をとった老紳士は、逃げるように勝手口からなかへはいると、さっきの部屋へかえってきました。そして、そこで文彦君の手をはなすと、まるでおりのなかのライオンみたいに、ソワソワと部屋のなかをあるきまわりながら、しどろもどろのことばつきで、

「文彦君、もういけない。きょうはゆっくり、君にごはんでも食べていってもらおうと思っていたのだが、そういうわけにはいかなくなった。君、すまないがかえってくれたまえ、そして、二度とこの家へちかよらぬように……そのうちにわしのほうからたずねていく。さあ、早く、……早くかえって……いや、ちょっと、ちょっと待ってくれたまえ」

そこまでいうと老紳士は、風のように部屋のなかからとび出していきました。

文彦君はあっけにとられて、狐《きつね》につままれたような気持《きもち》です。いったい、釘《くぎ》づけにされたあのダイヤのキングには、どういう意味があるのでしょう。そしてまた、この家のひとたちは、いったいどういう人間なのでしょうか。

あの老紳士にしても、小夜子という少女にしても、さてはまた、おしつんぼの牛丸にしても決して悪い人たちとは思えません。しかし、なんとなくきみが悪いのです。あのふしぎな老婆《ろうば》といい、地底からひびくみょうな音といい、この家をつつむ空気のうちには、何かしらただならぬものが感じられるのです。

文彦君はぼんやりと、そんなことを考えていましたが、そのときまたもや、だれかにじっと見つめられているような気が強くしました。文彦君はハッとして、部屋のなかを見まわしましたがそのとき強く眼《め》をひいたのは、あの西洋のよろいです。

ああ、やっぱりあのよろいの中には、だれかいるのではあるまいか。そしてかぶとの下から、じぶんを見つめているのではなかろうか。……

文彦君はなんともいえぬ恐ろしさをかんじましたが、それと同時に、どうしてもそれをたしかめずにはいられぬ、強い好奇心にかられました。文彦君はそっとよろいにちかづいていきます。ああ、たしかにだれかかくれているのだ。かすかないきづかいの音。……

だが、文彦君がいま一歩でよろいに手がふれるところまできたとき、あわただしい足音とともに、かえってきたのは老紳士です。

「ああ、文彦君、そんなところで何をしているのだ。さあ、これを持っておかえり。日が暮れるとあぶない。早くこれを持って……」

見ると老人の手のひらには、七センチ立方ぐらいの、金色の小箱がのっています。

「おじさん、これはなんですか」

「なんでもよい。おかあさんにあげるおみやげだ。もし、君のおとうさんやおかあさんがお困りになるようなことがあったら、この箱をあけてみたまえ。何かと役に立つだろう」

老人はそういうと、むりやりに黄金の小箱を、文彦君のポケットにおしこみ、

「さあ、早くおかえり、そして、もう二度とここへ来るんじゃありませんぞ。そのうちに、きっとわしのほうからたずねていく……」

老人はそういって、押し出すように玄関から、文彦君をおくり出すと、バタンとドアをしめてしまいました。

文彦君はいよいよ狐につままれた気持です。それと同時になんともいえぬ気味わるさでありました。文彦君はわっとさけんでかけ出したいのを一生《いっしょう》けんめいこらえて、その家の門を出ると、足を早めて、さっきのやぶかげの小川のほとりまできましたが、そのときうしろから、だれやらかけつけてくる足音……。

## 三つの約束

文彦君はギョッとして立ちどまりましたが、追ってきたのはべつにあやしいものではなく、大野老人のお嬢さん、小夜子でした。

「文彦さん」

小夜子はほおをまっかにして、ハーハー息をはずませながらちかづいてくると、

「あなたずいぶん足が早いのね。あたし一生けんめいに走ってきたのよ」

「はあ、何かぼくにご用ですか」

「ええ、うっかりして、その箱のあけかたを、教えるのをわすれたから、それをいってこいとおとうさまにいいつけられて……」

「ああ、そうですか」

文彦君はなにげなく、ポケットから黄金の小箱をとり出そうとすると、

「しっ、出しちゃだめ！」

小夜子はすばやくあたりを見まわして、

「文彦さん、あなたお約束をしてちょうだい。三つ

のお約束をしてちょうだい」

「三つの約束って……？」

「まず第一に、おうちへかえるまで、ぜったいにその箱を、出してながめたりしないこと。第二に、ほんとに困ったときとかいよいよの時でないとその箱をあけないこと。第三に、中からなにが出てきても、決してひとにしゃべらないこと。……わかって？」

「わかりました」

「このお約束、守ってくださる？」

「守れると思います。いや、きっと守ります」

「そう、それじゃ指切りしましょう」

「そう、じゃ……ゲンマンよ」

にっこりわらって、小夜子はゲンマンをしましたが、すぐまた、さびしそうな顔をして、

「文彦さん、あなたにお眼《め》にかかれて、こんなうれしいことはないわ。でも……またすぐに、お別れしなければならないんじゃないかと思うのよ」

「どうしてですか」

文彦君はびっくりしてききました。

「ダイヤのキングよ。ダイヤのキングが杉の幹に、釘《くぎ》ざしになっていたでしょう。ダイヤのキングが、あたしたちの身のまわりにあらわれると、いつもあたしたちは逃げるように、お引越《ひっこし》をするの。いままでに五へんも、そんなことがあったわ。こんどは二年ばかりそんなことがなかったので、やっと落ち着けるかと思ったのに……」

「小夜子さん、それじゃだれかが、君たちの家をねらっているというの」

その時、ふっと文彦君の頭にうかんだのは、あの気味のわるい老婆《ろうば》でした。それからもうひとつ、あの客間にあるよろいのこと。……

「あっ、そうだ、小夜子さん、君んちの客間にあるよろいね。あのなかにはだれかひとがはいっているの？」

「な、な、なんですって？」

小夜子はびっくりして眼をまるくしました。

「文彦さん、そ、それ、なんのこと？　よろいの中にひとがいるって？」

「いや、いや、ひょっとすると、これはぼくの思いちがいかも知れないんだ。しかし、ぼくにはどうしても、あのよろいの中に人がいるような気がしてならなかったんだ。息づかいの音がするような気がし

てならなかったんだ。それをおじさんにいおうとしたんだが、おじさんがむりやりに、ぼくを外へおし出すものだから……」

大きく見張った小夜子の目には、みるみる恐怖のいろがいっぱいひろがってきました。しばらく小夜子は、石になったように立ちすくんでいましたが、とつぜん、口のうちで何やらさけぶとくるりと向きなおって、

「さようなら、文彦さん、あたし、こうしちゃいられないわ。いいえ、あなたは来ちゃだめ。あなたは早くおうちへかえって……箱をあけるのは、8・1・3よ」

小夜子はまるで猛獣におそわれた兎《うさぎ》のように、やぶかげの小路《こみち》を走り去っていきました。

文彦君はいよいよますます、狐《きつね》につままれたような気持《きもち》です。かんがえてみると、きょういちにちのできごとが、まるで夢のようにしか思えないのです。

文彦君はよっぽど小夜子のあとを追って、もういちどあの家へひきかえしてみようかと思いましたが、気がつくと、あたりはすでにほの暗くなっています。いまからひきかえしたりしたら、すっかり日が暮れてしまうでしょう。それに来ちゃいけないという小夜子のことばもあるので、あきらめてそのままおうちへかえってきましたが、

「ただいま」

と、格子《こうし》をあけるなり、おくからころがるように出ていらっしゃったのはおかあさんです。

「ああ、文彦、よくおかえりでしたね。おかあさんは心配で心配で……それに、金田一《きんだいち》先生も、けさのラジオをおききになって、ふしぎに思って来てくだすったのよ。あまりおそいから、いま迎えにいっていただこうと思っていたところなの」

そういうおかあさんのうしろから、

「や、やあ、ふ、文彦君、お、おかえり」

と、顔を出したのは、たいへん風変《ふうがわ》りな人物でした。よれよれの着物によれよれの袴《はかま》、それにいつ床屋《とこや》へいったかわからぬくらい、髪をもじゃもじゃにして、少しどもるくせのある、小柄でひんそうな人でした。

そのひとはにこにこしながら奥から出てきましたが、ひと眼《め》文彦君の顔を見ると、

「や、や、どうしたんだ、文彦君、き、君はまるで、

ゆ、ゆうれいでも見たような、顔をしているじゃないか」

ああ、それにしてもこの金田一先生というのは何者でしょうか。ひょっとすると諸君のなかには、もうこの名を知っているひとがあるかもしれませんね。

## 名探偵金田一耕助

金田一耕助《こうすけ》。——と、いう珍しい名まえは、そうざらにあるものではありません。だから諸君のなかにもその名をきいて、ハハアと思いあたるかたもあるでしょう。

名探偵、金田一耕助！　そうです。そのとおりです。みなりこそ貧弱ですが、顔つきこそひんそうですが、金田一耕助といえば、日本でも一、二といわれる名探偵。その腕のさえ、頭のよさ、いかなる怪事件、難事件でも、快刀乱麻《かいとうらんま》をたつごとく、ズバリと解決していく推理力のすばらしさ。

その金田一耕助は、戦争前から文彦君のおとうさんとは、兄弟のように親しくしている仲でしたが、きょう、はからずもラジオのたずね人の時間に、文彦君の名をきいて、ふしぎに思ってたずねて来たのでした。

「文彦君、どうしたんだね。それでは君は、大野健蔵という人のところへいって来たのかね」

「はい、いって来ました。でも、先生、それがとてもみょうなんです」

「みょうというのは……？」

そこで文彦君は問われるままに、きょういちにちのふしぎな出来事を、くわしく話してきかせました。途中で出あった気味のわるい老婆《ろうば》のこと、大野老人のけがのこと、ダイヤがたのあざをしらべられたこと、ダイヤのキングのこと、それからまた西洋のよろいのなかに、だれかがかくれているような気がしてならなかったことなどを、もれなく話しましたが、ただ、ポケットのなかにある、黄金の小箱のことだけは、どうしても話すことができませんでした。それというのが小夜子とのかたい約束があるからです。

金田一耕助は話をきいて、びっくりして目をまるくしていましたが、それにもましておどろいたのはおかあさんです。おかあさんはまっさおになって、

「まあ、そ、それじゃ文彦、その人はおまえの左腕

にある、あのあざをしらべたというの」

「そうですよ。おかあさん。そして、これがあるからには、まちがいないといいましたよ」

「まあ！」

　おかあさんの顔色は、いよいよ悪くなっていきます。金田一耕助はふしぎそうにその顔を見まもりながら、

「おくさん、何かお心当《こころあた》りがありますか」

「いえ、あの……そういうわけではありませんが、あまりへんな話ですから……」

　おかあさんの声はふるえています。おかあさんは何か知っていらっしゃるのです。何かお心当りがあるのです。それにもかかわらずおかあさんは、文彦君や金田一探偵が、なんとたずねても話そうとはしませんでした。

　金田一探偵はあきらめたように、もじゃもじゃ頭をかきまわしながら、

「なるほど、するとその老人は、文彦君の左腕にある、ダイヤがたのあざをしらべた。ところがそれから間もなく、だれかがダイヤのキングを杉の木に、釘《くぎ》づけにしていったのをみると、ひどくびっくりしたというんだね」

「ええ、そうです。そうです、それこそ気絶しそうな顔色でしたよ」

「そして、客間のよろいのなかに、だれかがかくれていたと……」

　金田一耕助はまじろぎもないでかんがえこんでいましたが、

「とにかく、それは捨ててはおけぬ。おくさん、ぼくはこれからちょっといってきます」

「え？　これからおいでになるんですって？」

「先生、先生がいくならぼくもいきます」

「まあ、文彦」

「いいえ、おかあさん、大《だい》じょうぶです。こんどは先生がごいっしょですもの。それにぼく、いろいろ気になることがあるんです。先生、ちょっと待ってください。ぼく、大急ぎでごはんをたべますから」

　それから間もなく文彦君は、金田一探偵といっしょに、ふたたび家を出ましたが、ああ、そのとき文彦君がもう少し、気をつけてあたりを見まわしていたら！

　文彦君と金田一探偵が、いそいで出ていくうしろ

すがたを見送って、やみのなかからヌーッと出てきたのは、ああ、なんとあの魔法使いのように、気味のわるいおばあさんではありませんか。おばあさんはふたりのすがたが見えなくなるのを待って、ニタリと気味わるいわらいをもらすと、コトコトと杖《つえ》をついて、文彦君の家のほうへちかづいてきました。

そこにはおかぜをめしたおかあさんが、たったひとりでお留守《るす》ばん。……

## よろいは歩く

さて、そういうこととは夢にも知らぬ文彦君と金田一探偵は、電車にのって大急ぎで、成城までかけつけましたが、そのあいだ金田一探偵は、ひとことも口をききませんでした。

考えぶかい目のいろで、ただ、前方を見つめたきり、しきりに髪の毛をかきむしっています。そういうようすを見るにつけ、文彦君にもしだいに事の重大さが、ハッキリとのみこめてきました。この名探偵は、何かに気がついているのです。ハッキリしたことはわからずとも、何かしらぶきみな予感に胸をふるわせているのです。

それはさておき、文彦君と金田一探偵が、成城へついたのは、夜の八時ごろのことでした。さいわい今夜はおぼろ月夜《づきよ》、成城の町を出はずれると、武蔵野の林のうえに、満月にちかいまるい月が、おぼろにかすんでかかっています。あたりには人影ひとつ見えません。

ふたりは間もなくきょう昼間、ぶきみな老婆《ろうば》が手を洗っていた、あのやぶかげの小路《こみち》にさしかかりましたが、そのときでした。金田一耕助がとつぜん、ギョッとしたように立ちどまりました。

「先生、ど、どうかしましたか」

「しっ、だまって！　あの音はなんだろう」

金田一耕助のことばに、文彦君もギョッと耳をすましましたが、するとその時聞こえてきたのは、なんともいえぬ異様な物音でした。

チャリン、チャリンと金属のすれあうような音、それにまじってガサガサと、雑草をかきわけるような物音が、林のおくからきこえてきます。たしかにだれかが、林のなかをあるいているのです。しかし、あのチャリン、チャリンという物音はなんでしょう。

金田一探偵と文彦君は、すばやくかたわらの木立《こだち》に身をかくすと、ひとみをこらして音のするほうを見ていましたが、やがてあっというさけび声が、ふたりの口をついて出たのです。それもむりではありません。ああ、なんということでしょう。梢《こずえ》をもれる月光を、全身にあびながら、林のなかを歩いているのは、たしかにきょう文彦君が、あの洋館の客間で見た、西洋のよろいではありませんか。

西洋のよろいはフラフラと、まるで夢遊病者のように、林のなかをあるいています。そして、そのひと足ごとに、チャリン、チャリンと、金属のふれあう音がするのです。全身は春の月光をあびて白銀色《しろがねいろ》にかがやき、そのうえに、木々の梢のかげが、怪しいしまもようをおどらせています。

あまりのことに、さすがの金田一探偵も、しばらくぼうぜんとしてこのありさまをながめていましたが、やがてハッと気をとりなおすと、バラバラと林のなかにとびこみました。

と、その物音に西洋のよろいは、ハッとこちらをふりかえりましたが、つぎのしゅん間《かん》、

「キャーッ！」

それこそ、まるできぬをさくような悲鳴をあげると、くるりと向きをかえて、林のおくへ逃げていきます。

「待て！」

金田一耕助ははかまのすそをさばいて、そのあとを追っかけていきます。相手はなにしろおもいよろいを着ているのですから、すぐにも追いつきそうなものでしたが、それがそうはいかなかったのは、金田一探偵の服装のせいでした。

林のなかには雑草がいちめんにはえています。またあちこちに切株《きりかぶ》があったり、脊《せ》のひくいカン木《ぼく》がしげっています。それらのものがはかまのすそにひっかかるので、なかなか思うように走れないのです。

「先生、しっかりしてください。大《だい》じょうぶですか」

「ちくしょう、このいまいましいはかまめ」

今さら、そんなことをいってもはじまりません。

こうしてしばらく林のなかで、奇《き》みょうな鬼ごっこをしていましたが、そのうちに、さすがの金田一耕助も、思わずあっと棒立ちになってしまうようなことが起こりました。

たったいままで林のなかを、あちらこちらと逃げまわっていたあのよろいが、とつぜん、ふたりの目のまえから、消えてしまったのです。そうです、それこそ草のなかに、のみこまれたように、あとかたもなく消えてしまったのでした。

## 秘密の抜け穴

「せ、先生、ど、どうしたんでしょう。あいつはどこへいっちまったんでしょう」

「ふむ」

金田一探偵も文彦君も、まるできつねにつままれたような顔色です。

ああ、じぶんたちは夢を見ていたのであろうか。春の夜の、おぼろの月光にだまされて、ありもしないまぼろしを追うていたのであろうか。……文彦君は林のなかを見まわしながら、ぶるるッとからだをふるわせましたが、そのとき金田一探偵が、

「とにかく、いってみよう。人間が煙みたいに消えてしまうはずはないからね」

雑草をかきわけて、さっきよろいの消えたところまで近づいていきましたが、すると、すぐに怪物の、消えたわけがわかりました。そこには古井戸《ふるいど》のような、ふかい穴があいているのです。

「あ、先生、ここへ落ちたんですね」

「ふむ、こんなことだろうと思ったよ」

金田一耕助はたもとから懐中電気をとりだすと、穴のなかをしらべました。穴のふかさは四メートルくらい、底にはこんもりと雑草がもりあがっていますが、怪物のすがたはどこにも見えません。

「せ、先生、これはいったいどうしたんでしょう。ここへ落ちたとして、あいつはそれから、どこへいってしまったんでしょう」

「待て待て、文彦君、これを見たまえ」

金田一耕助は懐中電気で、このから井戸の壁の一方を照らしましたが、見ればそこには一《ひと》すじの、鉄ばしごがついているではありませんか。

「あ、先生、それじゃこの井戸は……」

「抜け穴なんだよ。大野老人もお嬢さんの小夜子さんも、しじゅうだれかの見張りをうけて、ビクビクしていたといったね。それでこういう抜け穴をつくって、万一のときの用意にそなえておいたにちがい

ない」

「先生、それじゃこの井戸へおりていけば、あの洋館へいけるんですね」

「そうだろうと思う。さっきの怪物はそれを知っていてもぐりこんだのか、知らずに落っこちたのか知らないけれど、こうして姿が見えないところを見ると、抜け穴へもぐりこんだのにちがいない」

それをきくと文彦君は、なんともいえぬ強い好奇心と、はげしい冒険心にかりたてられました。ガタガタと武者ぶるいをしながら、

「先生、それじゃぼくたちもいってみましょう。この井戸のなかへもぐってみましょう」

「文彦君、君にそれだけの勇気があるかい」

「あります」

「抜け穴のなかにどのような、危険が待っているかわからないぜ」

「大《だい》じょうぶです。ぼく、よく気をつけます」

「よし、それじゃいこう」

金田一耕助はみずからさきに立って、鉄ばしごに足をかけました。文彦君もそのあとにつづきます。

井戸の底までたどりつくと、そこには雑草がこんもりともりあがっています。しかしそれはただの雑草ではなくて、竹であんだわくのうえに、たくみに雑草をはさみこんであるのでした。

「文彦君、わかったよ。これで井戸のふたをして、人目につかぬようにしてあったんだ」

「あっ、先生、ここに抜け穴の口があります」

「よし、それじゃぼくがさきにいくから、君はあとからついてきたまえ」

その横穴は高さが一メートル半くらい、おとなでも、ちょっと身をかがめると、立ってあるけるくらいの大きさです。

金田一耕助は用心ぶかく、懐中電気で足下《あしもと》を照らしながら、一歩一歩すすんでいきます。文彦君はきんちょうのために、全身にビッショリ汗をかきながら、そのあとからつづいていきます。おりおり抜け穴の天《てん》じょうから、ポトリとつめたいしずくが落ちてきて、文彦君をとびあがらせました。

「文彦君、それにしてもあの林から、洋館まではどのくらいあるの」

「はあ、だいたい三百メートルくらいだと思いますけれど、路《みち》がくねくねまがっていますから。……直

線距離だと、百メートルくらいではないでしょうか」

「それじゃ、もうソロソロいきつきそうなものだが……あ、ここに鉄ばしごがついている」

どうやら、抜け穴の終点に来たらしいのです。さっきと同じように縦穴《たてあな》がついていて、そこに一条《ひとすじ》の鉄ばしごがかかっています。そして、穴のうえから明《あ》かるい光《ひか》りが……

「文彦君、気をつけたまえ。抜け穴の外になにが待ちかまえているかわからんからね」

「はっ!」

金田一耕助がまず鉄ばしごに手をかけました。一歩おくれて文彦君もつづきます。と、そのときでした。うえのほうからきこえてきたのは、きぬをさくような怪しい悲鳴、それにつづいてドタバタと、ゆかをふみ抜くようなはげしい足音、その足音にまじってきこえるのは、チャリン、チャリンと金属のふれあう物音。……それこそ、あの西洋よろいの身動きをする音ではありませんか。

## 黄金と炭素

金田一耕助はそれをきくと、猿《さる》のように鉄ばしごをのぼっていきました。

縦穴を出ると、そこはたたみが三畳《じょう》しけるくらいの、せまい板《いた》の間《ま》になっていましたが、壁の一方が大きくひらいて、そこからとなりの部屋の光りがパッと、さしこんでいるのです。

と、見ればその部屋のなかでもみあう二人の影、ひとりはさっきの西洋よろいですが、もうひとりは筋骨《きんこつ》たくましい大男です。

大男はいましも西洋よろいをいすにおしつけ、縄《なわ》でぐるぐるしばっているところでした。西洋よろいはもう抵抗する勇気もうせたか、ぐったりとして、相手のなすがままにまかせています。金田一耕助はそれを見ると、

「何をする!」

さけぶとともに部屋のなかへおどりこみましたが、その声に、ハッとふりかえった大男は、金田一耕助のすがたを見るとやにわにかたわらのテーブルのう

えにあった、半リットルくらいの瓶《びん》を手にとり、はっしとばかりに投げつけました。

瓶は暖炉《だんろ》の角《かど》にあたって、木《こ》っ葉微塵《ぱみじん》とくだけるとともに、なかからパッととび散ったのは、何やらえたいの知れぬ黒い粉末。

金田一耕助はたくみにその下をかいくぐると、

「何をする！」

ふたたびさけんで、手にした懐中電気を相手にたたきつけました。相手もしかし、たくみにそれをさけると、猛然として耕助におどりかかって来ましたが、いや、その力の強いこと。耕助探偵はたちまちゆかのうえに押し倒され、おまけにぐいぐいのどをしめつけられ、いまにも気が遠くなりそうでしたが、そのとき抜け穴からとび出してきたのが文彦君、このありさまを見ると、ポケットにあった黄金の小箱を、とっさのつぶてとして、はっしとばかりに大男にぶっつけました。

おどろいたのは大男です。ギョッとしたように金田一耕助からはなれると、こちらにむかって身がまえましたが、そのとたん、文彦君もおどろきましたが、相手のおどろきはそれよりもっとひどかったのです。

「ア、ア、ア、ア、ア……」

ああ、それはおしつんぼの牛丸青年ではありませんか。牛丸青年はしばらく、文彦君と金田一耕助を見くらべていましたが、

「ア、ア、ア、ア、ア……」

ふたたび奇《き》みょうなさけびをあげると、だっとのごとく部屋からとび出していきました。そして、そのまま、家の外へにげ出してしまいました。

「やれやれ、おかげで助かった。もう少しでしめ殺されるところだったよ。おや」

ゆかのうえに起きなおった金田一耕助が、ふと目をとめたのは黄金の小箱。

「文彦君、いま君が投げつけたのはこれかい」

「はい」

「君はどうしてこんなものを持っているの」

文彦君が返事をためらっているのを、怪しむようにながめながら、

「こりゃ、大したものだね。ほんものの金だよ。おや、この箱にも七宝《しっぽう》で、トランプのダイヤのもようがちりばめてあるね。ダイヤのあざにダイヤのキン

グ、そしてこの小箱にもダイヤのもよう。……」
金田一耕助はふしぎそうにつぶやきながら、部屋のなかを見まわして、

「文彦君、この部屋に見おぼえがある？」

「あります。大野老人の客間なんです。そして、そこんところに西洋のよろいが立っていたんです」

「あっ、西洋のよろいといえば……」

気がついてふりかえると、西洋よろいはいすになかばしばられたまま、ぐったりとしています。どうやら気を失っているようです。

「おい、しっかりしろ」

金田一耕助と文彦君は、つかつかとそばへちかより、かぶとをぬがせてやりましたが、そのとたん、ふたりとも思わずゆかからとびあがりました。なんと、よろいのなかにいる人物は、文彦君と同じ年頃《としごろ》の少年ではありませんか。

「先生、こ、これは……」

「ふむ、こいつは意外だ。こいつがこんな子供とは……とにかく、いましめをといて、よろいをぬがせてやりたまえ」

二人は大急ぎで少年のいましめをとき、よろいをぬがせてやりましたが、そのとたん、文彦君はまたもやゆかからとびあがったのです。

「ど、ど、どうした、どうした、文彦君」

「先生、こ、これを……」

文彦君の指さしたのは、怪少年の右腕の内側でしたが、なんとそこには文彦君の、左腕にあるのと同じ、ダイヤがたのあざが、うす桃色《ももいろ》にうかびあがっているではありませんか。

「ああ、ダイヤ……ここにもダイヤ……」

金田一耕助はくいいるように、その小さなあざをながめていましたが、やがてはっと目をかがやかせると、暖炉のそばへちかよって、ひとつまみの粉末をつまみあげました。それはさっき牛丸青年が投げつけた、瓶のなかから飛びちった粉末なのです。

金田一耕助はその粉末を、くいいるように見つめていましたが、やがて大きくいきをはずませると、

「文彦君、き、き、君には、こ、これが何だかわかるかい。こ、これは炭《すみ》だよ。し、しかも、純粋の、な、なんのまざり気《け》もない、炭素《たんそ》なんだよ」

金田一耕助はこうふんにふるえる声でそういうと、まるで深いふかい淵《ふち》でものぞくような目の色をして、

じっと考えこんでしまいました。

## ふしぎな機械

「先生、この子はだれでしょう。どうしてよろいの中にかくれていたのでしょう」

「わからない。それはぼくにもわからない。とにかく、気をうしなっているようだから、そのソファーに寝かせておいて、気がつくのを待つことにしようじゃないか」

金田一耕助はおちついていました。いや、おちついているというよりも、何かほかのことに、頭をなやましているらしいのです。

「文彦君、君はこの家の地下室から、きみょうな音がきこえてきたといったね。ひとつ、それをしらべてみようじゃないか」

「先生、大《だい》じょうぶでしょうか」

「大じょうぶだよ。君もきたまえ」

金田一耕助は怪少年のからだを、ソファのうえに寝かせると、文彦君とともに部屋を出ました。それにしても、老人や小夜子はどうしたのでしょう。家のなかにはあかあかと、電気がついているというのに、どこにも人影は見えないのです。

「先生、この家のひとたちは、いったい、どこへいったんでしょう」

「逃げだしたんだよ。ダイヤのキングにおどかされて、どこかへ逃げてしまったんだ」

ふたりは家のなかをさがしてまわりましたが、さいごに階段のそばまでくると、金田一耕助がふと立ちどまって、

「おや、こんなところに押しボタンが……」

なるほど、見れば階段のあがりぐちの手すりのかげに、よびりんの頭ぐらいの、小さな押しボタンがついています。金田一耕助がためしにそれを押してみると、目のまえの杉戸《すぎど》が、だしぬけに大きくかいてんして、そのあとにはまっくらな穴。そして、その穴の中には、地下室へおりていく、コンクリートの階段がついているではありませんか。

金田一耕助はたもとから、懐中電気をとり出すと、文彦君をしたがえて、用心ぶかく、その階段をおりていきました。プーンとにおうカビくさいにおい、ふたりのしずかな足音さえも、ぶきみにあたりにこ

だまする……

　やがて、文彦君の足は、かたいゆかにさわりました。金田一耕助は、しばらく壁のうえをさぐっていましたが、やがて、スイッチをひねって、パッと電気をつけました。青白い蛍光灯《けいこうとう》がくっきりとへやのようすを照らします。そこは十六畳《じょう》ぐらいの地下室で、壁もゆかも天《てん》じょうも、まっしろにぬられていました。

　文彦君はひと目その地下室を見たとき、なんともいえぬみょうな気がしました。

　部屋のまんなかには、一メートル立方ぐらいの大きさの、なんともえたいの知れぬ機械があります。鉄の歯車やくさりが、ゴチャゴチャとからみあって、文彦君がいままで、見たこともないような機械でした。

　そのほか、薬品戸《と》棚《だな》や、ガラスの器具や、流しや、バーナーや試験管など、まるで、学校の理科の実験室のようでした。

　金田一耕助は目をひからせて、機械をのぞきこんでいましたが、やがて台の上を指でこすると蛍光灯の光《ひか》りで、じっとながめています。

「先生、これはいったい、なんの機械でしょう」

「文彦君、君はこの地下室から、みょうな音がきこえてきた、といったね。それはきっと、この機械がうごく音だったんだよ」

　金田一耕助はむずかしい顔をして、

「くわしいことはぼくにもわからない。それにこの機械はこわれている。だれかがこわしていったんだ。しかし、ぼくにはこの機械が、炭素《たんそ》の精製機、木炭《もくたん》などの粉末から、純粋の炭素を製造する機械としか思えない」

　ああ、それにしても、純粋な炭素を製造して、いったいどうしようというのでしょうか。

　金田一耕助はまたじっと考えこみました。

## 怪少年の告白

　それから間もなくふたりが、地下室から応接室へかえってくると、ちょうどいいぐあいに、少年が息をふきかえしているところでした。少年はふしぎそうにキョトキョトと、あたりを見まわしていましたが、金田一耕助や文彦君のすがたを見ると、キャッとさけんで、逃げ出そうとします。

「大《だい》じょうぶだ。何もこわがることはない」

金田一耕助は少年のかたをおさえると、

「きみはいったいだれなの。どうして、よろいのなかなんかにかくれていたの」

見るとその子は目のクリクリとした、いかにもはしっこそうな少年でしたが、耕助にそうたずねられると、みるみるまっ青《さお》になって、

「おじさん、そ、それはいえません。それをいったら、ぼく、殺されてしまいます」

「殺される……？　は、は、は、バカな。いったいだれが、君を殺そうというんだい」

「おばあさんです。黒いマントをきた、魔法使いのようなおばあさんが……」

二人は思わず顔を見あわせました。

「君、何も心配することはない、おじさんは警察のひとたちにも、たくさん知りあいがあるからきっと君をまもってあげる。だから、さあ、何もかも話してごらん」

「おじさん、それ、ほんと」

「ほんとだよ。君、このおじさんは金田一耕助といって、とてもえらい探偵なんだよ」

文彦君がほこらしげにいうと、少年は目を光らせて、

「おじさん、ほんと？　すごいなあ。それじゃ、おじさん、ぼく、何もかもいってしまうから、ぼくを助手にしてください」

「よしよし、君はりこうそうな顔をしてるから、きっと役に立つだろう。さあ、話してごらん」

「うん」

と、強くうなずいて、その少年の語るところによるとこうでした。

魔法使いのようなおばあさんは、その子を竹田文彦だといってつれてきたのです。しかし、そのうそはすぐにばれてしまいました。大野老人は右腕にあるあざを見ると、

「うそだ！　この子は文彦じゃない。文彦のあざは左の腕にあるはずだ！」

それを聞くとおばあさんは、しまったとばかりに杖《つえ》をふりあげ、大野老人をなぐりたおしました。そして老人が気をうしなっているあいだに、大急ぎでその子によろいを着せ、よくこの家を見張っている

ようにと命じ、あわててそこを立ち去ったのです。

少年はそれからずっとよろいの中から、あたりのようすをうかがっていましたが、とうとう本物の文彦君に、それを感づかれてしまいました。文彦君から注意をうけた小夜子は、いそいで家へかえってくると大野老人にそのことを耳打ちしました。

少年はとうとう見つかってしまいました。大野老人は少年をよろいごと、いすにしばりつけると、いろんなことをたずねましたが、それから急に大さわぎをして荷物をまとめて、自動車で逃げてしまったのです。

ところがそれから間もなくまた、魔法使いのようなおばあさんがやってきました。そして少年の見たこと、聞いたことを話させました。少年はほんものの文彦君がきたこと、金《きん》の小箱をもらっていったこと、さてはまた、文彦君の住所まで話してしまいました。おばあさんはなわをといてくれましたが、もうしばらくそっとして、ようすを見ているようにといって、急いで出かけてしまいました。

「ぼくはしばらく待っていましたが、なんだかこわくなってきたので、逃げ出そうと思ったんです。しかし、あのよろいは、とてもひとりではぬげません。それで、よろいごとこの家をぬけ出して、ふうふう歩いているうちに、おじさんたちがやってきたので林の中へ逃げこんだんです」

少年の話がおわると、金田一耕助はうなずいて、

「なるほど、みょうな話だね。しかし、君は、どうしてそのおばあさんと知りあいになったの」

「ぼくは上野で、くつみがきをしてたんです。戦争ののちずっとそんなことをしていたんです。ぼくの名、三太《さんた》というんです。するとある日、あのおばあさんがやってきて、まごが死んだからそのかわりに、家へひきとって育ててやろうと、あそこへつれていったんです」

「あそこって、どこだい」

金田一耕助がそうたずねると、とたんに、少年の顔がまっさおになりました。ブルブルからだをふるわせながら、

「いえません。それだけはいえません。あそこは地獄だ。地獄のようなところです。銀仮面……仮面の城……ああ、恐ろしい。それをしゃべったら、こんどこそ、殺されてしまいます」

少年はそれきり口をつぐんでしまって、金田一耕助がどんなになだめてもすかしても、がんとして口をききませんでした。

ああ、それにしても、いま少年の口走った銀仮面、仮面の城とはなんでしょうか。

## 銀仮面

三太はかわいそうな少年でした。かれは自分のなまえもみょう字《じ》も知らないのです。空襲のとき、ひどく頭をうって、それから自分がだれだか、忘れてしまったらしいのです。おとうさんやおかあさんが、あるのかないのか、それさえわからなくなったのです。

仲間はかれを、三太だとか三公《さんこう》だとかよんでいますが、それもかってにつけたなまえで、ほんとのなまえではありません。

それをきくと文彦君は、たいそうこの少年に同情しました。金田一耕助もあわれに思って、自分の家へつれていくことになりました。

「とにかく文彦君、君をさきに送っていこう」

「でも、先生、そうすると電車がなくなって、おうちへかえることができなくなりますよ」

「なに、大《だい》じょうぶだ。自動車もあるし……」

そこで金田一耕助は三太をつれて、文彦君を送っていくことになりましたが、じっさい、夜はもうすっかりふけて、三人が文彦君のおうちのそばまでかえってきたときには、もう十二時ちかくでした。むろん、どの家もピッタリしまって、電灯の光《ひか》りも見えません。月も西にかたむいて空には星がふたつ三つ。

さて、文彦君のおうちへかえるには、電車をおりてから、長い坂をのぼらねばなりません。ところが、三人がその坂の途中まできたときでした。とつぜん、坂のうえから自動車が、もうれつないきおいでおりてきました。

その自動車のヘッドライトを頭から、あびせかけられた三人は、あわててみちばたにとびのきましたが、すると、間もなくそばを走りすぎる自動車から、ヌーッと顔を出したのは、ああ何《な》んということでしょう。お能《のう》の面のようにツルツルとして、しかもギラギラ銀色にかがやく顔ではありませんか。

「あっ、銀仮面だ！」

さけぶとともに三太少年、がばと地上にひれふしましたが、そのとたん、
ズドン！

自動車のまどから火をふいて、一発のたまが、三太の頭のうえをとんでいきました。ああ、あぶない、あぶない、三太がぼんやり立っていたら一発のもとにうち殺されていたでしょう。

「ちくしょうッ！」

金田一耕助はバラバラとあとを追いかけましたが、相手はなにしろフル・スピードで走っている自動車です。またたく間にそのかたちはやみのなかに消えてしまいました。しかも、テールランプも消していたので、車体番号を見ることもできなかったのです。

金田一耕助はすぐにもよりの交番へかけつけ、身分をうちあけ大至急、怪自動車をとりおさえるよう、手配をしてもらいました。それから文彦君のほうをふりかえると、

「文彦君、とにかく君のうちへいこう。なんだか気になる。あの自動車は君のうちのほうからやってきたぜ」

「せ、先生」

文彦君はガタガタふるえています。

「心配するな。三太、君が銀仮面というのは、いまのやつのことかい」

「そ、そうです。おじさん、あいつは、ぼ、ぼくを殺そうとしたのです」

これまた、まっ青《さお》になって、ガタガタふるえています。

「ふむ、ヘッドライトの光りで、君のすがたを見つけたので、びっくりして、殺してしまおうとしたんだな。とにかく急ごう」

大急ぎで坂をのぼって、文彦君のおうちのまえまでくると、おとなりのおばさんが窓からのぞいて、

「まあ、文彦さん、どうなすったの、あなたおけがをしたんじゃなかったんですか」

「おばさん、ぼ、ぼくがけがを？……」

「ええ、たったいまお使いのひとが、自動車でむかえにきたんですよ。成城のそばで電車がしょうとつして、あなたが大けがをなすったから、すぐ来てくださいというので、おかあさまは、いま、その自動車にのって、とんでおいでになりました。あなたそ

こらで出あやァしなかった？」

ああ、それじゃいまの怪自動車におかあさまが乗っていらっしゃったのか。……

「せ、先生、先生！」

「だ、大じょうぶだ、ふ、文彦君、ああしておまわりさんに、手配をたのんでおいたから、きっと自動車はつかまる。おかあさんも助かる。大じょうぶだ、大じょうぶだ。おとなりの奥さん、ありがとうございました。そしてその使いというのはどんな男でした」

「黒眼鏡《くろめがね》をかけた、まだ若い人のようでしたよ。あれがそんな悪人なのかしら」

おとなりの奥さんもおどおどしています。

文彦君はなにげなく、郵便受けをあけました。いつもおかあさんはお出かけのとき、鍵《かぎ》だの、ご用を書いた紙などを、そこへほうりこんでいかれるのです。

「せ、先生、こ、こんなものが……」

文彦君がとり出したのは、一通の封筒です。裏にも表《おもて》にもなにも書いてなく、ただ、封じ目に赤いダイヤのかたちがひとつ。

金田一耕助が封をきってみると、

> 竹田文彦よ。
> もし君がおかあさんを大事と思うなら、あすの夜十二時、吉祥寺《きちじょうじ》、井《い》の頭《かしら》公園、一本杉の下まで、黄金の小箱を持参せよ。もしこの命令にそむくとき、また、このことをひとにもらすときは、君はふたたびおかあさんにあうことはできないだろう。
> 銀　仮　面

## 六つのダイヤ

「文彦君、しっかりしなきゃだめだ。いまは泣いたり、わめいたりしている場合じゃない。われわれはたたかわねばならん。にくむべき銀仮面とたたかわねばならん。そして、あいつをたおしおかあさんを助けるのだ。文彦君、しっかりしたまえ」

「先生、すみません。そうでした。泣いてるばあいじゃありませんでした。ぼく、たたかいます。おかあさんのためにたたかいます」

「おじさん、ぼ、ぼくもてつだいます。ぼくもいっしょに、銀仮面とたたかいます」

三太もそばからことばをそえます。あれから間もなく、おうちへはいった三人は、こうしてたがいにはげましあったのです。

「よし、それじゃ三人力をあわせて、銀仮面とたたかうのだ。食うか食われるか、文彦君、三太、どんなことがあっても、途中で弱音《よわね》をはいちゃいかんぜ」

文彦君と三太はつよく、つよくうなずきました。

金田一耕助はにっこり笑って、

「よし、それで話はきまった。さて、問題は金《きん》の箱だが、文彦君、こうなったら、なにもかもうちあけてくれるだろう」

文彦君は小夜子とのあいだにとりかわした、三つの約束を思いだしました。しかし、おかあさんにはかえられません。そこでいちぶしじゅうの話をすると、箱のあけかたまでうちあけました。

「なるほど、8・1・3だね。よし、あけて見たまえ」

8……1……3……

ダイヤルをまわすごとにチーン、チーンと、すずしい音がします。そして、さいごの3にあわせたとたん、パチンとかすかな音がして、パッと金のふたがあきました。

なかには白いま綿《わた》がギッチリと、すきまなくつめこんであります。文彦君はふるえる指で、そのま綿をとりのぞいていきましたが、そのうちに、あっというさけび声が、三人のくちびるからいっせいに、とんで出たのです。

ああ、なんということでしょう。ま綿のなかには鶏卵《けいらん》ぐらいのダイヤが六個、さんぜんとしてかがやいているではありませんか。ああ、そのみごとさ、すばらしさ、赤に、青に、紫《むらさき》に、かがやきわたるまえには、黄金の箱さえみすぼらしいほどです。

「ああ、ダイヤだ。ダイヤだ。ダイヤモンドだ。しかも、これだけの大きさのものが、世界にいくつもあるはずがない。それがどうしてこの箱に……」

金田一耕助は、気がくるったような目つきをして、箱のなかをにらんでいます。

「せ、先生、こ、これは本物でしょうか」

「本物だとも、にせものじゃとてもこれだけの光《ひか》りはでない」

「おじさん。いったいどのくらいの値うちがあるの」

「三太、そ、それはむりだ。とても計算できるものじゃない。何億か、何十億か……これだけの大きさのこれだけの粒のそろった、きずのないダイヤモンドは、世界にぜったいに類がないんだ」

金田一耕助が、気がくるいそうに思ったのも、むりではありませんでした。

ダイヤモンドのような宝石類をはかるには、カラットという単位がつかわれるのですが、一カラットは〇・二グラム。これだけのダイヤなら、少なくとも二百カラットはありましょう。

いままでに発見された、世界最大のダイヤモンドは、九七一カラットということになっていますが、これは原石の大きさで加工されたり、小さく切られたりするので、完成されたものとしては、英国皇室に秘蔵される、『山の光』の一〇六カラットが世界最大といわれているのです。

一カラットでも、いまのねだんで三万円から五万円、それが大きくなればなるほど、とんでもない値段になってくるのです。金田一耕助がいま、何億か何十億といったのも、決してうそではありません。

金田一耕助と文彦君は、いきをのんで箱の中を見ていましたが、そのときでした。三太がとつぜん、とんきょうな声をあげたのです。

「お、おじさん、こ、これじゃありませんか。このダイヤじゃありませんか」

三太が見つけたのは、畳《たたみ》の上に投げだしてあった夕刊です。金田一耕助と文彦君は、三太の指さすところを見て、思わずあっといきをのみました。

〝世界的大宝冠消ゆ！……怪賊《かいぞく》、銀仮面のしわざ……時価数十億円、なぞをつつむ六つのダイヤ……〟

そんなことばが六段ぬきの大見出《おおみだし》、大きな活字で書いてあるのでした。

三人はいきをのんで、無言のまま、しばらくこの活字をにらんでいました。

## 大宝冠

世界的大宝冠消ゆ！……怪賊、銀仮面のしわざか。

……時価数十億円、なぞをつつむ六つのダイヤ。

ああ、ひょっとするとこの事件と、文彦君のもらった黄金の小箱とのあいだには、なにか関係があるのではありますまいか。

それはさておき、その夜は三人いっしょに、ねられぬ一夜をすごしましたが、夜明けを待って金田一耕助が、文彦君や三太をつれて、やってきたのは桜《さくら》田門《だもん》の警視庁。等々力《とどろき》警部にあいたいというと、すぐ応接室にとおされて、待つまほどなくあらわれたのは、四十五、六の血色《けっしょく》のよい人物。それが等々力警部でした。

「やあ、金田一さん、しばらく。おやおや、きょうはみょうなつれといっしょですね」

警部はふしぎそうな顔をして、文彦君と三太少年を見くらべています。金田一耕助はふたりを警部にひきあわせると、

「じつは、警部さん、きょうきたのはほかではありません。銀仮面のことですがね」

と、金田一耕助が口をひらいたとたん、警部はひざをのり出して、

「金田一さん、そのことなら、こちらからご相談にあがろうと思っていたところです。いやもうたいへんふしぎな事件でしてね」

「そうらしいですね。新聞でひととおり読んではおりますが、どうでしょう。もういちど、くわしくお話しねがえませんか」

「いいですとも」

と、そこで警部が話しだしたのは、つぎのようなふしぎな事件でした。

日本でもゆびおりの宝石王といわれる、加藤宝作《かとうほうさく》翁《おう》のもとへ、世界的大宝冠をおゆずりしたいという手紙がまいこんだのは、四、五日まえのことでした。手紙のなかには、何枚かの写真がはいっていましたが、その写真をひとめ見たとき、さすがの宝作翁も、思わずううむとうなりました。

そこにうつっているのは、世にもめずらしい王冠ですが、宝作翁がうなったのは、その王冠にかんしんしたためではありません。その王冠にちりばめられている、六つのダイヤの大きさなのです。

いままで世界で知られている、どんなダイヤだって、足もとにもおよばぬような大粒ダイヤ。もしも、これが本物とすれば世界にふたつとない大宝冠です。

宝作翁はもうほしくてたまらなくなりましたが、それでも用心ぶかい老人のことですから、自分が出かけていくまえに、目のきいた支配人をさしむけました。

ところが、その支配人も、すっかりおどろいてかえってきました。それはたしかに本物だったのです。あの大きさ、あのみごとさでは、うたがいもなく、何億、何十億というねうちの品物だというのです。

さあ、宝作翁はそれがほしくてたまらなくなりました。全財産を投げだしても、それを手にいれたいと思いこんだのです。しかし、それと同時に、宝作翁がふしぎでたまらなかったのはその大宝冠の出どころです。

宝作翁は専門家のことですから、世界的なダイヤはみんな知っています。どこにどんなダイヤがあるか、どこのダイヤはどのくらいの大きさか、そんなことを、すみからすみまで知っているのです。しかしこんどのダイヤのようなものは、いままでいちども聞いたことがありません。だいいち、これだけ粒のそろった大きなダイヤは、まだ歴史にあらわれたことがなかったのです。

宝作翁はもういちど、じぶんの目でたしかめてみたいと思いました。そこで、いろいろ交渉したあげく、支配人といっしょに、もういちど、大宝冠を見せてもらうことになり、先方の指定の場所へのりこみましたが、それがきのうのことでした。

## 十二個のダイヤ

その場所というのは、新宿《しんじゅく》にある小さなホテルの一室でした。

先方の男というのは、せいのひくい、人相のよくない人物で黒めがねをかけているところが、いかにもうさんくさい感じでした。おまけになにかにおびえるのか、しじゅうびくびくしているところが、宝作翁にもいっそうあやしく思われました。名前は細川《ほそかわ》吉雄《よしお》といいましたが、これは本名かどうかわかりません。

しかし、六個のダイヤは本物でした。宝作翁があらゆる知識をふりしぼって調べてみても、どうしても本物としか思えないのです。相手の話によると、その大宝冠は、エジプト王家に代々つたえられていたもので、あの有名なソロモン王の宝物《ほうもつ》だというのですが、これはあまりあてになりません。だいいち、黄金の台座の細工をみても、ついちかごろ、つくられたものとしか思えません。

しかし、ダイヤは本物ですから、宝作翁はほしくなりました。そこで、いろいろ値《ね》だんのかけひきがはじまりましたが、そのとちゅうで宝作翁は、黒めがねの男をそこにのこして、支配人とふたりで、となりのへやへひきさがりました。そして、あれやこれやと相談しているところへ、だしぬけに、となりのへやからきこえてきたのが、恐ろしい男の悲鳴です。

宝作翁と支配人は、おどろいて、さかいのドアにとびつきましたが、ふしぎなことにそのドアには、向《む》こうからカギがかかっていました。

それをむりにうちやぶって、なかへとびこんでみると、黒めがねの男が血まみれになってたおれていました。見ると、背中にするどい短刀がつっ立っており、むろん、息はありません。

宝作翁はおどろいて、あたりを見まわしましたが、さっきまで、テーブルのうえにあった大宝冠が、かげもかたちもありません。

しかも、外にむかった窓があいているところを見ると、だれかがそこからしのびこみ、黒めがねの男をころして、大宝冠をうばって逃げたにちがいないのですが、ふしぎなのは、黒めがねの男のせなかにつっ立っている短刀です。

それは細い、メスのような短刀なのですが、ふつうならば、つばにあたるところに、みょうなものがつきさしてありました。

「それが、すなわち、これなんですがね」

語りおわって、警部がとりだしてみせたものを見て、金田一耕助をはじめとして文彦君も三太少年も、思わずあっと息をのみました。

それは一枚のトランプ、ダイヤのポイントなのですが、中央にぐさっと穴があき、しかも、ぐっしょり血にぬれているではありませんか。三太と文彦は思わずふるえあがりました。

「つまり黒めがねの男をころすまえに、短刀でこのトランプをさしつらぬき、それでもって、ぐさっと黒めがねの男をさしころしたにちがいないのですが、それでは、なぜ、そんなみょうなまねをしたかとい

うと、それについて思い出されるのは銀仮面のことです」

「銀仮面……」

金田一耕助はさぐるように、警部の顔を見ています。文彦君と三太少年も、きんちょうして、いきをのんでいました。

「そうです、金田一さん、あなたはお聞きになったことがありませんか。いまから十何年かまえに、満州に銀仮面という怪盗があらわれたことがあります。その正体は、いまにいたるもわかりませんが、いつも銀色にひかるお面をかぶっていて、ねらうものといえば宝石ばかり。しかも、そいつがあらわれたあとには、きっとトランプのダイヤのふだがのこっていたのです」

金田一耕助は文彦君や三太少年と顔を見合わせます。警部はなおもことばをついで、

「そればかりではなく、銀仮面には仲間というか、こぶんというか、そういう連中がたくさんあったのですが、もし、それらの連中が、銀仮面の命令にそむいたり、裏切ったりすると、かならずダイヤのポイントがまいこむのです。そして、それから三日もたたぬうちにダイヤのポイントをもらったやつは、ころされてしまうのです。つまり、ダイヤのポイントは死刑のせんこくも同じなんですね」

「なるほど、すると、新宿のホテルでころされた黒めがねの男というのは、銀仮面のなかまのもので、銀仮面を裏切ったがために、ころされたということになるのですね」

「そうです、そうです」

「ところで、その事件の起こったのは、きのうの何時ごろのことでした」

「だいたい、四時ごろのことでしたろう。宝作翁のしらせによって、われわれのかけつけたのが四時半ごろのことでしたから」

そうすると、六個のダイヤをちりばめた大宝冠は、きのうの四時ごろまで、新宿のホテルにあったことになる。文彦君が大野老人から、黄金の小箱をもらったのも、やはりその時刻だから、同じダイヤであるはずがない。

と、すれば世にもめずらしい大粒ダイヤが、少なくとも十二個ちかごろ日本にあらわれたことになるが、いったい、それはどこから出たのか。……

金田一耕助はなんともいえぬこうふんをかんじて、めったやたらと、もじゃもじゃ頭をかきまわしはじめました。

## 東都劇場の怪

それはさておき、等々力警部の話をききおわった金田一耕助は、こんどはかわって自分の口から、きのう文彦君がけいけんした、ふしぎな話をしてきかせました。

それをきくと、警部の顔はみるみるきんちょうして、

「なるほど、なるほど、それはふしぎな話ですな。そして、そのダイヤというのは……」

「これです」

文彦君が黄金の小箱を出してみせると、警部はふたをひらいて、六個のダイヤをしらべていましたが、やがてううむとうなると、

「なるほど、これはすばらしい。もしこれが本物とすればたいしたものですな。ところで、銀仮面のやつがこれを、おかあさんのかわりに、もってこいというんですね」

「そうです、そうです。だから、警部さん、なんとかぶじに文彦君の、おかあさんを助けるよう手くばりをしていただけませんか」

「それはもちろん。そういう不幸なひとを保護するのが、われわれの役目ですからね」

警部はベルを鳴らして部下をよぶと、てみじかになにか命じていましたが、やがて金田一耕助のほうへむきなおると、

「ところで、金田一さん、ここにちょっとおもしろいことがあるのです。ごらんください。これです」

警部が机のひきだしから、出してみせたのは、しわくちゃになった新聞です。その新聞の広告面に、東都《とうと》劇場の広告が出ているのですが、その広告のまわりには、赤鉛筆でわくがしてあるのみならず、きょうの日づけと、午後一時という時間まで、記入してあるではありませんか。

「警部さん、これは……」

「きのう新宿のホテルでころされた、黒めがねの男のポケットにはいっていたのですよ。黒めがねの男が、どうして東都劇場に興味をもっていたのか、ま

た、きょうの午後一時に、そこでなにがおこるのか、ひとつ出かけてみようと思うのだが、どうです、あなたがたもいっしょにいってみませんか」

もとより三人もいやではありませんでした。文彦君はおかあさんのことが、気になってたまらないのですが、なにもしないでいると、いっそう不安がこみあげてまいります。

そこで、警視庁でおひるごはんをごちそうになった三人は、警部さんの自動車にのせてもらって、東都劇場へ出むきました。等々力警部は、むろん、警部と見えないように、ふつうの洋服に着かえていました。

さて、東都劇場というのは浅草《あさくさ》にあり、五千人ちかくもはいる大劇場。いつも映画と実演の二本立てですが、ここの映画はふつうの映画館より、一週間早く封切《ふうき》りされるのです。

そのとき東都劇場でやっていたのは、『深山《しんざん》の秘密』という山岳映画と少女歌劇。四人が一階の座席におさまったのは、そろそろ『深山の秘密』がはじまろうというところでした。

時計を見るとやがて一時。

金田一耕助と等々力警部は、ゆだんなく、あたりのようすに気をくばっています。文彦君と三太少年も、まけずおとらず、目を皿のようにして、あたりを見まわします。なにかかわったことがあったら、われこそ、いちばんに見つけてやろうという意気ごみなのです。

そのかわったことをいちばんに、発見したのは文彦君でした。

「あっ、先生、警部さん、あそこに大野のおじさんが……」

「なに、大野老人が……ど、どこだ」

「ほら、二階のいちばんまえの席です。イスから乗り出すようにしているのがおじさんです」

「あっ、そうだ、そうだ。大野老人だ」

三太少年もさけびました。なるほど二階の最前列から、からだを乗りだし、下を見おろしているのは、たしかに大野老人です。

「よし、それじゃ金田一さん、二階へあがって、ようすを見ていようじゃありませんか」

一同が立ちあがったとき、場内の電気がパッと消えて、いよいよ『深山の秘密』がはじまりましたが、四人はもうそれどころではありません。いったん、外のろうかへ出ると、広い階段をのぼっていきました。

そして二階へくると横手のドアをひらいて、客のいっぱいつまった席を、すばやく見まわしましたが、すぐ老人は見つかりました。大野老人は『深山の秘密』に、ひどく興味をもっていると見えて、くいいるようにスクリーンをながめています。

そのようすがただごとではないので、金田一耕助もはてなとばかりに、舞台のほうへ目をやりましたが、そのときでした。三太少年がいきなり、金田一耕助の腕をつかんで、

「あっ、せ、先生、か、仮面城です。……おお、銀仮面……」

「なに、仮面城……？　銀仮面……？」

見るとスクリーンを見つめている、三太の目はいまにもとび出しそうです。金田一耕助もハッとして、そのほうへ目をやりましたが、しかし、そのとき、スクリーンにうつっていたのは山道《やまみち》を走っていく大型バスの姿だけ。のこぎりの歯のようにそびえる山脈、木の間《こま》がくれにちらほら見える湖水のおもて、すすきや名もしれぬ秋草が、咲きみだれているほかには、かくべつかわったこともない。

「三太君、どうしたのだ。どこに仮面城があるのだ。銀仮面はどこに……」

だが、そのことばもおわらぬうちに、耳もつぶれるばかりの音《おん》きょうが、ダーンと二階のまえのほうからきこえてきたかと思うと、まっかなほのおがメラメラと、もえあがってきたからたまりません。五千人をいれるという、東都劇場のなかは、わっと総立ちになりました。

時刻はまさに一時かっきり。

## あと追う三太

さあ、それからあとの大さわぎは、いまさらここにのべるまでもありますまい。

「火事だ！　火事だ！」

と、さけぶものがあると思うと、

「爆弾だ！　爆弾が破裂したのだ！」

と、どなる声もきこえます。そして、われがちにと、ドアのほうへ突進してくるのですから、その混

1

深山の秘密
12
5月15日
午後1時
東都劇場
品

雑といったらありません。

　あとでしらべたところによると、それはたしかに火薬が破裂したのです。つまりだれかが火薬をもちこんで、爆発させたにちがいないのですが、さいわいほんの二つ三つ、イスをやいただけで、火は消しとめられました。

　しかし、こういうときの恐ろしさは、火事よりもむしろ人にあります。われがちにと逃げまどうひとびとの群れにおしつぶされて、

「あれ、助けてえ！」

　と、いう悲鳴が、あちらでもこちらでもきこえます。そしてそういう悲鳴のために、ひとびとはいっそう逆上して、ひとをおしのけ、ふみたおし、われがちにと逃げまどうのですから、劇場のなかは上を下への大混雑。

　その混雑にまきこまれて、文彦君はいつかほかの三人と、はぐれてしまいました。

「金田一先生……三太君……」

　呼べどさけべどこの混雑では、とても相手の耳にはいりますまい。

　文彦君はおされおされて、二階の正面ろうかの片すみにおしやられましたが、そのとき、

「あっ、文彦さん、文彦さん！」

　と、女の声がきこえたので、びっくりしてふりかえると、二、三メートルむこうへもまれもまれていくのは、まぎれもなく大野老人のひとり娘、小夜子という少女ではありませんか。

「あっ、小夜子さん！」

　文彦君はひっしとなって、人なみをかきわけていきましたが、ちょうどさいわい、そのとき火事は消しとめられたという、場内放送の声がいきわたったので、さわぎもいくらか下火になっていました。文彦君はやっと小夜子のそばへよると、

「小夜子さん。君もきていたの。そして、おとうさんはどうしたの？」

「それがわからないの。はじめのうちは手をつないでいたのだけれど、ひとに押されて、いつかはなればなれになってしまって……」

　小夜子はいまにも泣き出しそうな顔色です、

「小夜子さん、さっきの物音ね。あのダーンという音。……あれ、君たちのすわっていた席の、すぐそばじゃなかった？」

「ええ、そうなの。あたしたちのすぐうしろから、とつぜん、あの物音がおこって、火がもえあがったのよ。それで、あたしたちびっくりして、立ち上がったんですの」

「小夜子さん、君はきょう、どうしてここへきたの。ここになにか用事があったの？」

「ええ、あの、それは……」

小夜子はなぜかことばをにごしてしまいます。文彦君はなんともいえぬ、もどかしさをかんじました。小夜子さえ、なにもかもいってくれれば、事件ははやく片づくかもしれないのに……

「小夜子さん、正直にいってください。君や君のおとうさんはどうしてここへやってきたの。ねえ、どういう目的で……」

「だって、あたし、なにもしらないんですもの」

文彦君の視線をさけて、小夜子は窓から外をのぞきましたが、そのとたん、あっとさけんでとびあがりました。

「あっ、おとうさんがあそこに……」

「なに、おじさんが……」

文彦君も窓から下を見おろしましたが、その目にまずうつったのは、ああ、なんということだ、あの魔法使いのようなおばあさんではありませんか。そして、そのおばあさんに腕をつかまれ救いをもとめるように上を見あげているのは、まぎれもなく大野老人です。

「おとうさん、おとうさん！」

ふたりはひっしとなってさけびましたが、その声が耳にはいったのかはいらないのか、大野老人はあのきみ悪い老婆《ろうば》にひったてられて、みるみる人ごみのなかにかくれてしまいました。

## 三太の冒険

文彦君と小夜子は、まっさおになって、窓のそばをはなれましたが、そのとき、もうしばらく窓から下を見ていたら、もっとほかのことに気がついたのにちがいありません。

大野老人ときみの悪い老婆のすがたがひとごみのなかに消えると間もなく、東都劇場の入口から、サルのようにとび出した、ひとりの影がありました。

三太なのです。三太はちょっとあたりを見まわすと、サルのように身をまるめ、ふたりのあとを追っていきます。

それにしても、ふしぎなのは大野老人のそぶりです。恐怖のために顔がゆがみ、ひたいには汗がびっしょり。くちびるをわなわなふるわせているのですが、それならば、なぜ声をあげてすくいをもとめないのでしょう。

まだ日盛《ひざか》りの浅草ですから、あたりにはいっぱいの人だかり。声を出して助けをもとめれば、なんとかなりそうなものなのに、老人はまるで、おしになったようによろよろと、きみの悪い老婆《ろうば》にひったてられていくのです。

やがて、劇場から三百メートルほどはなれた町かどへくると、そこには一台の自動車がとまっています。きみの悪いおばあさんは、そのなかへいやがる大野老人を、むりやりにおしこむと、じぶんもあとから乗りこんで、自動車はそのまま走りだしました。

「しまったっ」

三太はじだんだふんでくやしがります。いかに三太がはしこくても、自動車にはおいつけません。うらめしそうに、走り去る自動車の、うしろすがたを見ていましたが、そのときでした。一台の自動車がそばへとまると、

「よう、三太じゃないか、どうしたんだい」

声かけられてふりかえった三太は、運転手の顔をみると、こおどりせんばかりよろこんで、

「あ、吉本《よしもと》さん、ぼくをのっけてください。ぼく、いま、悪者を追っかけているんです」

「悪者……？」

吉本運転手は目をまるくして、

「悪者って、いったい、ど、どこにいるんだ」

「むこうへいく自動車です。あの自動車に悪者がのっているんです。吉本さん、ぼくをのっけてあの自動車を追跡してください」

「よし、それじゃ早くのれ」

三太が乗りこむと、すぐに自動車は出発しました。

吉本運転手というのは、三太がくつみがきをしていたじぶん、こころやすくなった青年です。三太はむじゃきで、かわいい少年ですから、だれにでも好まれるのですが、とりわけこの吉本運転手とはだいのなかよしでした。

「三太、君はいったいどこにいたんだ。ぼくは君の

すがたが見えなくなったので、どんなに心配したか知れやしないぜ」

「すみません、ぼく悪者にだまされて……」

と、てみじかに、その後のことを語ってきかせると、吉本運転手は目をまるくして、

「銀仮面といえば新聞にも出ていたが、三太はそんな悪者のなかまにされていたのかい」

「うん、でも、ぼく、なにも知らなかったんです」

「そして、その銀仮面のなかまのものが、あの自動車にのっているというんだね」

「そうです、そうです、だから、吉本さん、あの自動車を見うしなわないようにしてください」

「よし、だいじょうぶだ」

こうして二台の自動車は、まるで一本のくさりでつながれたように、東京の町をぬって走っていくのでした。

## 怪汽船

隅田川《すみだがわ》のはるか下流、川の流れが東京湾にそそぐあたりに、越中島《えっちゅうじま》というところがあります。


この越中島の、とあるさびしい岸壁《がんぺき》に、三百トンほどの船が停泊していました。まっくろにぬった船体に白くうきあがった文字をみると、

『宝石丸《ほうせきまる》』

名前をきくと、どんな美しい船かと思われますが、見るときくとは大ちがいで、マストもえんとつも、なにからなにまでまっくろにぬったところが、いかにもいんきできみ悪いのです。マストにはためく旗さえも黒のひといろ。

いまこの船のすぐそばへ、一台の自動車がきてとまりました。なかからよたよたとおりてきたのは、いうまでもなくあのきみの悪い老婆です。

老婆はするどい目で、あたりを見まわしましたが、影のないのを見ますと、自動車のなかになにやら声をかけ、それから、右手をのばして、大野老人をひきずり出しました。大野老人はまっさおになって、がたがたとふるえています。それでいて、逃げだそうとも、声を出して、すくいをもとめようともしないのです。

老婆がなにかあいずをすると、ふたりを乗せてきた自動車は、すぐその場を立ちさります。そのあと

で、老婆は二、三度、するどく口笛を吹きました。

と、甲板《かんぱん》からバラリとおりてきたのはなわばしご。大野老人はしりごみしながら、それでもうしろから、きみの悪い老婆につつかれて、よろよろと、お酒によったようなあしどりで、なわばしごをのぼっていきます。

老婆はもういちど、するどい目であたりを見まわしましたが、やがてなわばしごに手をかけるとスルスルスル、とてもおばあさんとは思えないはしっこさで、甲板までのぼると、そのまますがたを消してしまいました。

あとはまた、ねむけをさそうようなま昼のしずけさ……

と、このときでした。三百メートルほどはなれた町かどのむこうがわに、とまっていた自動車のなかから、ひらりととび出した少年があります。いうまでもなく三太です。

「三太、三太、君、どうしようというんだ」

運転台から心配そうに声をかけたのは吉本青年。

「ぼく、あの船のようすを見てきます」

「およし、見つかるとあぶないから」

「だいじょうぶです。ぼく、変装をしていきます。きっとあの船が、悪者の東京におけるねじろにちがいないんだ」

「東京におけるねじろ……？」

吉本青年がききとがめて、

「それじゃ、悪者には、東京のほかにもねじろがあるのかい」

「ええ、あるんです、仮面城……ずうっと山の奥です。ぼく、いちど連れていかれたことがあるんです。でも、そこがどこだか、ぼくにはさっぱりわかりません。とちゅう、ずっと目かくしをされてたもんだから。……でも、ぼく、さっきその仮面城を見たんです」

「さっき、その仮面城を見たぁ？」

「ええ、映画のなかで見たんです。東都劇場でやっている『深山の秘密』と、いう映画のなかにほんのちょっとだけど、仮面城がうつっています。でも、だれもそんなことは知らないんです。うつした人も、気がつかなかったにちがいないんです。でも、ぼくだけは知っているんだ。あれこそ、おそろしい銀仮面の根拠地、仮面城にちがいないんです」

三太はそんなことをいいながら、しきりに道ばたのどろをとっては、顔や手足になすりつけていましたが、やがて、

「吉本さん、どうですか」

と、むきなおったすがたを見て、吉本運転手は思わず目をまるくしました。

　顔も手足もどろだらけになった三太は、浮浪児《ふろうじ》にそっくりです。いえいえ三太はもともと浮浪児ですが、そうして目ばかりぎょろぎょろさせているところは、とても三太とは見えません。

「どうです、吉本さん、ぼくの変装もそうとうなもんでしょう」

　と、白い歯を出してにやりと笑うと、

「それではちょっと、いってきます」

と、ボロボロのズボンに両手をつっこみ、口笛を吹きながら、ぶらりぶらりと怪汽船のほうへちかづいていきました。

## びんの中の手紙

近よって、みればみるほどきみ悪いのがこの汽船です。

　どこからどこまでもまっ黒で、マストにひるがえる黒い旗、甲板には人かげもなく、しいんとしずまりかえっているところは、まるでお葬式の船みたいです。川にむらがるかもめでさえも、この船のほとりには、きみ悪がって、ちかよらぬように見えました。

　三太はかるく口笛を吹きながら、ぶらりぶらりと、船のそばをとおりすぎましたが、別にかわったこともありません。

　三太はつまらなそうな顔をして、くるりとかかとをかえすと、あいかわらず、かるく口笛をふきながら、船尾のほうへひきかえしてきましたが、そのときでした。

　ボシャンという物音とともに、水のなかへ投げこまれたものがありました。見ると牛乳のあきびんです。あきびんはそのまま流れもせず、いかりをつないだくさりのそばに、ぶかりぶかりと浮いているのです。

　三太ははっとして、あたりを見まわしました。びんのなかになにやら白いものが、はいっていること

に気づいたからです。

　さいわい、船のうえにも岸壁《がんぺき》にも、ひとのすがたは見えません。三太はすばやくうわぎ、ズボンをとると、岸壁から身をすべらせ、音もなく、くさりのそばに泳ぎつきました。そして、牛乳のびんをひろいあげると、また岸壁へ泳ぎかえって、すばやく上へはいあがりました。

　それはひじょうに思いきった、だいたんな行動でしたが、さいわい、船のうえではだれもそれに気づいたものはありません。

　三太は手ばやくからだをふき、ズボンとうわぎを身につけると、牛乳のあきびんをポケットにしのばせ、小走りに、自動車のほうへかえってきました。

「どうした、どうした、三太、なにかあったのかい」

「うん、へんなものをひろってきたよ。ほら、このあきびん……なにかなかにはいっているんだ」

「どれどれ」

　吉本運転手が手にとってみると、びんのなかにはハンケチのようなものがはいっています。しかも、そのハンケチにはまっかな文字で、なにやら書いてあるらしい。

　吉本青年はあわててコルクのせんをこじあけると、なかからハンケチを取り出してひらいてみましたが、そのとたん三太も吉本青年も、あっと顔色をかえたのです。


**わたしは悪者につかまって、この船のなかにとじこめられています。このあきびんをひろったひとは、どうかこのことを警察へとどけてください。**

**竹田妙子**

　それはいたいたしい血の文字です。たぶんヘヤーピンのさきに血をつけて、一字一字たんねんに書いたのでしょうが、ところどころにじんだり、かすれたりしているのがいたましい。

　三太はくちびるをふるわせて、

「吉本さん、吉本さん、たいへんです。これは文彦君のおかあさんにちがいありません。文彦君のおかあさんも、あの船のなかにとじこめられているのです」

「よし、三太、早く自動車にのれ。これからすぐに警察へいこう」

「いや、ちょっと待ってください。ぼくはここであの船を見張っています。吉本さん、あなたはこれからすぐに、浅草の東都劇場へひきかえして、等々力警部と金田一耕助先生に、このあきびんをわたしてください。きっとまだそこにいると思いますが、いなかったら警視庁へいってみてください」

「三太、三太、そんなことをいわずに……」

「いいえ、だいじょうぶです。吉本さん、早く……早くいってください」

吉本青年がいくら口をすっぱくしてすすめても、三太はがんとしてききません。吉本青年はしかたなく、三太をひとりそこにのこして、浅草へひきかえしましたが、ああ、あとから思えば、吉本青年はむりやりにでも、三太をつれてかえればよかったのでした。たったひとりあとにのこったがために、三太がそれから、どのような冒険をしなければならなかったか……しかし、それはもっとあとでお話ししましょう。

## 宝石王

話かわって、こちらは東都劇場です。

きみ悪い老婆《ろうば》にひかれいく、父のすがたを見た小夜子は、狂気のように階段をおり、正面玄関からとび出しましたが、そのときには、老人のすがたも老婆のかげも、すでにひとごみのなかにまぎれて……。

「おとうさま……おとうさまぁ……」

小夜子はまるで血を吐くように、泣きつ、さけびつ、狂気のようにひとごみをかきわけていきます。あとからかけつけてきた文彦君が、しっかりとその肩をだきしめて、

「だめだ、だめだ、小夜子さん、おちつかなきゃあだめじゃないか」

「だって、だって、文彦さん、おとうさまが悪者のためにさらわれてしまって……」

「だから、いっそうおちつかなきゃあいけないんだ。なおこのうえに、君の身にまちがいがあったらどうするの。さあ、ひきかえして、金田一先生や等々力

警部をさがそう」

「だって、だって……ああ、おとうさま……おとうさまぁ……」

むせび泣く小夜子の手をひいて、東都劇場のおもてへひきかえしてくると、さわぎもあらかたおさまって、かけつけてきたおまわりさんが、手持《てもち》ぶさたらしく立っています。

小夜子は警部と耕助をさがしましたが、すぐにふたりは見つかりました。

「あっ、文彦君、ぶじでいたか。君のすがたが見えないので、けがでもしたんじゃないかと、どんなに心配したか知れないぜ」

金田一耕助のことばもきかず、

「先生、たいへんです。このひとのおとうさんが悪者にさらわれたんです」

「このひとのおとうさん……?」

「そうです、そうです。このひとは大野のおじさんのお嬢さんで、小夜子さんというのです。ほらきのうもお話ししたでしょう」

「おお、そ、それじゃ、大野老人が……」

金田一耕助は、はっと警部と顔を見合わせます。

「そうです、そうです。おじさんをつれていったのは、魔法使いのようなおばあさんです。先生、おじさんを助けてあげてください」

「おじさま、おとうさまを助けて……」

小夜子も涙をいっぱいうかべてたのみます。

そこで警部はもういちど、ふたりに話をくりかえさせると、すぐにおまわりさんたちを呼びあつめ、附近《ふきん》をしらべさせることになりました。しかし、いまとなってどんなにその近所をしらべたところで、なんの役にもたちますまい。大野老人はそのころすでに自動車にのせられて、遠くへつれさられていたのですもの。

それはさておき、等々力警部と金田一耕助、それから文彦君と小夜子の四人がひたいをあつめて相談しているところへ、

「おや、おや、警部さん、なにかあったのですか」

と、声をかけたものがあります。一同がびっくりしてふりかえると、そこに立っているのは、五十くらいの、白髪の、美しい、上品な老紳士でした。警部は目をまるくして、

「あ、あなたは加藤宝作翁《おう》……」

加藤宝作翁……と、名前をきいて金田一耕助は、思わず相手の顔を見なおします。

ああ、それではこのひとこそ、世界的宝石王とうたわれた宝作翁なのか。そして、きのう新宿のホテルで、銀仮面のためにまんまと六個のダイヤをぬすまれたのは、この老紳士だったのか。なるほど、そういえば、宝石王の名にふさわしい、ふくぶくしい顔をしています。

「加藤さん、あなたはどうしてこの劇場へ……」

警部があやしむようにたずねると、宝作翁は顔をしかめて、

「それについては警部さん、ちょっと妙なことがあるんですよ。見てください。この手紙……」

宝作翁はポケットから、しわくちゃになった一通の手紙を取り出しましたが、ちょうどそのころ、吉本青年の自動車は、東都劇場めざして、まっしぐらに走っているのでした。

それにしても、宝作翁のとり出した手紙には、どんなことが書いてあったのでしょうか。

## ダイヤの小女王

等々力警部は宝作翁のさしだした、手紙をうけとると、一同に読んで聞かせます。

「新聞で拝見しますと、ご所望《しょもう》の大宝冠を、賊《ぞく》の手にうばわれなすったそうで、まことにお気のどくにぞんじます。ところが妙ないきさつから、その大宝冠は私の手に入りました。もしご所望ならば、おゆずりしてもよいと思います。本日午後三時、浅草の東都劇場の入口までおいでください。くわしいお話は、いずれお目にかかって。大野健蔵より、加藤宝作様。……なるほど、この手紙をうけとったので、あなたはここへこられたんですね」

「そうです、そうです、それでわたしはさっきから、大野というひとをさがしているんです」

「金田一さん、あなたはこの手紙をどうお思いですか」

警部にきかれて、金田一耕助は、ふしぎそうに小首をかしげました。

「へんですねえ。ぼくの考えはまちがっていたのか

な。この手紙がほんとうだとすれば、大野老人は銀仮面の一味かも知れませんね」

「うそです、うそです、そんなことうそです」

言下《げんか》にそれをうち消したのは小夜子です。

「おとうさまが銀仮面の一味だなんて、そんな、そんな、そんなばかなことはありません」

小夜子はくやしそうに、目になみだをうかべています。等々力警部がそれをなだめて、

「お嬢さん、あなたはまだ子供だから……」

「いいえ、いいえ、子供でも、それくらいのことは知っていますわ。あの大宝冠は、もともと、あたしのうちからぬすまれたんです」

「な、な、なんですって！」

金田一耕助は顔色かえて、

「そ、それじゃあれは、おとうさんのものだったの。おとうさんは、しかし、あんな貴重なものどこから手にいれたの」

「ちっとも貴重じゃありません。あんなもの、いくらでもありますわ」

「いくらでもあるって！　あんな大きな、きずのない、りっぱなダイヤが！」

宝作翁もびっくりして、目をまるくしています。小夜子は動ずるいろもなく、

「ええ、ありますわ。おとうさんは、ここにいらっしゃる文彦さんにも、黄金の小箱をさしあげましたが、そのなかにも、大宝冠にちりばめてあったのと、同じくらいの大きさの、ダイヤが六つはいっていたはずなんです」

一同は思わずだまって顔を見あわせます。

ああ、この少女は気がくるったのではないでしょうか。何億何十億といううねうちのある宝石をまるで石ころみたいに思っているのです。それともそこに、なにか大きな秘密があって、この少女こそ、西洋のおとぎばなしに出てくるような、ダイヤモンドにうずまっている、ちいさな女王さまなのでしょうか。

吉本運転手が、三太にたのまれて、東都劇場へかけつけてきたのはそのときでした。

吉本運転手は、すぐにもじゃもじゃ頭の金田一探偵を発見しました。そして牛乳のあきびんと、血ぞめのハンケチを出してわたすと、手みじかに、三太の冒険を報告しました。

「な、な、なんだって！　そ、それじゃ越中島の怪

汽船のなかに大野老人や文彦君のおかあさんが……

よし、け、警部さん！」

いうにやおよぶと等々力警部は、大いそぎで自動車のしたくをさせると、

「加藤さん、あなたはあとで、もういちど、警視庁のほうへきてください。いずれ、ゆっくりご相談しましょう」

と、いうことばもいそがしく、宝作翁をひとりのこして、一同ははや出発していました。越中島さして、まっしぐらに……

## 無線電信

話かわって、こちらは怪汽船宝石丸です。

この宝石丸は大きさこそ、それほどではありませんが、船のなかにはりっぱな無電室があって、いま無電技師が一心《いっしん》ふらんに、どこからか、かかってきた無電を受信していました。

やがて、受信がおわると、無電技師はさっそく、ほんやくにかかります。どうやら無電は、暗号でかかってきたらしいのです。

ところが、そのほんやくがすすむにしたがって、技師の顔には、しだいにおどろきのいろがふかくなっていきます。やがてほんやくがおわると、技師はそれをわしづかみにして、無電室からとびだしました。

無電技師がやってきたのは船長室です。ノックするまも待てぬとみえて、技師はいきなりドアをひらきましたが、そのとたん、おもわずあっと、その場に立ちすくんでしまいました。

それもそのはず、船長室には、大きなストーブがきってあるのですが、いま、そのストーブには、石炭の火がくわっくわっともえています。そして、そのストーブの正面に、大野老人ががんじがらめに、いすにしばりつけられているのですが、その両足は、くつもくつ下もぬがされ、ズボンもひざのところまでまくりあげられているのです。

しかも、そのいすのうしろに立っているのが、あのきみの悪い老婆《ろうば》です。老婆はするどい声でなにかいいながら、じりじりと、いすをストーブのほうへとおしていきます。そのたびに、大野老人は、苦しげなうめき声をあげながら、両足をばたばたさせる

のです。

わかった！　わかった！　このきみの悪い老婆は、こうして大野老人に、だいじな秘密を白状《はくじょう》させようとしているのです。

ああ、なんというおそろしさ、なんというざんこくさ。あと五十センチ、三十センチ、二十センチ……老婆がいすをまえにおせば、大野老人の両足は、いやでも、もえさかるストーブの火のなかに、はいっていくのです。

無電技師がとびこんできたのは、ちょうどそのときでした。

「だれだ！」

老婆はびっくりして、いすのそばをはなれます。そのとたん、がたんといすがうしろへずれて大野老人は、あのおそろしい、火のせめくよりたすかりました。

「なんだ、おまえか。なぜノックをしないのだ。むだんでとびこむやつがあるか」

ああ、その声、それは老婆の声ではない。りっぱに男の声なのです。それでは、この老婆というのは、男が変装していたのか。

無電技師は、あまりおそろしいその場のようすに、きもをつぶして立ちすくんでいます。

老婆はきみわるくせせらわらって、

「あっはっは、なにをそのように、みょうな顔をしているのだ。こいつあまりごうじょうだからちっとばかり、熱いめをさせてやろうと思ってたところだ。よく見ておけ、これが裏切りものにたいする、銀仮面さまのおしおきだ。おまえも裏切ったりすると……」

「あっ、その銀仮面さまです！」

無電技師が思いだしたようにさけびました。

「その銀仮面さまから、いま無電がかかってきたのです」

「なに、銀仮面さまから……、それをなぜはやくいわんか」

老婆に化《ば》けた男は、ひったくるように、無電技師の手から、紙ぎれをとりあげましたが、ひとめそれを読むと、

「ちくしょう」

と、さけんで歯ぎしりしました。それはつぎのような電報だったのです。

宝石丸発見サル。金田一耕助、等々力警部ラ急行中。岩壁《ガンペキ》ニ小僧ヒトリヒソミイルハズ。ソイツヲトラエ、タダチニ出帆《シュッパン》、イツモノトコロニテ、船体ヲヌリカエ、名前ヲ銀星丸《ギンセイマル》トアラタメヨ。

銀仮面

宝石丸船長ドノ

ああ、それにしても銀仮面は、どうして金田一耕助や等々力警部が、越中島さしていそいでいることや、また、岩壁に三太がかくれていることまで、知ることができたのでしょうか。

## 牛丸青年

そんなこととは夢にもしらぬ、こちらは三太少年です。

金田一耕助がやってくるのを、いまかいまかと待ちながら、その目はゆだんなく、怪汽船宝石丸を見はっています。

ところが、どうしたのか、だしぬけに煙突《えんとつ》から、黒い煙がもうもうと、あがりはじめたかと思うと、甲板《かんぱん》のうえでは乗組員たちが、いそがしそうに、右《う》往左往《おうさおう》しはじめました。

「あっ、いけない。あの船は出帆しようとしている！」

三太はあわててあたりを見まわしましたが、そのとき、ふと目にうつったのは、どうもうなつらがまえをした、マドロスふうの男です。

「やい、小僧、きさまはそんなところでなにをしているんだ」

われがねのような声をかけられ、三太はしまったと、心のなかでさけびました。

そこで無言のまま、身をひるがえして逃げだしましたが、するとそのときむこうから、やってきたのが、これまたどうもうな顔をした船乗りです。しかもこいつは、左の目からひたいへかけて、おそろしいきずがあります。

「やい、小僧、どこへいく」

きずの男は三太のまえに、大手《おおで》をひろげてにおう立《だ》ちになりました。

ああ、もうだめです。ひきかえそうにもうしろからは、マドロスふうの男が、にやりにやりとわらいながら、ちかづいてきます。そして、まえにはこのきずの男。進退《しんたい》きわまったというのはまったくこのことでしょう。

それでも三太はひっしとなって、

「おじさん、どいてよ。ぼく、散歩してるんだ」

「なんだ、散歩だと。なまいきなことをいやあがる。よしよし、散歩をするならいいところへつれてってやる。待ってろよ」

きずの男はポケットからひらたい銀いろのいれものを出しました。そして、パチッとそれをひらくと、なかから取りだしたのは、グッショリぬれたハンケチです。

三太ははっと危険をかんじて、

「おじさん、かんにんして……」

と、身をひるがえして逃げようとしましたが、その首すじをむんずととらえて、ひきもどしたきずの男は、やにわにぬれたハンケチを、三太の鼻にあてがいました。

「あ、あ、あ……」

三太はちょっと、手足をバタバタさせましたが、すぐ、ぐったりと気をうしなってしまいました。

「どうした、あにき、うまくいったか」

「さいくはりゅうりゅうよ。クロロホルムのききめに、まちがいがあってたまるもんか」

「よし、それじゃおれがかついでいこう。しかし、だれも見てやしなかったろうな」

「だれが見てるもんか。出帆だ。いそごうぜ」

三太をかついだふたりの男は、そのまま船のなかに、姿を消して、やがて、あのまがまがし怪汽船、宝石丸は岩壁をはなれました。

だが、これらのようすを、だれ知るものもあるまいと思いのほか、さっきからのできごとを、のこらず見ていたものがありました。

しかも、そのひとというのが、大野老人の助手、あのおしつんぼの牛丸青年なのです。

牛丸青年も劇場から、大野老人のあとをつけ、さっきからものかげにかくれて、ようすをうかがっていたのですが、いままさに、船が岩壁をはなれようとするせつな、ものかげからとびだすと、ぱっといかりにとびつきました。

いかりは水面をはなれると、ガラガラと、しだいに高くまきあげられます。そのいかりに両足をかけ、ふとい鉄のくさりにすがりついた牛丸青年のすがたは、まるで船についたかざりかなにかのように見えました。

そんなこととは夢にも知らぬ、宝石丸の乗組員は、船をあやつりそのまま遠く、東京湾のかなたに姿を消していったのです。

金田一耕助の一行が、かけつけてきたのは、それからまもなくのことでしたが、そのじぶんには船体はおろか、船のはきだす煙さえも、もうそのへんにはのこっていなかったのです。

## 文彦君の秘密

金田一耕助や等々力警部が、じだんだふんでくやしがったことはいうまでもありませんが、それにもまして力をおとしたのは、文彦君と小夜子です。

ああ、その船には文彦君のおかあさんと、小夜子のおとうさんが、とらわれびととなって乗っているのです。そのいどころがやっとわかって、やれうれしやと思うまもなく、船はまた、ゆくえ知れずになったのです。

「なあに、心配することはないさ。船の名もわかっているんだから、すぐ手くばりをしてつかまえてしまう。まあ、安心していなさい」

等々力警部は、文彦君と小夜子の肩をたたいて元気づけます。

「それにしても三太はどうしたろう。あいつもひょっとしたら悪者につかまえられたのじゃありますまいか」

金田一耕助は心配そうな顔色でした。

それはさておき一同は、それからすぐに、海上保安庁へかけつけて、怪汽船、宝石丸のゆくえをさがしてもらうようにたのみました。

「さあ、こうしておけばだいじょうぶだ。あしたまでには船のゆくえもわかるよ。ああ、もうすっかり日が暮れたな。とにかくいちおう、警視庁へかえろうじゃありませんか」

そこで、一同が警視庁へひきあげてくると、そこには意外なひとが待っていました。それは文彦君のおとうさんです。

金田一耕助は、ゆうべ文彦君のおかあさんがさらわれると、すぐに大阪の出張さきへ電報をうっておいたのですが、おとうさんはそれを見て、びっくりして、大阪からひきあげてこられたのです。

「ああ、おとうさん!」

「おお、文彦か。いさいのことは刑事さんたちから話をきいたが、おまえもさぞ心配したろう。ところで、金田一さん、警部さん」

「はあ」

「いろいろお世話になりましたが、実はこんどのことについてあなたがたに聞いていただきたいことがあるのですが……」

なんとなく、文彦君にえんりょがあるらしいおとうさんの顔色に、

「ああ、そう、それじゃどうぞこちらへ」

と、警部が案内したのはとなりのへやです。おとうさんは、金田一耕助と等々力警部の三人きりになると、やっと安心したように、

「お話というのはほかでもありません。実はあの文彦のことですが……」

「文彦君のこと……?」

「そうです。こんなことはあの子に知らせたくないのですが、実は、あれはわたしどものほんとうの子ではないのです」

「な、な、なんですって!」

金田一耕助も等々力警部も、思わずおおきく目を見張ります。

「そうです。あれはすて子でした。奉天のある公園でひろったのです。ちょうどそのころ、わたしたち夫婦は、子供がなくて、さびしくてたまらなかったところですから、これこそ神さまからのさずかりものと、大喜びで、拾ってそだててきたのです。それがあの文彦です」

金田一耕助は等々力警部と顔を見あわせながら、

「それで、文彦君のほんとうのおとうさんや、おかあさんは、ぜんぜんわからないのですか」

「わかりません。ただ、赤ん坊をくるんであったマントの裏にローマ字で、オーノという名前がぬいとってありました」

「オーノですって?」

金田一耕助はからだを乗りだし、

「それじゃ、文彦君にダイヤをくれた大野健蔵という老人が、ひょっとすると、文彦君のおとうさんか

も知れない……と、いうことになるんですか」

「そうかも知れません。しかし、私にはただひとつ、気になることがあるんです」

「気になることというのは……？」

「ちょうど、文彦をひろったじぶんのことです。満州を旅行中の、有名な日本の科学者がゆくえ不明になったという記事が、新聞に出ていたことがあるんです。ひょっとすると、当時満州をあらしていた、銀仮面という盗賊《とうぞく》のしわざではないかということでしたが、たしかなことはわかりません。ところで、その科学者の名前ですが、それが大野秀蔵《ひでぞう》博士というのです。しかもそのとき、博士のおくさんも、うまれたばかりで、まだ名もついていなかった赤ん坊も、いっしょに、ハルビンでゆくえ不明になっているのです」

ああ、こうして、文彦君にまつわる秘密のベールは、しだいにはがれていくのでした。

## 文彦君の父

文彦君はほんとうは、竹田家の子供ではなかったのです。赤ん坊のころ、奉天の公園でひろわれたすて子だったのです。そして前後の事情からかんがえると、文彦君はその時分、満州でゆくえ不明になった有名な科学者、大野秀蔵博士の子供ではないかと思われるのです。

それでは、文彦君のほんとうのおとうさん、大野秀蔵博士はどうしたんでしょう。そのころのうわさによると、大野秀蔵博士は、怪賊《かいぞく》銀仮面にゆうかいされたのだということですが、はたしていまでも生きているのでしょうか。

それにしても恐ろしいやつは銀仮面です。その昔、秀蔵博士をゆうかいしたばかりか、いままた、文彦君の義理のおかあさんや、文彦君にダイヤをくれた大野健蔵老人をゆうかいして、怪船『宝石丸』にのって、いずこともなくつれさってしまったのです。ああ、ひょっとすると、その大野健蔵老人と、大野秀蔵博士とのあいだには、なにか関係があるのではないでしょうか。

それはさておき、文彦君のおとうさんから、文彦君の秘密をきいた金田一耕助と等々力警部はすぐに小夜子をよびいれました。

「お嬢さん、あなたのお名前は大野小夜子ですが、ひょっとすると、十なん年かまえに、満州でゆくえ不明になった大野秀蔵博士と、なにか関係があるのではありませんか」

　小夜子ははっとしたように、一同の顔を見まわしましたが、やがてひくい声で、

「そうなのです。秀蔵博士は父の弟、つまりあたしのおじさんにあたるかたです」

「なるほど、そして文彦君は、秀蔵博士の子供さんなんですね」

　小夜子はまたはっとしましたが、これいじょう、かくしてもむだだと思ったのか、

「そうでした。父はながいあいだ、文彦さんをさがしていましたが、ちかごろやっと、奉天の竹田進一《しんいち》郎《ろう》というかたに、そだてられたということがわかったのです」

「すると、文彦君はあなたのいとこですね。なぜ、いままでそれをかくしていたのですか」

「それは……」

　小夜子はためらいながら、

「文彦さんをじぶんの子として、そだててくだすったいまのご両親に、無断でそんなことといっちゃ悪いと思ったのと、文彦さんが秀蔵博士の子供とわかると、銀仮面のために、文彦さんがどのような恐ろしい目に、あわされるかも知れないと思ったからです」

「小夜子さん」

　そのとき、警部にかわって、そばから口を出したのは金田一耕助です。

「銀仮面はなにをねらっているのです。ダイヤですか。それとも、ダイヤよりもっとたいせつなものをねらっているのじゃありませんか」

　それをきくと、小夜子はさっと、まっさおになりました。金田一耕助はひざを乗りだし、

「ねえ、小夜子さん、あなたがたは、なぜそんなにビクビクするんです。なぜ、何もかもうちあけて、警察の力をかりないんです」

「いいえ、いいえ、それはいけません」

　小夜子は恐怖にみちた声をはりあげて、

「おじさま、秀蔵博士はまだ生きていらっしゃるのです。銀仮面のために、どこかにとじこめられていらっしゃるのです。あたしたちが、うっかりしたこ

とをしゃべったら、銀仮面は、おじさまを殺すというのです。だから……あたしたちはなにもいえないのです」

それをきくと一同は、思わずギョッと顔を見合わせました。文彦君のほんとうのおとうさんが生きている。十なん年ものながいあいだ、銀仮面のために、どこかにとじこめられている。それはなんという恐ろしいことでしょう。

「小夜子さん、銀仮面とは何者です。いったいだれなんです」

「知りません。存じません。それを知っているくらいなら、こんな苦しみはいたしません。あれはじつに恐ろしいひとです。あたしたちのすることは、いつもどこかで見ているのです。ひょっとすると、いまあたしがこんな話をしていることも、あいつは知っているかも知れません。ああ恐ろしい、銀仮面！」

小夜子は両手で顔をおおうと、風のなかの枯葉《かれは》のように、肩をぶるぶるふるわせました。

ああ、それにしても銀仮面とは何者か、そしてまた、さっき金田一耕助がいった、ダイヤよりもっとたいせつなものとはいったいなんのことなのでしょうか。

## 樹上の怪人

それはさておき、その夜の十二時ちょっとまえ、文彦君はただひとり、さびしい井の頭公園の池のはたに立っていました。

みなさんもおぼえているでしょう。銀仮面はおかあさんをつれさるとき、あすの晩十二時に、黄金の小箱をもって、井の頭公園へくるようにという手紙を、文彦君のおうちのポストのなかへ投げこんでいったのです。

おかあさんが宝石丸にとらえられていることが、わかったいまとなっては、銀仮面がその約束を、まもるかどうかがうたがわしいと思いましたが、それでも、ねんのために、いってみたらよかろうという、金田一耕助の意見で、文彦君はいま、黄金の小箱をポケットに、公園のなかに立っているのです。

公園には金田一耕助や等々力警部、ほかに刑事がふたり、どこかにかくれているはずなのですが、文彦君のところからは見えません。

空はうっすらと曇《くも》っていて、ほのぐらい井の頭公園は、まるで海の底か、墓地のなかのようなしずけさです。井の頭名物のひとかかえ、ふたかかえもあるような、スギの大木がにょきにょきと、くもった空にそびえているのが、まるでおばけがおどっているように見えるのです。

文彦君はそういうスギの大木にもたれかかって、さっきからしきりにからだをふるわせています。こわいからでしょうか。いいえ、そうではありません。銀仮面が約束どおり、おかあさんをつれてきてくれるかどうかと考えると、緊張のためにからだがふるえるのです。

おかあさん、おかあさん。……

文彦君は心のなかでさけびました。おかあさんさえかえってきてくださったら、ダイヤもいらぬ、小箱もいらぬ、なにもかも銀仮面にやってしまうのに。……

どこかで、ホーホーと鳴くさみしいふくろうの声。池のなかでボシャンとコイのはねる音。遠くのほうでひとしきり、けたたましくほえる犬の声……だが、それもやんでしまうと、あとはまた墓場のようなしずけさです。

文彦君は腕にはめた夜光時計を見ました。かっきり十二時。ああ、それだのに、銀仮面はまだきません。だまされたのでしょうか。

おかあさん、おかあさん。……

文彦君はまた心のなかでさけびましたが、そのときです。風もないのにザワザワと、もたれているスギのこずえが鳴る音に、文彦君はギョッとして、うえを見ましたが、そのとたん、全身の血が、氷のようにひえていくのをおぼえたのです。

スギのこずえになにやらキラキラ光るもの……あっ、銀仮面です。泣いてるとも、笑ってるともわからない、ツルツルとしたあの白銀色《しろがねいろ》のぶきみな仮面。

「うっふふ、うっふふ」

銀仮面のくちびるから、ひくい、いやらしい笑いごえがもれてきました。

「こぞう、よく来たな。いまそっちへおりていく」

銀仮面はまるでこうもりのように、長いマントのすそをひるがえすと、ひらりとスギのこずえからとびおりました。文彦君は思わず一歩うしろへしりぞきます。

ああ、恐ろしい銀仮面。その銀仮面がいま、文彦君のまえに立っているのです。ピンと一文字《いちもんじ》につばの張った、山のひくい帽子の下に、あのいやらしい銀の仮面が、にやにや笑いをしています。そして、からだはスッポリと、ながいマントでくるんでいるのです。

「うっふふ、うっふふ、こぞう、なにもこわがることはないぞ。約束さえ守れば、わしは悪いことはせん。小箱をもってきたろうな」

「は、はい、ここに持っています」

文彦君はポケットをたたいてみせました。

「それをこっちへよこせ」

「いやです」

「なんだ、いやだと？」

「おかあさんを、さきにかえしてくれなければいやです。おかあさんはどこにいらっしゃるのです」

それをきくと銀仮面の仮面のおくで、ふたつの目が、鬼火《おにび》のようにきみ悪く光りました。

## 消えた銀仮面

ちょうどそのころ金田一耕助は、文彦君から三百メートルほどはなれた、草むらのなかにかくれていました。

金田一耕助ばかりではありません。等々力警部やふたりの刑事も、文彦君をとりまく位置に、めいめい三百メートルほどはなれたところにかくれているのです。だから、銀仮面がどの方《ほう》がくからくるとしても、だれかの目にふれずにはいられません。銀仮面のすがたを見たら、いったんやりすごしておいて、あとでそっと知らせあうことになっているのです。

それだのに、いまもってどこからもあいずのないのはどうしたことか。時計を見ると十二時三分。金田一耕助はしだいに不安がこみあげてきましたが、そのときでした。

「だれか来てくださアい。銀仮面です！」

たまぎるように文彦君の声。金田一耕助はそれをきくと、いなごのように草むらからとび出し文彦君のほうへいっさんにかけていきましたが、するとそのとき、むこうのスギの木かげから、バッととび出してきたのは銀仮面。

銀仮面は耕助のすがたを見ると、くるりと身をひるがえし、左手の岡をかけのぼります。

しめた、その岡のうえには、等々力警部が見張りをしているはずなのです。

「警部さん、警部さん、銀仮面がそっちへ逃げましたぞ」

金田一耕助も岡の小道へかかりましたが、そこへやって来たのは文彦君です。

「あ、金田一先生!」

「おお、文彦君、君も来たまえ」

ふたりが岡をはんぶんほどのぼったときでした。岡のうえからピストルをうちあう音。金田一耕助と文彦君は、ギョッとして顔を見合わせましたが、すぐまた、すばやく坂をかけのぼります。

「吉井《よしい》君、村上《むらかみ》君、銀仮面がそっちへいくぞ」

岡のうえから等々力警部の声。吉井、村上というのは見張りの刑事です。金田一耕助と文彦君は、その声をたよりに、まがりくねった坂みちをのぼっていきましたが、ふいに文彦君が、なにかにすべってよろけました。

「文彦君、どうした、どうした」

文彦君は懐中電気で足もとを照らしてみて、

「あっ、先生、こんなところに血が……」

見れば道のうえにべっとりと、血がこぼれているのです。金田一耕助と文彦君は、思わず顔を見合わせました。

「先生、銀仮面はけがをしたんですね」

「そうらしい、警部のたまがあたったのだろう。この血のあとをつたっていこう」

しかし、そこはひざもうまる草むらですから、血のあとはすぐに見えなくなりました。そのひろい草むらには、あっちに二本、こっちに三本と、スギの大木がまもののように、くらい夜空にそびえているのです。

ふたりがその草むらをわけていくと、またピストルをうちあう音。ふたりが顔をあげてみると銀仮面が草をわけてよろよろと、こっちのほうへやってきます。そしてその三方からじりじりとせまってくるのは、等々力警部にふたりの刑事。金田一耕助もそれを見ると、警部にかりたピストルをとり出しました。

　あ、もうこうなれば銀仮面は、袋のなかのねずみも同じことです。

　銀仮面はそれでもまだ、降参《こうさん》しようとはせず、あちらのスギ、こちらのスギと、たくみに身をさけながら、逃げられるだけ、逃げようとするのです。それをとりまく五人の輪は、銀仮面を中心に、しだいにせばめられました。

　と、ふいに身をひるがえした銀仮面は、また一本のスギの木《こ》かげにかくれました。そのスギの木というのは、地上三メートルほどの高さできられた切《きり》かぶですが、ふとさといったら、ふたかかかえ以上もあろうというしろものです。

　五秒――十秒、――銀仮面は切かぶのかげにかくれたまま姿を見せません。その切かぶをとりまいて、四方からじりじりとせまっていくのは警部や刑事や金田一耕助。とうとう一同は、ほとんど同時に、切かぶのそばへたどりつきましたが、そのとたん、きつねにつままれたように顔を見合わせました。

　ああ、なんということでしょう。銀仮面のすがたはどこにも見えないのでした。

## 窓にうつる影

「そんなはずはない。そんなばかなことはない。あいつだって血と肉でできた人間なんです。けむりのように消えるなんて、そんなばかな……」

　一同があっけにとられてポカンとしているとき、そうさけんだのは金田一耕助です。いかりにみちた声でした。

「どこかにかくれているんです。さがしましょう。もっとよくさがすんです」

　しかし、いったいどこをさがせばよいのです。五人の人間が五人とも銀仮面がこの切かぶのかげへはいるところを見たのです。しかもだれひとり、そこから出るところを見たものはありません。銀仮面はこの切かぶのなかへ吸いこまれたのでしょうか。

　そうです。それを発見したのは文彦君でした。銀仮面は切かぶのなかへ吸いこまれたのです。

「あ、先生、この切かぶはうつろですよ。そして、こんなところに血が……」

「な、なんだって！」

一同がびっくりしてふりかえると、文彦君は懐中電気で、切かぶの幹をてらしていました。

その切かぶというのは、しめなわが張ってあり、いちめんにツタの葉でおおわれているのですが、たてにひとすじさけ目があって、そのさけめにべっとりと血がついています。まるで、そこからけが人が、なかへすいこまれていったように。……

金田一耕助がびっくりして、切かぶをたたいてみると、はたしてポンポンとつづみのような音がします。等々力警部はツタの葉をかきわけて、切かぶのはだをなでていましたが、

「あ、ここにちょうつがいがある!」

なるほど、たてにならんだちょうつがいがふたをたくみにツタの葉でかくしてあるのです。

「わかった、わかった、警部さん、この切かぶはうつろになっていて、木の皮がドアになっているのです。どこかにとっては……」

そのとってもすぐに見つかりました。切かぶのみきの、地上一メートルばかりのところに、大きなこぶがありましたが、それをにぎって力まかせにひっぱると、木の皮がドアのようにパックリひらいて、なかからさっと、つめたい風が吹きあげて来ました。

のぞいてみると、なかはうつろになっているばかりではなく、地《ち》の底にむかって、まっくらなたてあながついているのです。一同は思わず顔を見合わせました。

「わかりました、警部さん、こういう秘密の抜け穴があるからこそ、あいつは今夜の会見を、井の頭と指定してきたんです。さあ、ひとつなかへもぐってみましょう」

金田一耕助は、はかまのすそをたくしあげると、ピストル片手に、いちばんにそのあなへもぐりこみました。それにつづいて等々力警部、文彦君、それからふたりの刑事がつぎつぎと、たて穴へもぐりこみます。

その穴はやっと人ひとり、もぐれるほどの広さしかありませんが、それでもちゃんと、鉄のはしごがついています。その鉄ばしごをおりていくと、深さは思ったほどもなく、間もなく横穴にぶつかりました。

その横穴をはいっていきながら、文彦君は、成城の大野老人の家にも、これと同じような抜け穴のあ

ったことを思い出し、なんともいえぬほど、ふしぎな感じがいたしました。

先頭をはっていく金田一耕助は、片手にピストル、片手に懐中電気をかざしながら、

「警部さん、銀仮面はたしかにこの抜け穴をつたって逃げたにちがいありませんよ。点々として血がつづいています」

その抜け穴をはっていくこと三百メートルあまり、間もなくゆくてがほんのり明《あ》かるくなって来ました。どうやら穴のいっぽうの入口へ、ちかづいて来たらしいのです。

「みなさんはここに待っていてください。ぼく、ちょっとようすを見てきます」

金田一耕助は懐中電気をたもとへしまい、ピストル片手に、入口まではっていきましたが、そこはがけの中腹になっており、がけの下にはりっぱな洋館がたっています。そして、洋館の二階の窓のひとつには、あかあかと電気の光《ひか》りがさしているのですが、金田一耕助が穴の入口から顔を出したとたん、その窓のカーテンに、くっきりとうつし出されたのは、ああ、なんと銀仮面の影ではありませんか。

「あっ、銀仮面！」

金田一耕助がいきをのんだせつな、銀仮面の持っているピストルが、ズドンと火をふいたかと思うと、

「人殺しだア、助けてえ！」

と、さけぶ声とともに電気が消えて、窓はまっくらになりました。あとは墓場のしずけさです。

ああ、それにしてもこれはだれの家でしょうか。そして、すくいを呼ぶ声はいったいだれなのでしょうか。

## 意外なけが人

金田一耕助はピストルの音をきくと同時に、ぬけあなからとび出し、がけをすべりおりていました。ぬけあなのなかに待っていた文彦君や等々力警部、さてはふたりの刑事たちも、おおいそぎでそのあとからつづきます。

庭をつっきっていくと、すぐ目のまえに勝手口《かってぐち》。ドアがあいているので、金田一耕助がまっさきにとびこむと、家のなかはまっくらでしたが、懐中電気の光りをたよりに、すぐ階段のありかを発見しまし

た。

「警部さん、来てください。こちらです」

金田一耕助をせんとうにたて、一同がまっくらな階段をのぼっていくと、ろうかの左手に大きなドア。銀仮面のかげがうつっていたのは、たしかにこの部屋にちがいありません。

一同がドアのまえにたたずんで、耳をすますと、なかからきこえてくるのは苦しそうなうめき声。金田一耕助はそれをきくと、ドアをひらいて、壁のうえのスイッチをひねります。と、パッと電気がつきましたが、そのとたん、一同は思わずあっと立ちすくみました。

そこは寝室になっているらしく、部屋のすみにりっぱなベッドがありましたが、そのベッドのしたにパジャマ（西洋のねまき）を着た老人が、あけにそまって倒れているのです。

金田一耕助はそれを見ると、つかつかとそばへより、老人のからだをおこしましたが、その顔をひとめ見るなり、

「あっ、こ、こ、これは……」

と、びっくりして思わずどもりました。

「き、金田一さん、ど、どうかしましたか」

等々力警部もつりこまれて、思わずおなじようにどもります。

「警部さん、見てください、このひとの顔を……あなたも知っているひとですよ」

耕助のことばに文彦君も、警部のあとからこわごわ老人の顔をのぞきましたが、そのとたん、世にも意外なかんじにうたれたのです。

「あ、金田一さん、こ、こりゃ宝石王の、加藤宝作さんじゃありませんか」

警部のおどろいたのもむりはありません。いかにもそれは日本一の宝石王といわれる、加藤宝作翁《おう》でした。

宝作翁は左の肩をうたれたと見え、パジャマにピストルの穴があき、ぐっしょりと血にそまっています。そして、たぶん出血のためでしょう、気をうしなって、おりおりくちびるからもれるのは、苦しそうなうめき声ばかり。

「ああ、君、君……」

金田一耕助は気がついたように、刑事のほうをふりかえり、

「医者を、早く、早く……」

言下《げんか》に刑事のひとりがとびだそうとするのを、あとから等々力警部が呼びとめて、

「ああ、それから応援の警官を呼んでくれたまえ。銀仮面のやつ、まだそのへんにまごまごしているかもしれないから……」

それから、警部は耕助のほうをふりかえり、

「金田一さん、宝作翁をうったのは、やっぱり銀仮面のやつでしょうな」

金田一耕助はちょっとためらって、

「そうかもしれません、いや、きっとそうでしょう。ぼくはその窓に、銀仮面のすがたがうつっているのを見ました。それからあいつがピストルをぶっぱなすのを……」

だが、そうはいうものの、金田一耕助のその声に、なんとなく熱心さがかけているように思えたので、文彦君はふしぎそうに顔を見なおしたのです。

## ぞう木林の中

さいわい、お医者さんがすぐきてくれたので、宝作翁はそれにまかせて、金田一耕助と等々力警部は、家のまわりをしらべることになりました。文彦君と刑事のひとりも、ふたりについてろうかへ出ます。

見ると、ろうかのつきあたりに、ベランダがあるのですが、そのベランダの戸があけっぱなしになっていて、そこからあわい月かげがさしこんでいます。そばへよると、庭からはしごがかけてありました。

「銀仮面のやつ、ここからしのびこんだんですね」

等々力警部はそういって、まっさきにはしごをおりようとしましたが、

「ああ、ちょっと待ってください」

なにを思ったのか、それをひきとめた金田一耕助、懐中電気ではしごをしらべていましたが、やがてみずからさきに立って、いちだんいちだん、注意ぶかくおりていきます。

そして、庭へおりたつと、なおもそのへんを、懐中電気でしらべていましたが、やがてあとからおりてきた、等々力警部をふりかえると、

「どうもふしぎですね、警部さん」

「なにがですか、金田一さん」

「だって、あのはしごにも、このへんにも、どこに

も血のあとが見えないのはどうしたのでしょう」

「そうですか、なるほど、そうかもしれませんね」

しかし、そういう金田一耕助の顔色が、なんとなくくもっているのを、文彦君はふしぎそうに見ていました。

「それから警部さん、もうひとつふしぎなことがありますよ」

「なんですか、金田一さん」

「これだけ大きい洋館に、加藤宝作翁ひとりだけということはないでしょう。だれか召使《めしつか》いがいるはずです。その召使いはいったいどうしたのでしょう」

「ああ、それはわたしもさっきから、ふしぎに思っていたところです。ひとつ家のなかをしらべてみましょうか」

警部がふりかえったときでした。家のなかからもうひとりの刑事が出てきました。

「警部さん、家のなかにはだれもいませんよ」

「だれもいない……？」

「ええ、でも、ついさっきまで、だれかいたことはたしかです。召使部屋に寝《ね》どこがしいてあるのですが、その寝どこにまだぬくもりがのこっています」


それをきくと金田一耕助と等々力警部は、思わずぎょっと顔を見あわせました。

ああ、その召使いはどうしたのでしょう。ひょっとすると、銀仮面につれられて、どこかで殺されてしまったのではありますまいか。……

一同がなんともいえぬ不安な思いに、顔を見わせてたちすくんでいるとき、だしぬけに、やみのなかからきこえてきたのは、ズドンというピストルの音。

「あっ、なんだ、あれは……」

警部がさけんだときでした。またもや、ズドン、ズドンとピストルをぶっぱなす音。あまり遠くではありません。

「警部さん、いってみましょう」

金田一耕助は、はや、はかまのすそをふりみだして走っています。等々力警部と文彦君、それから、ふたりの刑事もそれについて走りだしました。

洋館を出るとすぐ左がわにかなりひろいぞうき林があります。そのぞうき林のなかから、またもやズドンと、ピストルの音がきこえてきました。

「だれか、そこにいるのは……」

警部もきっとピストルを身がまえました。

「あっ、警部さん、はやく来てください。あそこに、銀仮面がいるのです」

それは電話でよびよせられた応援のおまわりさんでした。

「なに、銀仮面がいる？」

一同はなだれをうってぞうき林へとびこむと、

「どこだ、どこだ、銀仮面は？」

「ほら、あそこです。あそこに立っています」

おまわりさんの指さすほうをみて、一同は思わずぎょっといきをのみました。

なるほど、五、六メートルむこうの草のなかに、ゆうぜんと立っているのは、まぎれもなく銀仮面ではありませんか。

林をもれる月光に、あのきみわるい銀仮面をひからせて、しかもその仮面のしたからもれてくるのはなんともいえぬぶきみな声。

「く、く、く、く……」

泣いているのか、笑っているのか、その声をきいたせつな、文彦君は全身の毛という毛がさかだつ思いでした。

## 動かぬ銀仮面

「銀仮面、おとなしくしろ！」

等々力警部がさけびました。そして、おどしのために空にむかって、ピストルを一発ぶっぱなすと、

「銀仮面、こちらへ出てこい！」

しかし、銀仮面は身うごきをしようともいたしません。あいかわらず、

「く、く、く、く……」

と、ぶきみな声を立てるばかりです。

「おのれ、いうことをきかぬと……」

警部はピストルを身がまえましたが、

「あっ、警部さん、ちょっと待ってください」

あわててそれをおしとめた金田一耕助、ひざをも没する雑草をかきわけて、銀仮面のほうへ走っていきます。

「あっ、金田一さん、あぶない！」

警部がうしろからさけびましたが、金田一耕助は耳にもいれず、あいてのそばへかけよると、あのつばのひろい帽子をパッととり、それから銀仮面をは

ずしましたが、そのとたん、こちらから見ていた一同は、思わずあっと手に汗をにぎりました。

口をきかないのもむりはない。その男はさるぐつわをはめられているのです。また、身動きをしないのもどうりです。その男はすぎの大木にしばりつけられていたのです。

「いったい、ど、どうしたのだ。おまえはいったいだれだ」

ちかづいてきた一同が、よってたかって、さるぐつわをとり、いましめをといてやると、その男は恐怖に顔をひきつらせ、くたくたと草のなかへくずれおれると、

「わたしは……わたしはなにも知りません。ピストルの音と、だれかがすくいを呼ぶ声に、目をさましてとびおきたところへ、銀仮面がやってきて……ピストルでおどされ、ここまでつれてこられ、ここにしばりつけられて、さるぐつわをはめられたのです」

なるほど、そういえばその男は、まだわかい男でしたが、ねまきを着たままで、すぎの大木にしばりつけられ、そのうえに銀仮面のマントを、かぶせられていたのでした。

「いったい、きみはだれだ。あの洋館のものか」

「そうです、書生《しょせい》の井口《いぐち》というのです」

そこでまた、井口は急におそろしそうな声をあげると、

「ご主人はどうしました。たしかにご主人のすくいをもとめる声がきこえましたが」

「ご主人というのは、加藤宝作翁《おう》のことですか」

金田一耕助がたずねました。

「そうです、そうです」

「すると、あのうちは宝作翁のうちですね」

「そうです。ちかごろ買って、ひっこしてきたばかりです」

「ちかごろ買って……そしてまえの持主《もちぬし》はなんというひとですか」

「知りません。わたしは知りません。ご主人はむろん、知っていらっしゃるでしょうが……」

「よし、それじゃ警部さん、うちへひきかえしましょう」

「いや、それより銀仮面はどうしたのだ。おい、きみ、銀仮面はきみをしばりつけて、どっちの方角へ

にげたんだ」

「知りません。わたしは仮面をかぶされてしまったのですから」

「しかし、きみはあいつの顔を見たのだろう。仮面をはずしたとき……いったいどんなやつだった」

「さあ……」

書生の井口は首をかしげて、

「くらくてよくわからなかったのですが、まだわかい男のようでした。三十二、三の……」

「よし、それじゃきみたち」

等々力警部は刑事や警官をふりかえり、

「銀仮面のゆくえをさがしてみろ。あいつは平服《へいふく》になってにげ出したのだが、けがをしているから目印はある。それをたよりにさがしてみろ。わかったか」

「はっ、承知しました」

警事や警官がバラバラと、くらい夜道を散っていったあと、書生の井口をひきつれて、もとの洋館へかえってみると、加藤宝作翁は医者のかいほうで、ようやく正気にかえったところでした。

## 地下道の足音

「あっ、警部さん、金田一さん、あなたがたはどうしてここへ……」

ベッドのうえで、ほうたいまみれになった宝作翁は、一同の顔をみると、びっくりしたように目を見張ります。

「加藤さん」

警部はあいてをいたわるような目つきで、

「とんださいなんでしたね。しかし、どうしてこんなことになったのです。銀仮面はいったい、なにをねらってここへきたんです」

「ああ、それじゃあれはやっぱり銀仮面だったのですか」

「そうです。金田一さんはあいつのかげが、その窓にうつっているのを見たのです」

「そうですよ。とっさのことで、わたしにはよくわからなかったのだが……」

宝作翁はきみわるそうに身ぶるいをすると、

「わたしは今夜、はやくからベッドへはいって寝たのです。いつもは支配人もうちにいるのですが、二、三日旅行しているので、いまはわたしと書生《しょせい》の井口のふたりしかおりません。それで戸じまりにいっそう気をつけて、十時ごろに電気を消して寝たのです。すると……」

「なん時ごろでしたか、よく寝ていたのでわかりませんが、なにやらガタガタいう音で目がさめました。そこで電気をつけたのですが、すると、とつぜんその押入《おしい》れのなかから、あいつがとび出してきたんです」

「押入れのなかから……？」

金田一耕助がたずねます。

「そうです、そうです。それでわたしがびっくりして、声を立てようとすると、いきなりそいつがピストルをぶっぱなして……それきりあとのことはおぼえておりません」

「加藤さん」

金田一耕助はきっとあいての顔を見ながら、

「このうちは、あなたがお買いになるまえは、いったいだれのうちだったのですか」

「ええ……と、わたしは仲買人から買ったのですが……そうそう、たしかまえの持主《もちぬし》は、大野……大野健蔵というひとでした」

金田一耕助と文彦君は、それをきくとはっと顔を見あわせましたが、つぎのしゅんかん、耕助は身をひるがえして、押入れのまえにとんでいくと、パッとドアをひらきました。

ひっこしてきたばかりのこととて、押入れのなかはからっぽです。金田一耕助は懐中電気で、押入れのなかをしらべていましたが、すぐ右がわのかべに、小さなかくしボタンがあるのを発見して押してみました。

と、そのとたん、一同は思わずあっと声を立てたのです。

おお、なんということでしょう。押入れのゆかが、ガタンとしたへひらいたかと思うと、そこにはまた、まっくらなたて穴がひらいているではありませんか。しかも、懐中電気の光《ひか》りでしらべてみると、そのたて穴には垂直に、鉄のはしごがついています。

一同はしばらくだまって顔を見あわせていましたが、やがて金田一耕助がきっぱりと、

「警部さん、あなたはここにいてください。加藤さんにまだいろいろとおたずねになることがあるのでしょう。ぼく、ちょっとこのぬけあなをしらべてみます」

「あっ、先生、ぼくもいきます」

文彦君がさけびました。

「よし、来たまえ」

金田一耕助は一歩鉄ばしごに足をかけました。とつぜん、ぎょっとしたように立ちすくんでしまいました。

「せ、先生、ど、どうかしましたか」

「しっ、だまって！　あれをききたまえ」

金田一耕助はそういって、ぬけあなの底を指さします。それをきいて一同が、きっと、きき耳を立てていると、ああ、きこえる、きこえる、ぬけあなの底からかすかな足音が……ためらうようにあるいてはとまり、それからまた、思いきったように歩き出す足音。……

しかも、その足音はしだいにこちらへちかづいてくるではありませんか。

一同は思わずぎょっと顔を見あわせました。

## またも消えた銀仮面

ああ、ひょっとすると銀仮面がまだ、地下のぬけ穴をうろついているのではありますまいか。

「だ、だれだっ！　そこにいるのは！」

等々力警部がたまりかねて、大きな声でさけびました。その声はまるで、深い古井戸《ふるいど》にむかってさけぶように、あちこちにこだまして、遠く、かすかに、いんいんとしてひびいていきます。と、たちまち足音はむきをかえて、もときたほうへ走っていきます。

「しまった！」

と、舌を鳴らした金田一耕助、手にした懐中電気を口にくわえると、いきなり鉄ばしごのそばにある、太い垂直棒にとびつきました。と、見るやスルスルスル、そのすがたはまたたくうちにまっくらなたて穴の、やみのなかにのみこまれていったのです。

「あぶない！　金田一さん！」

「先生！　先生！」

等々力警部と文彦君は、手にあせにぎってたて穴のなかをのぞいていましたが、やがて十メートルあまり下のところで、懐中電気の光りが安定したのを見とどけると、じぶんたちもつぎつぎと、垂直棒をすべっていきました。

そこはまっくらな地下道でしたが、金田一耕助のすがたはもうそのへんには見えません。

「先生！　先生！」

「金田一さん、金田一さん！」

等々力警部と文彦君は、手にした懐中電気をふりかざしながら、やみにむかってさけびます。しかしその声はただいたずらに、まっくらな地下道にこだまするばかりで、金田一耕助のへんじはありません。

「警部さん、いってみよう。金田一先生はわるもののあとを追っかけていったにちがいありません」

「よし！」

地質のかんけいかこの地下道は、まっすぐに掘ってなくて、へびのようにくねくねとうねっているのです。その地下道をすすむこと五十メートルあまり、等々力警部と文彦君は、とつぜん、ぎょっとして立ちどまりました。ゆくての闇《やみ》のなかから、はげしい息づかいと、もみあう物音がきこえてくるのです。

「だれか！」

等々力警部が声をかけると、

「あっ、警部さん、きてください。くせものをつかまえたんですが、こいつ少しみょうなんです。からだがゴムのようにやわらかで……」

その声はまぎれもなく金田一耕助。それを聞くと等々力警部と文彦君は、大いそぎでそばへかけつけると、さっと懐中電気の光りをあびせましたが、そのとたん、

「あっ、き、き、きみは小夜子さん！」

おどろいてとびのいたのは金田一耕助です。

なるほど金田一耕助に組みしかれて、ぐったりとたおれているのは、大野老人のひとり娘、少女小夜子ではありませんか。

「きみだったのか。きみだと知っていたら、こんな手荒なまねをするんじゃなかったんだ」

金田一耕助にたすけられて、よろよろと起きなおる少女小夜子を、等々力警部はうたがわしそうな目で見つめながら、

「お嬢さん、あんたはなんだっていまじぶん、こんなところへ来たんです。まさか銀仮面のなかまじゃあるまいと思うが、こんどというこんどこそ、すべ

ての秘密をあかしてもらわんと、このままじゃすみませんぞ」

等々力警部にするどくきめつけられて、

「すみません、……すみません」

と、小夜子はただむせび泣くばかり。

金田一耕助はやさしくその肩に手をかけて、

「小夜子さん、こうなったらなにもかもいってしまいなさい。きみがいくらかくしても、ぼくはちゃんと知っています。あなたがたの秘密というのは、人造ダイヤのことでしょう」

それを聞いて小夜子はいうにおよばず、等々力警部も文彦君も、思わずあっと、金田一耕助の顔を見なおしました。

## 人造ダイヤ

人造ダイヤ！　おお、人造ダイヤモンド！　それはなんという大きな秘密だったでしょう。

みなさんもごぞんじのように、化学的にいえば、ダイヤモンドは純《じゅん》すいの炭素《たんそ》からできています。木《もく》炭《たん》や、みなさんが学校でつかう鉛筆《えんぴつ》のしんなどと、ほとんど同じ成分なのです。

ですから、ダイヤモンドに高い熱をあたえると、燃えて炭酸ガスになってしまいます。むかしある王様が、世界一の大きなダイヤモンドを作ろうとして、じぶんの持っているダイヤを全部、炉《ろ》にいれてとかしたところが、あけて見たら、ダイヤはかげも形もなかったという、お話までつたわっているくらいです。

しかし、そうして成分もわかっているのですし、しかもその原料というのが、世にありふれた炭素なのですから、人間の力でダイヤができぬはずはない。――と、いうのが昔から、科学者たちの夢でした。

しかし、学問的にはできるはずだとわかっていても、じっさいには、いままで大きなダイヤモンドを、作りあげたひとはひとりもありません。ただ、いまから六十年ほどまえに、フランスの化学者が、電気炉のなかで、強い圧力をかけながら、炭素をとかして、ダイヤを作ることに成功しましたが、それは顕《けん》微鏡《びきょう》で見えるか見えないかというほどの大きさでしたから、じっさいの役には立たないのです。

それからのちもこの問題を解決しようとして、多くの学者が努力しました。そして、ダイヤモンドを作ることに成功しなかったとしても、それらのひとびとの努力はけっしてむだではなかったのです。ダイヤモンドと木炭が同じ成分からできていながら、ちがっている秘密がだんだんわかってきました。だから、そのちがいさえなくすれば、人造ダイヤは作り出すことができるはずなのです。

みなさんはこの物語のはじめのほうで、金田一耕助が成城にある大野老人の地下室で、純すいの炭素を製造する、ふしぎな機械を発見したことをおぼえているでしょう。あの機械と、大野老人の手もとから出た、いくつかの大宝石から、金田一耕助はついにこの秘密を見やぶったのでした。

金田一耕助のことばに、小夜子は涙にぬれた目をあげると、

「まあ、先生！　先生どうしてそのことを、知っていらっしゃいますの」

金田一耕助はにこにこしながら、

「だってきみは、あれだけの大きなダイヤを、まるで炭のかけらぐらいにしか、思っていなかったじゃありませんか。きょう警視庁でダイヤの話が出たとき も、きみのかおにはありありとそれが出ていましたよ」

等々力警部は目をパチクリとさせながら、世にもふしぎな話をきいていましたが、やがていきをはずませて、

「そ、それじゃあの黄金の小箱にはいっていたダイヤモンドも、大宝冠にちりばめてあったダイヤも、みんな人工的につくられたものだというのですか」

「はい」

「そして、それはみんな、あなたのおとうさんが作ったというんですね」

「はい、さようでございます」

等々力警部はいよいよおどろいて、

「ああ、なんということだ。もし、それがほんとうだとすると、たいへんな話になりますよ。日本はたちまち、世界一の金持《かねもち》になりますよ。ああ、わかった、わかった。それだからこそ、銀仮面のやつがあなたがたをねらっていたのですね。あなたがたから、人工ダイヤの秘密をぬすもうとしているのですね」

「ええ、それですから、父もおじも、銀仮面にゆうかいされたのです。銀仮面は父やおじに、人工ダイ

ヤを作らせようとしているのです」

ああ、これで銀仮面が、あんなにまでしゅうねんぶかく、大野老人をつけねらっているわけがわかりました。いまかりに大野老人をつかって、人造ダイヤを無限につくるとすれば、世界の富を一手《いって》にあつめることができるではありませんか。

「しかし、小夜子さん」

そのとき、しずかにそばからことばをはさんだのは金田一耕助です。

「人造ダイヤのことはいずれゆっくりおたずねするとして、あなたはどうして今夜、こんなところへきたんですか」

「ああ、それは……」

小夜子は急におびえたようなかおをして、

「この家は成城へうつるまえ、あたしたちが住んでいた家なのです。そのとき、父が万一のことを思って、この地下道をつくっておいたのですが、あたし、今夜ふとしたことから、銀仮面の正体に気がついたのです。それで、そのしょうこをたしかめようとして、ここからしのんできたのです」

「な、な、なんですって！　銀仮面の正体に気がついたんですって？　いったい、それはだれですか」

警部は思わず大声をあげて聞きましたが、金田一耕助はいきなりその口をおさえると、

「しっ、警部さん、そんな大きな声を出しちゃいけません。壁に耳ある世のなかですからね。はっはっは、いや、小夜子さん、それはぼくもだいたい見当《けんとう》がついているんですがね」

## やみ夜の上陸

ああ、金田一耕助や小夜子が気がついたという銀仮面の正体とは、はたしてだれだったでしょうか。

……それはしばらくおあずかりしておいて、ここでは怪汽船宝石丸の、そのごのなりゆきから、お話をすすめていくことにいたしましょう。

越中島の岸壁《がんぺき》をはなれた宝石丸は、とちゅう海上保安庁の警備船に発見されることもなく、ぶじに東京湾をはなれて、西へ西へとすすんでいました。船は海岸線をとおくはなれて、はるか沖合《おきあい》を走っているので、いったいどこを走っているかわかりませんでしたが、東京で金田一耕助が小夜子の秘密を発見

したころ、ようやく進路をかえて、海岸線へ近づこうとしているようすでした。

船首にちかい上甲板《じょうかんぱん》に立っているのは、あの魔法つかいみたいな老婆《ろうば》にばけた怪人です。怪人は目のまえにせまってくる絶壁を、さっきからじっと見まもっています。

雲間《くもま》にまたたいている北極星の位置からはんだんすると、舟のへさきはいま、真東《まひがし》にむかっているようです。しかし、見わたすかぎり陸上には、人家《じんか》のあかりらしいものはひとつも見えません。

とつぜん、前方の山のうえから、花火のように黄色い火が、流れ星のように尾をひいて、パッと空にのぼっていきました。

「うっふっふ。仮面城に異常なしというわけか。どれ、上陸にとりかかろうか」

怪人がほっと安心したようにつぶやいたときでした。うしろに近づいてきたのは無電技師です。

「東京の銀仮面さまから電報です」

「ああ、そうか。きみ、ひとつ読《よ》んでみてくれ」

「はい、**『ぶじ東京湾を脱出の由《よし》、安心せり、捕《ほ》りょはすぐ仮面城につれゆき、かんきんすべし。余《よ》は負傷せるも重傷ならず、あの仮面城にむかう予定。銀仮面』**です」

「ほほう、すると首領は負傷されたのか」

「ええ、でも、重傷ではないということですから」

「ふむ、首領にそんなぬかりがあるはずはないからな。よし、それではいまから、捕りょをボートにのせて上陸する。ここへつれてくるようつたえてくれたまえ」

「はっ、かしこまりました」

無電技師が階段をかけおりていくと間もなく、うしろ手にしばりあげられ、さるぐつわをはめられた、大野老人と文彦君のおかあさんが、ひきずり出されてきましたが、どうしたわけか三太少年のすがたは見えません。

「あの小僧はどうした」

「それがどうもおかしいんです。クロロホルムをかがせてあるから、ついだいじょうぶと船室にかぎをかけずにおいたら、いつの間にかいなくなっているんです」

「バカやろう！」

怪人の口から雷のような声が降ってきました。

「それで見はりの役がすむと思っているのか。もう一度、船中をのこらずさがしてこい！」

「はっ、もうしわけありません」

ものすごい怪人のけんまくに、さすがあらくれ男の水夫《すいふ》たちも、あおくなってあたふたと、階段をかけおりていきます。

そのうしろすがたを見送って、怪人はあらためて、大野老人のほうへむきなおりました。

「いや、大野先生、船中ではなにかとご無礼《ぶれい》もうしあげましたが、上陸のあかつきはいろいろとおわび申しあげます。むこうには先生の弟さんもいらっしゃるはずですから」

それから文彦君のおかあさんのほうへむきなおると、

「それから竹田のおくさん、あなたにもいろいろご不自由をかけましたが、もうしばらくのしんぼうです。大野先生がわたしたちの命令にしたがってくだすったら、あなたはぶじにかえしてあげます。だから、あなたからもくれぐれも、先生によろしくおねがいしてください」

ああ、なんという虫のよいことばでしょう。銀仮面の一味は大野きょうだいをきょうはくして人造ダイヤの秘密を手にいれるまで、文彦君のおかあさんを、人質にとっておくつもりなのです。

文彦君のおかあさんは、まっさおになって涙をうかべ、大野老人は歯ぎしりをしてくやしがりましたが、そのときどうやら、船は上陸地点へついたようすでした。

## 仮面城

船中をすみからすみまでさがしても、三太少年のすがたはとうとう見つかりませんでした。怪人もしかたなしにあきらめて、一同に上陸を命じました。きっととちゅうで、海のなかへとびこんだと思ったのでしょう。

やがて怪人と捕《ほ》りょのふたりを乗せたボートが、まっさきに船をはなれます。そのうしろにはいろいろの荷物をつんだ三そうのボートがつづきました。

いくことおよそ十分あまり、やがてボートがついたところは、切りたてたような断《だん》がいのふもとでした。

「さあ、おりろ」
怪人は、かた手にふたりの捕りょをしばった綱のはしを持ち、かた手にピストルを握っています。すこしでも逃げ出しそうなようすが見えたら、ズドンと、ぶっぱなすつもりなのでしょう。ふたりの捕りょはよろよろと、力なくボートから岩のうえへおりました。

そのふたりをなかにはさんで、怪人の一行は、切りたてたような絶壁《ぜっぺき》をのぼっていきます。絶壁には岩をきざんで階段がつくってあり、船員たちは手に手にたいまつをふりかざしているのです。

のぼること約百メートル、ようやく道がゆるやかになってきたかと思うと、やがて一行はまばらな赤松林のなかに出ました。赤松林のうしろには、大きな岩がそびえています。

その岩のまえまでくると、
「とまれ！」
怪人が強く綱をひいたので、ふたりの捕りょは思わずよろよろ立ちどまりました。

怪人は懐中電気の光《ひか》りをたよりに、岩のうえをさぐっていましたが、するとどうでしょう、なんと十トンもあろうという大きな岩が、ぶきみな音を立ててしずかに廻転《かいてん》していくではありませんか。そして、そのあとにポッカリひらいたのは、地獄の入口のようなどうくつでした。

「あっはっは、なにもおどろくことはない。これこそ仮面城の入口だ。これでもなかにはちゃんと電気もついておれば、水道もひいてある。先生がたのご研究には、なにも不自由はございませんから安心してください」

大野老人と文彦君のおかあさんは、思わず顔を見あわせます。怪人はまた強く綱をひいて、
「前へ進め！　何もこわがることはない。ぐずぐずせずに早くあるかんか」

うしろからせき立てられて、ふたりの捕りょはしかたなく、このぶきみなどうくつのなかへはいっていきます。すぐそのあとから一行が、どやどやと穴のなかへもぐりこみました。

こうして一同がはいってしまうと、またもや大きな岩が動き出して、仮面城の入口は、ぴったりとざされてしまったのです。

あとは深夜の静けさです。きこえるものとては波

の音ばかり。

と、このときでした。松林のなかでバサリと松の小枝がゆれたかと思うと、ガサガサと下草《したくさ》をわけて、さるのようにとび出してきたひとつの影がありました。

その影は、岩のまえに立ちよると、耳をすまして、じっとなかのようすをうかがっていましたが、そのときでした。雲をやぶった月の光りが、さっとその男をてらしましたが、見ればそれこそ、東京湾の岸《がん》壁《ぺき》から、いかりにすがって追ってきた、牛丸青年ではありませんか。

ああ、それにしても三太少年はどうしたのでしょう。三太はほんとうに、海へとびこんでしまったのでしょうか。

## 燃える怪汽船

牛丸青年はしばらく岩に耳をあて、なかのようすをうかがっていました。岩に耳をあてたところで、つんぼのことですからなにもきこえるはずはありませんが、そうしてからだをくっつけていると、やはりなにかのけはいがわかるのでしょう。

牛丸青年はいきをころしてしばらく、なかのようすをうかがっていましたが、やがて安心したように、岩のおもてをさぐりはじめました。

おそらくさっき怪人が、岩をひらいたあのしかけをさぐっているのでしょう。しかし、銀仮面のいちみもさるもの、そんななまやさしいことで、すぐわかるような、しかけをしておくはずがありません。

牛丸青年はがっかりしたような顔色で、岩のおもてをながめていましたが、やがて全身の力をこめて、岩をおしてみました。しかし、牛丸青年がいかに怪力とはいえ、なん十トンもあろうという岩が、そう、やすやすとうごくものではありません。

牛丸青年はいよいよがっかりした顔色で、うらめしそうに、岩のおもてをながめていましたがそのときなのです。きゅうにあたりがパッとあかるくなったのは。……

牛丸青年はびっくりして、はっとうしろをふりかえりましたが、そのとたん、思わず大きく目をみはりました。

ああ、なんということでしょう。さっき牛丸青年が、いかりにぶらさがってきた宝石丸が、いまやえんえんとしてもえあがっているではありませんか。

おそらく船員のだれかのそそうから、火が燃料にもえうつったにちがいありません。見る見るうちにほのおが船ぜんたいを押しつつんで、牛丸青年にはきこえませんでしたが、パチパチとものがはじける音、ドカン、ドカンとなにかの爆発するひびき。

あたりいちめん、まひるのようにあかるくなった海面を、船からとびこんだ船員たちが、たすけをもとめながらただようているのです。

牛丸青年はびっくりして、しばらくこのありさまをながめていましたが、と、このとき、かれのもたれていたあの岩の戸がぐらぐら動き出したので、牛丸青年はぎょっとして、もとの松林にとびこむと、下草のなかに身をふせました。

すると、ほとんどそれと同時に、岩の戸が大きくひらくと、なかからとび出してきたのは、十人ちかくの人影です。船から無電をうけとったのか、それとも物音に気づいてとび出してきたのか、もえさかる船を見ると、しばらく、ぼうぜんとして立ちすくんでいましたが、やがて、くちぐちになにかわめきながら、岩壁《がんぺき》をめがけて走っていきます。そして、そのすがたはまたたくうちに、岩壁にきざまれた、あのあぶなっかしい階段のほうへ、見えなくなってしまいました。

そのうしろすがたを見送って、松林のなかからはい出したのは牛丸青年。岩の戸のところまできてみると、なんとそれはひらいたままではありませんか。さすがの悪者たちも、よほどあわてていたと見えて、しめるのを忘れていったのです。

「しめた!」

おしつんぼのことですから、ことばに出してはいませんでしたが、牛丸青年はいかにもうれしそうにあたりを見まわします。

と、このときでした。

とつぜん、船の中央から、ドカーンというものすごい大音響がおこったかと思うと、天までとどくようなまっかな火柱《ひばしら》がもえあがりました。と、どうじにもえあがるほのおと、黒い煙が宝石丸をおしつつみ、船はしばらく海上を、のたうちまわっていましたが、やがてまっぷたつにさけたかと思うと、ぶくぶくと海のなかへしずんでいくのでした。

牛丸青年はそれをしり目にかけながら、用心ぶかく、仮面城のなかへもぐりこんでいきました。

## トランクの中

どうくつのなかはコンクリートでかためられた、りっぱな地下道になっています。

天《てん》じょうにはおちついた蛍光灯《けいこうとう》の光《ひか》りがかがやき、ろうかの両がわには、ところどころ、緑色にぬった鉄のとびらがあります。人影はどこにも見えませんでした。

牛丸青年は用心ぶかく、そのろうかをすすんでいきます。まもなく下へおりる階段にぶつかりました。見るとその階段にはまだま新《あたら》しい足跡が、いりみだれてついています。

さては悪者たちはこの階段をおりていったのか。

……

そう考えた牛丸青年は、あいかわらず用心ぶかく、その階段をおりていきます。階段をおりると、そこにまたさっきと同じようなろうかがありましたが、そこからまた、下へおりる階段がついているのです。そして、いりみだれた足跡は、その階段をおりています。

牛丸青年は用心ぶかく、その足跡をつけていきましたが、やがて階段をおりきると、足跡はこんどはろうかのおくのほうへつづいています。

つまり、この仮面城は地下三階になっていて、ちいさなビルディングぐらいの大きさをもっているのです。

牛丸青年は内心舌をまいておどろきながら、足跡をつたってろうかをおくへおくへと進んでいきましたが、とつぜん、ぎょっとしたように立ちすくみました。

牛丸青年から五メートルほど前方に、荷物が山のようにつんであります。さっき悪者たちが、宝石丸からかつぎ出した荷物です。そのなかに、大きなトランクがひとつありましたが、見るとそのトランクのふたが、むくむくとしたから、もちあがってくるではありませんか。

牛丸青年はぎょっとして、いそいでものかげに身をかくすと息をころしてトランクを見つめています。

そんなこととは知るや知らずや、トランクのふたは三センチ、五センチ、七センチと、すこしずつひらいていきましたが、やがて十センチほどひらいたかと思うと、そのままぴたりと動かなくなってしまいました。

おそらくなかの人物が、あたりのようすをうかがっているのでしょう。やがてその人物は安心したのか、トランクのふたを大きくひらくと、ひらりとなかからとび出しましたが、なんとそれは三太ではありませんか。

ああ、船のなかに見つからなかったのもむりはありません。三太は荷物のなかにかくれていて悪者どもにかつがれて、まんまとこの仮面城へしのびこんだのです。

牛丸青年は三太を知っていました。いつか三太が悪者の手さきにつかわれて、成城にある、大野老人のところへやってきたのをおぼえているのです。

牛丸青年はものかげからとび出すと、やにわに三太におどりかかりました。だれもいないと思ったこのろうかでいきなりひとにとびつかれたので、三太はぎょっとしてふりかえりましたが、牛丸青年のすがたを見ると、

「ちがう、ちがう、ぼく、もう、悪者の手さきじゃない。ぼくは文彦さんや、小夜子さんのためにはたらいているんです」

三太はひっしとなってさけびましたが、むろんいてはおしつんぼですからそんなことばがきこえるはずがありません。

牛丸青年は三太の手をとり、うしろ手にしばりあげようとします。三太はいっしょうけんめいにもがきます。

と、このときでした。

とつぜん、つきあたりの鉄のとびらがひらいたかと思うと、顔を出したのは白髪の老人。ほおはこけ、目はおちくぼみ、からだは枯木《かれき》のようにやせていますが、どことなく気高《けだか》い威厳がそなわっています。

「そこにいるのはだれか」

老人はしずかな声でたずねました。牛丸青年にはむろん、その声がきこえるはずがありませんが、三太のようすにはっとふりかえると、びっくりしたように立ちすくみました。

そして、しばらく穴のあくほど、老人の顔を見つめていましたが、やがてなにやらみょうなさけびを

あげ、ばらばらと老人のそばへかけよると、いきなり、がばとその足もとにひれふしました。

ああ、この老人はだれでしょう。

## 映画の秘密

さて、話かわってこちらは金田一耕助です。

加藤宝作翁《おう》の住居から、まんまと、銀仮面に逃げられた耕助は、なに思ったのかその翌朝、等々力警部や文彦君、さては小夜子をともなって、自動車をとばしてやってきたのは、多摩川《たまがわ》べりにある日東《にっとう》キネマの撮影所です。

「井本明《いもとあきら》さんという監督さんはいらっしゃいますか」

と、受付の守衛にきくと、

「はあ、どういうご用ですか」

「じつは警視庁からきたものですが、ある事件の調査のためにぜひとも井本さんのお力をかりたいと思っているのです」

「ちょっとお待ちください」

守衛は電話でしばらく話をしていましたが、さいわい井本監督はいたらしく、

「どうぞ、こちらへ」

と、案内されたのは撮影所のひとすみにある応接室です。待つまほどなく井本監督がはいってきました。井本監督は、金田一耕助と等々力警部の名刺をみると、まゆをひそめて、

「で、いったいどういうご用件でしょうか」

「井本さん、いま東都劇場で封切りされている『深山の秘密』という映画は、あなたが監督なすったものですね」

「そうです。しかし、それがなにか……」

「いや、なにもご心配なさることはないのですよ。井本さん、ぼくがおたずねしたいというのはあの映画のロケーション地のことですがね。あれはどこでロケーションされたのです」

「さあ、どこでといったところで、あちこちへいきましたな。東京の郊外《こうがい》でとった場面もあるし信州《しんしゅう》へもいきました。それから伊豆《いず》でとった場面もありますが……」

そういわれて、金田一耕助もちょっと困りましたが、

「そのなかのある場面ですがね。ぼくにもちょっと
ひとくちにはいえないのですが……」
「ああ、そうですか。しかし、金田一さんそのロケ
ーション地を知るということが、なにかあなたがた
のおしごとのお役に立つのですか」
「そうですよ。井本さん、あなたはなにもごぞんじ
なくおとりになったのでしょうが、あの映画のなか
に、いま世間をさわがせている、銀仮面の根城《ねじろ》がう
つっているらしいんですよ」
それを聞くと井本監督はびっくりして、目をまる
くしていましたが、
「それは、それは……しかし、それならちょうどさ
いわい、あの映画ならいまこのスタジオに一本ある
はずです。さっそくうつしてみますから、どの場面
だかおっしゃってください」
撮影所にはどこにも試写室といって、できあがっ
た映画をうつしてみる部屋があります。金田一耕助
の一行がそのへやへ案内されると、さっそく映写の
じゅんびがととのえられ、まもなく、見おぼえのあ
る『深山の秘密』がうつし出されはじめました。金
田一耕助をはじめ等々力警部、さては文彦君や小夜
子までいきをころして、そこにうつし出される場面
を見つめています。
やがて場面はしだいにすすんで、とつぜん、海岸
にそそり立つ、高い絶壁《ぜっぺき》がうつし出されましたが、
ああ、それこそはゆうべ、大野博士や文彦君のおか
あさんが、銀仮面のいちみにおい立てられてのぼっ
ていったがけではありませんか。
しかし、耕助はそんなことは知りませんから、だ
まってみていると、すぐ場面はつぎにうつって、山
道を走っていく大型バスがうつし出されました。バ
スのむこうには、のこぎりの歯のようにそびえる山
脈、木の間《こま》がくれにちらほら見える湖水のおもて。
……
「あっ、ここです。ここです」
金田一耕助は思わずさけびました。ああ、きのう
三太が映画をみながら、仮面城、銀仮面とさけんだ
のは、たしかにこの場面ではありませんか。
「井本さん、いまの場面ともうひとつまえの絶壁の
場面、あれはどこでおとりになったのですか」
「ああ、あれですか、あれならばふたつとも、伊豆
半島の西海岸、伊浜《いはま》という村のふきんで撮影したの

ですが……」

「な、な、なんだって、伊豆の伊浜だって？」

だしぬけにそうさけんだのは等々力警部。金田一耕助はその声におどろいて、

「警部さん、あなた伊浜というところをごぞんじですか」

「いや、いや、そういうわけじゃないが、けさはやく、沼津《ぬまづ》の警察から報告があったんです。ゆうべま夜中《よなか》ごろ、伊浜の海岸で、正体不明の怪汽船が、爆発沈没したという。……」

それをきくと一同は、思わずぎょっと顔を見合わせました。

## 仮面城襲撃

伊豆の伊浜はその日いちにち大さわぎでした。なにしろ、すぐ目のまえの海のうえで、汽船が一《いっ》そう爆発、沈没したのですから、その救護作業でたいへんです。

全村総出《そうで》で、海上にただよっている船員たちをすくいあげるやら、傷ついた遭難者のてあてをするやら、たき出しをするやら、さてはまた、流れよる船の破片をかきあつめるやら、それこそ涙ぐましいはたらきです。

むろん、村のひとたちは、この船がそんな悪い船だとは、ゆめにも知りませんでしたが、もし知っていたとしても、やはり同じようなことをしたでしょう。これが海のおきてなのです。あいてがどんな悪人でも、いったん遭難したとあれば、それをたすけるのが、海に住むひとびとのつとめなのです。

こうしていちにちじゅう、戦場のようなさわぎをしていた伊浜の海岸も、日がくれて、夜がふけるとともに、またもとのしずけさにかえりました。

救難作業もあらかたおわり、けが人は病院へかつぎこまれ、村のひとたちはめいめいじぶんの家へひきあげていったのです。

そして、あとにはぽっかりと、春の月が空に出ています。ゆうべ、宝石丸をのみこんだ海も、いまはなにも知らぬげに、のたりのたりと、のどかな波がうってはかえしています。

夜の十時過ぎ。

このしずかな伊浜の絶壁《ぜっぺき》めがけて、沼津方面から、

しずかに近づいてきたいっそうのランチがありました。

ランチにのっているのはいうまでもなく、金田一耕助に等々力警部、文彦君に少女小夜子、ほかに、ものものしいいでたちをした武装警官がおおぜい乗っています。

金田一耕助の一行は、あれからすぐに沼津へ直行して、そこでいろいろ情報をあつめると、ここそ銀仮面の根城《ねじろ》にちがいないというけんとうがついたので、ランチをしたてて、ひそかにおしよせてきたのです。

それにしても、文彦君や少女小夜子のきもちはどんなだったでしょうか。沼津できいたところによると、爆発、沈没した船はたしかに宝石丸らしいのです。

と、すればそのなかにとじこめられているはずの、大野老人や文彦君のおかあさんはどうしたか……それを考えると、ふたりは胸もはりさけんばかりのきもちだったのです。

やがてランチが、映画で見おぼえのある絶壁に近づくと、波打ちぎわから、だれかが懐中電気をふってあいずをしています。ちかづいてみると土地の警官でした。

「ご苦労、ご苦労、そしてようすはどうだ」

「いまのところ、かわりはありませんが、たしかにこのへんがあやしいのです。きょう村のひとたちにたすけられて、病院へかつぎこまれた船員たちが、いつのまにやら、おおかた逃げ出してしまって、どこにもすがたが見えないのです。だから、きっと、このへんにかくれががあるにちがいありません」

ランチからおりた一行が、無言のまま、あのあぶなっかしい階段をのぼって、やっと松林のふきんまできたときです。ほとんど同時に、松林のかどをまがってあらわれたのは、一台の高級車。警官たちがはりこんでいるとも知らず、あの大岩のまえにとまると、中からひらりととびおりたのは、おお、銀仮面ではありませんか。

あのあやしげな銀の仮面を、キラキラと月の光《ひか》りにてらしながら、銀仮面は岩のそばへあゆみよると、しばらく岩の一部をなでていましたが、と、ふいにギーッ、ギーッときみの悪い音を立てて、あの大岩がしずかに動いていくのでした。

それと見るより、いきり立った警官のひとりが、

「おのれ、銀仮面！」

と、手にしたピストルのひきがねを引いたからたまりません。
ダ、ダ、ダーン！
と、ときならぬ銃声が夜のしじまを破って、岩にあたった弾丸が、火花を散らしてはねかえります。

おどろいたのは銀仮面です。ヒラリとマントのすそをひるがえしたかと思うと、こうもりのように、どうくつのなかへとびこみましたが、と、つぎのしゅんかん、あの重い岩の戸が、ギーッギーッとぶきみな音を立てながら、ふたたびしまってしまったのです。

「しまった、しまった、またとり逃がしたか」

警部は草むらからとび出すと、岩をたたいてくやしがります。しかし金田一耕助は、いっこう動ずる色もなく、にこにこしながら、

「だいじょうぶですよ。警部さん、もうこうなったら、ふくろのなかのねずみもどうぜん。この入口を開《ひら》くことだって、そうむずかしいとは思いませんよ。それより、警部さん」

「はあ」

「あなたはあの自動車に見おぼえはありませんか」

「そういえば、どこかで見たような車だが……五一年型のクライスラーですね」

「三〇三六九……たしかにあの車と同じ番号です。ほら、宝石王、加藤宝作翁《おう》の浅草の劇場へ乗りつけてきた……」

「な、な、なんですって？」

おどろいたのは等々力警部。

「それじゃ銀仮面のやつは、宝作翁の車をぬすみ出したのか。……いやいや、ひょっとすると、われわれが出発したあとで、宝作翁も銀仮面の手に。……」

等々力警部の面上には、にわかに不安の色がひろがって来ます。しかし、金田一耕助はなにかもっとほかのことを考えているらしく、恐ろしそうにからだをすくめると、

「いやいや、そうではありますまい。それより、もっと恐ろしいことがおこっているのかも知れないのですよ」

と、ほっとひそかにため息をもらすと、

「いや、しかし、いまはそんなことをいっているば

あいではありません。それよりも、一刻も早くこの岩の戸をひらかなければ……」

「さあ、問題はそれですよ、金田一さん。この岩の戸をひらくって、いったいどうしたらいいんです。ダイナマイトででも爆破するんですか」

「いや、その必要はありますまい。銀仮面のやつも、わりにかんたんに、動かしていたようじゃありませんか。ひとのできることなら、ぼくにだってできぬはずはない。ひとつ、よくしらべて見ましょう」

金田一耕助はしばらくねんいりに、岩の表面をしらべていましたが、やがてにっこり警部のほうをふりかえると、

「警部さん、どうやらわかりましたよ。ほら」

と、強くなにかをおしたかと思うと、またもやあの岩の戸が、ギーッ、ギーッとぶきみな音を立てて動きはじめましたが、と、そのとたんです。

ダ、ダ、ダン！　ダ、ダ、ダン！

と、岩の戸のうしろから、ものすごい音を立てて、警官たちにおそいかかってきたのは、つるべうちにうち出すピストルのたま。

ああ、こうして仮面城をとりまいて、警官対怪盗一味の、ものすごい血戦《けっせん》の幕が切っておとされたのでした。

## 仮面司令室

「ちくしょう、ちくしょう、こんどというこんどこそ、金田一耕助にしてやられたぞ！」

仮面城のおくまった一室で、バリバリと歯ぎしりかんで、くやしがっているのは怪盗銀仮面。そのまえに、色青ざめておろおろしているのは、老婆《ろうば》にばけた怪人です。

そこはとてもきみょうな部屋で、直径十五メートルもあろうかと思われる、円筒《えんとう》けいの部屋のかべには、いちめんにいろんな仮面がかざってあります。

おかめの面もあれば、ひょっとこの面もある。ピエロの面もあれば、てんぐの面もあるといったぐあいに、五、六十もあろうと思われる面が、円筒けいの部屋のぐるりから、さまざまな表情をうかべて、部屋のなかを見おろしているのです。

そして、部屋の正面には、高さ二メートルもあろうかと思われる、大きなとけいがおいてありました。

とけいの針《はり》を見るとちょうど十二時。しかし、振子《ふりこ》の部分は、あついかしのドアでとざされているので見えません。

「首領！　首領！」

老婆の怪人はおろおろしながら、

「そんな弱音《よわね》をはかないでください。入口はそうかんたんに破れませんし、こちらには三人も人質がとってあるのですから、警官たちも、むやみに手出しはできますまい」

「人質……？　おお、そうだ、大野きょうだいと、竹田妙子をはやくここへつれて来い」

銀仮面はテーブルのうえにある、マイクロホンにむかってどなりましたが、そこへあわただしくかけつけてきたのはひとりの部下。

「首領、たいへんです。敵はいま仮面城のなかへ侵入してきました。ピストルのうちあいがはじまっていますが、敵はとても優勢です」

「ばか！　機関銃はどうした。たかが十人や二十人の警官たち、かたっぱしからなぎたおしてしまえ！」

「そ、それが、だれかが機関銃をこわしてしまったんです」

「な、な、なんだと！　そ、それじゃ仮面城のなかに、裏切りものがいるというのか」

さすがの銀仮面もギクリとしたようすです。

「ようし、もうこうなったらしかたがない。人質はどうした、人質をはやくつれてこい。健蔵のほうが手にはいったから、秀蔵のほうはもういらぬぞ。あいつと竹田妙子をやおもてに立て、警官たちがひるむところを逆襲するんだ。あいつら死んだってかまうもんか」

ああ、なんというおそろしいことばでしょう。これが人間のいうことばでしょうか。

「と、ところが、それもだめなんです。大野きょうだいも竹田妙子も、どこにもすがたが見えないんです」

「な、な、なんだと！」

さすがの銀仮面も、こんどこそ完全に、どぎもをぬかれてしまったらしく、しばらくは口もきけませんでしたが、そうしているうちにも、さっきからきこえていた銃声が、いよいよはげしくなってきました。

「ようし、こうなったらもうしかたがない。おまえもいけ、おまえもいってたたかえ！」

「はっ！」

くちびるをかんで出ていく部下を見送りながら、銀仮面は老婆の怪人にたずねました。

「おい、非常口のほうはどうかきいてみろ」

「はっ！」

怪人は卓上電話をとりあげると、

「X五号……おお、X五号だね。こちらは司令室。非常口のほうはどうか」

怪人はふたことみこと、電話で話をしていましたが、すぐに受話器を投げ出すと、

「首領、だめです。仮面城はとえはたえにとりかこまれ、あり一《いっ》ぴき、はい出すすきはないそうです」

と、まっさおになってふるえていましたが、そのときでした。銀仮面がだしぬけに、あのきみの悪いわらいごえをあげたのは。……

「ふっふっふ、敵もさるもの、なかなかやりおるわい。しかし、そんなことでへこたれるようなわしじゃないぞ。わしはどうしても、ここから逃げだしてみせるぞ。たとえ、どのような犠牲《ぎせい》をはらっても……」

「たとえ、どのような犠牲をはらっても？」

「そうじゃ、たとえ、わしの片腕といわれる、忠実な部下のいのちを犠牲にしても……」

そういったかと思うと銀仮面の目が、つるつるとした仮面のおくで、鬼火《おにび》のようにきみわるく光りました。

## 司令室の銃声

さて、こちらは警官隊の一行です。

ここをせんどと抵抗する、銀仮面の部下とのあいだに、しばらく、はげしいうちあいがつづいていましたが、しかし不正はつねに正義の敵ではありません。

正確な警官隊の射《しゃ》げきにあって、あるいはうたれ、あるいはとらえられ、やがて行くてをさえぎるものは、ひとりもなくなりました。

金田一耕助と等々力警部は、逃げまどう銀仮面の部下をおって、地下二階の階段をおりてきましたが、そのとき、とつぜん、横のドアがひらいたかと思うと、とび出してきたのは、六尺《しゃく》ゆたかな大男です。

「だれか！　抵抗するとうつぞ！」

　等々力警部がピストルをむけると、あいては両手をふりながら、

「あ、あ、あ、あ、あ……」

　と、きみょうな声でさけびます。その声をきくと金田一耕助は、はっとして、あいての顔を見なおしながら、

「あ、き、君は大野博士の助手ではないか。警部さん、うっちゃいけない。いったい、君はどうしてこんなところにいるんだ。……と、いったところで、おしつんぼだからわかるはずはなし、小夜子さん、小夜子さんはいないか」

　その声に、小夜子と文彦が警官にまもられて、うえからおりてきましたが、小夜子はひとめ、牛丸青年のすがたを見るなり、びっくりしてそばへかけよりました。そして、身ぶり手ぶりで、しばらく話をしていましたが、やがてよろこびに目をかがやかせて、

「警部さん、金田一先生、よろこんでください。おとうさんもおじさんも、それから文彦さんのおかあさんも、みんなごぶじで、あるところにかくれていらっしゃるのだそうです。えっ、なんですって、まあ、それじゃ三太というひとも、ここにいるんですって？」

「小夜子さん、小夜子さん、それじゃいっときもはやく、みんなのかくれているところへ、案内してくれるようにいってください」

　金田一耕助のそのことばを、小夜子がとりつぐと、牛丸青年はすぐさきに立ってあるき出しました。一同がそのあとからついていくと、やがてやってきたのは司令室のまえ。

　小夜子はそこでまた、牛丸青年と身ぶり手ぶりで話をすると、警部のほうをふりかえり、

「警部さん、このなかだそうです」

　だが、小夜子のそのことばがおわらぬうちに、ドアのなかからきこえてきたのは一発の銃声。それにつづいて、うめきごえと、どさりとなにやらたおれる音。

「あっ、ひょっとしたら、おとうさまかおじさまがうたれたのじゃ……」

　小夜子ははやまっさおになっています。

　警部はあわてて、ドアのとってに手をかけました

が、かぎがかかっていてひらきません。

そこで警部が目くばせすると、すぐ二、三人の警官が、ドアにむかってもうれつな体あたりをくらわせました。

メリメリ、メリメリメリ……

やがてドアがひらくと同時に、一同はなだれをうって、部屋のなかへとびこみましたが、そのとたん、思わずはっと立ちすくんでしまったのです。

部屋のなかには銀仮面がたおれていました。しかも右手に、まだうす煙《けむ》りの立っているピストルを持ち、胸から血をながしているところを見ると、かくごの自殺をしたのでしょうか。

等々力警部はつかつかとそのそばへより、あのいやらしい銀仮面をはずしましたが、そのとたん、思わずおどろきの声が口をついて出ました。

「あ、こ、これは……?」

「警部さん、警部さん、あなたはこの男を知っているのですか、だれです、これは?……」

「これは……これは、加藤宝作翁《おう》の秘書です」

「宝作翁の秘書……?」

小夜子と金田一耕助が、はっと顔を見合わせたとき、

「あっ、あんなところにだれかひとが……」

そうさけんだのは文彦君です。その声に一同がはっとふりかえると、部屋のすみに、さるぐつわをはめられ、手足をしばられて、ぐったりと気をうしなっているのは、まぎれもなく宝石王加藤宝作翁ではありませんか。

## 落ちた仮面

「ああ、知らなかった、知らなかった、わしの秘書があのおそろしい銀仮面とは、きょうのきょうまで知らなかった。……」

それからまもなく、警官たちのかいほうで、息ふきかえした宝作翁は、銀仮面の顔をひとめ見ると、さもおそろしそうに身ぶるいをして、両手で顔をおおいました。

それをきくと、小夜子と金田一耕助は、うたがわしそうに目を見かわせましたが、そのときでした。

「ちがいます、ちがいます。銀仮面はその男です。その男が秘書をうって、それに銀仮面のいしょうを

きせたのです」

とつぜん、部屋のなかから意外な声がきこえたので、一同がびっくりして、きょろきょろあたりを見まわしていると、だしぬけに、正面にあるあの大《おお》どけいの、振子《ふりこ》のドアがひらいたかと思うと、なかからおどり出したのは、なんと三太少年ではありませんか。

「ああ、三太、それでは君はさっきから、いちぶしじゅうのようすを見ていたんだね」

「はい、金田一先生、ぼくはすっかり見ていました。そいつが部下をうち殺し、その手にピストルをにぎらせ、それから、いままでじぶんのきていた銀仮面のいしょうをきせたのです。そしてじぶんでさるぐつわをはめ、手足をしばって、気をうしなっているようなまねをしたんです。だから、銀仮面とはそいつなんです。そのおじいさんなんです」

三太にきっと指さされ、さすがの加藤宝作翁も、はっと顔色をかえましたが、すぐ、鼻のさきでせせらわらうと、

「なにをばかな！　警部さん、あんたはまさかこんな子どものいうことを、ほんとにはなさるまいな。かりにもわしは宝石王といわれた男だ。それを銀仮面などと、なにをばかな」

はき出すような宝作翁のことばに、警部もちょっととまどいした感じでしたが、そのときまたもや、意外なところから意外な声がふってきました。

「いいや、さっきのようすを見ていたのは、その子どもばかりではない。わたしたち三人もここからのこらず見ていたぞ」

その声に、ぎょっとしてふりかえった一同は、声のぬしのきみょうなありかに気がつくと、思わず大きく目を見はりました。

その部屋のかべに、五、六十も仮面がかかっていることは、まえにも話しましたが、その仮面のなかに、大野健蔵、秀蔵のきょうだい、それから文彦君のおかあさんの顔もまじっているのです。あまりたくさん仮面がならんでいるので、ほんとの顔が、かべにくりぬいたのぞきあなからのぞいているのを、いままでだれも気がつかなかったのでした。

「これ、銀仮面、おまえはいつも部下をこの部屋へよびあつめては、お面のうしろにくりぬいたのぞきあなから、こっそりお面をかぶった顔だけ出して、

部下のようすをさぐっていたろう。ながらくここにとじこめられているうちに、わたしはその秘密を知ったから、きょうはぎゃくにこの穴から、おまえのようすを見ていたのだ。さあ、もうこうなったらしかたがない、なにもかも白状《はくじょう》してしまえ」

長いあいだのうらみをこめて、かべのうえからハッタとばかりに、宝作翁をにらみつけたのは枯木《かれき》のようにやせほそった秀蔵博士。そのとたん、まっさおになってふるえている、宝作翁の両手には、ガチャンと手《て》じょうがおりていました。

ああ、日本一の宝石王とうたわれた、加藤宝作翁が銀仮面とは、なんという意外なことでしょうか。思えばおそろしいのは人間の欲です。宝作翁もひとなみはずれた欲さえ持っていなかったら、あんな悪人にならずにすんだでしょうに！

それはさておき、銀仮面がとらえられたので、文彦君をはじめとして、大野きょうだいや小夜子のうえには、いまはじめて、平和の日がおとずれました。

文彦君は秀蔵博士の子どもとわかりましたが、しかしやっぱりいままでどおり、竹田家の子としてやしなわれることになりました。そしてその家には、ときおり秀蔵博士がおとずれては楽しいひとときをすごしていくのです。

秀蔵博士は日《ひ》ましに健康をとりもどし、血色もよくなってきました。そして、健蔵博士と力をあわせて、人造ダイヤの研究も、着々とすすんでいるということです。

だから、いまにダイヤが大量に製造されて、それによって日本が、世界の舞台にのり出すのもそう遠いことではないでしょう。

三太少年は金田一耕助にひきとられて、いまではあっぱれ、少年探偵になっているということです。

# 金《こん》色《じき》の魔術師

# ゆうれい屋敷の怪

## 町の奇術師

世のなかにはいつの時代でもおそろしい事件や、あやしいできごとがあとをたたないものです。だから「大迷宮《だいめいきゅう》」の事件の記憶が、まだ消えもやらぬうちに、またしてもやつぎばやに、「金色《こんじき》の魔術師」の、あの、なんともいえぬへんてこな事件がおこったとしても、べつにふしぎではないかもしれません。

なにしろ、東京のように、何百万人という人間が、ひしめきあっている大都会には、どういう人間がひそんでいるか、知れたものではありません。それらのひとびとのなかには、どうかすると、とっぴょうしもないことを考え、とっぴょうしもないことをしでかす人間があるものですが、これからお話ししようとする金色の魔術師というのがそれでした。

それはさておき、「大迷宮」の事件がおわって、それが新聞に発表されると、いちはやく有名になったのは立花滋君《たちばなしげる》です。まだ少年の身でよくもやったと、だれひとりとして、ほめないものはありませんでしたが、とりわけ、学校における滋君の人気はたいへんでした。

少年はだれしも怪奇だの冒険だのに、心をひかれるものです。少年たちは探偵小説や冒険物語を読みながら、もしじぶんがこの物語の主人公だったらと、ひそかに胸をおどらせるのです。

ところが滋君はじっさいに、小説よりもおそろしい事件にまきこまれ、しかも、かずかずのてがらをたてたのですから、いちはやく英雄のように、もてはやされたのも、むりはありません。

学校へいくと滋君のまわりには、いつも冒険ずきな少年があつまって、滋君に「大迷宮」の話をさせては、あきもせずに聞きほれるのです。そんなとき滋君は、じぶんのことはなるべくひかえめにして、名探偵金田一耕助《きんだいちこうすけ》や、いとこの謙三《けんぞう》青年のてがらを、ふいちょうすることにしているのですが、それでも友人たちはみんな、滋君の勇気と気転を、ほめはやさずにはおきませんでした。

こうして、滋君のまわりには、いつのまにやら冒険ずきな少年のグループができましたが、そのなかでも、いちばん熱心だったのは、村上達哉《むらかみたつや》と小杉公平《こすぎこうへい》の二少年でした。

このふたりは冒険だの探偵だのがことにすきで、いつかじぶんたちもそういう事件にぶつかって、悪人とたたかってみたいと思っていたのですから、滋君の話をきいて、いちばん胸をおどらせたのもこのふたりです。

それですから、ほかの少年たちがだんだんおなじ話にあきて、まえほど滋君の話に興味をもたなくなってからでも、二少年だけは滋君のそばをはなれず、ひまさえあれば冒険だの、探偵だのについて語りあったあげく、はてはこんど事件がおこったら三人力《ちから》をあわせて、悪人とたたかおうではないかと、かたくちかいあったりしたのでした。

ああ、世のなかのことはなにがほんとになるかしれたものではありません。そのときの三人のちかいが事実となって、それからまもなく、世にもおそろしい事件にまきこまれようとは、いったいだれが知っていたでしょうか。

さて、事件のはじまりというのはこうなのです。ある日、滋君が学校へいくと、校門のまえに、いっぱい人がたかっていました。

滋君の学校は、新宿《しんじゅく》のさかり場から、あまり遠くないところにあり、ふだんから、かなりにぎやかなのですが、こんなにひとだかりがしているのはめずらしいので、なにごとがおこったのかとのぞいてみると、そこに立って、なにやらしゃべっているのは、なんともいえぬほど、へんてこな人物でした。

としは五十か、六十か、いやもっといってるのかもしれません。長くのばした髪の毛を、頭のまんなかでふたつにわけて肩までたらし、あごには槍《やり》のようにさきのとがった、さかさ三角のひげをはやしています。そして、鼻のしたには、八字《はちのじ》ひげをぴんと左右にはねあげているのですが、髪もひげもまっしろでした。

顔は細くながく、高い鼻がわしのくちばしのようにまがっているうえに、鼻めがねをかけているので、けわしい目つきが、いっそうけわしくつりあがって、まるで、きつねつきみたいに、きみのわるい顔つきなのです。

しかも、そのみなりというのがまたかわっていて、金《きん》ぴかのフロックをきて、左手に、金ぴかのシルクハットをさかさに持っています。そして、そのシルクハットに、星がたに切りぬいた赤いきれが一つ、ぬいつけてあるのが目につきました。

「なあんだ、奇術師か」

滋君がそう思ったのもむりはありません。その老人の足もとには、五色《ごしき》の旗だのトランプだのが、いっぱいちらかっているのです。

それにしても奇術師が、こんな往来《おうらい》でなにをしているのだろうと、ふしぎに思って見ていると、老人はギロギロあたりを見まわして、

「あっはっは、どうだ、おどろいたか、わしの手なみに。……わしはな、こう見えても世界一の魔術師だよ。いや、魔法使いじゃ。どうだ、みんなおそれいったか」

老人がとくいそうにそういうと、まわりをとりまいていた少年たちが、いちどにどっと笑いました。

「なんだい、それしきのこと。奇術師ならだれだってそれくらいのことはできるよ」

ひとりの中学生が、からかうようにそういうと、べつのひとりが、そのあとについて、

「そうだ、そうだ。旗だのトランプだのをいくら出したっておどろくものか。おじさん、おまえがほんとの奇術師なら、いきものを出してごらん。ハトでもウサギでも出してみな」

「よしよし、お安いご用じゃ。それじゃ、ひとつハトを出してみせるかな」

きみょうな老人はそういうと、へんな手つきで、シルクハットのなかをさぐっていましたが、やがて帽子のなかでバタバタと、かるい羽の音がしたかと思うと、ぱっと一羽のハトをつかみだしました。

「そうら、おこのみによってハトを出したぞ。これ

ハトよ、いつものところへ飛んでいけよ」

老人が空にむかってはなすと、ハトはバタバタと一同の頭上をまっていましたが、やがて矢のように西へむかってとんでいきました。

一同はちょっと気をのまれたように、ハトのゆくえを見つめています。滋君はなんとなく、あやしい胸さわぎをかんじました。

シルクハットからハトを出すようなことは、奇術師ならば、べつにふしぎでもなんでもありません。しかし、この老人は街頭で、そんなことをしてみせて、いったいどうしようというのでしょう。あたりを見まわすと、さいわい親友の村上君のすがたが見えたので、そばへよってたずねました。

「いったい、なんなの、あのおじいさん？」

「なんだかぼくにもわからないんだ。さっきからああして、いろんな奇術をしてみせるんだ。ひょっとすると気ちがいじゃないかな」

すると、その声がきこえたのか、きつねつきみたいな老人は、ギロリとこちらをふりむくと、

「なんじゃ、わしが気ちがいじゃと。よしよし、なんとでもいうがええ。いまにあっとびっくりするようなことがおこるからな。いまこそ、このように、へんてこななりをしているが、わしの正体を知ったら、おまえたちは、きもをつぶすにちがいない。わしは魔術師だ。金色《こんじき》の魔術師というのは、わしのことじゃ。いまに世間はわしの名をきいて、ふるえあがるようになるじゃろう。けっけっけっ」

老人は鳥がさけぶような、きみのわるい声で笑うと、じろじろ少年たちの顔を見ながら、

「わしがきょう、どうしてここへ来たかいってやろうか。わしにはな、おまえたちのような年ごろの、少年少女が入用《いりよう》なのじゃ。ひとり、ふたり、三人、四人、五人、六人、七人……」

と、老人は細長い指をおりながら、

「そうじゃ、七人入用なのじゃ。わしはな、七人の少年少女をもろうていくつもりじゃ。しかも、そのうちのひとりはもうちゃんときまっている。その子は、いまこのなかにいるのじゃよ。けっけっけっ！」

きつねつきみたいに、きみのわるい老人は、またいやらしい笑い声をあげ、それから、あの赤い星のマークのついたシルクハットを胸にあてて、うやうやしく最敬礼《さいけいれい》をすると、金色のつむじ風をまいて、

さっといってしまいました。

## 悪魔の礼拝堂

その日、学校ではしばらく、老人のうわさで、もちきりでした。多くの少年は、老人を気ちがいだといいましたが、なかにちょっと、ちがった説をとく少年もありました。

それによると老人は映画のひろめ屋で、「金色《こんじき》の魔術師」というのは映画の題名であり、七人の少年少女がゆうかいされるというのが、その映画のすじであろうというのです。それにはみんな感心し、なるほどと思いました。

そして、それきり老人のことはわすれてしまったのですが、あとから思えば、それはみんなまちがっていたのです。老人は気ちがいでもなければ、ひろめ屋でもありませんでした。老人のいったことはほんとうで、しかもさいごに警告したとおり、それからまもなく少年たちのひとりが、あのきみのわるい老人の、さいしょのいけにえにされたとき、少年たちがどんなにおどろき、おそれたことでしょうか。

それはさておき、おひるになると、滋君や村上、小杉の三少年は、いつものように校庭のすみで、冒険談や探偵物語に、とりとめもない空想のつばさをのばしていましたが、そこへやってきたのは山本《やまもと》という少年です。

山本少年は滋君たちと、あまり親しくなかったのですが、きょうはなんとなく意味ありげにそばへよってくると、

「やあ、あいかわらずやってるな。きみたちいままでも冒険だの探偵だのといってるのかい」

と聞きました。すると、三人のなかでいちばんのんきで、ひょうきんものの小杉公平少年が、

「そうさ、ぼくたち、いまに少年探偵団を組織して、大活躍をするつもりさ」

といばりました。すると山本少年はひやかすと思いのほか、まじめな顔をして、

「うん、それならちょうどいい。じつはきみたちに相談したいことがあるんだ」

と、三人のそばに腰をおろしました。

「相談ってなんだい」

村上少年が警戒するようにたずねると、

「じつはぼくのうちの近所に、ゆうれい屋敷といって、だれひとりちかよるものがないうちがあるんだ。ぼくは、それが気になって……」

「ゆうれい屋敷……？」

滋君は思わず顔を見なおしましたが、山本君がまじめなので、少しひざをのりだしました。

「山本君、くわしい話をしてくれたまえ、どうしてその家がゆうれい屋敷とよばれるようになったの。そして、なにがきみの気にかかるの」

滋君のその質問にこたえて、山本君が語るところによると、こうでした。

山本君のおうちは、中央線の吉祥寺《きちじょうじ》のおくにありますが、そのへんはまだ郊外地《こうがいち》で、あちこちに雑木《ぞうき》林《ばやし》があったり畑があったり、まことにさびしいところです。ところがその近所に、古ぼけたれんがづくりの洋館があります。もとは赤星《あかぼし》といって、有名な理学博士のものだったのですが、いまから十二三年まえ、赤星博士は気がへんになりました。

気がへんになったといっても、ほんとに気がちがったのではなく、宗教にこりだしたのです。それもふつうの宗教ではなく、儀式や礼拝をみると、キリスト教ににていますが、じっさいは、正反対の、おそろしい宗教だったということです。

キリスト教は神を信仰し、善をちかいますが、赤星博士の崇拝《すうはい》するのは悪魔（サタン）で、サタンの前に悪をちかうというのでした。

そして、その洋館もサタンの礼拝堂としてたてたもので、そこではもろもろの魔法がおこなわれているというひょうばんがたちました。

うそかほんとかわかりません。しかし、世間のひょうばんはわるくなるいっぽうですし、警察のとりしまりはきびしくなりますし、そのうえに、赤星博士がとうとう、ほんとうに気がちがって、どこかへおしこめられたので、サタンの礼拝堂もあきやになってしまいました。

「それが十年ほどまえのことなんだが、なにしろそんな家だから、きみわるがって住むひともなく、荒れほうだいに荒れて、いまでは、そりゃものすごくなっているんだ。ゆうれい屋敷というあだ名があるのもむりはないだろう」

三人は、こっくりうなずきました。話をきいてさえ、せすじが寒くなるような気もちです。

「それで、その家になにかあったの？」

滋君がたずねると、山本君はうなずいて、

「うん、その家にはまえからいろいろ、いやなうわさがあるんだよ。夜中にだれかあるきまわる音がするとか、きみのわるい笑い声がきこえるとか……だから夜になると、おとなでも、そばをとおらないことにしているんだ」

山本君は三少年の顔を見まわしながら、

「しかし、ぼくがいまこんな話をするのは、なにも世間のうわさをまにうけてるからじゃないんだ。じつはゆうべ、へんなことがあったんだよ。ぼく、ゆうべそのゆうれい屋敷へちょっとはいってみたんだよ」

滋君や村上、小杉の三少年が、目をまるくしているにもいっさいかまわず、山本君の語るところによるとこうでした。

山本君はゆうべ親類のお通夜《つや》にいったかえりに、夜おそくゆうれい屋敷のまえをとおりました。それはもう十二時ちかくのことで、空には月も星もなく、あたりはまっくらでした。山本君は懐中電気の光をたよりに、ゆうれい屋敷のまえへさしかかりましたが、するとだしぬけに、たまぎるような悲鳴がきこえたかと思うと、ひとりの男が、ころげるように、ゆうれい屋敷のなかからとびだし、山本君にしがみつきました。みると浮浪者《ふろうしゃ》のような男で、たぶんなにも知らずに、ゆうれい屋敷にもぐりこんだのでしょう。

「おじさん、おじさん、なにかあったの」

山本君がたずねると、

「ば、ば、ばけものだ！　首がちゅうにういている！」

それだけいうと浮浪者は、こけつまろびつ、いちもくさんに逃げだしました。山本君はぎょっとして、しばらく立ちすくんでいましたが、やがてむらむらと好奇心がわいてきたのです。

首がちゅうに浮いている？　よし、ひとつ見とどけてやろう。……そこで門の中へはいっていくと、さいわい、玄関があけっぱなしになっています。なかはむろんまっくらでしたが、山本君は勇気をふるってはいっていきました。

中はむっと、かびくさいにおいがして、いちめんにくもの巣がはっていましたが、しかし、かくべつかわったこともなく、ふつうの教会のように、だだっぴろいゆかの正面には、いちだん高い説教壇《せっきょうだん》があります。山本君は懐中電気の光で、その説教壇のそばまでちかよりましたが、見ると壇のうえの説教机のうえに、一枚の紙がピンでとめてありました。

「それがつまりこれなんだがね」

と、山本君が出してみせたのは、トランプほどの大きさの、白いつるつるしたカードですが、その上に赤い星がひとつ、それからNo.1と、書いてありました。

滋君はなんとなくはっとして、

「それから、きみ、どうしたの?」

「どうもしないさ。首なんかどこにも浮いていなかったので、そのまま出てきたのさ」

滋君はその大胆さにおどろきながら、

「それで、きみはどうしようというんだい」

「じつはね、立花君、ゆうべこそなにもなかったけれど、ぼくはやっぱり、そのゆうれい屋敷をあやしいと思うんだ。このカードだってへんだろう。だからいちどよく探検したいんだが、がんらいぼくは、探偵なんてことへたなんだ。だからきみにいっしょにいってもらいたいんだよ」

「それで、いくとしたら、いつ」

「いつでもいい。こんやでもいいんだ」

「いや、きょうあすはだめだが、あさってならいい。村上君や小杉君はどうだい」

一同はすぐそれにさんせいしました。こうしてあさっての晩、ゆうれい屋敷探検と話がきまりましたが、そのとき滋君はなんだか気になるようすで、山本君にこういったのです。

「山本君、ここでやくそくしてくれたまえ。あさっての晩まで、きみはけっして、ひとりでゆうれい屋敷へいかないってことを」

山本君はふしぎそうな顔をしながらも、そうするとやくそくしましたが、ああ、もし、かれがそのやくそくを守っていたら……。

### ちゅうに浮く首

その日、山本君はベースボールをしていたので、かえりがおそくなって、吉祥寺で国電《こくでん》をおりたのは、もう六時すぎでした。

ごったがえすようなプラットフォームをかきわけて改札口を出ると、山本君はおやというように目をみはりました。すぐまえを、あの金《きん》ピカの老奇術師があるいていくではありませんか。

山本君はけさのことを思いだして、くすくす笑いながら、老人のあとからついていくと、老人は駅を出て、しばらくあたりを見まわしていましたが、やがて道をよこぎると、むこうの角《かど》にある電柱のそばへよりました。

そして、そっとあたりに気をくばったのち、さりげないようすで電柱をながめていましたが、やがて安心したように、駅のまえの道をあるいていきます。山本君はなんとなくへんに思って、電柱のそばへよると、老人が見ていたところへ目をやりましたが、そのとたん、思わずどきっとしたのです。

電柱には二センチほどの大きさの、赤い星がたの紙がはりつけてあるではありませんか。

山本君はにわかに好奇心がたかまってくるのをかんじました。ゆうべゆうれい屋敷でひろったカードにも、赤い星がかいてあったではないか。それに山本君はそのときはじめて、老人のシルクハットにも、赤い星のマークがついていることを思いだしたのです。

「よし、あいつのあとをつけてやろう」

そんなことと知るや知らずや、老人は駅前の道をつきあたると、またあたりを見まわしたのち、さりげなく電柱のそばへより、横目でそれを見ていましたが、やがて、コクリコクリとうなずきながらあるいていくのです。

山本君もすぐあとから、電柱をしらべましたが、そこにも赤い星がひとつ。……山本君の心はしだいにあやしくみだれてきます。

なにかある。なにか秘密があるにちがいない。そう考えると山本君は、老人のいくさきをつきとめずにはいられなくなりました。

老人はあいかわらず、張子《はりこ》のとらみたいに首をふりながらあるいていきます。そして、まがり角へくるたびに、そっと電柱をしらべるのです。電柱にはどれにも、赤い星がはってありました。

やがて老人はさびしい郊外《こうがい》の道へさしかかりました。そのへんまでくると、家もしだいにまばらになり、そのかわり畑や雑木林《ぞうきばやし》が多くなってきます。道ゆくひともまれになり、まもなく、ぱったり人影はなくなりました。

山本君はいよいよあやしく胸のおどるのをおぼえました。それというのが、そのまま老人があるいていくと、いやでもゆうれい屋敷のまえへ出なければならないからです。

ゆうれい屋敷がちかくなるにつれて、老人の態度がにわかに用心ぶかくなり、ときどき立ちどまってはあたりを見まわします。山本君はそのたびに、雑木林や草むらにかくれましたが、さいわい日がくれかけているうえに、武蔵野《むさしの》特有のもやが、しだいにこくなってくるので、老人はすこしも気がつかぬようすでした。

やがてゆうれい屋敷のれんがべいが、道の右がわに見えてきました。その道の左がわには、ふかい雑木林がながくつづいているので、山本君はこれさいわいと、林のなかへとびこむと、はうようにして進んでいきます。

やがて老人はゆうれい屋敷の門のまえまでくると、すばやくあたりを見まわしたのち、飛鳥《ひちょう》のように身をひるがえしてなかへとびこみました。そして、山本君が大いそぎで、門のまえまでかけよったときには、ちょうど老人が玄関から中へとびこむところでした。

山本君は胸をどきどきさせながら、さて、これからどうしようかと考えます。

ああ、もしこれが滋君ならば、そのとき、もっとよく考えたはずです。こんなにやすやす尾行ができたということを、かえってあやしんだことでしょう。そして、なにかそこにわるだくみがあるのではないかとうたがったでしょう。

しかし、正直で単純な山本君は、ゆめにもそんなことは考えませんでした。むしろ、この発見にうちょうてんになり、なにがなんでもゆうれい屋敷の秘密をさぐってやろうと、ものすごくはりきってしまったのです。

だから山本君は、けっしてひとりでゆうれい屋敷へはいってはならぬという、滋君の忠告もついわすれて、とうとう門の中へふみこんだのです。そして、玄関に立って、じっと耳をすましましたが、家のなかはしいんとして、ひとのけはいもありません。

山本君は思いきってドアをおしましたが、なんなく中へひらきました。のぞいてみると、教会のようにひろい土間《どま》は、うすぐらく、がらんとして、どこにも人影はありません。

山本君はきょろきょろしながら、中へはいっていくと、礼拝堂のすみからすみまでさがしましたが、どこにも老人のすがたは見えません。むろん礼拝堂には窓もあり、窓の戸はこわれてあけっぱなしになっていますが、まさかいまはいってきたものが、すぐ窓からぬけだすとは思えません。

どこかにいるのだ。しかし、どこに……?

山本君はなにげなく、説教壇《せっきょうだん》へあがってみましたが、そのとたん、思わずどきっと目を見はりました。なんと、説教壇のゆかのすきから、見おぼえのある金《きん》ぴかのきれが三センチほど、はみだしているではありませんか。

ああ、秘密の落《お》し戸《ど》があったのです。山本君はこの発見にいよいよ、うちょうてんになり、苦心のすえ、その落し戸を持ちあげると、はたして一メートル四方ほどのゆかがもちあがり、その下にきゅうな階段がついているのが見えました。なかはむろんまっくらですが、それでも、階段の下のほうに、かすかに光がさしているのは、地下のどこかにあかりがついているしょうこです。

山本君はもう前後のふんべつもなく、しのび足で階段をおりていきました。

階段の下はせまいへやですが、正面にドアがあいており、ドアのむこうはうなぎの寝床《ねどこ》みたいに細長いへや。そして、そのへやの正面には、あやしげな像をかざった祭壇《さいだん》があり、祭壇の右がわにはカーテンのかかった入口があります。その入口のうえの壁に、ほのぐらい電気がついているのです。

山本君はどきどきしましたが、ここまで来てはとてもそのまま、ひきかえす気にはなれません。ねこのように足音もなく、細長いへやをつっきると、カーテンのそばへより、耳をすましましたが、なんの物音もきこえません。

ただ、かびくさいにおいにまじって、なにやらあやしい芳香が鼻をつきます。山本君はカーテンのはしに手をかけると、そっとたぐりよせました。カーテンをたぐるにつれて、あやしい芳香が強くなります。山本君はとうとう、すっかりカーテンをあけてしまいましたが、そのとたん、なんともいえぬ強いにおいに鼻をうたれて、くらくらとめまいがしたかと思うと、ふうっと気がとおくなりました。

いったい、どのくらい長いあいだ、気がとおくなっていたのか、山本君にもわかりません。ふと気がつくと、山本君はやっぱり同じところに立っているのです。

山本君はびっくりしたように、きょろきょろあたりを見まわし、それからカーテンのおくをのぞきましたが、そのとたん、髪の毛もさかだつほどのおそろしさをかんじました。

カーテンのおくはまっくらでした。そして、そのなかにもうもうと煙がうずをまいて、強い、あやしいにおいをはなっているのです。

しかし、山本君がおどろいたのはそれではありません。山本君のすぐ目のまえ、一メートルとはなれぬところに、首がひとつ、まっさかさまに、宙にういているではありませんか。

それは黒んぼうの首でした。まっ黒な顔のなかから、目ばかりギロギロ光らせて、歯をむき出し、あついくちびるをあざわらうようにけいれんさせながら、まっさかさまに、こちらをにらんでいるものすごさ、おそろしさ！

「お、おのれ、ばけもの！」

山本君は勇《ゆう》をふるって、その首につかみかかろうとしましたが、そのとたん、黒んぼうの首はけむりのように消えてしまって。……

山本君はぼうぜんとして、立っていましたが、そのときでした、なんともいえぬ、きみのわるい笑い声が、くらやみの中からきこえてきたのは。……

「けっけっけっ、とうとう一匹わなにおちたぞ。これが金色《こんじき》の魔術師のいけにえ第一号だ。けっけっけっ、けっけっけっ！」

山本君はそれをきくと、あまりのおそろしさにくたくたと、骨をぬかれたように、その場にたおれてしまいました。

それきり、山本君はゆくえ不明になってしまったのです。

## 広告人形

そのつぎの日、立花滋君が学校へいってみると、山本君はおやすみでした。しかし、まえにもいったように、村上君や小杉君とちがって、山本君とはそれほどしたしく、おつきあいをしているわけでもなかったので、滋君もべつに気にもとめませんでした。

ところがそのつぎの日になっても、山本君のすがたが見えないので、滋君も、ちょっとへんだと思いました。

「ねえ、村上君。山本君とゆうれい屋敷探検にいくやくそくしたのは今夜だろ」

「そうだよ。それなのに学校をやすむなんて、あいつ、こわくなったのかな」

村上君はクラスでいちばんからだが大きく、いちばん力があるので、ターザンというあだ名があります。村上ターザン少年は、肩をそびやかしていいました。

「そんなことはないと思う。山本君は勇敢だよ。勇敢だから、かえってぼくは心配なんだ」

「立花君、それ、どういう意味?」

小杉公平君が目玉をくりくりさせながらたずねました。小杉君はクラスでいちばん人気のあるひょうきんもので、キンピラというあだ名があります。キンピラとは公平という字を、わざとおどけて、そう読んだのです。

「いや、べつに意味はないけれど……」

滋君はことばをにごしていましたが、なんとなく気になるようすでした。

ところが、その日は土曜日で、授業は午前ちゅうだけでしたが、さいごの時間に、受持ちの一柳《いちやなぎ》先生が、教室へはいっていらっしゃると、

「きみたちのなかに、だれか山本君と、とくにしたしくしているひとはありませんか」

と、心配そうにおたずねになりました。みんなだまって、ふしぎそうに顔を見合わせましたが、山本君にはこれという親友はありません。

「先生、山本君がどうかしたのですか」

滋君はなにかしら、はっと胸のさわぐのをおぼえながら、じぶんの席からたずねました。

「じつは、おとといから山本君は、おうちへかえらないんだそうだ。学校がひけてから、どこへいったかわからないというんだが、だれかおととい学校がひけてから、山本君がどこへいったか、知ってるひとはありませんか」

それを聞くと、みんなびっくりして顔を見合わせましたが、しかし、だれも山本君の、ゆくえを知っ

ているものはなかったのです。

その日、学校からかえりに、滋君は心配そうな顔をして、村上君や小杉君にいいました。

「ぼくはね、おととい学校からのかえりに、山本君はゆうれい屋敷へはいっていったんじゃないかと思うんだよ」

「どうして?」

「だって、そのまえの晩、山本君は、ゆうれい屋敷へはいっていって、赤い星のマークのついたカードをひろったといってたろう。そのカードにはNo.1と書いてあったね」

「うんうん、それで……?」

「ところがおとといの朝、学校の前にへんなやつがやって来たろ、ほら、金色の魔術師とかいうやつさ。あいつ、へんなことといってたじゃないか。七人の少年少女をもらっていくって。そして、そのひとりはこのなかにいるんだって……」

村上君と小杉君は、ぎょっと息をのみました。

「うん、でも、あれ、じょうだんだろ。まさか、山本君のことじゃないだろう」

「うん、ぼくもそのときはじょうだんだと思ってたんだ。だけど、そのあとで山本君の話をきいて、なんだか気になってしかたがなかったんだ。だって、あいつのシルクハットにも、赤い星のマークがついてたんだもの」

村上、小杉の二少年は、また、ぎょっといきをのみました。

「だから、ぼく、なんだか心配だったので、山本君にけっしてひとりで、ゆうれい屋敷へいっちゃいけない、と、注意したんだが……」

村上君と小杉君は、きみわるそうに顔を見合わせて、

「だけど、いったいあいつは、なにものだろう。わざわざあんなこと、いいふらしてくるなんて」

滋君は、しばらくだまって歩いていましたが、やがてふたりをふりかえると、

「山本君はいってたね。ゆうれい屋敷のもとの持主《もちぬし》は、赤星博士というんだって、そして、そのひとは気がちがって、いま、どこかへおしこめられているんだって」

「あっ、そ、それじゃ、あれ、赤星博士なの?」

「いや、それはぼくにもわからないよ。赤星博士っ

てひとに、あったことはないんだもの。だけど、あいてが気ちがいだとすると、なにをするかわからないと思うんだ」

三人は、しばらくだまって歩いていました。

そこは新宿の表通《おもてどお》りで、三人のまわりを流れるように、ひとがあるいています。ところが、そのなかに一つ、みょうなものがまじっていました。

それは大きなはりこのだるまさんです。つまりだるま屋という店の広告人形で、はりこのなかにひとがはいって、ぶらぶらと、ひとごみのなかを歩いているのが仕事なのです。

ところがさっき滋君の口から、赤星博士という名まえが出たとき、広告人形のなかから、あっとかすかなさけびごえがきこえました。広告人形は立ちどまって、だるまのおなかにあいている穴から、じっと三人のほうを見ていましたが、やがてぶらぶら、さりげないようすで、三人のすぐうしろにくっついていきました。

滋君たちは、むろん、そんなことには気がつきません。しばらくすると小杉君が、

「立花君、どうしたらいいの。学校へかえって、先生にそういおうか」

と、ふるえごえでいいました。

「いや、それはまだ早いよ。だって、ぼくの考え、まちがってるかもしれないもの」

「立花君、じゃ、どうすればいいんだ。きみの考えをいってくれたまえ。ぼくたち、なんでもきみのいうとおりにするよ。きみはぼくたちのリーダーだ。なあ、おい、キンピラ」

「そうだ、そうだ、ターザンのいうとおりだ。滋ちゃん、どうすればいいの」

「ぼくはね、いちどゆうれい屋敷を探検してみたらと思うんだ。もしぼくの考えどおり、山本君がそこへはいっていったとしたら、なにか、しょうこがのこっているかもしれないからね。先生にお話するの、それからだって、おそくはないと思うんだ。さいわい、きょうは土曜日だし、きみたちはどう？」

村上君は、すぐにさんせいしました。

「ぼくは、はじめからそのつもりだったんだもの。まして、山本君がさいなんにあってるとすると、ほってはおけないよ。おいキンピラ、おまえはどうだ」

だるま屋
大賣出し

「ぼくもターザンの説にさんせいであります」

小杉キンピラ少年は、直立不動《ちょくりつふどう》のしせいでそういうと、

「それじゃ、いよいよわれわれの少年探偵団も、仕事をはじめることになるんだね」

と、いかにもうれしそうでしたが、ああ、そのとき、すぐうしろからついてくる、広告人形のおなかの穴から、へびのような目が、じぶんたちをにらんでいるのに気がついたら、三少年はどんなにおどろいたことでしょう。

## 定期乗車券

やがて三人は新宿駅までくると、七時半から八時までのあいだに、吉祥寺の駅まえであうことにして、いったんわかれました。ゆうれい屋敷の探検は、夜でないとおもしろくないと思ったからです。

さて、その夜、滋君が八時ちょっとまえに、吉祥寺の駅を出ると、むこうのかどの電柱のそばで、村上君と小杉君が待っていました。滋君がそれを見つけて走っていくと、村上君があたりを見まわし、声をひそめて、

「立花君、ちょっとこれを見たまえ。ほら、電柱の上さ」

村上君に注意されて、なにげなく電柱を見た滋君は、思わず息をはずませました。おととい、山本君がみつけた、あの赤い星が、まだそのままのこっているではありませんか。

「だれがこれを見つけたの?」

「ぼくだよ」

と、小杉君が、とくいそうに鼻をうごかして、

「ぼくがいちばんさきに来て、ここできみたちを待っていたのさ。ほら、ここだと駅から出るひとがみんな見えるだろ。ところがきみたちなかなか来やあしない。たいくつまぎれに電柱の広告よんでるうちに、これに気がついたのさ」

「立花君、これ、やっぱりゆうれい屋敷にかんけいがあるんだろうか」

「さあ、それはぼくにもわからない。だけど、とにかくいこう」

三人は、肩をならべて歩きながら、

「村上君、きみ、山本君のうち知ってるんだね」

「うん、知ってる」

「ぼく、ゆうれい屋敷のこともきいといたよ」

小杉君がまた、とくいの鼻をうごめかします。滋君はぎょっとしたように、まゆをひそめて、

「そんなこと、むやみに聞かないほうがいいよ。そのひと、あやしみやあしなかった？」

「だいじょうぶさ。ぼく酒屋の小僧さんに聞いたんだ。小僧さんへんな顔をしてたよ。だけどぼくが、その近所に山本といううちがあるんだけど、ゆうれい屋敷と聞いてきたら、いちばんわかりやすい、と教えられてきたんだっていったら、小僧さん、安心したよ」

滋君も、それをきいて感心しました。

「小杉君、きみ、なかなか気転がきくんだね」

「そりゃそうさ。ところが滋ちゃん、その小僧さん、もっといいこと教えてくれたよ。小僧さんも、山本君のこと知ってるんだ。それでおみまいにいくんだっていったら、小僧さん、いよいよ安心して教えてくれたんだけど、おとといの夕方、山本君が、この道をあるいているのを、その小僧さんは見たんだって」

滋君はぎょっとして、

「それ、ほんと？」

「ほんとさ。だからいまターザンと話していたんだが、やっぱり滋ちゃんのいうとおり、ゆうれい屋敷があやしいって」

「ああ、ちょっと待ってくれたまえ」

滋君はふたりのそばをはなれると、そこにある電柱のそばへより、一目《ひとめ》その上を見ると、顔色かえてかえって来ました。

「立花君、あの電柱にもやっぱり……」

「うん。ああ、小杉君、よしたまえ。あやしまれるといけないから」

「立花君、ひょっとすると山本君も、あれを見つけてゆうれい屋敷へいったんじゃ……」

「ぼくもいま、それをかんがえていたんだ」

三人は、それきりだまって歩いていきます。やがてしだいに家がまばらになってきたかと思うと、道はさびしい畑や雑木林《ぞうきばやし》のほとりにさしかかりました。しかしさいわい月がよいので、それほど不自由ではありません。

まもなくゆくてに、古びたれんがべいと、れんが

べいのなかにそびえている、とがったやねが見えてきました。なんとなくいんきで、きみのわるいかんじです。

「あれだよ、きっと、ゆうれい屋敷というのは……」

小杉君はふるえています。

「なんだ、キンピラ、ふるえているのか」

「ばかいえ、武者ぶるいだい」

「しずかにしたまえ。だれも来やあしないね」

「うん、だいじょうぶだ」

三人が、れんがべいの下をしのび足で進んでいくと、やがて門のところへ来ました。門とは名ばかりで、とびらもなにもありません。三人はしばらく顔を見合わせていましたが、やがて村上君がまっさきに、なかへしのびこみました。滋君と小杉君もついていきます。

やがてげんかんまでくると、しばらく耳をすましましたが、べつになんのもの音もきこえません。滋君が思いきってドアをおすと、なんなくうちがわへひらきました。

こわれた窓から、月の光がさしこんでいるので、礼拝堂のなかはそれほど暗くはありません。滋君はすばやくなかを見まわして、べつに危険はなさそうだと見てとると、そっとなかへすべりこみ、あとふたりがはいるのを待って、しずかにドアをしめました。

「きみたち、懐中電灯を持ってるね」

と、滋君は、おしつぶしたような声で、

「それじゃ、窓のほうへむけないようにしてね。ゆかの上からしらべていこう」

小杉君はガタガタとふるえていますが、村上君も、もう笑いません。村上君じしんも、胸がドキドキしているのです。

まえにもいったように、そこはがらんとした土間《どま》で、正面に説教壇《せっきょうだん》があります。

その説教壇のうらへまわってみると、六段ほどのせまい階段があり、それをあがると楽屋のようなひかえ室。しかし、そこにもべつにかわったことはなかったので、三人はそこから説教壇へ出ましたが、するると、村上君がふいにひくいさけび声をあげました。

「ど、どうしたの、村上君」

「た、立花君、ここに山本君の定期が……」

村上君はそういいながら、説教壇の上に落ちている、定期券をひろおうとしましたが、定期券のはしについているひもが、ゆかのすきまにはさまって、どうしてもとれないのでした。

滋君が懐中電灯でしらべてみると、それは吉祥寺から新宿までの定期券で、山本君の名まえが書いてあります。

三人は、しばらく顔を見合わせていましたが、やがて滋君がささやくように、

「山本君はこのひものさきに、いつもペンシルをぶらさげていたね。そのペンシルが、こんなせまいすきまから、おちこむはずがない。ちょっとうしろへよりたまえ。ひょっとすると、これは落《おと》し戸《ど》かもしれないよ」

ふたりがうしろへよると、滋君は懐中電灯で、ゆかをしらべていましたが、

「あっ、あった、あった」

ひくい声でさけぶと、ゆかに手をかけて持ちあげたのは、一メートル四方ほどの落し戸で、落し戸の下には階段がついています。三人はぞっとしたように、顔を見合わせました。

「そ、それじゃ、山本君はこのなかに……」

村上君の声もふるえています。滋君はだまって定期券のひものさきを指さしました。ひものさきにはペンシルがついていますが、それがぶらんと穴のなかにぶらさがっているのです。

三人はしばらく息をのんで、顔を見合わせていましたが、やがて滋君が定期券をひろってポケットにいれると、まっさきに穴のなかへはいっていきました。それにつづいて村上君。小杉君はちょっとためらっていましたが、ひとりのこるのもこわいとみえて、ガタガタふるえながら、村上君についていきます。

階段をおりるとせまいへや。おととい山本君がおりてきたときには、階段の正面にあるドアが、あけっぱなしになっていましたが、今夜はぴったりしまっています。

しかし、ドアのすきまや鍵穴《かぎあな》から、かすかな光がもれているのに気がつくと、三人はあわてて懐中電灯を消しました。そして滋君は鍵穴から、村上君と小杉君はドアのすきまに目をあてて、そっとなかをのぞいてみました。なにしろ、わずかなすきまから

のぞくのと、あまりあかるくないのとで、はじめのうちは、なにがなにやらわかりませんでしたが、やがて目がなれてくるにしたがって、三人は、心臓が、がんがんおどるのをかんじました。

まえにもいったとおり、ドアのむこうは、うなぎの寝床《ねどこ》みたいに細長いへやで、正面にはあやしげな像をかざった祭壇《さいだん》があり、祭壇の右には、カーテンのかかった入口があります。

ところが、いま見ると祭壇の前には、西洋のおふろのようなものがおいてあり、そのむこうにだれやらひとがひざまずいて、祭壇にむかっておいのりをしています。うしろすがたですから、どういうひとかわかりませんが、西洋のおぼうさんのように、黒い、だぶだぶの、ころものようなものをきているのです。

三人がいきをころして見ていると、やがておいのりがすんだのか、おぼうさんは立ちあがって、きょろきょろあたりを見まわしましたが、一目その顔を見たとたん、三人は思わず、わっとさけびそうになりました。

それもそのはず、すがたかたちはかわっていますが、それこそ金色《こんじき》の魔術師と、みずから名のった、あの怪老人ではありませんか。

## 溶ける少年

やがて金色の魔術師は、祭壇の下から、大きなびんと、長いガラス棒をとり出しました。

そして左手にびんを持ち、右手にガラス棒をとると、あめ色をした液体を、おふろのなかにそそぎながら、ガラス棒でかきまわします。

すると、おふろのなかからもうもうと、黄色い煙がたちのぼり、強い酸のにおいがしました。やがて、びんのなかみをすっかりあけてしまうと、びんとガラス棒をその場におき、右がわのカーテンをあけて、なかへはいっていきましたが、しばらくすると、だいてきたのは、パンツ一枚のはだかの少年です。

少年は死んでいるのか、ねむっているのか、怪老人にだかれたまま、ぐったりしていましたが、その顔を見ると三少年は、また口のなかでさけびました。ああ、その少年こそ、三人のさがしている、山本君ではありませんか。

怪老人は山本君を両手にささげて、祭壇にむかっておいのりをしていましたが、やがてそのからだを、黄色い煙のたちのぼる、おふろのなかへつけていくのです。そして、すっかりおふろにつけてしまうと、また、祭壇にむかっておいのりをはじめました。

ああ、この怪老人は、悪魔の祭壇にむかって、山本君をいけにえとして、ささげようとしているのではありますまいか。

滋君をはじめ村上君も小杉君も、あまりのおそろしさに、声をたてることはおろか、身うごきをすることもできません。ただ、ガタガタとふるえながら、山本君を見ています。

山本君はおふろのふちに頭をつけ、あおむけにねているのですが、ああ、なんということでしょう。その頭がしだいにずるずる、おふろのなかへひきこまれていくのです。ちょうどからだが溶けていくように。

「わっ！」

あまりのおそろしさにたまりかねて、小杉君がとうとう声をたてました。

「山本君が溶ける！　山本君が溶けていく！」

気ちがいのようにさけぶ小杉君の声におどろいたのか、そのとたん、へやのなかの電灯が消えて、くらがりのなかから、

「だ、だれだ！」

と、おそろしい声がきこえると、ドアのほうへ走ってくる足音がきこえました。

それをきくと三人は、むちゅうになって階段をかけのぼり、いちもくさんにゆうれい屋敷をとび出しましたが、門を出たとたん、せんとうに立った小杉君がぶつかったのは、えかきさんのようなひとでした。

「なんだ、どうしたんだ。きみたちはこんなところでなにをしているんだ」

その声に、月の光ですかして見ると、そのひとは黒いベレー帽をかぶり、みどり色の仕事着をきて、胸に大きなネクタイをむすび、右手にマドロス・パイプを持っていました。

「おじさん、おじさん、たいへんだよ。山本君が……山本君が……」

「なに、山本君が……」

えかきさんはびっくりしたように、

「山本君というのは、このあいだから、ゆくえ不明になっている史郎《しろう》君のことかね」

「そうだよ、そうだよ、おじさん」

あいてが山本君を知っているのに力をえて、

「その山本君が溶けちゃった。ゆうれい屋敷のなかで溶かされちゃった……」

「ばかなことをいっちゃいかん。人間がむやみに溶けてたまるもんか」

「いや、ほんとうだよ。おじさん、山本君はほんとうに溶かされちゃったんです」

村上君もそばからことばをそえましたが、そのときまたひとり近づいてきました。それはおまわりさんでしたが、一同のようすを見るとあやしんで、そばへよってくると、

「ああ、杉浦《すぎうら》さん、どうかしましたか」

「ええ、あの、この子たちがへんなことをいうんです。ゆうれい屋敷のなかで山本少年が溶けてしまったというんですよ。ほら、ゆくえ不明になってさわがれている山本少年……」

「おじさん、おじさん」

そのときそばから口を出したのは滋君。

「溶けてしまったかどうかわかりませんが、山本君がここにいることはほんとうです。この定期乗車券が落ちていたんです」

おまわりさんは懐中電灯で、定期券の名まえを読むと、顔色をかえて、

「よし、それじゃ、ともかくなかへはいってみよう。きみたち、案内してくれたまえ」

「ああ、ちょっと、このことを山本さんとこへお知らせしたほうがよくはありませんか。きみたち、山本君のうちを知ってるか」

「ええ、ぼく知ってます。おい、キンピラ、おまえもいっしょに来い」

村上君と小杉君はかけだしましたが、まもなく、まっさおになった山本君のおとうさんをつれて来ました。

こうして一同が階段をおりていくと、ドアはまだしまっていましたが、おとなが三人もいるのですから、そんなのをやぶるのはへいちゃらでした。やがてドアがひらくと一同は、懐中電灯をてらしながら、用心ぶかくなかへはいっていきました。

やがてだれかがスイッチのありかを見つけたとみ

え、ぱっと電灯がつきましたが、むろん、怪老人がそれまでまごまごしているはずはありません。もうかげもかたちも見えませんでしたが、祭壇のまえの大きなおふろや、びんやガラス棒はそのままのこっています。

おふろのなかには、なにやらえたいのしれぬ液体が、どろんとよどんでいましたが、むろん、山本君はかげもかたちも見えません。

「これで山本君が溶かされたというのかね」

杉浦さんは半信半疑《はんしんはんぎ》のおももちです。

「そうだよ、おじさん、山本君はこのバスのなかで、溶けていったんだよ」

小杉君は泣きじゃくりをしながら、さっきのできごとを説明しましたが、そのあいだにカーテンのなかをのぞいていた滋君が、

「あ、あそこに山本君の服がある！」

と、なかへとびこむと、かかえてきたのは、山本君の服とかばんでしたが、そのとき洋服のポケットから、ひらひらとまい落ちた、いちまいの紙きれがありました。

ひろってみると、ノートをひきさいた紙で、そこにふるえるような走り書きで、つぎのようなことが書いてあるのでした。

ぼくは金色の魔術師にとらえられました。魔術師はぼくをサタンにそなえる第一のいけにえとして、バスにつけて溶かしてしまうといっています。ぼくは魔術師の目をぬすんでこの手紙を書いています。赤い星にナンバーのついたカードをうけとった子どもは気をつけてください。それこそ魔術師がサタンのいけにえにするしるしですから。

山本史郎

ひとびとはそれを読むと、思わずあっと顔を見合わせました。

ああ、こんなことがはたしてあるでしょうか。人間のからだがそうかんたんに、溶けてしまうものでしょうか。そこには、なにかとんでもないしかけがあるのではないでしょうか。

滋君はくちびるをかみながら、だまってかんがえこんでいました。

## 写真のぬし

さて、翌朝そのことが新聞に出ると、日本じゅう、たいへんなさわぎになりました。

少年がバスにつけて溶かされた……世にこれほどおそろしいことがあるでしょうか。それだけでもぞっとするほどきみのわるい話ですが、なおそのうえに、ひとびとをふるえあがらせたのは、山本君のかきおきです。

——赤い星にナンバーのついたカードをうけとった子供は気をつけてください。それこそ魔術師がサタンのいけにえにするしるしですから……。

山本君のかきおきはそういっているではありませんか。しかも魔術師はあと六人、いけにえの少年少女をもとめているというのです。ああ、だれにそのおそろしい白羽《しらは》の矢があたるのか。あの子じゃないか、いや、うちの子はだいじょうぶかしらと、子供を持った親たちの心配はたいへんなものでした。

しかし、いっぽうまた、ぜんぜんこの事件を問題にしないひとたちもありました。

人間がそうやすやすと溶けてたまるもんか。これはきっと、なにかのまちがいにちがいない。三人の少年は夢でも見たのだろうと、そのひとたちはあざわらいました。

警察ではもちろん、さっそくあのバスのなかの液体をしらべました。するとそれはひじょうにつよい酸で、しかもそのなかには、たしかに少年ひとりぶんぐらいの、動物質のものがとけているということがわかったのです。

しかし、それだからといって、そのなかに山本君がとけているというしょうこにはなりません。第一、肉はとけるにしても骨までとけるはずがないからです。しかも、あのバスのなかには、ひとかけらの骨も、残っていなかったではありませんか。そうすると金色の魔術師が、骨を持っていったのでしょうか。いずれにしても、ちかごろこんなふしぎな事件はありませんでした。山本君が溶けたか溶けないかはべつとして、金色の魔術師はなんだって、そんなことをするのでしょうか。そこにはおもてにあらわれている事実以外に、なにかしら重大な意味がかくされているのではないでしょうか。

それはさておき、その翌日、滋君は警視庁へ呼び出されました。その日はちょうど日曜日だったので、滋君は村上君や小杉君といっしょに、丸ノ内の警視庁へいきました。

警視庁ときいて村上君と小杉君はかたくなってていましたが、滋君は、「大迷宮」の事件のときにおなじみになっていますし、おまけにかかりの警部というのが、あのときいっしょにはたらいた等々力《とどろき》警部だったので、いよいよ、うれしくなりました。

「警部さん、こんにちは。ぼく、この事件がおじさんのかかりだといいなあと思ってたんですけど、やっぱりそうだったんですか」

滋君が元気にあいさつをすると、等々力警部は目をまるくして、

「なんだ、滋君じゃないか。それじゃゆうべの事件を発見した少年というのはきみだったのか」

「そうですよ、警部さん。ぼくたち三人が発見したんです。おじさん、ご紹介します。こちら村上君に小杉君。ぼくたち少年探偵団を組織しようと思っているんです」

滋君がいきごむと、等々力警部はからから笑って、

「あっはっは、少年探偵団もいいが、勉強のほうをおろそかにしちゃいかんよ。ときに滋君、ゆうべのことをもういちどここでくりかえしてくれんか。武蔵野警察のほうから、だいたいの報告はきいているんだが、ちょくせつ、きみたちの口からききたいと思ってね」

そこで滋君たちはかわるがわる、ゆうべまでのいきさつを、警部のまえでかたりました。

まず、金色の魔術師と名のる老人が、学校のまえへやってきて、七人の少年少女を、もらっていくといったことからはじめて、山本君がゆうれい屋敷で、赤い星のついたカードをひろったこと、吉祥寺の電柱に赤い星がはってあったこと、さては三人がゆうれい屋敷の地下室で、ドアのすきからのぞいていると、目のまえで、山本君のからだが溶けていったことなど、のこらず話してきかせたのです。

それらの話はゆうべ事件を発見したのち、武蔵野警察でも話したところで、すでにけさの新聞にものっているのですが、等々力警部は、いかにも興味ふかそうにきいていました。

「なるほど、なるほど。するときみたちは金色の魔

術師と名のる怪老人を、二度見たわけだね。学校のまえへきたときと、ゆうれい屋敷の地下室で、山本君を溶かしているときと……」

「そうです、そうです」

「それじゃ、その老人の顔をよくおぼえているだろうが、いったいどんな顔をしていた？」

そこで三人はおぼえている、老人の顔かたちを、ひとつひとつのべました。

まんなかでわけて肩までたらした長い髪、ぴんとはねあげた八字《はちのじ》ひげ。やりのようにさきのとがったあごひげ。わしのくちばしのようにまがった鼻、鼻めがね、けわしい目つき……。

等々力警部はそれを聞くと、いちいち、うなずいていましたが、やがてデスクのひきだしから、一枚の写真をとり出すと、

「それじゃ、その老人は、この写真のぬしに、にてやしなかったかね」

とさし出された写真を見ると、三少年は思わずとびあがりました。

「あっ、警部さん、このひとです、このひとです。村上君、小杉君、ちがいないねえ」

ふたりもそれにちがいないと断言しました。

その写真は胸から上をうつしたものですが、顔といい、身にまとった西洋のころものような黒い服といい、ゆうべゆうれい屋敷の地下室で見た、金色の魔術師そのままでした。

「警部さん、だれです。このひとはだれです」

「このひとはねえ……」

と、警部が話しかけたときでした。だしぬけに、卓上電話のベルが、けたたましく鳴り出したので、等々力警部は受話器をとりあげ、しばらく話をしていましたが、やがてガチャンとそれをかけると、三人のほうをふりかえり、

「きみたち、きょうは学校お休みだね」

「はい」

「それじゃ、ぼくといっしょに来てくれたまえ。これから写真のぬしのところへ出かけるんだ」

三人はそれを聞くと、思わずはっと顔を見あわせましたが、やがて滋君が目を光らせて、

「警部さん、ひょっとすると写真のぬしは、赤星博士ではありませんか」

「そうだ、写真のぬしは赤星博士だ。しかし、きみ

たちの見た金色の魔術師というのが、赤星博士かどうか、よく見てもらいたいんだ」

「警部さん、それならまちがいありませんよ」

　小杉キンピラ少年も、だいぶ警部になれてきたと見えて、はじめて口をひらきました。

「だってこの写真は、たしかに金色の魔術師にちがいありませんもの。なあ、ターザン」

　村上ターザン少年も同意しました。

「ふむ。しかし、ちょっとみょうなことがあるんでね」

「警部さん、みょうなことってなんです」

「いや、そのことは自動車のなかで話そう。とにかく、きみたちいっしょに来てくれたまえ」

　むろん少年探偵団を組織しようという三人のことですから、いなやのあるはずはなく、おおよろこびでそれからまもなく、等々力警部といっしょに、自動車にのって出かけましたが、金色の魔術師とは、はたして赤星博士なのでしょうか。

## 宝石箱のゆくえ

「警部さん、さっきおっしゃった、みょうなことってなんですか」

　自動車のなかで滋君がたずねると、等々力警部はむずかしい顔をして、

「滋君、それはこうだよ。きみたちは写真のぬしを金色の魔術師にちがいないといっているが、その写真のぬしの赤星博士は、いま気がくるっているんだよ」

「ああ、そのことなら山本君にききました。すると、赤星博士は、精神病院にいるんですか」

　滋君はちょっと不安になりました。赤星博士が精神病院にいるとすれば、むやみに外を出あるくはずがないからです。

「いや、病院にはいない。まえには入院していたんだが、いたっておとなしい病人で、ひとに害を加える心配もないので、いまでは退院して、自宅で静養しているんだ。しかし博士の行動は、たえず警官によって見張りをされているから、精神病院にいるよ

りも、もっとげんじゅうに監視されているわけだ」

滋君はふたりの友人と顔を見あわせました。

「しかし、警部さん、そんなおとなしい病人を、なんだって警官が見張っているんです」

「それはこうだよ、滋君。赤星博士がまえに、悪魔の宗教を信仰していたことは、きみも知っているだろう。悪魔の宗教というのは、ひらたくいえば、わるものの団体なんだ。宗教に名をかりてひとを集めては、いろいろ悪事をはたらいていたんだ。博士はその首領だったんだよ」

「それだのに、どうして博士は刑罰をうけなかったんですか」

村上ターザンが不平そうにききました。

「気がちがったからさ。どんな法律も気ちがいを罰するわけにはいかないからね」

「ふふん、うまくやってるな」

人一倍正義派のターザンは、いかにも不平そうに鼻をならしました。

「わかりました、警部さん。それでは博士が、いつなんどき、病気がなおるかもしれないので、おまわりさんが見張ってるんですね」

そうさけんだのは小杉キンピラ。

「ふむ、それもある。しかし、もうひとつ重大なわけがあるんだ。赤星博士は有名な宝石狂で、宝石ときたら目がない。そこで信者たちからかき集めた宝石を、みかん箱くらいの箱にいっぱい持っていたんだ。むろん、みんなぬすまれた宝石ばかりなんだがね」

「みかん箱いっぱいの宝石ですって！」

三少年は思わずいきをはずませました。

「そして、警部さん、その宝石箱は、その後どうなったんですか」

「それがわからないんだ。博士が発狂したのちしらべたところが、どこにもないんだ。博士がどこかへかくしたらしいんだが、そのかくし場所が、いまもってわからない」

「ぜんぜんけんとうがつかないんですか」

滋君が、ざんねんそうに、ためいきをつきました。

「いや、だいたい、けんとうはついているんだ。赤星博士は東京およびその近郊《きんこう》に、七つの、悪魔の礼拝堂を持っていたそうだから、たぶん、その一つにかくしたんだろうと思うが、その礼拝堂のありかが

わからない。いや、吉祥寺のやつだけは、まえから
わかっていたんだがね」

滋君はあやしく胸のおどるのをおぼえました。七つの礼拝堂に七人のいけにえ。ああ、そこに、なにかかんけいがあるのではないか。

「赤星博士は礼拝堂のありかを白状《はくじょう》しないんですか」

「いや、ところが博士じしん、ぜんぜんそれをわすれているんだ。博士も思いだそうとしてやっきとなっている。ね、わかったかね。警官がげんじゅうに博士の行動を、見張っているのもそのためなんだ。博士はいつなんどき思い出して、こっそりそれを取りにいくかもしれない。だから警官が見張っているわけだが、きみたちのいうように、博士が外出したとすると、すでに警視庁のほうへ、報告がきていなければならんはずだが……」

滋君はきゅうに不安がこみあげてきました。するとじぶんたちの目にあやまりがあるのだろうか。いやいや、そうは思われぬ。あの写真は金色の魔術師にそっくりではないか。赤星博士はきっと、警官の監視の目をくぐって、家からぬけ出したにちがいない……。

滋君が、とつおいつ、そんなことを考えているうちに、自動車は霞町《かすみちょう》から麻布六本木《あざぶろっぽんぎ》へ出て、そこから溜池《ためいけ》へくだる坂のとちゅうを右へまがると、やがて、高いれんがべいをめぐらした、いんきな洋館のまえにとまりました。

滋君たちが自動車からおりてみると、れんがべいの高さは三メートルをこえ、なおそのうえにげんじゅうな鉄条網《てつじょうもう》がはりめぐらしてあります。そしていかめしい鉄柵《てっさく》の門の外には、交番のような建物があり、ものものしく武装したおまわりさんが、立っていました。

おまわりさんは、自動車からおりた警部のすがたに、びっくりしたように目をみはり、

「警部どの、なにかありましたか」

「いやなに、その後赤星博士のようすはどうかと思ってね。なにもかわったことはないか」

「はあ、べつに。……あいかわらず、ぶつぶつひとりごとをいいながら、おりおり庭を散歩しております」

赤星博士の病気というのは、むかしのことをすっ

かりわすれているのです。そして、それ以外には、ふつうのひとと、たいしてかわりはないのだそうです。

「どうだね。ちかごろ、博士がこの家を出ていったようなことはないかね」

おまわりさんは目をまるくして、

「とんでもない。そんなことは、ぜったいにありません」

「しかし、きみたちが気づかぬうちに、こっそり家をぬけだすというようなことが……」

「ば、ばかな！　いや、しつれいしました。そんなことはぜったいにできません。私たちは交代で、四《し》六時《ろくじ》ちゅうこの門のまえに立っているのですし、一日に三回、へいのぐるりをまわって、鉄条網に異状はないかとしらべます。だから私たちの目をぬすんで、この家をぬけ出すなんてことはぜったいにできません」

「警部さん、警部さん。この家にはほかに入口はないんですか」

滋君は不安そうにききました。

「ふむ、まえには裏門があったのだけれど、博士がここに住むようになってから、ぬりつぶして、へいにしてしまったのだ。だからいまではこの門よりほかに、入口は一つもない」

滋君はますます不安になってきて、村上君や小杉君と顔を見あわせました。

「警部どの、ほんとになにか、あったのですか」

おまわりさんは心配そうな顔色です。

「いや、べつに。……しかし、せっかく来たのだから、ちょっと博士のようすをのぞいていこう。滋君たちも来たまえ」

警官にひらいてもらって、門のなかへはいっていくと、それは明治《めいじ》式の古びたれんがづくりの二階だてで、いかにもなにか秘密のありそうな、いんきくさい建物でした。

玄関に立って警部がベルをおすと、出てきたのは、腕《うで》っぷしの強そうな大男です。警部の顔を見ると、あわてて頭をさげました。

「赤星博士は……？」

「はあ、お居間《いま》のほうにいらっしゃいます」

「そう、じゃ、いつものようにして、のぞかせてくれたまえ」

「しょうちしました」

「きみたち、足音に気をつけて」

大男に案内された一同が、足音をしのばせてやってきたのは、さっぷうけいなへやでした。大男はそっとドアをしめると、かべにかけてあるがくをはずして、

「どうぞ、ごらんください」

見るとがくのうらには、鏡が一枚はめてあります。

警部は三人をふりかえって、

「博士のへやはずっとはなれたところにあるんだがね、鏡とレンズを利用して、ここからようすが見えるようになっているんだ」

そういいながら、警部は鏡をのぞいていましたが、やがて三人をふりかえり、

「さあ、きみたちものぞいてごらん。金色の魔術師かどうか、よく見てくれたまえ」

滋君はおそるおそる、鏡をのぞきましたが、すぐどきっとしたようにいきをのみました。ああ、もうまちがいはありません。なにか考えこんだようすで、両手をうしろにまわし、へやのなかを歩きまわっている老人……それはたしかに金色の魔術師ではありませんか。

村上君と小杉君も、滋君のあとからのぞきましたが、ふたりともまっさおになって、ひたいにあせをにじませています。

「どうだね、きみたちの見たところでは……」

「警部さん、ちょっと待ってください。もういちど、ぼくにのぞかせてください」

滋君はそういって、また鏡をのぞいていましたが、やがてなにを見つけたのか、あっとかすかに口のなかでさけぶと、

「警部さん、警部さん、なんとかして赤星博士を、外へつれだすくふうはありませんか。ぼく、ちょっと、あのへやをしらべたいのです」

と、こうふんに声をふるわせていました。滋君はいったいなにを発見したのでしょうか。

## 祖父の時計

「滋君、きみはこのへやに、なにかへんなことがあるというのかね」

それからまもなく、散歩の時間ですからと、あの

大男が赤星博士を外へつれ出したあと、そっとへやへしのびこんだ一同でした。

滋君はすばやくあたりを見まわすと、

「ああ、あの時計です。あの時計です」

と指さしたのは、かべぎわにある大きな時計、西洋では、ぞくにそれを、グランド・ファーザー・クロック、つまり祖父の時計といって、おとなのせたけほどもある、置時計です。

「滋君、この時計がどうかしたかね」

「警部さん、ごらんなさい。時計の下から、なにやらはみだしているではありませんか」

なるほど見れば時計のしたから、きれのようなものが三センチほどはみだしています。しかも、そのきれには金《きん》ぴかのししゅうがしてあるではありませんか。

「あっ、警部さん、警部さん、あれは金色の魔術師の着ていた、フロックのきれはしです」

小杉君が思わず大声でさけびました。

警部もそれを聞くとびっくりして、きれを取ろうとしましたが、なにしろ重い時計のしたじきになっているのですから、ちょっとひっぱったくらいでは、とてもとることはできません。警部はまゆをひそめて、

「しかし、こんなものが、どうして時計の下にもぐりこんだのだろう」

滋君はいきをはずませ、

「警部さん、きっとこの時計はうごくのです。そして、そのあとに抜け穴の入口があるのです」

「抜け穴……?」

警部は半信半疑《はんしんはんぎ》のおももちです。

「そうです、そうです。吉祥寺の礼拝堂にも、秘密のおとし戸があったではありませんか。この家にもきっと、秘密の通路があって、そこから博士は、自由に外へ出られるのにちがいありません」

「しかし……しかし……滋君、この大時計をどうしてうごかすのだ」

警部も滋君の考えに、しだいにひきこまれてきたと見え、いきがあらくなりました。

「さあ、それはぼくにもわかりませんが、しかし……」

滋君は、ふと、じぶんの腕時計を見て、

「へんだなあ、この時計はまだ一時だ。ほんとうは

もう四時になるのに、……しかも、この時計はとまっちゃいない」

なるほどガラス戸のなかでは、大きなふりこがゆらゆらゆれて、チックタックと時をきざむ音もします。それだのに時計の針《はり》は、一時ちょっとすぎを示しているのです。

滋君はせのびをして、時計の文字盤を、つくづくながめていましたが、

「警部さん、へんですよ。この文字盤の文字のうち、七時のところがいちばんこすれています。ほかのところはなんともないのに……」

滋君はそれから文字盤のふたをひらいて、こころみに針を七時にしてみました。べつに、かわったことはありませんでしたが、ふしぎなことには、この時計は鳴らないのです。ふつう、グランド・ファーザー・クロックというのは、ボーンボーンとよい音をたてるものなのに、この時計はそれをとめてあるとみえます。

滋君はもう一度針をまわして、また七時にしてみました。しかし、あいかわらずかわったことはありません。それにもかかわらず、滋君が針をいじっているのを見て、

「滋君、いいかげんによしたまえ。この時計がうごくとしても、しかけはもっと、ほかのところにあるにちがいない」

「いいえ、警部さん、ちょっと待ってください。ぼくの考えがあたってるかどうかわかりませんが、しまいまでやらしてください」

滋君はあいかわらず針をまわしていましたが、やがて七へんめに七時のところへ針がきたとき、どこかでカタリという音がしたかと思うと、ギリギリギリ、ギリギリギリ、かすかな音をたてながら、あの大きな祖父の時計が、ドアのようにひらきはじめたではありませんか。

「あっ、ひらいた、ひらいた。やっぱり抜け穴があったのだ！　滋ちゃんはえらいね」

キンピラ少年はもうむちゅうです。村上ターザンも目をみはって、大きくいきをはずませています。

こうして一同が手にあせにぎって見ているうちに、大時計は九十度までひらいたかと思うと、そこでぴったり、とまりました。そして、そのうしろのかべには、ひとひとりとおれるくらいの穴があいている

のです。

さすがの警部もこれにはどぎもをぬかれたらしく、びっくりしたように目をみはっていましたが、やがて口のうちで、

「ちきしょう!」

と、するどく舌打ちをすると、だっとのごとく穴のなかへもぐりこみました。三少年もそれにつづいたことはいうまでもありません。

穴のなかはまっくらでしたが、警部はマッチをすってスイッチのありかをみつけると、すぐそれをひねりました。そして、ぱっとついた電気の光で見まわすと、そこは三メートル四方ほどのへやですが、すみのほうに一目《ひとめ》でおとし戸と知れるゆかがあります。それをあげると、はたして階段がついていました。

「ちきしょう、ちきしょう!」

警部はくやしそうに舌打ちしながら、すぐ階段をおりようとしましたが、

「あ、警部さん、ちょっと待ってください。あれを……あれを見てください」

滋君によびとめられて、等々力警部がふりかえると、かべには金ぴかのフロックと、金ぴかのシルクハットがかかっており、デスクのうえには、赤い星をかいたカードが、いっぱい散らかっておりました。

しかし、滋君が指さしたのは、それではなく、デスクの上に立ててある写真入れです。その写真のうえにはべったりと、赤い星とNo.2と書いた紙がはってあるではありませんか。

「あっ」

警部は、つかつかとデスクのそばにより、べりべりとはってある紙をはがしましたが、するとその下からあらわれたのは、なんと、顔のところだけまるく切りぬいた、少女の写真ではありませんか。

顔が切りぬいてあるので、どこのだれともわかりませんが、それでは金色の魔術師の第二のいけにえとは少女なのか。

滋君をはじめ村上、小杉の三少年はまっさおになって顔を見あわせていましたが、そのときでした。だしぬけに表《おもて》のほうからきこえてきたのは、ズドン、ズドンとはげしくピストルをうちあう音。

「あっ、あれはどうしたのだ!」

「もしや、赤星博士が……」

警部はそれをきくと、ものもいわずに、抜け穴からとび出し、玄関から外へ出ましたが、ああ、そのときにはすでにおそかったのです。

大男と見張りの警官、それから運転手の三人をうちたおした赤星博士が、悪鬼のぎょうそうものすごく、警部たちののってきた自動車にとびのって、いずくともなく走り去ったのでした。

ああ、狂える悪魔はおりから出ました。あわれな第二のいけにえは、いずくの少女なのでしょうか。

## 第二のカード

赤星博士が逃げるとみるや、等々力警部はすぐに電話でこのことを、警視庁へ報告しました。警視庁ではさっそく全市に、非常線をはりましたが、それにもかかわらず、赤星博士はつかまらなかったのです。あとでわかったところによると、赤星博士はじぶんの家から、五百メートルほどはなれたところに、自動車をのりすてて逃げたのでした。

さて、いっぽう、大時計のうらにある抜け穴をしらべたところが、それは赤星博士のやしきから、ろじひとつへだてた、うらがわの家につづいていることがわかりました。しかもその家というのは、もう長いこと、あきやになっているのです。

ああ、なんということでしょう。博士の家はげんじゅうに、見張りをされていましたが、それは、なんのやくにもたたなかったのです。赤星博士は抜け穴をとおって、じゆうじざいに出入りをすることができたのです。

こういうことがわかったから、警視庁にたいする世間の非難はたいへんでした。

ことに第二のいけにえが、少女だとわかったので、女の子をもつ親の心配といったらありません。博士の家で発見された、写真を見せてくれと、おしかけてくる親たちのために、警視庁はてんてこまいをしたくらいです。

こういうさわぎを見るにつけ、立花滋が思いだすのは、名探偵金田一耕助のこと。……

「こんなときに先生がいてくださったら……」

しかし、なんという悲しいことでしょう。その金田一耕助は健康をそこねて、いま、とおく関西の海辺で、静養しているのでした。

しかし、滋君は考えました。金田一先生をひっぱりだすことはできなくとも、手紙で相談するくらいは、かまわないだろうと……。

そこでつぎの日学校で、村上君や小杉君と相談して三人で手紙を書くことになりました。三人はお昼休みに、ひたいをあつめて、いろいろ相談しながら、こんどの事件を、くわしく書いて金田一耕助に出しました。

すると、五六日たって、耕助からへんじがきましたが、それによると、じぶんは、東京へかえるわけにはいかないが、この事件はたいへんおもしろそうだから、今後も見たこと、聞いたことを、のこらず書いてよこすように、それから山本君がバスでとかされたときのもようを、こんどは三人べつべつに、見たままそっくり、書いてよこせということでした。

この手紙を読んで、こおどりしてよろこんだのは三少年です。金田一先生が、たとえじぶんは出てこれなくても、うしろについているのですから、百万人の味方をえたようによろこび勇み、そこで三人はめいめい、山本君がとかされたときのもようを、見たとおり書いておくりました。

ところが、そのへんじがまだこないうちに、ここにまた、ひとつの事件がおこったのです。

それはやはり土曜日のこと、滋君たち三人が、昼すぎ学校を出ようとすると、むこうから思いがけないひとが、顔色をかえてやってきました。それは山本君がとかされた晩、ゆうれい屋敷のまえで会った杉浦画伯《がはく》なのです。

「ああ、よいところで会った。じつは、きみたちに会いにきたのだ」

「杉浦さん、なにかごようですか」

「うむ、きみたちに見てもらいたいものがあってね。きみたちはいつか山本君が、金色《こんじき》の魔術師からうけとった、カードを見たことがあったね。ほら、ナンバーのはいったやつさ」

「ええ、でも、それがどうかしましたか」

滋君が心配そうにたずねると、

「じつは、きょうあるところで、それと同じようなカードを見つけたんだ。それで、きみたちに見てもらいたいと思ってね」

杉浦画伯がポケットから出したカードを見て、滋君と村上、小杉の三少年は、思わずあっと顔色をかえました。それもそのはず、赤い星のマークのついたそのカードは、大きさといい、紙の質といい、いつか山本君に見せられた、カードにそっくりではないか。しかも、そこにはインキのあともなまなましくNo.2と……。

「杉浦さん、これです、これです、このカードです。しかし、だれが、これをうけとったのですか」

滋君がいきをはずませてたずねると、杉浦画伯はいよいよ顔色をかえて、

「いや、それがよくわからないんだ」

「わからないとは、どういうわけですか」

村上少年が、ふしぎそうにたずねると、

「それがね、三人のうちのひとりだってことは、わかっているんだが……とにかくきみたち、ぼくといっしょにきてくれないか」

「どこへですか」

「丸ノ内の東都《とうと》劇場だ。じつはこのカードは、東都劇場の楽屋で発見されたんだ」

滋君たちは顔を見あわせて、

「杉浦さん、そんなことをするより、すぐ警察へとどけたらどうですか」

「いや、ぼくもむろんそう思ったが、ひょっとすると、だれかのいたずらかもしれんと思ってね。それだと、警察へとどけると、あとでとんでもないはじをかくからね」

杉浦画伯がためらったのもむりはない。新聞に金色の魔術師のことが、書きたてられるようになってからというもの、あちらでも、こちらでも、赤い星に番号のついたカードをうけとったという、さわぎがおこりました。しかし、それはみんな近所のひとや、お友だちのいたずらだったのです。

滋君はちょっとかんがえて、

「杉浦さん、それで、三人のうちのひとりだというのは、どういうわけですか」

「それはこうなんだ。いま東都劇場では児童劇をやっているんだ。ぼくはそこで背景をかいたり、衣裳《いしょう》の考案をしたりしているんだが、そこにオリオン・シスターズという、三人きょうだいのスターがいる。三人はいつもなかよく、おなじ楽屋にいるんだが、けさ、その楽屋のカーテンに、このカードがピンでとめてあったんだ」

滋君たちはそれをきくと、またどきっとして、顔

を見あわせました。オリオン三きょうだいのうわさは、三少年もきいていました。とてもかわいい、人気のある豆スターなのです。

「だから、このカードがほんものとすれば、三人のうちのだれかが、金色の魔術師にねらわれているわけだが、きみたちは赤星博士のうちで、第二のいけにえの写真を見たんだろ。その写真には顔がなかったということだが、それでも、三人にあってもらったら、だれかということが、わかりゃしないかと思うんだ。だから、ぼくといっしょにきてくれないか」

杉浦画伯はいたって陽気で、ほがらかなひとでしたが、このときばかりは心配のために、あおくなっていました。

## おとぎ芝居

杉浦画伯の心配そうな顔をみると、滋君たちも、ことわることができません。

そこで、ともかくいってみようと、それからすぐに自動車にのって、丸ノ内へかけつけましたが、東都劇場のまえで自動車をおりると、三人は思わず、いっせいにさけんだのです。

「あっ、杉浦さん。あれはなんですか」

三人がおどろいたのもむりはない。劇場のやねに大きな人形が出ていましたが、なんと、それは金色の魔術師にそっくりではないか。

「ああ、あれか、あれはね、いまこの劇場で、『金色の魔術師』というお芝居《しばい》をしているんだよ。金色の魔術師がさんざんわるいことをしたあげく、オリオン三きょうだいに、とらえられるというおとぎ芝居だ。ぼくはこんなお芝居をして、ほんものの魔術師ににらまれるのは、ばからしいから、よしたほうがいいと反対したんだが……やっぱり、これがいけなかったんだね」

杉浦画伯はいまいましそうに、やねの人形をにらみながら、劇場のうらがわへまわりましたが、やがて楽屋の入口までくると、

「そうそう、いいわすれたが、オリオンの三きょうだいには、まだなんにもいってないんだ。かわいそうだからね。きみたちもそのつもりで、ファンみたいな顔をしてね」

滋君たちは、しょうちしました。

三きょうだいのへやは、舞台のうらの二階にあります。杉浦画伯につれられて、三人がはいっていくと、オリオンの三きょうだいは、いましも、かわいいおじょうさんや、ぼっちゃんたちのファンに、とりかこまれていました。

諸君はプロ野球のチームに、オリオンズというのがあるのを、ごぞんじでしょう。あれはオリオン星座からとった名まえですが、その、オリオン星座には、いつも三つの星がなかよくならんで、美しくかがやいています。

オリオンの三きょうだいというのは、その三つ星からとった名ですが、まったくその名のとおり三人は、きらめく星のようにかわいらしい少女でした。

いちばん姉は雪子《ゆきこ》といって十二才。つぎは月江《つきえ》の十一才。すえの花代《はなよ》はまだ九つ。三人とも西洋のお姫さまみたいに、ひだのたくさんついた、すそのながい衣裳《いしょう》をきて、首に三じゅうにまいた、長い首かざりをかけていましたが、それがまるで、フランス人形のような、かわいらしさでした。

「ああ、雪子さん、こちらにいるのは、きみたち三人のファンなんだ。ひとつ、ごあいさつをしてあげてください」

杉浦画伯がしょうかいすると、雪子はにっこりわらって、

「あら、よくいらっしゃいました。あたし雪子ですの。そこにいるのが月江と花代です。どうぞよろしく」

三人そろって、にっこりおじぎをしましたが、さて、そのうちのだれが、あの写真のぬしなのか、滋君たちにもさっぱりわかりません。なにしろ、あの写真には顔がなかったのですし、それにきものが、すっかりかわっているので、まるで、けんとうもつかないのです。

三人がとまどいしていると、そこへとつぜん、

「杉浦先生、ぼくの扮装《ふんそう》はこれでいいですか」

といいながら、はいってきた男がありましたが、それを見ると、滋君たちは思わず顔色をかえました。それもそのはず、その男は金色《こんじき》の魔術師に、そっくりではありませんか。

まんなかでわけて、肩までたらした長い髪、ぴんとはねあげた八字《はちのじ》ひげ、やりのようにさきのとがっ

たあごひげ、わしのくちばしのようにまがった鼻、鼻めがね、けわしい目つき……。それに金《きん》ぴかのフロックから、赤い星のついた帽子まで、なにからなにまで、金色の魔術師そのままのきみわるさ。

　滋君たちが顔色かえて、しりごみをするのを見ると、杉浦画伯は、からからわらって、

「立花君、なにも心配することはないんだ。これは椿三郎《つばきさぶろう》君といって、金色の魔術師をやる役者だ。どうだね。きみたちは金色の魔術師を見たことがあるんだが、似ているかね」

「杉浦さん、似ているどころではありません。そっくりですよ」

「ぼく、ほんものかと思って、きもったまが、でんぐりがえっちゃった」

　小杉キンピラ少年は、まだ、きみわるそうに、椿三郎という役者を見ています。

「そんなに似ているとはありがたい。きみたちも舞台を見てくれたまえ。うんとすごいところを見せるからね。けっけっけっ！」

　椿三郎は、きみのわるい笑い声をたてて、出ていきましたが、その笑い声までが、あの魔術師にそっくりではありませんか。

　杉浦画伯は三人をへやのすみによんで、

「ときにどうだね、三人のうちのだれだと思うね」

と、そっと小声でたずねます。

「杉浦さん、ぼくたちにはわかりません。写真には顔がなかったのですし、それに、きものがすっかりかわっているんですもの……」

　滋君がしょうじきにこたえると、杉浦画伯は、ひたいに八の字をよせて、

「それはこまったな。どこか、けんとうがつかんかね」

　三人がこまったように顔を見あわせていると、杉浦画伯はあきらめたように、

「いや、それじゃしかたがない。なに、金色の魔術師がねらっているとしても、こっちだって、むざむざまけるもんか。たたかってやる。だんことして、金色の魔術師とたたかうんだ」

　杉浦画伯は歯をくいしばり、両手をにぎりしめましたが、そのとき、開幕のベルが、たからかに鳴りわたりました。

　杉浦画伯はそれをきくと、滋君たちをふりかえっ

て、

「きみたち、せっかくきたのだから、芝居を見ていきたまえ、いま、見物席へあんないさせるからね」

杉浦画伯はベルをおして、小使《こづか》いをよぶと三人を見物席へあんないさせました。楽屋からは地下道をとおって、おもてげんかんのそばへ、出られるようになっているのです。

三人はそこをとおって、見物席へあんないされましたが、ちょうどそのとき、舞台では幕がひらいて、いよいよ、おとぎ芝居、金色の魔術師がはじまったのです。

## 舞台うらの怪

「ねえ、立花君」

席へつくと村上少年が小さな声で、

「あの椿三郎という役者ね。あいつ、ほんものの金色の魔術師じゃないかしら。だって、顔から声までそっくりじゃないか」

「そうだよ、そうだよ。ターザンのいうとおりだよ。ぼくも、あいつがあやしいと思うよ」

小杉君もあいづちをうちます。しかし、滋君は首をよこにふって、

「まさか。……しかし、村上君、小杉君。ぼくは、みょうなことに気がついたよ」

「みょうなことって?」

「赤星博士は、ひじょうにとくちょうのある顔をしているだろ。ああいうとくちょうのある顔は、かえって変装しやすいってことを、椿三郎という役者を見て気がついたんだ」

「滋ちゃん、それ、どういう意味?」

「つまりね、だれかが赤星博士にばけようと思うだろ。そのとき、博士があたりまえの髪のかりかたで、ひげもなく、鼻めがねもかけていなかったら、うまれつき、よっぽど、よく似たひとでないと、博士にばけることはむつかしい。ところが赤星博士はあのとおりの顔だから、かつらやつけひげ、それから鼻めがねをつかうと、かえってばけやすいんだ。まがった鼻だって、パラフィンかなんかつければ、まねができるし、鼻めがねをかけると、だれだって目がつりあがるんだ。げんに椿三郎は、あのとおり、すっかり博士にばけているじゃないか」

「立花君、するとこのあいだの赤星博士は、ほんとの赤星博士じゃなくて、だれかが博士に変装していたというの」

「さあ、そうはっきりとはいえないが、しかしね、赤星博士はあのとおり、抜け穴をもってたんだから、逃げようと思えば、いつだって逃げられたはずだろ。なにも、あんなきわどい逃げかたをしなければならぬはずはないんだ」

「そういえば、滋ちゃんのいうとおりだね」

「それに、あの抜け穴が発見されたんだって、おかしいよ。ぼくみたいなこどもに、あんなにかんたんに発見されるなんて、金色の魔術師らしくないよ。だからあれは、抜け穴を発見させるように、わざと時計のしたから、きれを出しておいたんじゃないかと思うんだ」

「しかし、それはどういうわけで？」

　村上、小杉の二少年はふしぎそうに左右から、滋君の顔を見ています。

「赤星博士にうたがいをかけるためさ。抜け穴のなかには、なにがあった？　金色の魔術師の衣裳《いしょう》やカード、それから第二のいけにえの写真だ。それで赤星博士はすっかり、金色の魔術師にされちまったが、博士がわるいことをしようとするなら、もっとちがった顔に変装するのが、あたりまえだと思うんだ。あのとくちょうのある顔で、悪事をはたらけば、すぐめぼしをつけられるのはわかりきっている」

　さすがは名探偵、金田一耕助のでしだけあって、滋君のかんがえかたには、なかなかするどいところがあります。

　滋君はくやしそうにくちびるをかんで、

「だから、ぼくはくやしいんだ。あの抜け穴を発見して、とくいになっていたけれど、あれこそ金色の魔術師の思うつぼだったのかもしれない。そして、ぼくがとくいになっているのを、わらっているかもしれないんだ」

「しかし、立花君」

　村上少年がなにかいいかけたとき、見物席のあちこちから、シーッ、シーッと、たしなめるような声がきこえました。三人はそれではじめて気がついて、口をつぐんで、あらためて舞台のほうへ目をやりました。

　舞台では金色の魔術師が、オリオン三きょうだいのすえの妹、花代の扮《ふん》した小さいお姫さまを、ゆうかいするところでした。

そこはりっぱな宮殿のおくで、ベッドのうえには、小さなお姫さまがねています。そこへしのびこんだ魔術師は、サンタクロースのように、大きな袋をもっています。

魔術師はベッドのそばへしのびより、お姫さまの口へハンケチをあてがいました。お姫さまはちょっと手足をばたばたさせましたが、すぐ、うごかなくなったのは、たぶん、ねむり薬をかがされたのでしょう。

「けっけっけっ、これで第二のいけにえが手にはいったぞ。けっけっけっ」

そのわらい声を聞いたとき、滋君たちは思わずぞっと顔を見あわせました。芝居《しばい》とは知っていても、やっぱりきみがわるいのです。

やがて魔術師は袋のなかに、お姫さまをおしこみ、それをかついで逃げようとしましたが、ちょうどそこへ、おおぜいのけらいや、こしもとたちがやってきました。

「あっ、金色の魔術師だ。みなさま、金色の魔術師がしのびこみましたぞ」

金色の魔術師はたちまち、おおぜいのけらいや、こしもとにとりかこまれました。

「金色の魔術師、こうなったら逃げることはできないぞ。おとなしく降参《こうさん》しろ」

しかし、そのとき金色の魔術師が、口のなかでなにやらとなえながら、忍術《にんじゅつ》つかいみたいに右手をふると、そのすがたはまたたくまに、舞台の下へすいこまれていったのです。

「けっけっけっ、けっけっけっ」

と、きみのわるい笑い声をのこして……。

「それ、金色の魔術師が逃げましたぞ。みなさま、気をおつけなされませ」

けらいやこしもとたちが、うろたえさわぐところで、その場は幕になりました。

村上君はほっとしたように、

「なんだ、芝居か。ぼくはあいつが、第二のいけにえが手にはいったぞ、といったときには、ほんものかと思ってぞっとしたよ」

「ぼくだって、そうさ。役者ってやっぱり、うまいもんだね」

小杉君もためいきをついています。

その幕あいは三分ぐらいで、すぐつぎの場面になるはずでしたが、それがどうしたのか、五分たっても、十分たっても幕があきません。

見物席では見物が、わいわいいいはじめましたが、すると十五分ほどたったころ、とつぜん、さっきの小使《こづか》いがやってきて、

「ああ、ぼっちゃんがた、まだいましたね。杉浦先生がちょっときてくださいって」

小使いの顔色があおくなっているので、三人はぎょっといきをのみました。

「おじさん、なにかあったの」

「いえ、あの、ここではいえません。どうぞこちらへきてください」

小使いのあとについて楽屋へいくと、杉浦画伯《がはく》と雪子と月江が、まっさおになっておろおろしていました。

「杉浦さん、ど、どうかしたんですか」

「ああ、きみたちいまの芝居を見ていて、金色の魔術師に、なにかへんなところがあるのに気がつかなかった？」

「杉浦さん、ど、どうしたんです」

「すこし、へんなんだ。金色の魔術師の椿君と、花代ちゃんのすがたが、舞台の下へもぐりこんだきり、見えなくなったんだ」

滋君たちはそれをきくと、思わずまっさおになりましたが、そこへ二三人の女の子が、あわただしくとびこんできました。

「先生、たいへんです。椿さんが……」

「えっ、椿君がどうかしたのか」

「はい、舞台うらのすみにたおれて、ねむっているんです」

それをきくと一同は、顔色かえてとびだしましたが、ああ、なんということでしょう。椿三郎は金色の魔術師の衣裳をきたまま、ごたごたと大道具《おおどうぐ》のおいてある、うすぐらいかたすみで、こんこんとねむっているではありませんか。

杉浦画伯はその口もとをかいでみて、

「あっ、ねむり薬をかがされている！」

「先生、それじゃ花代ちゃんはどうしたんですの。さっき舞台へ出ていた金色の魔術師は椿さんじゃなかったんですか」

雪子と月江はおろおろごえで、杉浦画伯にとりすがります。

そのとき、滋君の目についたのは、ゆかの上に落ちている一枚の紙。なにげなくひろいあげると、なんと、それは赤い星のついたカードで、しかも、その上になにやら文字が、書いてあるではありませんか。

滋君はあわててそれを、ポケットにねじこみましたが、だれもそれに気づいたものはありませんでした。

## 消える魔術師

### 黒めがねの怪紳士

さあ、舞台うらはおおさわぎです。

「おい、椿君、起きろ、起きろ、目をさませ」

杉浦画伯が呼べどさけべど、椿三郎は目をさますけはいがありません。

「これはいかん、だれか医者をよんでこい！」

言下《げんか》にさっきの小使《こづか》いが、楽屋からとびだして、すぐにお医者さんをつれてきました。

そのお医者さんに二三本つよい注射をうたれて、椿三郎はやっと正気にかえったのです。

「あっ、こ、これはどうしたんだ」

椿三郎はびっくりしたように、目をぱちくりさせながら、あたりを見まわしています。

「どうしたもないもんだ。椿君、きみこそどうしてこんなところにねているんだ。花代ちゃんをいったいどこへやったんだ」

「花代ちゃん？　花代ちゃんがどうかしたの」

「どうかしたのって、さっき、きみが花代ちゃんを袋づめにして、舞台の切り穴から、舞台したへ消えていったじゃないか。それから……」

「な、な、なんだって！」

椿三郎はゆかからとびおきると、

「それじゃ、もう芝居《しばい》ははじまっているのか」

「おいおい、椿君、とぼけちゃいかん。はじまってるのかもないもんだ、いまきみが……」

「いや、ぼくは知らん。ぼくは舞台へ出たおぼえはない。さっき舞台うらで待っていたところが、だしぬけにうしろから、だれかがぼくをだきしめて、なにやらしめったハンカチのようなものを、鼻と口とにあてがったんだ。もちろん、ぼくはもがいた。さけぼうとした。しかし、すぐ気がとおくなって……ああ、頭がいたい、われるようだ」

　椿三郎はあおい顔をして、頭をかかえこむようすを見ると、花代の姉の雪子と月江は、まっさおになってしまいました。

「先生、先生、それじゃ、さっきのは、ほんものの魔術師だったのじゃございますまいか」

　それをきくと一同は、あおくなってふるえあがりましたが、そのとき、そばから口を出したのは、立花滋君でした。

「杉浦さん、杉浦さん、ここでこんなことをしてるまに、出口をしらべたらどうですか。金色《こんじき》の魔術師は、あんな目につくなりをしているのですから、外へ出たとすれば、きっとだれか見ているにちがいありません。もし、まだ外へ出ていないとしたら……」

「そうだ、そうだ、よし、みんな手つだってくれたまえ」

　そこでみんなで手わけをして、劇場の出口という出口をしらべましたが、だれも金色の魔術師を見たというものはありません。

　杉浦画伯は顔いっぱいによろこびの色をうかべて、

「しめた！　それじゃ、あいつはまだ、この劇場のなかにいるにちがいない。みんなでさがしてみよう。立花君、きみたちも手つだってくれたまえ」

　そこで、劇場のひとたちが総がかりで、楽屋といわず、見物席といわず、すみからすみまでさがしました。滋君も村上君や小杉君といっしょに手つだいましたが、金色の魔術師はおろか、花代のすがたも見えないのです。

「こんなはずはない。外へ出たけいせきがない以上、金色の魔術師も花代ちゃんも、まだこの劇場にいるにちがいないんだ」

オリオン三きょうだいの楽屋のなかで、杉浦画伯はやっきとなって、わめきたてていましたが、そこへおどおどはいってきたのは、いつも正面の入口にいる、案内がかりの少女でした。

「先生、ちょっと申しあげたいことがあるんですけれど……」

「なに、どんなこと？」

「あたし、いまふと思いだしたんですが、あの第一幕がおわってまもなくのことでした。おじょうさんをだいた男のかたが出ていらっしゃって、むすめがきゅうに気分がわるくなったからと、自動車でおかえりになったんです」

滋君はそれをきくと、はっと村上君や小杉君と顔を見あわせました。

杉浦画伯は心配そうにそわそわして、

「それで……それがどうかしたの？」

「はい、あの、そのかた、なんだか楽屋のほうからつづいている、地下道から出ていらっしゃったような気がして、そのとき、ちょっとへんに思ったんですけれど……」

「きみはそのとき、だかれている少女の顔を見なかったの」

「はい、ぴったりと男のかたの胸に、顔をくっつけていらしたので。……それに毛布でからだをくるんであったので、おめしものもよく見えなかったのですが、いまから思えば、すそのほうから、お姫さまの衣裳《いしょう》のようなものが、ちらちらのぞいていたようでした」

「そして、そいつはどんな男だったんだ」

「それが、そのかた、帽子をまぶかにかぶり、オーバーのえりを立て、おまけに黒めがねをかけていらっしゃったので、顔はまるで見えなかったんです」

「そいつは自動車にのっていったんだね」

「はあ、自動車を待たせてあったようでした」

それをきくと杉浦画伯は、どしんと、いすにこしをおとすと、両手で頭をかかえこんでしまいました。

ああ、もうまちがいはない。金色の魔術師は花代を袋づめにして、舞台の穴から地下へおりると、花代のからだを毛布にくるみ、じぶんも衣裳をきかえると、お客さんのような顔をして劇場から出ていったのです。

そのあいだ、花代が声をたてなかったのは、ねむり薬をかがされていたのでしょう。そういえば金色の魔術師が、お姫さまにねむり薬をかがせるところがありましたが、あれはお芝居ではなく、ほんとうだったのか。

ああ、なんというだいたんさ、なんというずうずうしさ！

金色の魔術師はこうして、何千何百人という見物の見ているまえで、ゆうゆうと、第二のいけにえを誘拐《ゆうかい》していったのです。

## カードの文字

こうなると、もうお芝居どころではありません。金色の魔術師が役者にばけて、第二のいけにえを誘拐していったというわさが、見物席につたわったからたまりません。みんな、われがちにと逃げだしてしまいましたが、それはさておき、劇場からのしらせによって、警視庁からおおぜいひとがかけつけてきたのは、それから、まもなくのことでした。

かかりの警部さんは、案内がかりの少女の話をきくと、すぐに電話で、全都に非常線をはるように手くばりをしました。しかし、そのころにはもう、黒めがねの怪紳士と、少女花代をのせた自動車は、とっくのむかしに、どこかへすがたをくらましていたのです。

さて、そのあとで一同は、警部さんから、げんじゅうに取調べをうけました。ことに、金色の魔術師にふんしていた椿三郎と、第二のカードを発見しながら、警察へとどけなかった杉浦画伯は、きびしい取調べをうけましたが、どうやら、そのうたがいも晴れたようです。

立花滋君や村上、小杉の三少年も、警部さんにいろいろ話をきかれましたが、このとき滋君がざんねんでたまらなかったのは、かかりの警部さんというのが、等々力警部でなかったことです。もしあいてが等々力警部なら、うちあけて、相談しようと思っていたことがあったのに、そうでなかったので、滋君はつい、いいそびれてしまったことがあるのです。

さて、こうして取調べもすみ、手くばりもおわって、警官たちがひきあげていったのは、もうかれこれ日暮れどきのことでしたが、そのあとの楽屋では、雪子と月江が、だきあって泣きくずれているのです。

椿三郎も金色《こんじき》の魔術師の扮装《ふんそう》をぬいで、ぼんやり考えこんでいましたが、素顔を見ると、二十五六の、金色の魔術師とは、似ても似つかぬ青年でした。

杉浦画伯《がはく》はいすのなかで、両手で頭をかかえこんでいましたが、そのそばへやってきて、そっと肩をたたいたのは立花滋君です。

「杉浦さん、ちょっと話があるんですが……」

杉浦画伯は気抜けしたような顔をあげ、

「なにかぼくに用事……?」

「ええ、ないしょでちょっと、相談したいことがあるんです」

「ああ、そう、それじゃ、こっちへ来たまえ」

滋君のただならぬ顔色を見て、杉浦画伯はすぐ立ちあがると、へやを出ていきました。

「村上君、小杉君、きみたちも来たまえ」

「滋ちゃん、なにかあったの?」

「うん、ちょっと……」

一同の出ていくうしろから、椿三郎がへんな目をして見おくっています。やがて別室へはいって、なかからぴったりドアをしめると、

「立花君、話というのはなんだね」

「杉浦さん、こんなものを拾ったのです」

滋君がポケットから取りだしたのは、赤い星のマークのついたカードです。三人はそれを見ると目をまるくして、

「立花君、これ、どこで拾ったの」

「椿さんが、たおれていたそばに落ちていたんです。杉浦さん、うらをごらんなさい」

うらを見ると万年筆のはしり書きで、「芝白金台《しばしろかねだい》町《まち》二丁目」——と、ただそれだけ。

「滋ちゃん、これ、どういう意味?」

「それはぼくにもわからない。しかし、このカードに書いてあるからには、なにか金色の魔術師にかんけいがあるんじゃないかと思うんだ。ひょっとすると、魔術師が、おとしていったんじゃあるまいか」

「それで、滋ちゃん、どうしようと思うの」

「これから白金台町へいってみたらどうかと思うんだ。なにか手がかりがつかめるかもしれないよ」

それをきくと杉浦画伯は、いきなり滋君の手をにぎりしめました。

「ありがとう、立花君、よくいってくれた。ぼくは、どうしても花代ちゃんを、とりかえさねば腹の虫がおさまらないんだ。きみたちも、ぜひ手つだってくれたまえ」

「杉浦さん、それじゃすぐに出かけましょう」

「いや、ちょっと待ってくれたまえ」

杉浦画伯は三人をおしとめて、

「ぼくはこれから雪子さんと月江さんを、おうちまで送ってやらねばならない。それじゃ、こうしよう。ここへ、べんとうをとってあげるから、きみたちそれをたべて、ひとあしさきにいっててくれたまえ。ぼくはふたりを送りとどけてから、白金台町へまわるから。しかし……」

杉浦画伯はカードのうらをもういちど見て、

「へんだねえ、これは……」

「杉浦さん、なにがですか」

「いや、なんでもない。それじゃ、べんとうをとってくるからね」

こうして杉浦さんがとってくれたべんとうをたべた三人が、白金台町へむかったのは、もうかれこれ六時ごろのことでした。

白金台町二丁目というのは、むかしはりっぱなお屋敷がならんでいたのですが、いまでは戦災をうけて、いたるところにれんがをつんだ、さびしい空地《あきち》があります。三人がそこへついたころには、もうとっぷりと暮れはてて、空には月が出ていました。

「立花君、白金台町二丁目とだけじゃ、けんとうのつけようがないね」

しばらくそのへんを歩きまわったのち、村上君がとほうにくれたように、つぶやきました。

「うん、でも、よく気をつけていよう。なにか金色の魔術師に、かんけいのあるものが見つかるかもしれないよ」

滋君は失望ということを知りません。村上君や小杉君をはげまして、さびしい焼けあとの町を、あるきまわっていましたが、そのうちに、夜《よ》はしだいにふけわたって、あたりには犬の子一ぴきとおりません。

「滋ちゃん、杉浦さんはどうしたんだろう」

「いまにくるよ。それまでになにか手がかりをつか

んでおかなくちゃ……」

　滋君のことばもおわらぬうちに、むこうからちかづいてくる人影が見えました。

「杉浦さんじゃないかしら。よんでみようか」

「村上君、待ちたまえ。杉浦さんだといいけれど、そうでなかったら、あやしまれるよ。ちょっとここにかくれていよう」

　三人は焼けあとの、れんがのかげにかくれましたが、やがて、そのまえをとおりかかったひとの顔を月の光ですかしてみて、三人は、思わずぎょっといきをのみました。

　なんと、それは椿三郎ではありませんか。

## 怪屋《かいおく》の怪

「いまのは、たしかに椿三郎だったね」

「うん、でも、どうしてこんなところへ来たんだろ。杉浦さんにきいたのかしら」

「なんだかへんだねえ」

三人は心臓をどきどきさせながら、れんがのかげで、ひそひそ話をしていましたが、

「ひとつ、あとをつけてみようじゃないか」

と、そういう滋君のことばに、三人がそっと焼けあとからはい出すと、椿三郎はちょうどむこうの角《かど》をまがるところでした。三人が、いそいでそのまがり角までくると、椿三郎は、さびしい焼けあとに

ただ一軒、ぽっつりと立っている、洋館のなかへはいっていきました。

それを見すましておいて三人が、そろそろ洋館のまえまでくると、そこには門もなにもなく、すぐみちばたに三段ほどの階段があり、階段のうえにドアがあります。ドアはすこしあいていましたが、なかはまっくらでした。

洋館は小さな二階だてでしたが、ふしぎなことにはドアから右てには、二階にも、したにも窓があるのに、左てには窓というものがひとつもない、なんだかきみのわるいたてものです。

三人はしばらく顔を見あわせていましたが、

「とにかく、なかへはいってみよう」

滋君のことばに三人が、そっとなかへはいってみると、そこは小さいホールになっており、正面に、まっすぐにろうかがついています。つまり、この洋館はろうかによって、右と左にわかれているのですが、どこもかしこもまっくらで、椿三郎のすがたは、どこにも見えません。

「椿さん、どこへいったんだろう」

小杉キンピラ少年が、ふるえる声でつぶやいたときでした。左がわのへやにあかりがついたとみえて、ドアのすきまから、ほのかな光がもれてきました。

三人はぎょっと顔を見あわせましたが、すると、そのとき、きこえてきたのは、なんと、ひくいあやしげなおいのりの声ではありませんか。三人はそれをきくと、ぞっとするようなおそろしさを感じました。ああ、ひょっとすると金色の魔術師が、サタンにむかっておいのりをしているのではありますまいか。

「ちょっと、かぎ穴からのぞいてみよう」

三人はぬきあし、さしあし、あかりのもれているドアのそばへちかよると、滋君はかぎ穴から、村上君と小杉君は、ドアのすき間《ま》からのぞきましたが、そのとたん、三人は全身がしびれるようなおそろしさを感じたのです。

このへやには電気がないとみえて、テーブルのうえにランプがおいてありましたが、そのランプの光をまともにうけて、いすにこしをおろしているのは、まぎれもなく花代ではありませんか。

いえいえ、花代はこしをおろしているのではない。お姫さまの衣裳《いしょう》をきて、銀色のくつをはいたまま、いすにしばりつけられているのです。ねむり薬がまだきいているのか、いすの背に頭をもたせたまま、こんこんとしてねむっているようです。

さて、花代のむこうには、吉祥寺の礼拝堂で見たとおなじような、あやしげな像をまつった祭壇《さいだん》があります。そして、その祭壇にむかって、熱心においのりをしているのは、ああ、金色《こんじき》の魔術師ではありませんか。

金色の魔術師は今夜もまた、西洋のおぼうさんみたいな、黒いだぶだぶの、ころものようなものを着ています。吉祥寺のときは声はきこえなかったのに、今夜は、きみのわるいおいのりの声がきこえるのです。

やがて、おいのりがおわったのか、金色の魔術師は立ちあがって、ぎろりと、きみのわるい目をひからせながら、つかつかと、ドアのほうへやってきました。

見つかったか、……ろうかへはっと腹ばいになった三人は、もう生きているそらもありませんでしたが、さいわい、そうではなかったらしく、金色の魔術師はドアのむこうのカーテンを、さっとしめてしまいました。

おかげでなかは見えなくなりましたが、そのときです。金色の魔術師の、なんともいえぬ、きみのわるい声がきこえてきたのは。

「さあ、今夜は第二のいけにえを、サタンさまにささげるのじゃ。これ、花代や、よくおきき。第一のいけにえはバスにつけてとかしたが、おまえはいすにしばりつけたまま、空気のように消してしまうのじゃ。そうら、消えていくぞ、消えていくぞ。けっけっけ！」

三人はあまりのおそろしさに、もうそれ以上、その場にいることができませんでした。がたがたふるえながら、足音をしのばせてホールまでくると、

「村上君、小杉君、ぼくがここでドアを見はっているから、きみたちは、すぐにおまわりさんをよんできてくれたまえ」

村上君と小杉君はうなずいて、だっとのごとくとび出しましたが、うまいぐあいに、まがり角《かど》のところで、おまわりさんにあいました。

おまわりさんはふたりの話をきいて、びっくりしてかけつけてきました。そして、滋君にもういちど、

話をきいているところへ、表《おもて》をとおりかかったのが杉浦画伯《がはく》です。

杉浦画伯は三人の話をきくと顔色をかえて、

「それじゃ、やっぱりこのうちだったのか。立花君、まちがいはないね」

「ええ、まちがいはありません。でも、杉浦さんはこのうちをごぞんじですか」

「いや、その話はあとでする。すると、あのへやに花代ちゃんはいるんだね」

「ええ、そうです。ぼくはさっきからかたときも、ドアから目をはなしませんでしたから」

一同はドアのまえまでひきかえしてきましたが、なかは、しいんとしずまりかえって、ひとのけはいはさらにない。警官が声をかけましたが、むろん返事をするはずがありません。

「よし、しかたがない、ドアをやぶっちまえ」

ドアは思いのほか、かんたんにやぶれました。一同はカーテンをまくって、へやのなかへなだれこみましたが、そのとたん、ぼうぜんとして立ちすくんだのです。

へやのなかにはあいかわらず、ランプがもえつづけています。しかし、そこには、だれのすがたも見えないのです。金色の魔術師も花代のすがたも……。

ただ、いすのうえには花代のきていたお姫さまの衣裳が、なわでしばられたまま、ぐったりとしおたれており、その下には、銀色のくつがならんでいました。まるで、いすにしばられたまま、花代のからだだけが、空気となって、消えてしまったように……。

滋君はあわててへやのなかを見まわしました。しかし、このへやには窓というものがひとつもなく、さっき滋君が見はっていたドアのほかには、どこにも出口はないのです。

ああ、それでは花代は金色の魔術師のために、空気のように消されてしまったのでしょうか。

## 安楽いすの中

「こんなはずはない、こんなはずはありません。人間が空気のように消えるなんて、そんなばかなことがあるはずがない」

立花滋君は、じだんだふんでくやしがります。

「これには、なにかしかけがあるんだ。どこかにぬけ穴がないか、さがしてみましょう」

そこでみんなで手わけして、へやのなかをしらべてみましたが、どこにもぬけ穴はありません。床もてんじょうも、四方のかべも、げんじゅうにしらべてみましたが、人間のぬけられるようなすきまは、どこにもないのです。

一同は、きつねにつままれたように顔を見あわせました。

「金色の魔術師が、このへやにいたというのは、ほんとうのことかね」

警官は、うたがわしそうにたずねました。

「ほんとうですとも。金色の魔術師が、このいすに、花代ちゃんをしばりつけて、へんなおいのりをしていたんです」

滋君たちは、やっきとなっていいはります。杉浦画伯も、ことばをそえて、

「とにかく、このへやに花代ちゃんがいたことは事実でしょうね。これは、たしかに花代ちゃんの着ていた衣裳だから」

「よし、それじゃきっと、ふたりは、この少年が目をはなしているすきに、そのドアからにげだしたにちがいない」

「いいえ、そんなことは、ぜったいにありません。ぼくは、このドアから、かたときも目をはなさなかったのです」

滋君は、くやしがっていいはりましたが、しかし、すぐ、ここでこんなことをいいあらそっていても、しかたがないことに気がつくと、

「あっ、そうだ、それより椿三郎はどうしたろう。杉浦さん、ぼくたちは椿三郎が、この家へはいるのを見たんですよ」

杉浦画伯は顔をしかめて、うなずくと、

「じつはね、滋君、さっき、きみに、芝白金台町二丁目と書いたカードを見せられたとき、ぼくは、びっくりしたんだよ。なぜって、椿三郎君が、そこにすんでいるんだからね。しかし、まさかと思ってきてみたところが、きみたちが、この家で金色の魔術師を見たという。滋君、ここは椿三郎君のすまいなんだよ」

「なんですって、椿三郎のすまいですって?」

「そうだ。椿君はこの家の、右てのほうの二階のひ

とまを借りて、自炊《じすい》しているんだ」

「ああ、わかった、わかった。それじゃ、やっぱり椿三郎が、ほんものの魔術師なんだ」

そうさけんだのは村上少年。

「そうだ、そうだ。ぼくは、しばいを見ていたときから、きっと、そうだと思っていたんだ」

小杉君も、あいづちをうちます。

「よし、それじゃとにかく、椿三郎のへやをしらべてみよう」

そこで一同はへやをとびだし、ろうかの右てについている、階段をのぼっていきました。この家は、まるで倉庫か、ものおきみたいに、どのへやもがらんとして、ひとのすんでいるけはいもないのですが、ただひとつ、二階のひとまから、あかりがもれていました。

「あれが、椿君の借りてるへやだがね」

一同がドアの前までちかづくと、なかからきこえてきたのは、みょうなうなり声。

「あ、あれはなんだ」

杉浦画伯がドアをひらくと同時に、椿三郎が、ひょろひょろと床から起きあがりました。見ると髪の毛はみだれ、ネクタイはゆがみ、ワイシャツはさけて、まるで大格闘でもしたようなかっこうです。

「あっ、椿君、ど、どうしたんだ」

杉浦画伯が声をかけると、椿三郎はびっくりしたように目を見はり、

「あっ、杉浦先生、それからきみたち……。いったい、どうして、ここへ来たんです」

「そんなことは、どうでもいい。それよりきみこそ、そのなりは、どうしたんだ」

「ぼくにも、さっぱりわかりません。このへやへかえってきて、電気のスイッチをつけようとすると、くらがりからだしぬけに、だれかがおどりかかってきて、頭をがあんとやられたかと思うと、それきり、なにもわからなくなってしまったんです。しかし、杉浦先生、なにかあったんですか」

そういう椿三郎の顔色を、村上君と小杉君は、きみわるそうに見ていましたが、だしぬけに、あっとさけんだのは小杉君。

「杉浦さん、あんなとこから首かざりが……」

小杉君が指さしたのは、かべにかかった、油絵のがくでしたが、見れば、がくのうしろから、ぞろり

とぶらさがっているのは、なんと首かざりのはしではありませんか。

杉浦画伯は、つかつかと、がくのそばへちかよると、首かざりをひっぱりだし、

「椿君！　こ、これはどうしたんだ。これは花代ちゃんが、首にかけていた首かざりじゃないか。それがどうして、ここにあるんだ」

椿三郎は目をぱちくりさせて、

「花代ちゃんの首かざり……？　いいや、知らん、ぼくは知らん」

「椿君、この少年たちは、さっき下のへやで、金色の魔術師が、花代ちゃんを、いすにしばりつけているのを見たというんだよ。この家にどうして魔術師や花代ちゃんがいるんだ」

「知らない、ぼくは知らない。ぼくは、なんにも知らないんだ！」

椿三郎は、やっきとなってさけびましたが、そのときでした。

「あっ、あんなところから、金《きん》ぴか衣裳《いしょう》が……」

そうさけんだのは村上君です。

と、見れば安楽《あんらく》いすの腰をかけるところから、はらわたみたいにはみ出しているのは、まぎれもなく金ぴか衣裳のはしっぽです。警官はそれを見ると、つかつかとそばへより、安楽いすの腰をかける部分をはねのけると、その下からつまみあげたのは、なんと、金色の魔術師の衣裳ではありませんか。

## びっこの小使い

「椿君、これはどうしたんだ。花代ちゃんの首かざりばかりか、金色の魔術師の衣裳までかくしてあるというのは、どういうわけだ」

「知らない、ぼくは、なんにも知らないんだ」

やっきとなってさけぶ椿三郎の手を、むんずととらえたのは、警官です。

「とにかく、あやしいやつだ。おい、花代という少女をどこへかくした」

「いいえ。おまわりさん、ぼくはなんにも知りません。だれかが、ぼくに罪をきせるために、そんなものを、かくしておいたんです」

「あっはっは、うまいことをいうね。とにかく警察までできたまえ」

「いいえ、いいえ、ぼくは……ぼくは……」

椿三郎は、追いつめられた、けものみたいに、ぎらぎらと目をひからせていましたが、だしぬけに大きく腰をひねったかと思うと、警官のからだがもんどりうって、床の上に投げつけられました。

「あっ、椿君、なにをする!」

杉浦画伯がさけんだときは、おそかった。警官におどりかかった椿三郎が、さっと一歩しりぞいたところを見ると、なんと、おまわりさんのピストルを、にぎっているではありませんか。

「あっ、椿君!」

「みんな、そこをどきたまえ。命令にしたがわぬとぶっぱなすぞ!」

椿三郎の目は、気ちがいみたいに、きみわるく光っています。一同は思わず、うしろへしりごみしました。おまわりさんも腰をさすって起きあがりましたが、ピストルをとられているので、どうすることもできません。

椿三郎はピストルをかまえたまま、ひらりと、ろうかへとびだすと、そとからドアをしめて、ガチャリと、かぎをかけました。そして、とぶように階段をかけおりる足音。

「ちくしょう、ちくしょう!」

おまわりさんは、やっきとなって、ドアをたたいていましたが、きゅうに気がついて、表《おもて》にむかったまどをひらくと、いましもげんかんからとびだした椿三郎が、くらい夜道を風のように走っていきます。

それを見ると警官は、まどを乗りこえ、あまどいをつたって下へおりました。

杉浦画伯も、それにならってとびだそうとしましたが、その手をとってひきとめたのは滋君です。

「杉浦さん、あれをごらんなさい」

「なに、滋君、なにかあったのか」

「あの、アーム・チェアーのなかを……」

安楽《あんらく》いすのすわるところを持ちあげて、おまわりさんが魔術師の衣裳をひっぱりだしたことは、さっきもいいましたが、その安楽いすのなかは、秘密の金庫になっているらしく、金色の魔術師のつけひげや鼻めがね、さては赤い星のマークのついたカードなどが、いっぱいはいっているのです。しかも、そのカードにまじって写真が一まい。

滋君がとりあげてみると、なんとそれは花代の姉の、雪子と月江がふたりならんで、うつっている写真ではありませんか。しかも、うらを見ると赤い星のマークがふたつ、それからNo.3, No.4, という文字が……。

「あっ、そ、それじゃ椿三郎のやつ、雪子さんや月江さんまで、ねらっているのか」

杉浦画伯は、まっさおになりましたが、ちょうどそのころのことでした。

池袋にある光風荘《こうふうそう》というアパートの前に、一台の自動車がとまって、なかからとびだしたのは、東都劇場の楽屋にはたらいている小使《こづか》いでした。この小使いは名まえを古川《ふるかわ》というのですが、戦争で負傷をしたとやらで、びっこのうえに、かた目がつぶれて、なんともいえぬ、きみのわるい顔をしています。

さて古川は、光風荘のようすをよく知っているとみえて、二階へあがると、七号室のドアをたたきました。すると、なかからきこえてきたのは、かわいい少女の声。

「どなた？」

「ああ、雪子さんですね。わたし、古川です。ちょっと、ここをあけてください」

「あら、古川さん……？」

と、なかからドアをひらいたのは雪子です。月江の心配そうな顔も見えます。オリオンの三姉妹といわれる、雪子、月江、花代の三人は、かわいそうなみなしごで、三人きりで、このアパートにすんでいるのです。

「古川さん、なにかご用？」

「はい、杉浦先生からたのまれてお使いにまいりました。この手紙を見てください」

「あら、先生から……？」

雪子が手紙を読んでみると、花代のいどころがわかったから、古川君といっしょにくるようにと書いてありました。

「あら、まあ、月江さん、花代ちゃんのいどころがわかったんですって。それで、古川さんを、おむかえによこしてくださったのよ」

「まあ、うれしい。おねえさま、それでは、すぐにいってみましょう」

大いそぎで身じたくをしたふたりは、古川につれられて、すぐ自動車ででかけました。

「古川さん、花代ちゃんはどこにいるの」

「いいえ、それはいえません」

「あら、どうして?」

「杉浦先生の命令です。でも、むこうへいけばわかりますよ。もう、すぐです」

光風荘を出てから、どれくらいたったでしょうか。雪子も月江も、花代のことにむちゅうになっていたので、いったいどこを走っているのか、ちっとも気がつきませんでしたが、やがて自動車がとまったのは、くらい、さびしい町でした。

「さあ、こっちへ来てください。早く、早く……」

古川にせきたてられるままに、自動車からとびおりたふたりが、つれこまれたのは、まっくらな洋館のなか。

「まあ、なんだかきみがわるいわ。古川さん、杉浦先生や花代ちゃん、どこにいるの」

「しっ、だまって! こっちへついておいでなさい」

古川は懐中電灯をとりだすと、びっこの足をひきずりながら、ごとごとと地下室へおりていきます。雪子と月江はきみわるそうに顔を見あわせましたがいまさら、にげだすわけにはまいりません、しかたなしに、古川についていくと、やがて案内されたのは、はだか電球のぶらさがった、牢屋《ろうや》のような地下室です。

「ここで待っていてください。杉浦先生にいって、すぐ花代ちゃんをつれてきます」

古川はへやを出ると、そとからドアをしめてしまいました。

雪子と月江は、おそろしさときみわるさに、がたがたふるえていましたが、それでも古川のことばを信用して、杉浦画伯や花代がくるのを、いまかいまかと待っていました。

しかし、いつまでたっても、だれもやって来ないのです。杉浦画伯や花代はいうまでもなく、古川もそれきりすがたを見せません。

「おねえさま、どうしたのでしょう。ちょっと古川さんを呼んでみましょうか」

月江はドアに手をかけましたが、そのとたん、まっさおになりました。

「あっ、おねえさま、ドアにかぎがかかっている!」

「な、なんですって!」

雪子もまっさおになって、どんどんドアをたたい

ていましたが、そのときでした。

「だれだ、そんなところでさわいでいるのは……？」

ひくい、きみわるい声がきこえたかと思うと、いっぽうのかべに、二十センチ四方ほどのまどがひらきました。そして、そこから顔を出したのは、ああ、なんと、くるったような目をした金色の魔術師ではありませんか。

## 金田一耕助の手紙

オリオン三姉妹のすえの妹花代が、芝白金台町のあやしい礼拝堂で、金色の魔術師とともに、けむりのように消えてしまったこと、さてはまた、その姉の雪子と月江が、なにものかにつれさられて、ゆくえがわからなくなったことは、つぎの日になると、東京じゅうに知れわたって、さあ、たいへんなさわぎです。

杉浦画伯《がはく》や滋君たちは、椿三郎のへやの安楽《あんらく》いすから、雪子と月江の写真を発見すると、すぐ池袋の光風荘へかけつけたのですが、それは雪子たちが出かけたのと、ほんのひと足ちがいでした。

「なんでも自動車でむかえにきたようでしたよ。雪子さんも月江さんも、どこへいくともいわなかったのでわかりませんが、むかえにきたのは、びっこでかた目のつぶれた男でした」

管理人のことばをきいて、杉浦画伯と滋君たちは、思わずはっと、顔を見あわせます。

「杉浦さん、びっこで、かた目の男といえば、東都劇場の小使《こづか》いさんでは……？」

「しかし……しかし……あの古川がどうして……管理人さん、すみませんが、ちょっと、ふたりのへやを見せてもらえませんか」

「さあ、どうぞ、なにか、かわったことでも……？」

管理人に案内されて、雪子たちのへやへはいってみると、とりみだした床の上に一通の手紙が落ちていました。

滋君が拾いあげると、それこそ、さっき古川が、持ってきた手紙ではありませんか。

「あっ、杉浦さん、ここにあなたの手紙が……」

「えっ、ぼくの手紙が……」

杉浦画伯はびっくりして、手紙をとりあげましたが、

「ちがう、ちがう。ぼくは、こんな手紙を書いたおぼえはない。ちくしょう、それじゃ、ひょっとすると椿三郎が、古川をつかって、ふたりをつれだしたのじゃあるまいか」

杉浦画伯は赤くなって、すぐこのことを、警察へしらせました。

そういうわけで、その夜のできごとは翌日の新聞に、でかでかと書きたてられましたが、それを読んで、おどろかないものはありません。

ああ、それでは金色の魔術師というのは、おとぎしばいの人気役者椿三郎だったのか。

なるほど、椿三郎なら役者ですから、変装はおとくいですし、またじぶんの一座にいるオリオンの三姉妹に目をつけるのも、いかにもありそうなことでした。

そこで警察では、やっきとなって、椿三郎のゆくえをさがしましたが、あの芝白金台町のあやしい家をとびだしてから、どこへどうにげたのか、さっぱりゆくえがわからないのです。いやいや、椿三郎ばかりではなく、びっこで、かた目の古川も、それっきり、すがたをくらましてしまいました。こうして、さわぎはいよいよ大きくなるばかり、新聞ではまい日のように、警察のやりかたがてぬるいと攻撃していましたが、さて、こちらは滋君たちです。

滋君たちは、あの事件のあった翌日、すぐくわしい手紙を書いて、関西で静養している、名探偵、金田一耕助に知らせました。すると、それから、一週間ほどたって、金田一耕助から返事が来ましたが、それにはなんともいえぬ、みょうなことが書いてあったのです。


立花滋君。

きみやきみのお友だち、村上君や小杉君の手紙を、私はたいへん興味をもって読みました。私は、いますぐにも上京して、きみたちのお手つだいをしたい気持《きもち》でいっぱいですが、ざんねんながら、からだがいうことをききません。医者は、まだしばらく、ぜったいに、活動してはいけないというのです。

しかし、立花滋君。

私は、このまま、きみたちを、この危険な事件のなかに、ほうり出しておくわけにはいきません。

そこで、よくよく考えた結果、きみたちに、ひとりのよい相談あいてを、おすすめすることにしました。その人は黒猫《くろねこ》先生といって、とてもかわった人物です。黒猫先生というのは、むろんあだ名ですが、だれもその人の、ほんとうの名まえを知っているものはないのです。しかし、けっしてあやしい人物ではなく、この人よりほかに、きみたちを助けてくれる人はありません。

立花滋君。

きみたちはこんどの土曜日の晩の八時ごろ、新宿の三越《みつこし》のまえに立っていたまえ。そして、だれでもいい。きみたちに話しかけてきた人があったら、「黒猫千びき白猫百ぴき」といってみたまえ。そうすると、その人がきっときみたちを黒猫先生のところへ案内してくれるだろう。

立花滋君。

きみたちは、私のこの手紙を信用しなければいけません。そして、黒猫先生がどんなにかわった人物でも、けっしておどろいたり、うたがったりしてはなりません。では、黒猫先生にあったら、そのときのようすをまた、くわしく報告してくれたまえ。なお、このことは、ぜったいに、だれにもしゃべらないように。では、きみたちから、よきたよりの来るのを待つ。

金田一耕助

滋君たちは、この手紙を見ると、思わず顔を見あわせました。

ああ、黒猫先生とは、いったいなにものでしょう。金田一耕助がこんなに信用しているところをみると、よほどえらい人にちがいありませんが、それにしても、なんとなく、きみのわるいあだ名ではありませんか。

## 黒猫千びき白猫百ぴき

つぎの土曜日になると滋君はいうにおよばず、村上君や小杉君も大はりきりでした。それもそのはず、今夜こそ黒猫先生にあえるのです。金田一耕助の手紙によると、黒猫先生というのは、よほどかわった人物らしいのですが、それだけに三人は、好奇心で胸をわくわくさせていました。

さて、その夜、三人は七時ごろ、新宿駅のプラット・フォームでおちあうと、つれだって駅の正面玄関から出ようとしましたが、そのとたん、思わず、ぎょっと立ちどまりました。

駅の出口にある夕刊売場のポスターに、

「**金色《こんじき》の魔術師、犯罪を予告す**」

と、そんな文字が、すみくろぐろと、書いてあるではありませんか。

「どうしたんだろう。うちを出るとき夕刊を見たけれど、金色の魔術師のことなんか、なんにも出てやあしなかったよ」

「それは早い版《はん》だからだよ。そのあとで、ニュースがはいったのにちがいない」

滋君が夕刊を買ってみると、そこには、つぎのような記事が出ていました。

「ちかごろ世間をさわがせている金色の魔術師より、わが社にあてて次のような投書があった。ひょっとすると、だれかのいたずらかもしれないが、万一、ほんとである場合のことをおもんぱかって、ここに投書の全文をかかげておくことにする」

と、そういう記事のあとに出ているのは、次のようなおどろくべき予告でした。

---

私はかねてから七人の少年少女を、悪魔サタンにささげることを宣言した。その宣言は、ちゃくちゃくと実《み》をむすんで、すでにひとりの少年と、ひとりの少女が、サタンにささげられた。しかも、いま私の手もとには、いけにえとなるべきふたりの少女をとらえてある。私は、ちかくこれらの少女を、第三、第四のサタンの祭壇《さいだん》にささげるつもりだが、ここに、その日と場所とを予告しておこう。

◎**第三のいけにえ**——きたる火曜日、夜八時、世田谷《せたがや》区三軒茶屋《さんげんぢゃや》付近の礼拝堂において。

◎**第四のいけにえ**——きたる金曜日、夜八時、京王《けいおう》電車明大前《めいだいまえ》駅付近の礼拝堂において。

右のとおり予告しておくが、なんぴとも、私のこの神聖な儀式を、さまたげることはできないであろう。

**金色の魔術師**

---

ああ、なんというずうずうしいやつでしょう。金色の魔術師は、じぶんの悪事を、まるで神聖なつと

めかなにかのように、ほこらしげに広告しているのです。あまりのことに三人は、しばらくことばも出ませんでしたが、

「村上君、小杉君、こうなったら、いっときも早く黒猫先生にあう必要がある。黒猫先生はこの広告をどう思っているか……」

「そうだ、そうだ。黒猫先生だって、この夕刊を見ているにちがいない」

そこで三人は、三越のまえへいそぎましたが、なにしろ土曜日の夜のことですから、あたりは、たいへんな人通りです。こんなにたくさん人が通るのに、はたして目的の人にあえるかしらと、三人は心配しながら三越のかどに立っていましたが、すると、かっきり八時、さっきからプラカードをかかげて、人通りのなかを、いきつもどりつしていたサンドウィッチマンが、滋君たちのそばに足をとめると、

「今晩は、黒猫はなんびきでしたかね」

と、なれなれしいことばに、滋君たちは、ぎょっと顔を見あわせましたが、すぐ気がついて、

「黒猫千びき」と、滋君が答えると、

「なるほど、それから白猫は……」

「白猫百ぴき」

と、村上君と小杉君が言下《げんか》に答えました。

「ああ、よくできました。それじゃ、人にあやしまれないように、十メートルほどはなれて、ぼくについてきたまえ」

サンドウィッチマンは早口にそれだけいうと、きどったようすで歩いていきます。

なにも知らない人々は、みんなそれを見て、げらげら笑っていきました。それというのが、その人はサーカスに出てくるピエロのようなかっこうをしているのです。まっ白にぬった顔いちめん、ハートだのクラブだののかたちを、べたべたとかき、赤い水玉もようのだぶだぶ服に、三角形のとんがり帽。それがくねくね腰をひねって、おどるようなかっこうで歩いていくのですから、人々が、げらげら笑うのもむりはありません。

滋君たちは、なんとなく、きみわるく思いましたが、それでも、十メートルほどはなれてついていくと、やがてピエロは暗い横町《よこちょう》へまがりました。そして、それから二三ど、細い路地《ろじ》をまがったかと思うと、やがて立ちどまったのは、見すぼらしい焼けビ

ハピー

ルのまえ。

ピエロはふりかえってあいずをすると、やがてプラカードをたたんで、入口の横にある地下室の階段をおりていきます。三人が、そのあとからついていったことは、いうまでもありません。

地下室は、かなりひろくて、まがりくねったろうかの左右には、番号のついたドアがたくさんあります。ところどころに、うす暗いはだか電球が、ぶらさがっていました。なんとなくきみのわるい地下室です。

ピエロはそのろうかの、いちばんおくのドアをたたきましたが、すると、なかから聞《き》こえてきたのは、きみのわるい、しゃがれ声。

「だれじゃ、ドアをたたくのは……」

「わたしです。先生、ピエロですよ」

「ピエロが、なんの用事できた」

「先生、わすれちゃこまります。金田一さんからいってきた、子猫を三びきつれてきたんです」

「ああ、そうだっけ。年をとるとわすれっぽくていかん、さあ、おはいり」

声におうじて、ピエロがドアをひらきましたが、ひと目へやのなかを見たとたん、滋君たちは、思わずそこに立ちすくんでしまいました。

## 黒猫先生のへや

滋君たちがおどろいたのも、むりはない。

それは、あなぐらのように、せまいへやで、電気がないのか、うす暗いはだかろうそくが、またたいていましたが、そのろうそくの光のなかに、ぼんやりと立っているのは、なんと金色《こんじき》の魔術師ではありませんか。

「あっ、こ、金色の魔術師」

村上君が思わずさけぶと、

「な、なんじゃと。こ、金色の魔術師じゃと、ど、どこに……」

と、金色の魔術師が、びっくりしたように、きょろきょろあたりを見まわすのを見て、ピエロが腹をかかえて笑いました。

「あっはっは。先生、この少年たちが金色の魔術師というのは、あなたのことですよ」

「なんじゃ、わしが金色の魔術師じゃと……けしからん、わしがなんで金色の魔術師じゃ」

「だって、先生のみなりをごらんなさい。金色の魔術師にそっくりじゃありませんか」

そういわれてその人は、じぶんのみなりを見なおしていましたが、

「あっはっは、そうか、そうか。これは、わしがわるかった。ごめん、ごめん」

「先生いったいどうしたんです。なんだって、そんなへんなかなりをしているんです」

「うん、これはな、ちょっと金色の魔術師のまねをしてみたのじゃ。ところが、そのうちにねむくなって、いねむりをしていたところを、おまえたちに起《おこ》されたので、すっかり、じぶんのみなりのことをわすれていた。ごめんよ、いますぐ洋服を着かえてくるでな」

そういうと、その人は、よたよたと、へやのおくにつってある、黒いカーテンのなかへはいっていきました。

滋君たちは、思わず顔を見あわせます。

「おじさん、黒猫先生とは、あの人のことですか」

「そうだよ。なにも心配することはないから、まあ、こっちへはいりたまえ」

三人はへやへはいると、きみわるそうにあたりを見まわします。まえにもいったとおり、それは、あなぐらみたいにせまいへやで、中央にまるいテーブル。テーブルをとりまいて、いすが五、六脚《きゃく》。テーブルの上には、ふるぼけた和《わ》とじの本に、算木《さんぎ》ぜいちく。

滋君たちは、また顔を見あわせました。

「おじさん、おじさん。黒猫先生は、うらないをなさるのですか」

「そうだよ。黒猫先生は新宿の裏通りに店を出して、人相や手相をみるのが商売だよ」

ピエロはそういって、おかしそうに、くっくっ笑います。三人はがっかりしました。

なんだ、それでは、黒猫先生は大道易者《だいどうえきしゃ》だったのか。そんな人が金色の魔術師をむこうにまわして、たたかうことができるだろうか……。

滋君たちは、なんだか心ぼそくなってきましたが、そこへ、カーテンのおくから出てきたのは黒猫先生。見ると、ようかん色のフロックを着て、大きな黒めがねをかけ、ごましおの毛をきれいになでつけ、も

ったいらしく、八字《はちのじ》ひげをはやしていますが、いかにも貧相《ひんそう》な老人で、おまけに、腰がまがって弓のようです。老人は、よたよたといすに腰をおろすと、

「さあ、みんなそこへおかけ、きみたちのことは金田一にきいていたが、今夜はよう来たな」

「はい」

滋君たちは、いすに腰をおろそうとしましたが、そのときでした。いすの上から、

「いたいっ」

という声がきこえたかと思うと、びっくりしてとびあがったのは小杉君。

「ど、どうしたの、小杉君」

「だって、し、滋ちゃん、猫が、猫が……」

小杉君は、あおくなってふるえています。見ると、小杉君が腰をおろそうとした、いすの上から、のっそりと起きあがったのは、まっ黒なからす猫。金色《きんいろ》の目で小杉君を見ながら、

「いたいじゃないか、気をつけてくれよ」

と、きいきい声でいうではありませんか。

「きゃっ」

小杉君が悲鳴をあげました。滋君も村上君も、あまりのきみわるさに、ぞっとせなかが寒くなり、思わず手にあせをにぎります。

「これこれ、クロ助《すけ》。お客さまに、しつれいなことをいうものじゃない。さあ、こっちへおいで」

老人によばれて、黒猫は、のっしのっしとテーブルをわたると、老人の肩にとびあがり、ちょこんと、そこにうずくまります。

「クロ助や、なぜあんなことをいうのだ。お客さまは、おこっていらっしゃるじゃないか」

「だって、先生」

と、黒猫が、また、きいきい声でいいました。

「この子たち、なまいきですよ。先生のことを、あんな、はっけ見《み》に、なにができるもんかと思ってるんですもの」

滋君たちは、またぞうっと顔を見あわせます。黒猫は、口がきけるばかりではなく、ひとの腹のなかまで、ちゃんとわかるらしいのです。

「あっはっは、まあええ、まあええ。そう思うものは思わせておけ。いまにわしの腕まえがわかったらびっくりするじゃろ」

滋君は、きみがわるくてたまりませんでしたが、

それでも、やっと勇気をふるって、

「先生、その猫は、ほんとに口をきくんですか」

「うっふっふ、見られるとおりじゃ。口をきくばかりか、読心術《どくしんじゅつ》もこころえていて、ちゃんと、人の心がわかるのじゃ、あっはっは。ときに、きみたちの用事というのは……」

「はい、あの、先生は今夜の夕刊をごらんになりましたか。金色の魔術師の広告を……」

「おお、見た見た。それでわしは、さっき地図をしらべていたところじゃが……」

と、黒猫先生が、テーブルの上にひろげて見せたのは、東京地図。見ると地図の上には、赤鉛筆でところどころ印がつけてあります。

「よくごらん。ここが吉祥寺で、ここが白金台町。いままでに魔術師のやつが、いけにえをささげたところじゃな。それから、ここが三軒茶屋で、ここが明大前じゃ。これから魔術師がいけにえをささげようとしているところじゃが、きみたち、この四つの場所のかんけいから、なにか気がついたことはないかな」

滋君たちは、いっしんに地図のおもてについた、四つのマークを見つめていましたが、べつに思いつくこともありませんでした。

「あっはっは、わからんかの。わからねばそれでよい。それでは、ひとつでかけようかな」

「えっ、でかけるって、どこへ……」

「金色の魔術師の手品のたねを、きみたちに見せてあげようというのじゃ。これ、クロ助。おまえは、るすばんをするのじゃぞ。ピエロや、自動車のしたくをしておくれ」

黒猫先生は肩から黒猫をおろすと、よたよたといすから立ちあがりました。

## 消えたランプ

それからまもなく、一同は自動車にのって、新宿裏の焼けビルを出発しました。運転台でハンドルをにぎっているのは、ピエロですが、ふしぎなことには、かれはまだおしろいもおとさず、ピエロの服のままなのです。

滋君たちは、きみがわるくてたまりません。ものいう猫といい、ピエロといい、それから黒猫先生といい、なんだか、ばけものみたいです。金田一耕助の手紙がなかったら、三人は、すたこら逃げだしていたかもしれないのです。

「先生は、金田一先生をよくごぞんじですか」

自動車のなかで、滋君がたずねると、

「知ってるとも、あいつは、わしの弟子でな」

「へへえ、あなたは金田一先生の先生ですか」

「そうとも。あいつもちかごろ、名探偵だのなんだのといばっとるが、わしの目から見れば、ひよっこみたいなものじゃな」

「先生は、そんなにえらいんですか」

「えらいとも、えらいとも、わしこそ日本一の名探偵じゃよ」

黒猫先生はえらい鼻いきです。

「それじゃ先生は、金色の魔術師が、なんのために七人の少年少女を、サタンのいけにえにするのか、ごぞんじですか」

「ふむ、それもだいたいわかっとる」

「それじゃ、どういうわけですか」

「いや、それはまだいえん。もうすこしあいてのようすを見んことには」

「あんなことといってらあ。ほんとは、なにもわかりはしないくせに」

黒猫先生があまりいばるものだから、しゃくにさわって村上君がそういうと、

「こら、わしのような名探偵をばかにすると、ばちがあたるぞ。わしは、なんでも見とおしじゃ」

「それではおじさん、金色の魔術師とはほんとうはだれなの。役者の椿三郎でしょう」

小杉君がそうたずねると、運転台でピエロが、えへんとせきをしました。黒猫先生は、にやにや笑いながら、

「ふむ。まあ、それも、いまはいうまい。そのうちに、魔術師の仮面をはいでやるからな」

「あっはっは、あんなことといって、ほんとは、なにもわからないんだよ」

村上君がせせらわらうと、黒猫先生はすごい目で、ぎろりとにらみつけながら、

「このちんぴらめ。そんなにわしをばかにすると、いまに、きっと後悔するときがくるぞ」

そういう声のきみわるさ。滋君たちは、ぞくりと首をちぢめましたが、そのときでした。

「ああ、ここでよい。ここでとめておくれ」

と、黒猫先生は自動車をとめると、ステッキをついて、よたよたとおりていきます。そのあとから自動車を出て、あたりを見まわした三人は、思わずあっと息をのみました。なんとそこは、このあいだ、金色の魔術師と少女花代が、けむりのように消えてしまった。白金台町の、あの洋館のまえではありませんか。

「先生、ここは……」

「しっ、だまって、わしについておいで」

黒猫先生が、ピエロになにかささやくと、自動車は、すぐむこうの横町《よこちょう》へ消えました。

「先生、自動車をかえしてどうするんです」

「なに、かえしたわけじゃない。むこうのまがり角《かど》に待たせてある。あっはっは、なにもびくびくすることはない。こっちへおいで」

焼けあとのなかに、一軒ぽつんと立った洋館は、今夜も、うすぐもりの空の下にぶきみにそびえています。あたりには人影もなく、犬の子一《いっ》ぴきとおりません。黒猫先生はステッキをついて、よたよたと、洋館のなかへはいっていきます。滋君たちは、きみがわるくてたまりませんが、いまさら逃げだすのもしゃくだから、あとからついていきました。

やがて、このあいだのへやの前へくると、

「立花君、このへやだったの。魔術師や花代が消えたのは」

「はい、そうです」

「よしよし、それではこれから、どうして魔術師が消えたか見せてあげるから、きみたちはドアのまえに立っておいで、きみたち、時計を持っているかな」

「はい、持っています」

「それじゃ、わしが、このへやへはいってから、三分たったらドアをあけてごらん。いいか、それまで、ドアをあけちゃいかんぞ」

黒猫先生はドアをあけて、中へはいっていきました。そのときへやをのぞいてみると、そこは、このあいだのとおりで、テーブルの上に、ランプがおいてありました。黒猫先生はランプに火をつけると、

「さあ、ドアをしめるよ。いいか。三分たつまでこのドアをあけちゃいかんよ。そうそう、この懐中電灯をわたしておこう」

と、懐中電灯を滋君にわたすと、三人をろうかにおしだし、中からドアをしめると、かぎ穴からのぞかれないように、うちがわにある黒いカーテンを、ぴったりしめました。

滋君たちは、ろうかに立って、懐中電灯の光で、腕時計をにらんでいます。

五秒――十秒――二十秒――。

時計の針《はり》がすすむにつれて、へやのなかからギリギリと、なにやら異様な音がきこえてきました。

それは、歯車のかみあうような音でした。

「滋ちゃん、あ、あの音はなんだろう」

「しっ、だまって」

滋君は、じっと耳をすましましたが、そのもの音は、すぐぴったりとやんでしまって、あとは墓場のようなしずけさです。

「立花君、もう三分たちやしない……」

「よし」

滋君はドアをひらき、さっとカーテンをまくりあげると、懐中電灯の光をへやのなかにむけましたが、そのとたん、思わずあっと息をのみました。ああ、なんということでしょう。黒猫先生のすがたは、どこにも見えないではありませんか。

しかも、そのへやは、いつかもいったとおり、窓というものがひとつもなく、いま三人が見はっていたドアのほかには、どこにも、ぬけだすようなところはないのです。

三人はあっけにとられて、へやのなかを見まわしましたが、いすといい、テーブルといい、さっきドアをしめたときと、そのままです。

ただちがっているのは、テーブルの上にあるランプです。黒猫先生は、さっきたしかにそのランプに火をつけたはずなのに、いまは、それが消えていました。しかも、ふしぎなことには、いったん火をつけたランプを消すと、油煙《ゆえん》のにおいがするはずなのに、それが、ちっともにおわないのです。

ああ、それにしても、あのきみのわるい黒猫先生は、いったい、どこへ消えてしまったのでしょうか。

## 黒猫先生の明察

三人はあっけにとられて、へやのなかを見まわしていましたが、なにに気がついたのか、滋君が、ぎょっとしたようにさけびました。

「あ、ちがう。これは、さっきのへやではない」

「えっ、さっきのへやではないって？」

「そうだよ、村上君。だって、このランプを見たまえ。このランプには、さっき、火がついていたね。ランプの火を吹きけすと、油煙のにおいがするものだ。ところがこのへやには、ちっとも、においがしてないじゃないか」

「しかし、しかし、滋ちゃん。それはどういう意味なの。ぼくにはわけがわからない」

「小杉君、ぼくにだってわからないよ。しかし、きっとこの家には、そっくり同じつくりのへやが二つあるんだ。そして、それが、いれかわれるようにできているんだ」

「へやが、いれかわるんだって？」

村上君と小杉君は目をまるくしています。

「そうだ、それよりほかに考えようがない。さっき黒猫先生のいたへやは、どこかへいって、そのかわり、このへやがやってきたんだ。あっ、ひょっとすると……」

滋君が、はっと、てんじょうを見あげたとき、とつぜん頭の上の二階から、黒猫先生の、うれしそうな笑い声がきこえてきました。

「あっはっは、滋や、おまえは、金田一の弟子だから、わしにとっては孫弟子じゃ。だから、これから、滋とよびつけにするが、さすがに金田一のおしこみだけあって、おまえはなかなか頭がよい。よう、それに気がついたな。さあ、みんな、ろうかへ出ておいで。そしてこんどは、ドアもカーテンもあけっぱなしにしたまま、へやのなかをよく見ているのじゃ」

「村上君、小杉君、出よう」

びっくりして、はとが豆鉄砲《まめでっぽう》をくらったように、目をぱちくりさせているふたりの手をとり、滋君がろうかへとび出すと、それからまもなく、世にもふしぎなことがおこったのです。

三人の目の前にあるへやが、しだいに下へしずんでいくと、そのかわり上のほうから、もう一つのへやが、おりてくるではありませんか。そして、上のへやに立っている黒猫先生のすがたが、足のほうから見えてきました。

「あっ、エレベーターだ」

村上君と小杉君は、手にあせをにぎっています。

「そうだ、二階つきのエレベーターだ。そして上にも下にも、そっくり同じつくりのへやが、ついているんだ」

やがて二階のへやが一同の前にとまると、そこには、あかあかとついたランプのそばに、黒猫先生が、にこにこ笑っているのです。

「あっはっは、下のへやのランプに、火をつけるひまがなかったので、まんまと滋に見やぶられたわい。だが、これでわかったろう。金色の魔術師と花代の消えたわけが……」

「わかりました、わかりました。それじゃ、あのときぼくたちが、おまわりさんをよびにいってるあいだに、金色の魔術師はエレベーターで、へやごと二階へあがっていったんですね」

「そうだよ、村上君」

「しかし、あのとき花代ちゃんの衣裳《いしょう》が、いすにしばりつけてあったのは……」

小杉君は、まだなっとくのいかぬ顔色です。

「それはね小杉君。花代ちゃんの着ていた衣裳やくつと、そっくり同じものが、あらかじめ下のへやに用意してあったんだ。金色の魔術師と、花代ちゃんが、エレベーターで二階へあがると、あとから下のへやがあがってくる。そのへやのいすには、花代ちゃんの着ていた衣裳と、そっくりおなじ衣裳がしばりつけてあり、前には、くつがおいてあったんだ。それで、いかにも花代ちゃんが、いすにしばられたまま、消えたように見えたんだよ」

「あっはっは。そうだ、そうだ、滋のいうとおりだ。ほら、ここをごらん」

と、黒猫先生が指さしたのは、虫めがねでさがさねばわからぬほどの、小さなかくしボタンでした。

「これを押すと、へやが上へあがったり、下へさがったりするのだ。おや、だれかきた」

黒猫先生の顔色が、にわかに、さっとかわりました。どこかで自動車のサイレンが、意味ありげに鳴っています。それを聞くと、黒猫先生は、ひらりと、へやからとび出しました。

「滋、あのサイレンのあいずでは、わしの会ってはならぬ人間がきたらしい。わしは、まだだれにも会いたくない。しばらくおまえたちのかげにかくれて、活躍したいのだ。今夜はこのますがたをかくす。

用事があったら、あの焼けビルへこい。わしがおらんでも、黒猫千びき白猫百ぴきの合いことばを知っていたら、だれもおまえたちに危害を加えやあせん。それから、このエレベーターの秘密は、おまえたちがじぶんで発見したことにしとけ。けっしてわしのことをいっちゃならんぞ」

それだけいうと黒猫先生、老人とは思えぬほどの身がるさで、裏口からとび出しましたが、それと同時に、表《おもて》に自動車がとまったかと思うと、なかからおりてきたのは等々力警部と杉浦画伯《がはく》。刑事も二、三人ついていました。

一同は滋君たちを見ると、ぎょっとして、

「だれだ、そこにいるのは。……おや、きみは立花君じゃないか。きみたちは、こんなところでなにをしているんだ」

滋君は村上君や小杉君に目くばせすると、わざといきをはずませて、

「あっ、警部さん。ぼくたち金色の魔術師がどうして消えたか、その秘密をさぐりにきたんですよ」

「ぼくたち、その秘密を発見しましたよ」

「エレベーターですよ、二階つきのエレベーターですよ。このへやは、エレベーターになっているんですよ」

口々にさけぶ少年たちのことばをきいて、一同は、びっくりして目をまるくしました。

じつは杉浦画伯もそのことに気がついて、今夜警部をさそってこの家を、しらべにきたのだそうですが、一足ちがいで少年たちに、先《せん》を越されたというわけでした。

## 七星館

それにしても、なんという奇抜《きばつ》な思いつきでしょう。エレベーターじかけの二つのへや。同じかざりつけの二つのへや。それをたくみに応用して、金色の魔術師は消えたのです。いや、消えたように見せかけたのです。

しかも、その秘密を見やぶったのが、三人の少年だというのだから、世間の人はおどろきました。あっと、どぎもをぬかれました。そして三少年は、にわかに有名になりました。

しかし、ほんとうをいうと、あの秘密を見やぶっ

たのは黒猫《くろねこ》先生なのですから、三少年は人からはほめられると、穴があったらはいりたいような、はずかしさを感じました。しかし、黒猫先生との約束がありますから、ほんとのことはいえません。心ぐるしくても三少年は、名探偵を気どっていたのです。

それはさておき、気になるのは、金色《こんじき》の魔術師に誘拐《ゆうかい》された、雪子と月江の運命です。魔術師の予告によると、ふたりは火曜日と金曜日の夜八時、三軒茶屋と明大前の礼拝堂で、金色の魔術師のために、サタンにささげられることになっているのです。

警察ではもちろん、その付近を、げんじゅうにしらべましたが、あやしい礼拝堂など、どこにも発見することはできなかったのです。だから、けっきょく、その日のくるのを、待っているよりほかにしかたがなかったのですが、さて、いよいよその火曜日のこと。

「滋ちゃん、いよいよ今夜だね」

「うん、今夜だ」

「それで、立花君、どうする。ぼくたち、なにもしないで、ぼんやりしてていいかしら」

「なにかするって、礼拝堂がどこにあるのかわからないんだから、しかたがないや。三軒茶屋といったところで広いからね」

小杉君が、つまらなそうにいいました。しかし、滋君はなにか考えがあるらしく、

「それもそうだけど、ねえ、小杉君、村上君。ぼくは今夜、黒猫先生のところへいってみようかと思うんだよ。あの人なら、なにか、けんとうがついてるかもしれないからね」

「あっ、そうだ。先生なら、いっぺんに、エレベーターの秘密を見やぶったくらいだもの。今夜のことだって、けんとうがついてるにちがいない」

「よし、それじゃ、今夜六時、このあいだみたいに新宿駅でおちあおうじゃないか」

学校で、そんな相談をきめましたが、しかし、じっさいは三人は、その夜、黒猫先生の焼けビルへ出むく必要はなかったのです。

それというのが学校がひけて、三人そろって新宿の通りへくると、ああ、なんと、向こうからやってきたのはあのピエロ。

「あっ、立花君」

「しっ、だまっていたまえ。ひょっとすると、ぼく

たちに用があるのかもしれないよ」

ピエロは、きょうも広告のプラカードをかついで、そろりそろりと歩いてきます。そして、道いくひとに広告びらをわたしているのです。やがてピエロは、滋君たちのそばへ来ました。そして、すました顔で、三人に一枚ずつびらをわたすと、そのまま、そろりそろりと歩いていきます。村上君はびらを見ると、

「なんだ、これ、雑貨店の広告じゃないか」

と、あてがはずれて、つまらなそうにいいました。

滋君はおどろいたように、

「雑貨店の広告……小杉君のもそうかい」

「ああ、ぼくのも、村上君のと同じだよ。滋ちゃんのはちがうの」

滋君はだまって、ふたりにびらを見せました。

◎新築落成・本日開館
高級映画館 七《しち》 星《せい》 館《かん》・世田谷区三軒茶屋
◎にぎにぎしく御来場のほどを!

三人は、あっと顔を見あわせました。村上君はあたりを見まわし、声をひそめて、

「滋ちゃん、これだよ、これだよ。黒猫先生が、ぼくたちに教えてくださったのだよ」

「ぼくもそう思う。場所も三軒茶屋だしね」

「よし、それじゃ今夜三人で、七星館というのへ、いってみようじゃないか」

こうして場所がわかったので、三人は勇気りんりん、その晩三軒茶屋へ出むいていくと、七星館はすぐにわかりました。なるほど、できあがったばかりとみえて、まだ新しい建物の屋上には、星のかたちのネオンがまたたいています。正面には花輪がいっぱい。

滋君は切符を買おうとして、窓口へおかねを出しましたが、そのとたん、売場のなかから、あっと、ひくいさけび声。滋君がびっくりして、なかをのぞくと、なんとそこには等々力警部と杉浦画伯《がはく》がいるではありませんか。

滋君が、思わず声をたてそうにするのを、

「しっ、だまって、切符を買ったら、なかへはいって、売場のうしろからはいってきたまえ」

「はい」

滋君は、まるでいたずらを見つけられた、こどものように、まっかになりながら、売場の窓口をはなれましたが、そのとたん、また声をたてそうになりました。滋君のあとからやってきて、売場の前に立ったのは、まぎれもなく黒猫先生。黒猫先生は、けろりとして切符を買うと、すたすた、中へはいっていきました。

滋君たちは、そっとうなずきあいながら、売場の中へはいっていきましたが、見ると、警部も杉浦画伯も、うたがわしそうな顔色です。

「どうもけしからんな。きみたちは、どうして、ここを知ってるのだ」

「ここを知ってるって、警部さん、それでは、映画館がどうかしたのですか」

滋君が、しらばくれると、村上君も、そらとぼけて、

「ぼくたち、ここを通りかかると、まえから見たいと思っていた映画がかかっているので、ちょっと見ていこうと……ねえ、小杉君」

「ええ、そうですよ、警部さん。ぼくたち、映画を見ちゃいけないのですか」

おとなを……ことに警部さんのようなひとをだますのは、よくないことです。しかし、黒猫先生に口止めされているのですから、ほんとうのことをいうわけにいかないのです。

杉浦画伯も、うたがわしそうに、

「どうもへんだね。きみたちは……このあいだのエレベーターのことといい、だれか、きみたちのうしろについてる人があるんじゃない」

「そんなことはありません。だけど警部さん、あなたどうして、ここへ来てるんですか」

「じつはね、きょう警視庁へ投書がきて、椿三郎……ほら、役者の椿三郎さ、あいつが今夜、ここへ来るというんだよ。それで、ここで見張っているんだが……まあ、いい。きみたちは、中へはいりたまえ。そのかわり椿三郎を見つけたら、すぐしらせてくれるんだぜ」

## チューリップの女王

見物席は大入り満員でした。ちょうど休憩《きゅうけい》時間で

電気がついていたので、三人はあたりを見まわしましたが、黒猫先生はどこにいるのかすがたが見えません。三人は、やっと席を見つけておちつきましたが、すると、とつぜん村上君が、ふるえる声でささやきました。

「ねえ、立花君。ぼく、たいへんなことを思いついたよ」

「たいへんなことって、なに」

滋君がふりかえると、村上君の顔はまっさおでした。

「今夜、ここへ椿三郎が来るというんだろ。そして、げんに黒猫先生が来てるだろ。だから、ひょっとすると、黒猫先生というのは、椿三郎の変装《へんそう》じゃあるまいか。そして、椿三郎こそ、やっぱり金色の魔術師じゃないかと……」

「そ、そんなばかな。だって黒猫先生は、金田一先生が紹介して来られたんだぜ」

「うん、だけど、金田一先生の紹介して来た黒猫先生が、あのおじいさんかどうか、わからないじゃないか。ぼくたち黒猫先生を知らないんだもの……」

「だって、村上君、黒猫先生の部下のピエロは、金田一先生の手紙にあった、黒猫千びきの合いことばをちゃんと知ってたじゃないか。それに、あの手紙は金田一先生の筆蹟《ひっせき》に、まちがいなかったんだから」

「だけど、それはだれかが、……たとえば金色の魔術師か、その部下が、手紙をぬすみ読みしたのかもしれないんじゃないか」

「そ、そ、そんなばかな」

「だってさ、立花君、考えてみたまえ。金色の魔術師にとっていちばんこわいあいては金田一先生だろ。そして、きみが金田一先生の弟子だくらいのことは、魔術師だって知ってるにちがいないよ。だから、きみのところへ来る手紙に気をつけていて、金田一先生の手紙があったら、かたっぱしから、ぬすみ読みしてるかもしれないよ。金色の魔術師にとっては、そんなこと、きっと、へいちゃらだと思うんだ」

ああ、うたがえば、うたがいのたねは、どこにでもあります。村上君にそういわれると、滋君もしだいに不安になってきました。村上君もいうとおり、だれも、黒猫先生を知らないのだから、にせものがやって来て、おれが黒猫先生だといばっても、うそだということはわからないわけです。

小杉君も心配になってきたとみえて、がたがたとからだをふるわせながら、

「そういえば、あのエレベーターのことね、あれなんかも、あんまりうまく、わかりすぎたじゃないか。警察でしらべてもわからないことを、ちゃんと知っててさ。あんなにうまく探偵するのは、金田一先生みたいな名探偵か、それとも、あいつが金色の魔術師か……」

「そうだ、そうだ。それにあのとき警部さんが来たら、すたこら逃げ出したじゃないか。あれは自動車のサイレンが、警部さんが来たと、あいずをしたんだ。ねえ立花君、ひょっとすると、ぼくたちは、金色の魔術師の手先につかわれているのかもしれないぜ」

そういわれると滋君も、なんだか、きみがわるくなってきました。

「滋ちゃん、滋ちゃん。ぼく、口をきいたりするねこなんて飼ってるひと、はじめからきらいだと思ってたんだよ。さいわい、むこうに警部さんが来てるから、このこといっちまったらどう」

小杉君は、いまにも泣きだしそうです。

「うん、でも、ぼく……」

滋君も、ふたりのことばに、だんだんひきずりこまれていきましたが、それでもまだ、決心がつかぬまに、けたたましくベルが鳴って、ぱっと電気が消えました。

そこで警部さんに告げるのは、こんど電気がついてからということになりましたが、ひょっとすると三人は、そのために、だいじなチャンスをうしなうことになるのではありますまいか。

それはさておき、電気が消えて、カーテンが、するするとあがったので、映画がはじまるのかと思っていると、そうではなくて、映画の前に、踊りが一つあるのでした。

題して「チューリップの女王」。

カーテンがあがると、舞台いちめんチューリップの花。むろん、みんなこしらえもので、いちばん小さいのでも、フットボールくらいあり、大きなのになると、すっぽり、ひとがはいれるくらい。そして、その舞台を照らしているのは、目がいたくなるほど強烈な赤い光線。

やがて、ゆるやかな音楽につれて、チューリップがしずかに開《ひら》きはじめましたが、それが、ぱっと開いてしまうと、いちばん大きな花のなかから、ふわりと踊り子がとび出しました。これがチューリップの女王でしょう。女王は、ぴったりはだについた、肉じゅばんを着ているので、まるで、はだかみたいです。肉じゅばんは、あい色《いろ》かなにからしく、それが赤い光線のなかでは、こいむらさき色に見えます。ふしぎなことには、女王は、顔まで同じ色にぬっていると見えて、全身がただむらさきの一色。からだつきから見ると、まだ十四、五才の少女のようでした。

女王は音楽に合わせて踊るのですが、みょうなことには、その踊りかたは、夢遊病者が散歩してるみたいで、ちっとも音楽に合いません。見物席のあちこちから、へたくそ、やめろ、というような声がきこえます。

滋君は、ふっとあやしい胸さわぎを感じました。腕にはめた夜光時計を見ると、八時ジャスト。

と、そのときでした。見物席のなかから、とつぜん、けたたましいさけび声がきこえたのです。

「ああ、消える、消える。あの踊り子のからだが消えていく」

滋君が、ぎょっとして舞台を見ると、ああ、なんということでしょう。踊り子の足のほうから、しだいに消えていくではありませんか。足からもも、ももから腹、腹から胸と、まるでとけるように消えていったかと思うと、さいごにのこったのは、ちゅうに浮く首。

「きゃっ」

見物席で、だれかが悲鳴をあげました。と、そのとたん、いままで、むらさき色だった顔が、まるで皮でもむくように、ぺろりと、うすじろくなりましたが、その顔をひと目見て、

「あっ、雪子さんだ」

滋君たちは、いっせいに立ちあがりましたが、そのとたん、雪子の首も、ふっと赤い光線のなかに消えていったのです。

## 墓地の怪

### 滋君の推理

金色《こんじき》の魔術師の第三のいけにえ、少女雪子は七星館の舞台の上で、赤い光線につつまれて、霧のように消えてしまいました。それを眼前に見ていた、立花滋君や、村上、小杉三少年のおどろき——。

「ああ、消えていく。雪子さんが消えてしまった。金色の魔術師だ、金色の魔術師だ」

小杉キンピラ少年が、むちゅうでさけんだからたまりません。それまでは踊り子の消えていくのを、奇術かなにかであろうと、なにげなく見物していたひとたちも、はじめて、ここが魔術師の広告に出ていた、第三の礼拝堂だったのかと気がついて、わっと総立ちになると、場内は上を下への大騒動。

三少年は、その人ごみにまきこまれて、まごまごしながら、やっきとなって黒猫《くろねこ》先生や刑事のすがたをさがしましたが、なにしろひどい混雑で、どこへいったかわかりません。

それでも、ものの五分もすると、見物はあらかた外へ逃げだしたので、三人はやっとひといきつきましたが、ふと見ると、そのとき警部が、つかつかと舞台の上へ出て来ました。警部のそばには私服の刑事や七星館の人たちが、おおぜいついています。三人もそれを見ると舞台のほうへ走っていきます。そのじぶんには、もう赤い光線は消えていて、ふつうの電気の光のなかに、こしらえもののチューリップが、しらじらしく見えていました。

「ああ、警部さん、雪子さんが……消えてしまいました」

三人のなかでは、いちばん気のよわい小杉君は、もう半分泣きだしそうな声でした。

「ああ、きみたち、まだここにいたのか。まあ、こっちへあがりたまえ」

「はい」

滋君は舞台へあがると、きょろきょろあたりを見まわしながら、

「警部さん、杉浦さんは……」

「杉浦君はひとごみにまきこまれて、外へおし出さ

れたのだろう。どこにもすがたが見えないのだよ」

しかし、すがたが見えないのは、杉浦画伯《がはく》ばかりではありません。あの黒猫先生も、どこかへすがたを消してしまったのです。

滋君はなんとなく、あやしい胸さわぎを感じましたが、警部がその顔を見まもりながら、

「立花君、きみは白金台町の洋館の、エレベーターの秘密を見やぶったくらいだから、今夜のこともわかりやしないか。雪子君が、どうして消えたのかということを……」

そういわれると、滋君はあかくなって、

「はい、あの、わかるような気がしますが……」

「なに、わかる？　じゃ、どうして消えたのかね。ぼくに教えてくれたまえ」

「はい、雪子さんは青い肉じゅばんを着て、顔も青くぬっていたのです。だから、赤い光線のなかで全身がむらさき色に見えました。ところが踊っているうちに、足のほうから肉じゅばんをぬいでいったのです。雪子さんは青い肉じゅばんの下に、赤い肉じゅばんを着ていたのにちがいありません。赤い光線のなかで赤い肉じゅばん、しかも、光線のほうが強かったものだから、雪子さんのすがたは、見物から見えなくなってしまったのです」

「しかし、あの顔は……？　いったん、うす白《じろ》くなって、それから消えたのは……？」

「ああ、あれ……あれは雪子さんが青い化粧《けしょう》をおとしたからです。それで白く見えたのですが、そのときだれかが、うしろから、赤いきれをかけて、顔をかくしてしまったのです」

「しかし、あの舞台には雪子君のほかに、だれもいやあしなかったじゃないか」

「いいえ、だれかいたんです。しかし、そいつも全身を、赤い色でつつんでいたので、見物には見えなかったんです」

警部は、だまって考えていましたが、

「しかし、立花君、雪子がじぶんで肉じゅばんをぬいだとすると、あの子は、金色の魔術師の手先になって、見物をおどろかせるために、しばいをしていたのかね」

「そうなんです。しかし、それは雪子さんの意志ではないと思います。警部さんもさっきの踊りを見たでしょう。まるで、夢遊病者みたいな……あれはき

っと、催眠術《さいみんじゅつ》をかけられていたのにちがいありません。雪子さんは魔術師に、催眠術をかけられて、あやつり人形みたいに、あやつられていたのです」

「あっ！」というおどろきの声が、一同のくちびるからもれました。なるほど、それで、さっきの、へんてこな踊りのわけもわかりました。

「しかし、それにしても魔術師は、雪子をどこへつれていったのだろう。楽屋では、だれもすがたを見たものはないのだが……」

滋君はだまって考えていましたが、きゅうに、いきいきと目をかがやかせると、

「あっ、警部さん、ひょっとすると、そのチューリップでは……つぼんだ花弁《かべん》のあいだから、なにやら、きれがのぞいています」

なるほど、滋君のいうとおり、さっき雪子がとび出した、あの大チューリップは、いま、つぼんでいるのですが、そのあいだから、赤いきれがのぞいているではありませんか。

警部はいきなり、そのチューリップにとびついて、張り子の花弁をいじっていましたが、なに思ったのか、ううんとうなると、花ごとわきへおしのけました。すると、そのとたん、一同のくちびるから、またおどろきの声がもれたのです。

なんと花の下には舞台の板に、丸い切り穴があいていて、そこからのぞくと、まっくらな穴のなかに、はしごがかけてあるではありませんか。ああ、もうまちがいはない。金色の魔術師はこの抜け穴から雪子をつれだしたのです。

## ぶらさがる影

一同はしばらく、きみわるそうに抜け穴のなかをのぞいていましたが、やがて警部が、決心のいろをうかべて、

「よし、はいってみよう。おい、きみときみは、ここにのこって、なお館内をくわしく調べてくれ。きみときみは、ぼくについて来てくれたまえ」

「はっ」

警部はきびきびと部下の刑事にさしずをあたえると、みずから、いちばんに、はしごに足をかけました。

「警部さん、ぼくたちもいっちゃいけませんか」

「よし、来たまえ」

警部のゆるしがあったので、三少年も刑事のあとから、抜け穴のなかへもぐりこみます。

舞台の下はまっくらでしたが、七星館はまだ、できたばかりなので、それほど不潔《ふけつ》ではありません。せんとうに立った等々力警部は、やがて地面へおり立つと、懐中電気の光でそこらを調べていましたが、やがて、

「あった、あった、ここに足あとがついている」

と、うれしそうにさけびました。

舞台の下はやわらかな土なのですが、そこにくっきり足あとがついています。その足あとは、はしごの根もとから、舞台下のおくへつづいているのです。滋君はその足あとを見て、

「あっ、警部さん、この足あとは、びっこですよ」

なるほど、そういわれてみると、いっぽうのくつあとは、くっきりと深く、いっぽうのくつあとは、やんわりと浅いのです。

びっこの足あと――、ああ、それでは今夜、雪子をつれだしたのは、いつか雪子と月江を光風荘からつれだした、あのびっこの小使《こづか》い、古川なのでしょうか。

しかし、古川にしろ、金色の魔術師にしろ、かれらはいったい、なにをたくらんでいるのでしょう。いったん、雪子や月江を誘拐《ゆうかい》しながら、また、こんなところへつれだして、おおぜいの見物の前で消してみせるのは、いったい、なんのためでしょう。ただ、たんに、ひとさわがせな、いたずらをして、喜んでいるのでしょうか。それともほかに、なにか目的があるのではありますまいか。

それはさておき、一同が足あとをつたっていくと、まもなくそれはふっつりと、舞台下のすみっこで消えています。

「おや」

と、警部は首をかしげながら、懐中電気の光で、あたりを調べていましたが、ふと目についたのは、マン・ホールのふたのような鉄板です。警部がふんでみると、はたして下はがらんどうらしく、にぶい反響がします。

「よし、そのふたをとってみろ」

刑事がふたをとりのけると、まっくらな穴の底から、さっと吹きあげてくるつめたい風。その穴がど

こかへ抜けているしょうこです。

「よし、はいってみよう。こんどこそ、どこかへ抜けられるにちがいない」

穴のなかには垂直に、がんじょうな鉄ばしごがついています。決然として、その鉄ばしごをおりていく警部につづいて、ふたりの刑事や三少年が、おりていったことはいうまでもありません。

穴の深さは六メートルばかり、その底には、はたして横穴が走っています。その横穴は、やっと人ひとり、はってあるけるくらいの、せまいじめじめとしたトンネルでしたが、見ると、しめったトンネルの底に、なにかをひきずったようなあとがついています。おそらく、びっこの古川が、催眠術《さいみんじゅつ》をかけられた雪子のからだをひきずっていったのでしょう。

横穴の長さは五十メートルあまり、やがて、ばったり行きどまりになったかと思うと、そこに、たて穴が掘ってあり、そこにも、がんじょうな鉄ばしごがついていています。一同が上をあおいでみると、はるかかなたに、きらきらと光っているのは星らしい。

「あっ、警部さん、この抜け穴は、どこかの野天《のてん》へ出るようになっているんですね」

「ふむ、そうらしい。とにかくのぼろう」

鉄ばしごをのぼって、抜け穴から外へとびだした一同は、あたりの景色を見まわして、思わずあっと、目をみはりました。

なんと、そこは墓地でした。雲間《くもま》がくれの星明《ほしあ》かりのなかに大小さまざまな墓石が、にょきにょき立っているきみわるさ。そして、一同がいま抜けだしてきたのは、その墓地のすみにある、草にうずもれた古井戸《ふるいど》でした。

あたりを見ると、墓地のまわりには、ずらりと土《ど》塀《べい》がめぐらしてありますが、寺はどこにも見えません。空襲で焼けおちたまま、まだ再建ができていないのです。なるほど、秘密に出入りするには、おあつらえむきの場所でした。

それにしても、びっこの古川は、ここから雪子を、どこへつれていったのか。……と、一同があたりを見まわしているときでした。

「あっ、け、警部さん、あんなところに、だれやら人が……」

そうさけんだのは小杉君。もうぶるぶるとふるえています。

「えっ、人……？　ど、どこに……」

「む、むこうの木の下です。ほら、おばけが、からかさを開いたみたいな木の下に……」

なるほど、見れば墓地のすみに、なんの木か大きく枝を張りひろげていましたが、その枝の下に、たしかに人らしい影がうごいています。しかし、ああ、いったいどうしたのでしょう。その人影は、風が吹くたびに、みょうに、ぶらぶらゆれるのです。

「あっ、首つり！……」

村上君がさけんだときでした。はや一同は、ばらばらと、そのほうへかけだしていました。

「だれか、そこにいるのは……」

警部がさっと懐中電気をむけると、むむむ……と、くるしそうなうめき声。見ると、なんとそれは杉浦画伯《がはく》ではありませんか。しかも杉浦画伯は、目かくしをされ、さるぐつわをはめられたうえに、がんじがらめにしばられて、木の枝からぶらさげられているのです。

「あっ、杉浦さん、あんたどうしてこんなところに……」

一同が、いそいで杉浦画伯を枝からおろし、いましめをとき、さるぐつわをはずすと、画伯はくやしそうに歯ぎしりしながら、

「じじいです。よぼよぼのじじいです。小がらで貧《ひん》相《そう》で、腰が弓のようにまがった、しらがのじじいです。ようかん色のフロックを着て、黒めがねをかけ、八字《はちのじ》ひげをはやしていて……それでいて、そいつ、ものすごく力が強いのです。ぼくをしばって目かくしをして、さるぐつわをかませて……きっとあいつが金色の魔術師です」

と、杉浦画伯がじだんだふみながら、さけぶことばを聞いて、滋君たちは思わず顔を見あわせました。

ようかん色のフロックに、八字ひげ、黒めがねをかけた、小がらで貧相な怪老人。ああ、なんと、それは、黒猫《くろねこ》先生ではありませんか。

杉浦画伯が、なおも、くやしそうに、歯ぎしりしながら語るところによると、こうでした。

杉浦画伯は今夜七星館へいくとちゅう、この墓地のそばを通りすぎました。そして、なんとなくあやしく思われたので、七星館の舞台であのさわぎが起《お》こると、すぐにそこをとびだして、この墓地へ来てみたのです。すると、へいの外にあかりを消した、無

KENTARO

人の自動車がとまっています。杉浦画伯は、いよいよあやしんで、そっと墓地へはいってみると、古井戸のそばに、あやしい人影が、うごめいています。

　杉浦画伯は知りませんでしたが、その人影こそ、黒猫先生だったのです。

「だれか！」

　杉浦画伯が声をかけると、黒猫先生は、いきなり画伯にとびかかってきました。意外なことには、あんなによぼよぼのくせに、黒猫先生は、とても力が強いのです。またたくまに、杉浦画伯をしばりあげ、目かくしとさるぐつわをしたうえ、木の枝にぶらさげてしまいました。

「それですから、それからのちのことは、見ることはできませんでしたが、たしかにだれかが古井戸から出てきました。そして、自動車に乗ってたち去ったのです」

「そのとき、井戸から出て来たやつと、あんたをしばりあげた怪老人と、なにか話をしていましたか」

「いいえ、話し声は聞《き》こえませんでした。怪老人はぼくをしばりあげると、すぐ自動車のほうへいったようでした。きっと自動車のなかで、仲間のくるのを待っていたのでしょう」

　滋君たちはそれを聞くと、あおい顔をして、またそっと顔を見あわせました。ああ、それではいよいよ黒猫先生こそ、金色の魔術師だったのでしょうか。

## 小杉君あやうし

　三軒茶屋の七星館で、金色の魔術師が第三のいけにえを、サタンの祭壇《さいだん》にささげたといううわさは、すぐさま東京じゅうに知れわたって、全都《ぜんと》大さわぎになりました。

　等々力警部はあれからすぐに、七星館にひきかえし、館主や、そのほかの人たちを調べましたが、だれも、あんな抜け穴のあることを、知っているものはなかったのです。それに、あの抜け穴を調べてみると、それはちかごろ掘ったものではなく、ずっと前からあったものらしいことがわかりました。

　ひょっとすると、七星館のたっているところに、むかし、赤星博士の礼拝堂があったのではありますまいか。そして、そこからあの墓地へ抜け穴が掘ってあったのではないでしょうか。それが戦災で焼けてしまったあとへ、なにも知らずに七星館をたてたのでしょう。しかし、あんなマン・ホールがあれば、だれかが気がつくはずですから、七星館のたて穴は、いったん埋めてあったのを、工事中にだれかが、掘りなおしたのでしょう。それは、きっと金色の魔術師のなかまにちがいありません。

七星館の主人は、なおもあの踊り子のことについて調べられました。ところが、あとでわかったところによると、七星館でやとった踊り子は、その夜、七星館へ来るとちゅうで、あやしい老人に、眠り薬をかがされて、渋谷《しぶや》駅のベンチで眠りこけていたのです。つまり、金色の魔術師は、ほんものの踊り子を眠らせておいて、その身がわりに雪子を使い、あんなへんてこな人さわがせを演じたのです。

さて、いっぽう、滋君や村上、小杉の三少年ですが、この三人も、警部から、きびしい調べをうけました。村上君と小杉君は、そのとき、よっぽど黒猫先生のことを、うちあけようかと思ったのですが、滋君の目くばせによって、思いとまったのです。そして、あくまで、ぐうぜん七星館の表《おもて》をとおりかかって、はいる気になっただけだと、がんばりました。

警部は、三人の強情なのにあきれていましたが、それでもなにか思うところがあったらしく、そのまま許してくれました。

「立花君、きみはどうして黒猫先生のことを、警部さんにいわなかったの。ぼくは黒猫先生こそ、金色の魔術師だと思うんだがなあ」

「そうだ、そうだ。杉浦さんの話を聞けば、もうそれにまちがいないよ。滋ちゃんは、どうして黒猫先生を、そんなにかばうのかなあ」

村上、小杉の二少年は不平らしい顔色です。

「いや、村上君、小杉君。もうすこし待ってくれたまえ。ぼくたち黒猫先生に、けっしてあの人のことは、うちあけないとやくそくしたのだから、あの人が悪人だと、もうすこしはっきりわかるまでは、やくそくを守らねばならないよ」

「ふうむ、それで、これからどうするの」

「ぼくたち、いっときも早く、あの焼けビルへいって、黒猫先生にあう必要があると思うんだが、しかし、今夜やあしたは、だめだね」

「どうして」

「だって、村上君、小杉君。警部さんがどうしてあんなにあっさり、ぼくたちを許してくれたと思う。警部さんはね、きっとぼくたちに、尾行をつけるつもりなんだよ。そして、ぼくたちのうしろに、どういう人物がついているか、さぐりだそうとしているんだよ」

「尾行……?」

村上、小杉の二少年が、きみわるそうにうしろをふりかえろうとするのを、

「しっ、うしろを見ちゃいけない。それでは今夜はこれでわかれよう。そしてね、金曜日には第四のいけにえが、明大前でサタンにささげられるはずだから、その前の日、木曜日の晩、六時にまた、新宿のプラット・フォームでおちあおう。そして、いっしょに、黒猫先生のところへ行こうじゃないか。だけど、気をつけたまえ、刑事さんの尾行に……」

そうして、その晩はわかれましたが、さて、木曜日の夜のこと。

いつも待ちあわせるプラット・フォームへ、いちばんに着いたのは、小杉キンピラ少年でした。時間を見ると、六時五分まえ。滋君も村上君も、時間の正確な少年ですから、いまにきっとやってくるにちがいないと、電車がつくごとに小杉君は、そのほうへ気をくばっていましたが、そのとき、うしろからそっと肩に手をおいたものがあります。

小杉君はなにげなくふりかえって、そのとたん、恐怖のために舌の根がこわばってしまいました。

頭のまんなかで左右にわけて、肩までたらした長い髪の毛、やりのように、さきのとがったあごひげ、細くながい顔、わしのくちばしのような鼻、鼻めがねをかけたけわしい目。……ああ、金色の魔術師です。赤星博士です。

小杉君はなにかさけぼうとしました。しかし、さけぶことができません。全身が金《かな》しばりにあったように、身うごきができず、おそろしい金色の魔術師の目から、ひとみをそらすこともできないのです。

魔術師は、上からのしかかるようにして、小杉君の目をじっと見つめていましたが、やがてにやりときみのわるい微笑をうかべると、

「あっはっは、きみはいい子だ。いい子だから、これをあげよう」

と、そっと小杉君の手ににぎらせたのは、No.5と書いた、赤い星のついたカード。

「さあ。これをあげるから、きみはこれから、東の出口から駅を出るんだ。すると、駅の前に自動車が待っているから、それにお乗り、わかったかね」

「はい……」

小杉君は夢見るような声でこたえました。

「わかったら、さあ、お行き。友だちがやって来ないうちにね」

「はい……」

小杉君は、まるで夢遊病者のような歩きかたで、ふらふらと雑沓《ざっとう》のなかを歩いていきます。

ああ、小杉君は、金色の魔術師のために、催眠術《さいみんじゅつ》をかけられたのです。しかも、この雑沓のなかで、だれひとり、それに気がついた人はなかったのでした。

## 黒猫先生の捕縛

そういうことは夢にも知らぬ滋君と村上少年。それからまもなく新宿駅へつくと、プラット・フォームで待っていましたが、いつまで待っても、小杉君が来るはずはありません。

「どうしたんだろう。小杉君、なにかさしつかえができたんだろうか」

「まさか、こわくなったんじゃあるまいね」

そんなことをいいながら、しばらく待ってみましたが、約束の時間を半時間もすぎても、小杉君のすがたが見えないので、

「村上君、もう六時半だよ。小杉君はきっと用事ができて、来られないのにちがいない。しかたがないから、ぼくたちだけで、黒猫先生のところへいってみようじゃないか」

「うん、そうしよう。そして小杉君には、あとで結果を報告してやればいい」

と、こう相談がまとまったので、ふたりは新宿駅を出ましたが、そのとき、ふたりがもう少し注意をしていれば、雑沓のなかを見えがくれに、じぶんたちのあとをつけてくる人物があるのに気がついたことでしょう。

それはさておき、黒猫先生の焼けビルは、新宿駅から、あまりとおくはありません。迷路のような道を五六度もまがったかと思うと、ふたりは焼けビルのまえにつきました。

「村上君、だれもつけてくるものはないね」

村上少年は、すばやくあたりを見まわして、

「だいじょうぶだよ、立花君。さあ、この地下室だ、はやくはいろう」

入口の横にある階段をおりていくと、そこはまえにもいったとおり、かなりひろくて、まがりくねったろうかの左右には、番号のついたドアがたくさんあり、ところどころに、うす暗いはだか電気がぶらさがっています。なんとなく、きみのわるい地下室です。

ふたりはいちばんおくのドアのまえまで来ると、立ちどまって顔を見あわせました。ここが、黒猫先生のへやなのです。耳をすますと、なかから聞《きこ》えてくるのは、パチパチとぜいちくをつまぐる音。どうやら黒猫先生が、ひとりで、うらないをしているらしいのです。

滋君がドアをたたくと、

「だれじゃ」

と、なかから、ひくいしゃがれ声。

「先生、ぼくです。立花滋です」

「立花滋……立花滋って、だれのことじゃ」

滋君と村上少年は、ぎょっとして顔を見あわせましたが、村上君が思い出したように、

「先生、黒猫千びき、白猫百ぴきです」

「黒猫千びき、白猫百ぴき……なんのことじゃ、それは……まあいい、おはいり」

その声に滋君がドアをひらくと、正面に腰をおろしているのは黒猫先生。その肩には、ちょこなんと、黒猫がのっかっています。

「いやだなあ、先生は……ぼくたちが来たのに、どうしてしらばくれるんですか」

村上少年が不平らしく鼻をならすと、黒猫先生は、ふしぎそうに、目をぱちくりさせて、

「いったい、きみたちはだれじゃな。いままで、いちども見たことのないこどもじゃが……」

「あれ、あんなことをいってらあ。このあいだもぼくたち、ピエロのおじさんとここへ来たじゃありませんか。それから白金台町の洋館を探検して、先生はエレベーターじかけのへやの秘密を発見し、それから火曜日の晩には、三軒茶屋の七星館という映画館で……」

と、調子にのって、べらべらしゃべる村上君を、

黒猫先生はふしぎそうに見まもりながら、

「きみたち、いったいなんの話をしているんじゃ」

「えっ」

村上君はめんくらって、

「だって、おじさんは黒猫先生でしょう」

「そうだ、黒猫先生は、わしじゃが、わしはいままで、いちども、きみたちにあったことはないし、白金台町の洋館だの、三軒茶屋の七星館だのと、なんのことかわけがわからん」

滋君と村上少年は、思わず、あっと顔を見あわせました。それから滋君は、しばらく穴のあくほど、あいての顔を見ていましたが、なに思ったのか、

「あっ、いけない、村上君」

と、なにかいおうとしたときでした。だしぬけにうしろのドアがひらいたかと思うと、どやどやとはいってきたのは等々力警部と杉浦画伯《がはく》、ほかに刑事もふたりいました。

滋君と村上少年は、それを見ると、さっと顔色がかわりました。ああ、やっぱり、ふたりは刑事にあとをつけられていたのです。

杉浦画伯は二少年には目もくれず、あっけにとられて、目を白黒させている、黒猫先生の顔をきっと見つめていましたが、

「ああ、このひとです、この老人です。火曜日の晩、七星館のうらの墓場で、ぼくをしばりあげて目かくししたのは……」

それを聞くと黒猫先生は、ひげをふるわせ、

「な、な、なにをいうのじゃ。七星館だの、墓場だの、そんなことは、わしは知らん。わしは、おまえさんなどにあったことはない」

しかし、等々力警部はそんなことばを耳にも入れず、あいずをするとふたりの刑事が、いきなり左右から黒猫先生の両手をつかんだから、おこったのは黒猫先生。

「な、なにをするのじゃ。わしゃ、なんにも知らん。知らん。知らん。おまえさんたちは、ひとちがいをしているのじゃ。助けてくれえ！」

悲鳴をあげて、どたばたとあばれまわる黒猫先生を、みんなでよってたかって、取りおさえようとしているすきに、

「村上君」

と、小声であいずをすると、滋君と、村上少年は

KENTARO

脱兎《だっと》のごとく、へやをとび出し、地下室から、おもての道へとび出しましたが、そのとたん、思わず、あっと立ちすくんだのです。

　ちょうど、そこへとおりかかったのは、見おぼえのある、サンドウィッチ・マン、あのピエロではありませんか。ピエロはすまして滋君の手に、一枚のビラをわたしていきました。

　見ると、ビラのおもてには、

いよいよ来たる金曜日より
**赤星サーカス**
京王電車明大前広場にて

滋君と村上君は顔を見あわせていましたが、

「村上君、あのピエロのあとをつけてみよう」

「うん、よし」

　ふたりはピエロのあとを、見えがくれにつけはじめましたが、しかし、あいてもさるもの、滋君たちにつけられて、しっぽをつかまれるような、まぬけではありません。迷路のような町から町へとたくみにぬって、まもなく、新宿の雑沓《ざっとう》のなかへすがたを消してしまったのです。

## 赤星サーカス

　その翌日、滋君と村上少年は、学校で、先生からたいへんなことを聞かされました。

　小杉君がゆうべから、おうちへかえらないというのです。それのみならず、けさがた小杉君のおうちへ、だれかが西洋封筒を投げこんでいったが、そのなかから出てきたのは、No.5と書いてある、赤い星のマークのついた例のカードで、しかも、カードのうらには、

◎ **第五のいけにえ**
——近く上石神井《かみしゃくじい》の礼拝堂において——


と書いてあったというのです。

「立花君、村上君」

と、先生は心配そうに顔色をくもらせて、

「それで、小杉君のおうちでは、朝から大さわぎをしているそうだが、きみたちも気をつけてくれたまえ。ひょっとすると、きみたちも、魔術師にねらわれているかもしれないからね」

先生のことばに、ふたりはぎょっと顔を見あわせましたが、滋君は、すぐきっぱりと、

「先生、だいじょうぶです。ぼくたちは、よく気をつけています」

と、そういいきったものの、職員室を出たときには、ふたりとも顔があおざめていました。

「村上君、どうする。きみは、もう手をひくかい」

「ばかなことをいっちゃいかん。小杉君が魔術師のいけにえにされようというのに、このままひっこんでいられるもんか。たたかうんだ。あくまで金色《こんじき》の魔術師とたたかうんだ」

「うん、よくいった。ぼくもそのつもりだ。そして、小杉君をすくい出そう」

「しかし、立花君、なにかうまい方法がある？」

「いや、いまのところ、なにも考えつかないが、とにかく今夜、明大前へいってみようじゃないか。なにか手がかりをつかめるかもしれないし、ひょっとすると、黒猫先生にあえるかもしれないと思うんだ」

村上君は目をまるくして、

「黒猫先生……黒猫先生なら、ゆうべつかまってしまったじゃないか」

「いや、あれはぼくたちの知ってる黒猫先生じゃなかったよ」

「なんだって、それじゃ、あれは、にせものか」

「さあ、ぼくにもよくわからないが、しかし、村上君、ひょっとすると、ゆうべの黒猫先生がほんものかもしれないよ。ほんものの黒猫先生は、ただ平凡な易者《えきしゃ》なんだ。ところが、だれかがぼくたちにあうために、黒猫先生に化《ば》けていたんじゃあるまいか」

村上君は、いよいよおどろいて、

「だれかって、やっぱり金色の魔術師だろう」

「そうかもしれないし、そうでないかもしれない」

と、滋君はことばをにごして、

「とにかく今夜明大前へいってみよう。それが第一だよ」

と、そう約束をした村上少年と滋君、その晩六時ごろ、京王電車の明大前でおちあいましたが、問題

の赤星サーカスというのは、すぐわかりました。

それは焼けあとにテントをたてて興行しているのですが、あまりりっぱなサーカスでないらしく、テントも小さく、表にはためく旗やのぼりもみすぼらしい。滋君はあたりを見まわし、

「ひょっとすると、今夜も警部さんが来ているかもしれないから、気をつけたまえ」

「うん」

しかし、さいわい等々力警部のすがたも見えず、なかへはいると、かなりの入《い》りです。ちょうどそのとき、サーカスの広場では、ピエロがふたり、なにか、こっけいな芸をしているらしく、見物が、げらげら笑っていました。

「立花君、立花君、あのピエロは、ひょっとすると、黒猫先生の部下ではないかしら」

「まさか……」

と、滋君は、うち消したものの、そういわれてみると、ピエロのひとりは、いつも新宿で出あうサンドウィッチ・マンにそっくりです。

滋君は、はっと胸さわぎを感じましたが、そのうちにピエロの芸もおわって、つぎの曲芸がはじまりました。

こうして、プログラムはつぎからつぎへと進んでいきましたが、そのうちに滋君と村上君は、ふと、みょうなことに気がつきました。げいとうはいろいろかわるのに、広場の中心には、いつも御影石《みかげいし》でできた、銅像の台座みたいなものがあるのです。

そこで、となりの人に聞いてみると、

「ああ、あれはこの空き地にいつもあるんです。もとここには教会みたいなものがあったんですが、空襲でやられて、あの台座だけがのこったんです。この土地の持ち主が、どうしてもあれを取りのけることを、ゆるさないので、サーカスもしかたなく、そのままにしてるんですよ」

それを聞くとふたりは、ぎょっと息をのみます。ああ、もうまちがいはない。それではここも、赤星博士の教会のあとだったのか。

ふたりが緊張して、いよいよ目を光らせているうちに、プログラムはいよいよ進んで、やがて呼びものの「骸骨《がいこつ》の踊り」

「なんだ、骸骨の踊りだって！」

ふたりが、ぎょっとしているうちに、場内の、電

気という電気が消えたかと思うと、やがて、まっくらがりの広場へ踊りだしたのは、うす青く光る骸骨が一つ、二つ、三つ、四つ、五つ。……五つの骸骨の、きみのわるい骸骨踊りがはじまったのです。

この骸骨踊りのしかけは、すぐわかります。五人の踊り子が、頭からまっ黒な衣裳《いしょう》をきていて、その衣裳のうえに夜光塗料で、骸骨のかたちがかいてあるのです。だから、べつにふしぎはないのですが、ただ、気になるのは、その踊り子のひとりです。

ほかの四人がよくあっているのに、ひとりだけ、のろのろとして、まるで夢遊病者の踊りみたい。滋君と村上君は、はっと、七星館の雪子の踊りを思い出しました。

「あっ、いけない、あれは月江さんだ！」

村上君がさけんだときです。とつぜん、まっくらがりの広場から、けたたましい悲鳴が、一声《ひとこえ》聞《き》こえたかと思うと、あの夢遊病者の踊りを踊っていた骸骨が、かき消すように消えてしまったのです。

## 夜光カード

「あっ、消えた、月江さんが、消えてしまった！」

村上君が、むちゅうになってさけんでいるとき、

「電気をつけろっ、警察の命令だ、はやく電気をつけろ！」

やみのなかから聞えてきたのは、聞きおぼえのある等々力警部の声。

警察の命令ときいて、見物が、わっと総立ちになったとき、ぱっと電気がつきましたが、見れば、四人の骸骨が、うろうろしている広場のなかに、たおれているのはピエロのひとり、そばには等々力警部と、刑事が四五人、緊張した顔で立っていました。

「いこう、村上君、いってみよう」

ふたりが広場へおりていくと、等々力警部が、じろりとにらんで、

「ふうむ、やっぱり、きみたちも来ていたな、けしからん。きみたち、なにかかくしているにちがいない。今夜は、きっと泥をはかせてみせるぞ」

「警部さん、警部さん、それよりも、このピエロは

どうしたんです。死んでいるんですか」

「いや、頭をなぐられて気をうしなっているだけだが、きみはこいつを知っているのか」

「いえ、そういうわけではありませんが、このひとの化粧《けしょう》をおとしてみてください。ぼく、このひとの素顔を見たいのです」

「よし」

警部のあいずに刑事のひとりが、楽屋へ走っていきました。

そのあいだに滋君は、あの御影石《みかげいし》の台座をしらべていましたが、見るとその側面に横文字を彫った銅板がはりつけてあります。滋君は目を光らせて、その銅板をいじっていましたが、すると、とつぜん、がたんと音がして、銅板がはげしく開いたではありませんか。

「や、や、滋君！ き、きみは、どうしてこのしかけを知っているのだ！」

「警部さん、そのことはあとでお話しします。金色《こんじき》の魔術師は、いまこの抜け穴から、月江さんをつれていったにちがいありません」

滋君が思わず大声でさけんだからたまらない。いままでかたずをのんで広場を見ていた見物が、金色の魔術師と聞いて大さわぎ。等々力警部は、しかし、それにはかまわず、

「よし、この中へはいってみよう」

「あっ、警部さん、待ってください。そのまえに、ピエロの顔を見ていきましょう」

「ああ、そうか、よし」

そこへ刑事が洗面器とタオルを持ってきたので、警部はすぐにピエロの顔を洗いおとしましたが、そのとたん、

「あっ、こ、これは椿三郎！」

そうさけんだのは村上君。いかにもそれは役者の椿三郎でした。警部はぼうぜんとして、気をうしなっている椿三郎の顔を見ています。それもむりはないのです。いまのいままで等々力警部は、椿三郎こそ金色の魔術師であろうと思いこんでいたのですから。

滋君と村上少年も、これまた、ちがった意味でおどろきました。椿三郎を部下につかっている黒猫先生とは、はたしてなにものか。ああ、やっぱり金色の魔術師ではあるまいか……。

警部はやがて刑事にむかって、

「きみたち、こいつを警視庁へつれていって、傷の手当てをしてやれ。気をつけろ。逃げようとするかもしれないからな」

それから、滋君と村上少年をふりかえり、

「きみたちは、ぼくといっしょに来たまえ。今夜はもう、きみたちをにがさないぞ」

「警部さん、ぼくたちはにげません」

そこで警部を先頭にたて、ふたりは御影石の台座のなかへはいっていきました。この抜け穴も七星館とほとんど同じで、階段をおりるとせまい横穴。その横穴を五十メートルほどいくと、また階段になっています。それをのぼっていくと、やがて三人は、さびしい焼けあとにある古井戸《ふるいど》へ出ました。

「ふうむ、このまえと、すっかり同じだな」

あたりを見まわしましたが、もちろん、もう金色の魔術師も月江のすがたも見えません。

焼けあとを出ると、やっと自動車がはいれるくらいのせまい道でしたが、懐中電灯でしらべてみると、自動車のとまっていたらしいあとがあります。

「ふむ、ここから自動車でにげやがったな」

警部はくやしそうにつぶやきましたが、そのとき滋君の目についたのは、うす暗い路上に、なにやらあやしく光るもの。手にとってみると、名刺くらいの大きさのカードでしたが、夜光塗料でもぬってあるとみえて、ほたる火のように、ほのかに光るのです。

「警部さん、こんなものが落ちていましたよ」

「あっ、立花君、あそこにも落ちているよ。あっ、むこうにも……むこうにも……」

三人は、ぼうぜんとして顔を見あわせます。あやしのカードは点々として、暗い横町《よこちょう》から大通りまで、さらにそこからはてしもなく、むこうのほうまでつづいているのです。

「あっ、警部さん、ここにオートバイのあとがあります。だれかがオートバイに乗って、カードをまいていったのじゃないでしょうか」

「よし、自動車でつけてみよう」

サーカスのまえに待たせてあった自動車に乗ると、三人は、カードを追って、暗い夜道をまっしぐらに……。

それにしても、ふしぎなのはそのカードです。まるで道案内をするように、点々として、はてしなくつづいているのです。やがて自動車は渋谷から、麻布へむかって、六本木から溜池へくだる坂へさしかかりました。

「あっ、警部さん、ひょっとすると赤星博士の住んでいた家へいくのじゃありますまいか」

しかし、自動車がとまったのは、その家ではなく、まうらにあたる洋館の前でした。道しるべのカードは、そこでぷっつり絶《た》えているのです。

「警部さん、この家ですね」

「ふむ」

鉄の門からなかをのぞくと、洋館は、あきやのようにまっくらで、ひとの住んでいるけはいも見えません。

「あっ、警部さん、あれ、オートバイじゃありませんか。玄関のわきにおいてある……あっ、あそこにカードが落ちている」

「よし、もうまちがいはない、はいってみよう」

こころみに鉄の門をおすと、なんなくなかへ開きました。そこから足音をしのばせて、玄関まできてみると、そのわきにオートバイが一台、それから夜光カードが二三枚おちています。

警部はさっと緊張して、玄関のドアをおすと、これまたぞうさなく開きました。なかは洞穴《ほらあな》のようにまっくらで、かびくさいにおいが、いちめんにたちこめています。やっぱり、ながくあきやになっているらしい。

三人があたりに気をくばりながら、なかへはいると、とつぜん右がわのへやに電気がつきました。警部は、ぎょっとしてピストルをにぎりなおすと、

「だれかそこにいるのか」

「やあ、等々力警部、待ってましたよ」

と、思いがけない返事です。

「なにを！」

三人がへやのなかへとびこむと、正面のいすに腰をおろしているのは、まぎれもなく黒猫先生。黒猫先生は、にこにこしながら、

「やあ、滋君も村上君も、よく来たね」

「だ、だれだ、きさまは……」

「あっはっは、警部さん、わかりませんか。ぼくですよ。ほらね」

と、めがねをとり、ひげをむしり、かつらをぬいだその顔を見て、

「あっ、き、きみは……」

「あっ、あなたは……」

等々力警部と滋君は、思わず大きく目を見はりましたが、さて、黒猫先生とは、いったいだれだったのでしょう。

## 地下室の怪異

等々力警部と滋君が、おどろいたのもむりはありません。なんと、それは名探偵、金田一耕助ではありませんか。

「あっ、金田一先生だ、金田一先生だ。それじゃ、先生、黒猫先生というのは、あなただったんですね」

さすがの立花滋君もぼうぜんとしています。村上少年も目をまるくして、

「立花君、それじゃ、これが金田一先生」

「そうだよ、村上君、金田一先生だよ。先生もひとがわるいなあ。ぼくたち、すっかりだまされちゃった」

滋君が不平そうに口をとがらせると、金田一耕助はにこにこしながら、

「いや、ごめん、ごめん、きみたちにはわるかったけどね。敵をあざむかんと欲《ほっ》すれば、まずみかたよりということわざがあるだろう。ぼくは、じぶんが東京へかえってるってことを、だれにも知られたくなかったものだからね」

等々力警部も、やっとおどろきからさめると、

「金田一さん、いったいこれはどうしたことです。わたしはまた、あんたは関西のほうで、療養していらしゃることとだとばかり思っていましたよ。からだのほうは、もういいのですか」

「ありがとう。すっかりよくなって、そろそろ東京へかえろうかなと思っているところへ、この少年たちから、手紙が来たんです。金色《こんじき》の魔術師のことについてね。それで、魔術師の正体をつきとめるまでは、顔を出さないほうがよかろうと思って、黒猫先生のすがたを借りていたんですよ。ああ、そうそう、警部さん」

と、金田一耕助は警部のほうにむきなおり、

「黒猫先生がつかまったようですが、あのひとはなにも知らないのです。ただ二三日、ぼくに身がわりをつとめさせてくれただけのことなんです。ゆるし

てやってください」

「それは、もちろんのことですが、しかし、金田一さん」

「はあ」

「あんたはいま、魔術師の正体をつきとめるまでは、顔を出したくなかったとおっしゃいましたね。そうすると、こうして顔をお出しになったからには、魔術師の正体をつきとめられたというわけですか」

「はあ。つきとめましたよ、警部さん」

平然といいはなつ金田一耕助のことばに、三人は、はっと顔見あわせましたが、なかでも村上少年は、こうふんのために声をふるわせ、

「だれです、それは……もしや、役者の椿三郎ではありませんか」

しかし、言下《げんか》に滋君が、そのことばをうち消して、

「ちがうよ、村上君、だって椿三郎は黒猫先生の部下だったんじゃないか」

「あっはっは、そうだ、滋君のいうとおりだ。警部さん、ぼくがこうして身分をかくして、東京へかえって来たのは、ひとつには、椿三郎君にたのまれたからなんですよ」

「椿三郎にたのまれた……？」

「ええ、そうです。椿君は金色の魔術師のうたがいをうけると、東京を逃げだし、ぼくの療養さきまでたずねて来たのです。そして、このままだと金色の魔術師にされてしまうから、なんとかして助けてくれというんです。椿君はまえから知っていましたし、それに、ちょうどそのころ、ぼくは滋君たちの手紙を読んで、東京へかえろうと思っていたところだったので、相談のうえ、ふたりとも身分をかくしてかえって来たんです。黒猫先生というのは椿君の知りあいだったので、わけを話してぼくが黒猫先生に化《ば》け、椿君がその部下になっていたというわけです」

なるほど、これで金田一耕助と椿三郎のかんけいはわかりましたが、それにしても、金色の魔術師とは何者か……。

三人がそれについてたずねようとしたときでした。とつぜん、洋館のどこからか聞《き》こえてきたのは、けたたましい悲鳴とさけび声。

一同はそれを聞くと、ぎょっと、そのほうへふりかえりました。

「あっ、あれはなんだ――」

等々力警部がさけんだとき、金田一耕助は、すでにドアのところまでとんでいました。

「しまった、赤星博士だ、赤星博士をうばいに来たのだ」

「なに、赤星博士だって……それじゃ、赤星博士はこの洋館にかくれているんですか」

「そうです、そうです、金色の魔術師のために押しこめられているんです。警部さん、はやく来てください」

金田一耕助のあとにつづいて、一同がろうかへとび出したとき、またもや聞えてきたのは、ただならぬ悲鳴とさけび声。どうやらそれは、地《ち》の底から聞えてくるようなけはいです。

「警部さん、こっちへ来てください」

金田一耕助はかねて用意の懐中電灯で、まっくらなろうかを照らしながら、さきに立って走っていきます。そのあとから、等々力警部と立花、村上の二少年が、ひとかたまりになってついていきました。

ろうかをつきあたると、地下室へおりる階段です。

一同がその階段に足をかけたとき、また悲鳴とさけび声が聞えてきましたが、なんだかさっきより、遠くなったかんじです。

「あっ、いけない。金色の魔術師が赤星博士をつれていこうとしているのだ」

階段をおりると、まっくらな地下ろうかです。金田一耕助は、よほどこの洋館のかってに通じていると見えて、かたわらのかべをさぐって、スイッチをひねりましたが、するとすぐ、ほの暗い電気が、長い、殺風景《さっぷうけい》なろうかの、あちこちにつきました。

あのただならぬ悲鳴とさけび声は、そのろうかのむこうのほうから聞えてくるのです。その声をめあてに走っていくと、ほの暗いろうかのむこうに、もみあっている三つの影が見えました。どうやらふたりの男が、ひとりの男を中にはさんで、連れ去ろうとしているらしいのです。

「待てっ、待たぬとうつぞ」

等々力警部がさけんだときです。とつぜん、ズドンという銃声とともに、ピストルのたまがとんで来ました。

「ちきしょう」

一同は、ぱっとろうかに身を伏《ふ》せると、警部が、すぐに一発ぶっぱなしました。

「あっ、警部さん、うっちゃいけない。もし赤星博士に当たっちゃ」

「なに、おどかしだけですよ。てんじょうをねらって、うってるんです」

二三発、むこうとこちらから、うちあっていましたが、とつぜん、むこうのほうで、

「うわっ」

という、悲鳴がきこえたかと思うと、ひとつの影が、どさりとゆかの上にたおれて、あとは墓場のような静けさです。

## 魔術師の計略

「ど、どうしたんだろう。おれは、てんじょうにむかって、うっていたんだが……」

「行ってみましょう。ほら、ひとりむこうへ逃げていきますよ」

なるほど、見ればほの暗いろうかのはるかかなたを、ひとつの影が逃げていきます。

「待てっ」

等々力警部が、また二三発、おどかしのためにうちましたが、あやしい影は、すでにろうかのかどをまがって、あとには、かべにもたれたひとつの影が、気ちがいのように、わめいています。一同がかけよってみると、それはまぎれもなく、気のくるった赤星博士、そして、その博士の足もとには、男がひとり、たおれているのです。

「滋君、村上君、きみたちは、ここにいてくれたまえ」

金田一耕助と等々力警部は、ふたりをそこにのこして、あやしの影を追っかけましたが、まもなくすごすごとかえって来ました。

「だめだ。地下室の入口を、外からしめていきやがった」

等々力警部はくやしそうにつぶやきながら、そこにたおれている男をだきおこしましたが、そのとたん、滋君と村上君のくちびるから、いっせいにおどろきの声がもれました。

「あっ、これは東都劇場の小使《こづか》いさんだ」

いかにも、それは東都劇場の小使い、いつか雪子と月江をアパートから誘拐《ゆうかい》していった、びっこの古川でした。見ると古川の胸からは血がながれて、む

ろん息はありません。

「しかし、おかしいな。おれは、てんじょうにむかって、ぶっぱなしたつもりだのに……」

　等々力警部は、いかにもこまったような顔色でしたが、そのとき、きずぐちを調べていた金田一耕助が、きゅうにぎょっと顔をあげると、

「あっ、警部さん、これはピストルでうたれたのではありませんよ。短刀でつきころされたんです」

「なに、短刀で……しかし、だれが」

「むろん、いま逃げていったやつ、すなわち、金色《こんじき》の魔術師です。魔術師は今夜古川とふたりで、赤星博士をつれにきたんですが、失敗したとみるや古川をころしていったんです。たぶん古川がつかまって、その口から、じぶんの正体が、ばれてはならぬと思ったんでしょう」

　それを聞くと一同は、思わずぞっと身ぶるいをしました。

　なんというおそろしいやつでしょう。いままでさんざん手さきとして使いながら、じぶんの身があやうくなると、えんりょようしゃもなく、ころしてしまったのです。

「それはとにかく、警部さん、おまわりさんを呼んでください。死体のしまつもしなければなりませんし、赤星博士の保護もたのまなければなりませんから」

　警部がとび出していったあとで、金田一耕助は赤星博士の手をひいて、地下の一室へはいっていきました。博士もこうふんがおさまったのか、すっかりおとなしくなっています。滋君と村上君も、そのへやへはいりましたが、ひと目かべの上を見ると、思わず大きく目を見はったのです。

　それもそのはず、かべいっぱいにかけてあるのは、大きな東京地図でしたが、その地図の上に点々として、赤い星のマークがついています。しかも、その場所というのが、吉祥寺に白金台町、三軒茶屋に明大前と、四人のいけにえがささげられた場所でした。

　滋君と村上君がびっくりしているところへ、等々力警部がかえって来ましたが、警部も地図を見ると、目をまるくして、

「金田一さん、この地図は」

「警部さん、この地図こそは、気のくるった赤星博士にたいする、金色の魔術師の責めどうぐだったん

です」

「責めどうぐというと」

「赤星博士は、宝石のいっぱいはいった箱を、どこかへかくし、しかもそのかくし場所をわすれてしまったんですね。そのかくし場所はむかし赤星博士の持っていた七つの礼拝堂と、かんけいがあるにちがいない。そこで金色の魔術師は七つの礼拝堂をさがし出し、それを示して赤星博士に、かくし場所をたずねましたが、ただそれだけでは、博士の記憶をとりもどすことはできませんでした。そこで金色の魔術師は、それらの礼拝堂でつぎつぎにふしぎな事件をおこしてみせ、それによって博士をしげきし、ショックをあたえ、博士の記憶をよびもどそうとしていたのです」

金田一耕助のふしぎな話に、一同は思わず顔を見あわせました。

「ごらんなさい。そこに、たくさん新聞がちらかってるでしょう。それはみんな悪魔の礼拝堂で少年少女が、いけにえにささげられたという記事です。赤星博士はそれを読んで、どんなにおどろきおそれたでしょう。じぶんが宝石のありかを思い出さないかぎり、こういうおそろしいことがつづくのです。そこで赤星博士は必死となって、記憶をよびもどそうとしていたのです。つまり、いままでのことはみんな金色の魔術師が、赤星博士をおどかして、宝石のありかを思い出させようという、苦肉《くにく》のはかりごとだったんです」

ああ、それはなんというふしぎな話でしょう。それでは、あのひとさわがせは、みんな博士の記憶をよびもどすための手段だったのか。

「しかし、先生、いけにえになった少年少女は、どうなりました。ころされたのですか」

滋君が心配そうにたずねると、金田一耕助はにっこりわらって、

「いや、金色の魔術師は、ただ赤星博士をおどかせばよいのだから、そんなむごいことはしやあしない。四人――いや小杉君もふくめて五人とも、ちゃんと生きているはずだ」

「しかし、しかし、金田一先生」

と、村上君は目玉をくりくりさせながら、

「すると山本君も生きているんですか、ぼくたちは山本君がバスの中でとかされていくのを見たんです

よ」

金田一耕助は、それにたいして、いかにも愉快そうにわらいました。

「むろん、山本君も生きているとも。立花君、村上君、きみたちが吉祥寺の礼拝堂で見たのは、あれは映画だったんだよ」

「な、な、なんですって」

立花君と村上君は、思わず目を見はりました。

## におうハンケチ

「そうだ、あれは映画だったんだ」

と、金田一耕助はにこにこしながら、

「あのとき、ぼくはきみたちにたのんで、きみたち、すなわち立花君に村上君、それに小杉君の見たものをくわしく、正確に、手紙に書いてもらったろう。ぼくはそれを読んで、すぐ、へんだと思った。なぜといって、三人の見た室内の光景は、一分一厘《いちぶいちりん》のちがいもなく、同じなんだからね。これはおかしなことなんだ。なぜといって、ある人は鍵穴《かぎあな》から、ある人はドアのすきまから、ある人はちょうつがいのすきまからと、みんなちがった角度からなかをのぞいているのだから、あれが立体的な光景なら、ある人には見えても、ある人には見えないものがあるべきはずだ。それがそうではなく、三人がそっくり同じものを見たというのは、あれが立体的な光景ではなく、平面の上にえがかれた光景、すなわち映画だった証拠だ」

滋君と村上君とは、思わず目を見かわします。金田一耕助はことばをついで、

「あのとき、スクリーンはドアのすぐ内がわにぶらさがっていたんだよ。そして、スクリーンのむこうがわから、金色の魔術師の相棒、すなわち、びっこの古川が映写機をまわして、映画をうつしていたんだ。きみたちがそれを映画と気づかなかったのは、片目でのぞいていたからだよ。片目だと、ものの遠近や立体感が、はっきりしないから、そこできみたちは、すっかりごまかされてしまったんだ」

「つまり金色の魔術師は、さわぎを起《おこ》させるために、わざとぼくたちに、ああいう映画を見せたんですね」

「そうだ、そうだ。魔術師はあの晩、きみたちが吉祥寺の礼拝堂へいくということを、知っていたにち

がいない。それについて、きみたちは、なにか心あたりはないかね」

　滋君と村上君はしばらく顔を見あわせていましたが、滋君が思いだしたように、

「ああ、そうだ、そういえば、ぼくたちはあのことを、新宿の通りをあるきながら相談していたんですが、すぐぼくたちの後《うしろ》から、広告のだるまをかぶった男がくっついて来ましたよ。もしや、あの中に金色の魔術師のなかまのものが……」

「ああ、それだ、それにちがいない。きみたちが吉祥寺の礼拝堂を、探検にいくことを知ったものだから、用意して待っていたんだ」

「それじゃ、魔術師は山本君をつかって、映画をつくっておいたんですね」

「そうだ、あの礼拝堂を舞台にしてね。映画ならば、どんなことだってできる。人間をとかそうが、消してしまおうが、トリックを使うから自由自在だ。そして、きみたちがびっくりして、外へとび出しているすきに、スクリーンをかたづけ、映写機をもって逃げだしたんだ。そのあとへきみたちがかえってみると、へやのなかは映画そっくりだし、おまけにバスのなかから、へんな煙が出ていたから、きみたちはすっかりだまされたんだ」

　滋君と村上君は、いまさらのように顔を見あわせます。

　なるほど、そういわれてみれば、あのとき見た光景は、いささかへんだったと、いまさらのように思いあたるのでした。

「ときに、金田一さん」

　と、そのとき、そばから等々力警部が、

「あんたはどうして、この家を発見したんですか」

「ああ、それはね、このあいだ三軒茶屋の七星館から、雪子という少女がつれ出されたとき、魔術師の自動車のなかにかくれていて、ここまでやって来たんです」

　等々力警部は目を見はって、

「それじゃ、あの晩、杉浦画伯《がはく》をしばって、木にぶらさげておいたのは……」

「そうです、そうです。ぼくですよ。あの人、じゃまになりそうでしたからね」

「しかし金田一さん。それじゃそのとき、なぜすぐに、警視庁へしらせてくれなかったのです」

「それがね、警部さん、そのときはまだ金色の魔術師が、だれだかわからなかったからですよ。雪子さんを、ここへつれてきたのは、びっこの古川でしたからね。それで、しかたがないから、椿君にたのんで、この家の見はりをしてもらっていたんです。すると魔術師のやつ、それに気がついたと見えて、少年少女をほかへうつし、それから今夜また、赤星博士をつれ出しに来たというわけです」

そこで金田一耕助は滋君と村上君をふりかえり、

「さあ、これであらましのことはわかったろうから、きみたちはもうかえりたまえ、おそくなるといけないからね。ああ、警部さん、だれかに、この少年たちを送らせてください」

滋君も村上君も、もっと話を聞きたかったのですけれど、時計を見るともう十時です。そこであす、警視庁であうことに話をきめて、ふたりはその洋館を出ました。等々力警部の命令で刑事がひとりずつ送ってくれたので、とちゅうべつにかわったこともなく、滋君も村上君も、ぶじに、それぞれおうちへかえりました。

村上君のおうちは高円寺《こうえんじ》ですが、刑事さんにお礼をいって、うちへはいると、みんなもうねているようすなので、村上君は、そのままじぶんのおへやのほうへいきました。

村上君のおへやは二階の洋間になっています。村上君はろうかの電気をつけ、おへやのドアをひらきましたが、そのとたん、髪の毛もさか立つようなおそろしさにうたれたのです。

まっくらなおへやのなかに、首がひとつ、まっさかさまになって、ちゅうに浮いているではありませんか。

「…………」

村上君はなにかいおうとしましたが、あまりのおそろしさに、口をきくことができません。まっさかさまになって、ちゅうに浮いている首は、大きな目をひらいて、村上君の顔をにらんでいるのです。

「ば……ばけもの……」

村上君がさけぼうとしたときでした。とつぜん、後《うしろ》から強い腕が、しっかとそのからだを抱きすくめたかと思うと、なにやら、あまずっぱいにおいのするハンケチが、村上君の鼻口をおおって、村上君はちょっとの間、ばたばたと手足をふるわせていましたが、すぐ、ぐったりと眠りこけてしまったのです。

「うっふふ、とうとう手にいれたぞ、いけにえ第六号を……」

村上君を抱きすくめた怪人の口から、ひくい、きみのわるい、わらい声がもれました。

おうちのひとは、しかし、だれひとり、それに気がついたものはなかったのです。

## 凹面鏡

村上君が金色《こんじき》の魔術師にさらわれた……。

その翌日、知らせを聞いた立花滋君のおどろきは、どんなだったでしょう。とるものもとりあえず、村上君のおうちへかけつけると、そこにはすでに、金田一探偵や等々力警部も来ていました。いやいや、ふたりだけではない。いまはもうすっかり疑いのはれた、役者の椿三郎君も来ているのでした。

村上君のおとうさんやおかあさんは、一同を二階のろうかに案内すると、

「わたしたちは、あの子が帰って来たのを、ちっとも知らなかったのです。ところが、けさ見ると、ドアの前に、あの子の帽子と、こんなものが落ちていたんです」

と、おとうさんがしめしたのは、赤い星のついた魔のカード、しかもその上にはNo.6と書いてあり、また裏をかえすと、「阿佐《あさ》ガ谷《や》の礼拝堂において」と書いてありました。

「そして、村上君はへやへはいって、寝たようすはないとおっしゃるんですね」

と、金田一耕助がたずねます。

「はい、ベッドのシーツには、しわひとつありませんでした。あの子はきっと、ドアをひらいて、中へはいろうとするところを、わるものにおそわれたのに、ちがいありません」

「なるほど。ところで、あなたがけさ、二階へあがっていらっしゃったとき、このへややろうかは、どうなっていましたか」

「へやの中の電気は消えていました。もっとも電気は消えていても、もう夜があけていたので、それほど暗くはなかったのですが……それから、このドアはあけっぱなしになっており、ドアの上にある、ろうかの電気はついていました。それから、ろうかの、

つきあたりにある窓があいていましたから、そこから、きっと屋根づたいに、あの子をつれて逃げたのにちがいありません」

金田一探偵はあたりを見まわしたのち、へやの中へはいろうとして、ひょいとむこうを見たとたん、ふいに、おやと立ちどまりました。

「金田一さん、どうかしましたか」

「いや、あの、ちょっと……」

金田一探偵は背のびをしたり、身をちぢめたり、いろいろ、からだの位置をかえながらへやの中を見ていましたが、きゅうに、うしろをふりかえると、

「おとうさん、ろうかの窓に、よろい戸《ど》をおろしてくださいませんか。それから、ドアの上の電気をつけてください。ひとつ、ゆうべ村上君が帰って来たときと、同じような状態にしてみましょう」

すぐに、警部もてつだって、ろうかの窓によろい戸をおろしました。へやの中は、まえから窓がしめてあるので、昼間ながらも、うすやみがただよっています。おとうさんが、ドアの上の電気をつけました。

金田一探偵は、もういちど、へやの中を見ると、にっこりと滋君をふりかえり、

「滋君、ちょっとここへ来て、へやの中をのぞいてみたまえ」

滋君はふしぎそうに、金田一探偵の指さしたところに立ち、へやの中を見ましたが、そのとたん、あっとさけんで、とびのきました。

「滋君、ど、どうかしたのか」

等々力警部と村上君のおとうさんが、顔色をかえて左右から、滋君のそばにかけよります。

「ああ、いえ、いま、へやの中に首がちゅうに浮いているのが見えたんです。でも、ふしぎだなあ。もう見えない」

「あっはっは、滋君、もういちど、さっきのところに立ってごらん」

金田一探偵のことばに、滋君はもういちど、おそるおそる、へやの前に立ちましたが、すぐまた、おそろしそうな声をあげました。

「あっ、見える、見える。首がちゅうに浮いている。しかも、まっさかさまになって……」

等々力警部もおどろいて、滋君のうしろから、へやの中をのぞきましたが、べつになにも見えません。

「滋君、ばかなことをいっちゃいかん。首など、どこにもないじゃないか」

「あっはっは、警部さん、それじゃだめです。滋君の立っている場所で、滋君とおなじ背の高さにならなければ見えないんです」

金田一探偵のことばに等々力警部は、滋君をおしのけて、背をちぢめていましたが、

「あっ、見える、見える。首がちゅうに……」

そのとたん、金田一探偵が、パチッとスイッチをひねったので、へやの中は明《あ》かるくなりましたが、と、同時に、やみの中に浮いていた首は、あとかたもなく消えました。等々力警部と滋君は、夢からさめたように目をこすっています。

金田一探偵は、にこにこしながら、

「警部さん、正面のかべをごらんなさい。凹面鏡《おうめんきょう》がかけてあるでしょう。みんな、あの鏡のいたずらなんです」

なるほど正面のかべの、ちょうど滋君の目の高さのところに凹面鏡がかけてあります。

「滋君や警部さんが、いま見た首というのは、じぶんの顔なんです。ドアの上の電気の光で、顔だけ明かるくなるでしょう。その顔が凹面鏡にうつって、こういうふうに、やみの中に像をむすぶんです」

金田一探偵はポケットから手帳を出すと、つぎのような図を書きました。

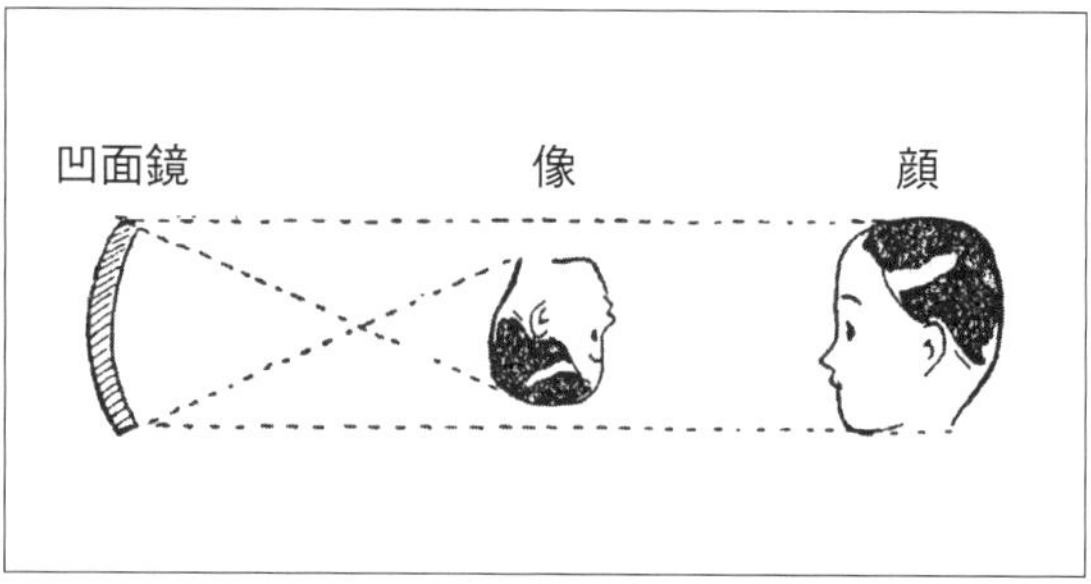

「あっはっは、金色の魔術師というやつは、いたずらものですね。こういう像で村上君をおどかして、つれて逃げたのでしょう。ぼくはいちばんはじめに、山本君のやられた吉祥寺の礼拝堂の地下室にも、やはりこれと同じ凹面鏡がしかけてあるのを発見しましたよ。だから山本君もきっと、宙に浮くさかさ首に、おどかされたにちがいありません」

　山本君がやられたとき、首が黒んぼうに見えたのは、おそらく気絶しているあいだに、顔に墨《すみ》をぬられているのを、じぶんでは気がつかなかったのでしょう。

　ああ、なんという明察。金田一探偵は魔術師のやりくちを、一から十まで知っているのでした。

## 赤星博士の脱出

　それからまもなく一同は、村上君の両親をなぐさめておいて、いったん警視庁へひきあげましたが、さて、その晩のこと。

　椿三郎がなにか用事があると、さきにかえっていったあとで、金田一探偵と等々力警部、立花滋君の三人が、ひたいをあつめて相談しているところへ、勢いこんで、とびこんで来たのは、おなじみの杉浦画伯《がはく》でした。

「あっ、警部さん、お使いをありがとう。オリオン三きょうだいのいどころがわかったって、ほんとうですか」

「ああ、これは杉浦さん。なるほど、三きょうだいのいどころが、わかったことはわかりましたが、またどこかへつれ去られてしまったのです」

「なんだ、それじゃ三きょうだいは、ぶじに助かったのじゃなかったんですか」

　杉浦画伯はがっかりしたようなようすでしたが、すぐ、また気をとりなおして、

「しかし、それにしても三人は、いままで、どこにいたんです」

「いや、じつはわれわれ三人は、これからそこへ、いこうとしているところなんです。赤星博士が、そこにいるんでね。どうです、あなたもいっしょにいきませんか」

「赤星博士が……」

　杉浦画伯は目をまるくして、

ってください」

「ええ、いきましょう。ぜひ、いっしょにつれていってください」

「そう、じゃ、いきましょう」

と、それからすぐに自動車の用意をさせて、一同が警視庁を出たのは八時過ぎ。六本木付近の、れいの洋館までくると、刑事が、げんじゅうに見張りをしています。

「なにもかわったことはないか」

「はっ、べつに……」

「赤星博士は、どうしている」

「あいかわらず、ぼんやり考えこんでいます」

「へやにも見張りがついているだろうね」

「はっ、そこに、ぬかりはありません」

一同が地下室へおりていくと、赤星博士のへやの前には、警官がピストル片手に、緊張した顔で、立っていました。のぞき窓から中をのぞくと、赤星博士がいすにもたれて、ぼんやり考えこんでいます。

「ひとつ、中へはいってみましょう」

「だいじょうぶですか」

杉浦画伯は、きみわるそうに、しりごみします。

「だいじょうぶ。いたっておとなしい気ちがいですから」

一同が中へはいっていくと、赤星博士は、にごった目で、ぼんやり顔を見ています。

金田一探偵は、かべいっぱいにはってある、東京地図の前へ立ちよると、上石神井と阿佐ガ谷のところに赤い印をつけました。いうまでもなく、それこそは、小杉君と村上君が、いけにえにささげられる予定の場所です。

それから、金田一探偵は、きっと、赤星博士の方をふりかえり、

「赤星博士、また二つ、礼拝堂のありかがわかりましたよ。これで、つごう六つです。あなたはこれでもまだ、宝石をかくした場所を思いだすことができませんか」

赤星博士は、ぼんやりと、にごった目で東京地図を見ています。金田一探偵はいかにもじれったそうに、博士の肩に両手をかけ、

「赤星博士、思いだしてください。宝石のありかさえわかってしまえば、金色の魔術師もあきらめて、ひとさわがせもよしましょう。あなたが、いつまでも思いださないと、魔術師のやつは、しまいには、

なにをやりだすかわかりません。思いだしてください、赤星博士」

金田一探偵があまりはげしく肩をゆすぶったので、赤星博士は、よろよろとよろめきましたが、とつぜん博士の形相《ぎょうそう》が、悪魔のようにかわったかと思うと、ポケットから取りだしたのは、一《いっ》ちょうのピストル。

金田一探偵の顔をめがけて、ひきがねをひいたからたまりません。あっとさけんで金田一探偵、両手で顔をおさえてよろめきます。

「あっ、なにをする」

等々力警部は、あわてて腰のピストルに手をやりましたが、そのときはもうおそかった。警部から杉浦画伯、さらに立花滋君と、赤星博士は目にもとまらぬ早業《はやわざ》でやっつけてしまうと、さわぎを聞いて、ドアをひらいた警官まで、一発のもとにたおしてしまったのです。

ああ、それでは金田一探偵はじめ一同は、うちころされてしまったのでしょうか。いえいえ、そうではありません。赤星博士のピストルというのは、まことにみょうなピストルで、ひきがねを引くと、中から、弾丸がとび出すかわりに、なにやら、つよいにおいのする、霧のようなものが発射されるのです。そして、その霧をひといきすったかと思うと、だれもかれも、にわかにねむけにおそわれて、将棋だおしに、そこへたおれたのでした。

それはさておき、一同がそこへたおれてしまうと、赤星博士は、にやりときみのわるい微笑をうかべ、金田一探偵を、けとばすと、

「ざまあ見ろ、このへぼ探偵め」

と、にくらしそうにつぶやくと、そのまま、ふらふらへやから出ていきました。

と、このときです。ゆかのうえから、むっくり頭をもたげたのは杉浦画伯。赤星博士の足音に耳をすましながら、等々力警部と金田一探偵、それから滋君や警官たちを、ひとりひとりゆりおこしましたが、みんな薬がきいているとみえて、目をさますけはいもありません。

杉浦画伯はそれを見ると、きゅうに、ぎろりと目を光らせました。それから、そっとドアの外へすべり出ましたが、と、見れば、長いろうかのはるかかなたを、赤星博士が背を丸くして走っていきます。

杉浦画伯はなにか心にうなずきながら、見えがく

れに、そのあとをつけていきました。

## 金田一探偵の勝利

それからおよそ二時間ほどのちのこと。

ここは東京の都心から、とおくはなれた多磨《たま》霊園、時刻はかれこれ、ま夜中《よなか》の十二時ですから、ひろい多磨墓地の中には人影もなく、大小さまざまな形をした墓石が、星影をあびて、しっとりと夜露《よつゆ》にぬれています。

どこかで、きみのわるい、ふくろうの声……。

このさびしい多磨墓地の中を、いましも一つの懐中電灯があるいていきます。やがて懐中電灯は、太い鉄のくさりを張りめぐらした、ひろい墓地の前に立ちどまりました。

墓地の中央には直径二メートル、高さ四メートルばかりの、大砲のたまのような形をした、セメントづくりの墓が立っています。そして、その墓の表面に、あざやかにえがかれているのは、赤い星のマークです。

この墓こそは、ずっと以前に、赤星博士が、じぶんが死んだときの用意に、つくっておいた墓でした。そして、いま墓の前に立っているのは、いうまでもなく赤星博士。

赤星博士はあたりを見まわすと、墓地へふみこみ、墓のうしろにまわります。そこには鉄のドアがついていますが、博士はポケットから出した鍵《かぎ》で、なんなくそれを開きます。

墓の内部はうつろになっており、ゆかのあげぶたをあげると、地下の納骨堂《のうこつどう》へおりられるように階段がついています。赤星博士は納骨堂へおりていきました。

納骨堂は四メートル四方ほどの、ひろいへやでしたが、その中央に悪魔サタンの像が立っています。赤星博士は懐中電灯の光で、サタンの台座をさぐっていましたが、やがて、がたりと音をさせて、台座の中からひっぱり出したのは、五十センチ立方ぐらいの、支那《シナ》かばんのような形をした箱でした。

赤星博士はふるえる指で、その箱を開くと、さっと、懐中電灯の光を箱の中にさしむけましたが、そのとたん、

「おお」と、感動にふるえる声がのどから出ました。

それもむりではありません。箱の中には、いっぱい宝石がつまっているのです。赤星博士は気がくるったように、片手で宝石をすくっていましたが、そのときです。

「赤星博士、とうとう、あなたは宝石のありかを思いだしましたね」

うしろからだしぬけに聞《きこ》えてきた声に、赤星博士は、ぎょっとしてふりかえると、懐中電灯をその方へむけましたが、と、そこに立っているのは、まぎれもなく杉浦画伯《がはく》。

「だ、だ、だれだ、きさまは……」

「あっはっは、赤星博士、記憶がもとにもどったら、ぼくの顔くらい思いだしそうなものですがね。ぼくですよ。ほら、杉浦です。むかし、あなたの片腕だった杉浦ですよ」

「ああ、そうか。それじゃ、金色《こんじき》の魔術師というのはきさまだな。この宝石を手に入れようと、あんなひとさわがせをしたんだな」

「お察しのとおり。さあ、そうわかったらそこをのきなさい。その宝石箱はわたしがもらっていきます。おっと、あぶない。このピストルが目につきませんか。あなたのあのへんてこなピストルは、まっぴらごめんだ。赤星博士、のかなきゃうつぞ」

杉浦画伯、いや、いまや仮面をぬいだ金色の魔術師が、きっとねらいをさだめたとき、

「よしなさい、金色の魔術師」

赤星博士の頭上から、とつぜん降ってきた声に、杉浦画伯がぎょっとして、懐中電灯をその方へむけると、なんとサタンの像の肩のあたりに、ぬくぬくとすわっているのは、まっ黒な、からすねこではありませんか。

「なんだ、ねこか。……しかし、ねこがものをいうはずはないが……」

そのとき、黒ねこが大きな口をあけると、

「あああ……」と、人間のようにあくびをして、

「金色の魔術師さん、とうとうあんたの負けですよ。ほら、うしろをごらん」

ねこが口をきいたから、さすがの金色の魔術師も、あっとさけんで、うしろへとびのきましたが、そのとたん、左右から、がっきと腕をとられたかと思うと、がちゃりとつめたい音がして、手錠《てじょう》が手首にはまっていました。

「わっ、だ、だれだ」

とびあがる杉浦画伯の眼前に、にこにこしながら立っているのは金田一探偵と等々力警部。ほかに刑事が四五人、ものものしい顔をしてひかえていました。滋君もおそろしそうに、その背後に立っていいます。

「杉浦画伯、いやさ、金色の魔術師。きみは、とうとうぼくのわなに落ちましたね」

「う、う、う……」

金色の魔術師、杉浦画伯は目を白黒させて、

「あのねこは、どうしたんだ。あいつには悪魔が乗りうつっているのか」

「あっはっは、あれは腹話術《ふくわじゅつ》ですよ。腹話術――ごぞんじでしょう。横隔膜《おうかくまく》を震動させて声を出す。すると、そばにいるものが、しゃべっているように聞えるのです。椿三郎君は腹話術の名人ですからね」

「な、な、なに……。椿三郎がどこにいるんだ」

「あっはっは、椿君、もういいから変装をといて、顔を見せてやりたまえ」

言下《げんか》に赤星博士が、かつらをとり、ひげをむしり、めがねをはずすと、なんとそれは役者の椿三郎ではありませんか。

「や、や、きさまは椿三郎……しかし、それじゃ、ほんものの赤星博士は……」

「ゆうべから精神病院に収容されて、げんじゅうな監視のもとにおかれていますよ。あの人の記憶は永久に回復しないそうです」

「しかし、それじゃきさまは、どうして、この宝石のありかを知っていたんだ」

それを聞くと金田一探偵は、世にもうれしそうに、もじゃもじゃ頭をかきまわしました。

「金色の魔術師、こればかりはきみにも似あわないことだったね。きみは七つの礼拝堂のありかを知っていた。われわれは、まだ六つしか知らぬが、おそらくあとの一つは、上高井戸《かみたかいど》の北方にあるんだろう」

「きさま、どうしてそれを知っている」

「それはね、七つの礼拝堂の位置というのが、北斗《ほくと》七星《しちせい》のかたちに排列されているからだ。このことは、地図の上の印を見れば、ひと目でわかることだのに、それに気がつかなかったことは、魔術師一期《いちご》の不覚だったね。滋君、北斗七星は、なにをさがすのに必

要かね」

「北極星《ほっきょくせい》です」

滋君が言下にこたえました。

「北斗七星から北極星をさがす方法は」

「しゃもじのさきにある、二つの星を結んで、五倍

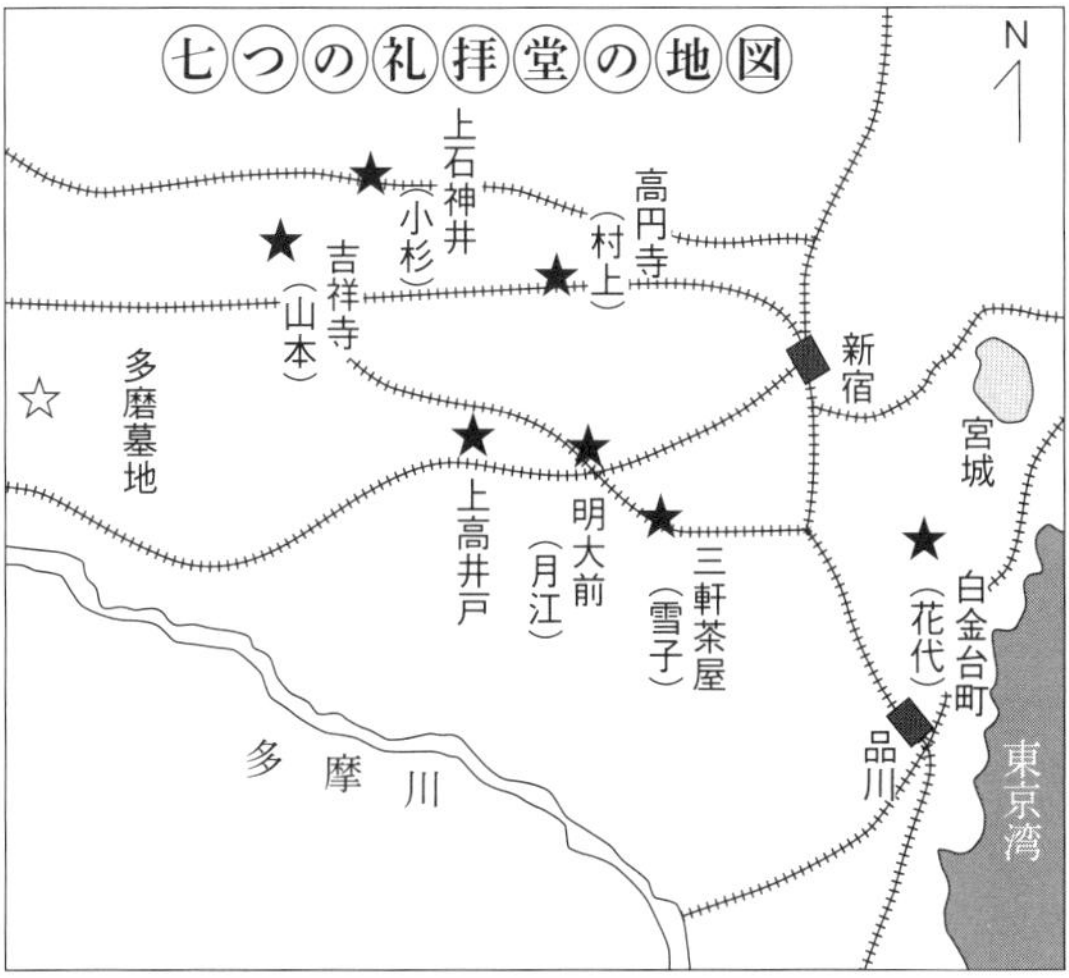


に延長すると、そこに北極星があるんです」

「そうだ、そのとおり。さて、このばあい、しゃもじのさきの二つの星とは、上石神井と吉祥寺にあたる。それを結んで五倍延長すると、ちょうど、この多磨霊園付近にあたっているんだ。そこで、ぼくは必死となって、このへんをさがしまわったあげく、とうとう、この墓地をさがしだしたのだ。あっはっは、魔術師さん、わかったかね」

金色の魔術師は、いかりの形相《ぎょうそう》ものすごく、ばりばり歯ぎしりしながら、金田一探偵をにらんでいましたが、なに思ったか、きゅうに、つめたいせせら笑いをうかべると、

「なるほど、これはいかにもおれの負けだ。しかし、おれも魔術師だ、ただでは負けぬぞ。おれをろうやへぶちこんでみろ。六人の子どもたちはうえ死《じ》にしてしまうぞ。おれよりほかに、あいつらのいどころを知るものはないのだからな。やい、小僧」

魔術師は、ものすごい目で滋君をにらみつけ、

「きさまが、七番目のいけにえだったんだ。きさまを誘拐《ゆうかい》したら、七人いっしょにかたづけてやるつもりだったんだ」

滋君は、そのおそろしい一言《ひとこと》を聞いたせつな、ぞっと冷水《れいすい》をあびせられたような気がしましたが、金田一探偵はにこにこして、

「ところがね、魔術師さん、このあいだ、きみとびっこの古川が、六本木から六人の子どもたちをほかへうつすとき、椿三郎君があとをつけていたんですよ。だから、今夜きみが警視庁へ来たあとで、警官たちが乗りこんで、みんなぶじにすくい出したと、さっき電話で知らせて来たんだ。あっはっは、気の毒でしたね」

「おのれ、おのれ、おのれ」

とうとう、いかりがばくはつしたのか、金色《こんじき》の魔術師は、手錠をはめられた両手をふりあげ、金田一探偵めがけておどりかかりましたが、そのときでした。さっきからサタン像の肩の上から、金色《きんいろ》の目を光らせていた黒ねこが、いきなり、さっと顔にとびついたからたまりません。

「ぎゃあっ」

まるで、かえるをふみつぶしたような声をあげて、魔術師はそこにへたばったのでした。

× ×

自動車はいま星空のもとを、東京さして、まっしぐらに走っています。

窓から吹きこむそよ風に、ほおをなぶらせながら、うっとりと目を閉じた滋君のまぶたにうかぶのは、なつかしい、村上、小杉の二少年、さらに山本君やオリオンの三きょうだいの顔、顔、顔……。

滋君はふと目を開いて、窓から外をのぞきましたが、すると、すぐ目についたのは、空にかがやく北斗七星でした。滋君には、その星のひとつひとつが、じぶんたちの顔のように見えましたが、しかし、それらの七つの顔は、もうおびえたり、おそれたりしてはおりません。

みんな元気に、にこにこと、星のようにかがやいているのでした。

# 迷宮の扉

# 竜神館の人々

東京湾を東と西からだいていている房総《ぼうそう》、三浦《みうら》のふたつの半島。

この三浦半島のとっさきの、東京湾にめんしたところに観音崎《かんのんざき》の灯台があり、外海にめんしたでっぱなに、城《じょう》が島《しま》の灯台があって、ちかくをとおる船舶《せんぱく》の安全をまもっていることは、だれでもしっているとおりである。

ところが、この城が島の灯台からほどとおからぬところに、奇妙な建物がたっていて、げんぜんとして太平洋の荒波を、へいげいしていることをしっているひとは、あまりたくさんあるまい。

ふきんのひとはこの奇怪な建物のことを竜神館《りゅうじんかん》とよんでいる。


古くから三崎《みさき》に住むひとの話によると、竜神館がたてられたのは、いまから数年以前、すなわち昭和二十三年ごろのことだという。戦争中のこのへんいったいは、一種のようさい地帯として、立入り禁止区域になっていたのだが、戦後その禁がとかれたので、いちはやくこういう建物がたったのである。

うち見たところ、異国情緒《じょうちょ》――と、いうよりも、むしろいくらか南国情緒をおびた白亜《はくあ》の建物で、やかたの正面の壁にまるで船のへさきにあるような竜神の像が彫りつけてあるが、ふしぎなことにはこの竜神胴体はひとつしかないのに頭がふたつ、手が四本、足も四本もっている。この奇妙な竜神が、二本の手にたてをもち、あと二本の手に剣《つるぎ》をにぎって、これをたかくささげているのが、一種異様な印象として、とおりすがりのひとびとの目を見はらせた。

では、この竜神館には、いったいどのようなひとびとが住んでいるのか、まずそれからお話ししておこう。

やかたのあるじは東海林日奈児《しょうじひなこ》といって、これまたいっぷうかわった名まえのもちぬしである。

やかたのあるじというと、もうそうとうの年《とし》ごろのように思われるが、じっさいはそうではなく、東海林日奈児はことし、昭和三十三年げんざいで、やっと十四か十五の少年である。

したがって、竜神館がたてられて、日奈児少年がここへうつってきたのは、まだやっと四つか五つ。――四つか五つといえば、ものごころがついたかつかぬ年ごろである。

だから、日奈児少年はいったいじぶんがどこでうまれたのか、いったいどこからここへ引っこしてきたのかしらないのである。いやいや、それのみならず、かれはじぶんの両親が、どういうひとたちなのか、それすらもしっていない。

この日奈児少年については、ふきんでいろいろ妙な取沙汰《とりざた》があるようだ。

だいいち、かれはどこが悪いとか、とくべつからだが弱いようにもみえないのに、ふつうの少年のように学校へかよっていない。勉強はおなじ竜神館に住んでいる、家庭教師についてしているのである。

第二に妙なうわさというのは、この日奈児少年をはだかにすると、その左の腰のあたりに、大きな手術のあとがあるということである。これを発見したのは二三年まえ、日奈児少年がそうとう重い病気をしたとき、近所の町からやとわれてきた看護婦で、その看護婦の話によると、そこにもう一本ふとい足がはえていたのを、切りおとしたあとのように見えるというのである。なんと気味悪い話ではないか。

しかも、日奈児少年はじぶんがそういう大手術をしたことをおぼえていない。おぼえていないところをみると、日奈児少年がここへうつってくる以前、かれがまだもののわきまえもつかなかったじぶんのことにちがいない。

日奈児少年は、おなじやかたに住むひとたちによくその傷あとについてたずねるが、だれもそれにたいして、はっきりと答えてくれるひとはいない。しかも、しっていてかくしているのか、しらないからいえないのか、それも日奈児少年にはわからなかった。

それはさておき、この竜神館には、日奈児少年のほかにもう三人住んでいる。

いちばん年《とし》かさなのは降矢木《ふりやぎ》一馬《かずま》といって、もう六十ちかい老人である。しかし、老人といっても、けっしてよぼよぼとした感じのおじいさんではなく、身のたけ五尺《しゃく》八寸《すん》あまり、堂々とした体格で、頭はみじかくかっているが、はなの下にはごま塩ながらも、ふとい、たくましい八の字ひげをピーンとはやしている。

いつも竹のように姿勢をただし、歩くときにも鋭いひとみをきっと前方にすえたきり、けっしてわき見をしないところから、きっともとは軍人だったのだろうと、三崎のひとびとはうわさしている。

このひとが東海林日奈児少年の後見人《こうけんにん》らしく、日奈児少年の教育方針なども、いっさいこのひとの胸《むね》三寸《さんずん》できまるのである。

さて、もうひとりというのは、いうまでもなく日奈児少年の家庭教師である。この家庭教師は、小坂《こさか》早苗《さなえ》といって、まだ二十二三のわかい婦人である。

早苗がこの家へやってきたのは、昨年の四月のことである。すなわち、日奈児少年の初等科の教育が、去年の三月に終了して、中等科の教育にはいったので、まえの家庭教師と交代に、小坂早苗がこの竜神館へやとわれてきたのである。

まだわかい早苗は、はじめのうち、ここへやとわれてきたことを後悔していた。なにしろ人里《ひとざと》はなれたさびしい一軒家である。しかも女といってはじぶんひとり、なにかにつけて心細いことが多かったが、ほかにくらべて、報酬《ほうしゅう》がとてもよいので辛抱《しんぼう》しているうちに、早苗は日奈児少年にふかい愛情をおぼえるようになったのである。

そして、この孤独な、どこか神秘的なかんじのする少年のためならば、いつまでもこの竜神館にいてもよいとさえかんがえている。早苗は日奈児少年にたいして、姉のような愛情をもっているのだ。

さて、さいごのひとりというのは杢衛《もくえ》というじいやである。このじいやは、としからいって降矢木一馬とそうかわらないのに、もうすっかりよぼよぼしている。頭もつるつるはげで、腰もいくらかまがりかげんで、からだも小さい。杢衛じいやは降矢木一馬にむかっていつも、

「大佐殿」

と、呼んでいる。

一馬がどんなに注意してもその呼びかたを改めなかった。そして、まるで神様かなにかのように、一馬をあがめたてまつっているのである。

こういうところからみても、降矢木一馬はもと軍人で、階級は大佐だったのだろう。そして杢衛じいやは、降矢木大佐の従卒《じゅうそつ》かなにかだったのではあるまいか。

この杢衛じいやが台所のしごとから、竜神館のお掃除《そうじ》、すすぎ洗濯《せんたく》などいっさい、つまり女中のやるしごとをするのである。

以上の四人がこの不思議な竜神館の住人だったが、それではこれで人物紹介もおわったから、ここにいよいよ、この世にも奇怪な物語の、幕を切っておとすことにしよう。

## 誕生日の使者

それは昭和三十二年十月五日のたそがれのことである。

この日は第二十何号かの台風が、関東の南方沖合《おきあい》を通過するであろうと、気象庁から予報が出ていたが、この予報にあやまりはなく、昼すぎから吹きつのってきた風が、夕方ちかくになると、果然《かぜん》、猛烈な豪雨をともなってきた。

吹きすさぶ風のおたけび、横なぐりにたたきつける豪雨のしぶき、岸をかむ波浪《はろう》のうなりは、時々《じじ》刻々《こくこく》すさまじくなり、いよいよ三浦半島いったいが、暴風雨けんないにはいったことを思わせる。

まだそれほどの時刻ともおもわれないのに、空はすみを流したように真っ暗でまるで、家も木も人もふっとんでしまいそうな大暴風雨だったが、よくみれば、この猛烈なあらしのなかに、海燕《うみつばめ》のように風に吹かれてよろばい、よろめくようにして、丘のうえにある竜神館めざしてやってくる、一個の奇妙な人影があった。

そのひとはいまどきにはめずらしい二重《にじゅう》まわしをきている。合いトンビというやつである。そして、頭にはくちゃくちゃに形のくずれたおかま帽をかぶっている。ひどいあらしにともすれば、おかま帽がふっとびそうになるのを、必死となっておさえている。

二重まわしのふたつのそでが、ひきちぎれんばかりにひらひらおどって、まるで、こうもりが風にふっとびながら、舞っているようである。帽子も二重まわしもむろんもうずぶぬれで、二重まわしの下のセルのきものも、はいているセルのはかまも、むろん、ぐっしょり雨がしみとおっている。

まっこうから吹きつけてくる雨と風とたたかいながら、奇妙な男は坂をのぼって、やっと竜神館の門のまえまでたどりついた。さいわい、門のとびらがひらいていたので、男はなんのちゅうちょもなく、ころげるように玄関のひさしの下へかけこんだが、そのとき、どこかで猛烈に犬がほえだした。

ちょうどそのころ。——

相模湾《さがみ》と太平洋を一望のもとに見おろす、竜神館の二階の一室では、三人の男女がもくもくとしてテーブルについていた。三人の男女とはいうまでもなく、このやかたのあるじ東海林日奈児に後見人《こうけんにん》の降矢木一馬、それから家庭教師の小坂早苗である。

暴風雨のために停電になったとみえ、ほの暗いへやのあちこちには、百《ひゃく》めローソクがともっている。

しかし、そのローソクとはべつに、テーブルのうえに十四本の小さなローソクが立っているのは、そこにバースデイ・ケーキがおいてあるからである。つまり、きょうは日奈児少年の第十四回めの誕生日にあたっているのだが、それにしてもたいへんな誕生日になったものである。

テーブルのうえには、そのバースデイ・ケーキのほかにも、杢衛じいやが心をこめた、かずかずのごちそうがならんでいる。

だから、誕生日のお祝いをはじめようと思えば、いつでもはじめられる段取りになっているのだが、それにもかかわらず三人は、もくもくとして手をつかねている。そして、三人が三人とも、なにかを待ちかまえているように、戸外のけはいに耳をすましている。

とうとう早苗が、たまりかねたように口をひらいた。

「おじさま」

と、早苗はこう降矢木一馬のことを呼んでいるのである。

「誕生日のお使いというのは、毎年きまっていらっしゃるのですか」

「うむ、毎年きまってくる」

と、降矢木一馬はおもい口でこたえた。古めかしいが、それでも一馬はフロック・コートをつけ、ネクタイもちゃんとしめている。ふとい、いかめしいひげが、きょうはひとしおいかめしく、ぴんと鼻のしたではねあがっている。

「でも……」

と、早苗はなにか息苦しいものでもふっきるように、

「きょうのこのあらしでは、どうでございましょうか」

と、窓から外を見わたした。

ごうごうたる海鳴りの音、鳴りはためくガラス窓、おりおりぶきみな音をたてきしむ建物……。そのすさまじいあらしの騒音のために、話をするにもよほど大きな声を立てなければならなかった。

「いや、そんなことはない。どんなあらしでもやってくる。いつかはこれよりもっともっとひどい台風のなかでもやってきた」

「でも……去年はもっとはようございましたわね。たしかお昼すぎだったようにおぼえておりますけれど」

「それは、このあらしのために到着がおくれているのであろう」

「いったい、お使いはどこからおみえになりますの」

「それはいえない」

と、降矢木一馬はギロリとにらむような目で早苗を見る。

早苗はだんだんこの家が気にいっているのだけれど、一馬にああいう目つきで見られるときだけは、いつも身うちがすくむような気がするのである。

「でも、おじさま」

「うん」

「お使いはお使いとして、そろそろお祝いをおはじめになったらいかがでしょうか。日奈児さんもおなかがおすきになったでしょうし、それに、せっかくのじいやさんのたんせいのお料理が、さめてしまいます」

「ところが、早苗さん、そういうわけにはいかんのだよ」

「と、おっしゃいますと……?」

「毎年、誕生日の使いがやってきて、その使いのものが……つまり、その、なんじゃ、あるひとの名代《みょうだい》として、このバースデイ・ケーキにさいしょのナイフをいれんかぎりは、誕生日のお祝いをはじめるわけにいかんのじゃ」

「まあ」

「去年もそうであったろうがな」

と、一馬はまたギロリと早苗の顔をにらんだ。

そういえば、たしかに去年もそうであった。そして、あとから思えば、それはなんとなく気味のわるい情景だった。

去年きた誕生日の使者というのは、全身黒ずくめの洋服をきていた。そして、もくもくとしてやってくると、一馬になにやらカードのようなものを手わたした。それからテーブルにつくと、バースデイ・ケーキにナイフをいれた。すると、こんどは一馬のほうが、その黒ずくめの男にカードのようなものを手わたした。男はそれを受けとると、もくもくとしてかえっていった。

その間、ひとことも口をきかなかったので、早苗もあっけにとられてしまったのをおぼえている。しかし、そのときははじめてだったので、妙なことがあるものだと思っただけで、それほどふかくも気にとめなかったが、それが毎年の儀式らしいとわかって、早苗はいまさらのように、ぞくりと肩をふるわせた。

戸外で猛烈に犬がほえだしたのはちょうどそのときである。そして、それにつづいて、玄関のベルがけたたましく階下のホールで鳴りはためいた。

## 金田一耕助登場

「あっ来たな」

三人はいっせいにいすから腰をうかしかけたが、

「いや」

と、一馬はふたたび腰をおちつけ、

「ふたりともじっとしていなさい。いまに杢衛がつれてくるだろう」

その一言に日奈児少年と早苗ももとの席につく。

玄関のベルはしばらく鳴りつづき、犬の声はいよいよけたたましくなってくる。

「杢衛のやつ、なにをしているのかな」

まゆをしかめて一馬が舌打ちをしたときである。

やっとベルが鳴りやんだのは、杢衛が玄関へ出たのだろう。しかし、犬の声はまだなかなかやまなかった。

　三人は杢衛がひとを案内して、二階へあがってくるのを、いまかいまかと待っているが、どういうわけか杢衛はなかなかあがってこない。

　戸外はもうとっぷりと日が暮れて、まっ暗な海のうえには、大暴風雨がいよいよ勢いをましてくる。城が島の灯台の火が、そのあらしをついて明滅している。

　へやのなかはいよいよ暗く、はだかローソクがともすれば、窓からふきこむ風のために、吹き消されそうになったりする。

　早苗は思い出したようにつと立ちあがると、いちまいいちまい窓のよろい戸をしめ、それからカーテンをひいていった。これでへやのなかもいくらか落《おち》着《つ》いたかんじである。
「おじさん、どうしたんでしょう。杢衛じいや、いったいなにをしてるんだろう」
　正面のいすに腰をおろした日奈児少年がはじめて口をひらいた。髪を左わけにして、半ズボンながら、おとなのような背広《せびろ》をきて、ワイシャツにひもネクタイをしめているのがかわいい。色白の、いかにもりこうそうな少年だが、どこかひよわいかんじのするのが、降矢木一馬のかねてからの頭痛のたねだった。

「おじさま、あたしがいってみましょうか」

「ああ、そうだな、それじゃ……」

と、いいかけたとき、階段をのぼってくる足音がきこえてきた。

「大佐殿、お客人《きゃくじん》でございますよ」

と、まるで昔のさむらいが、お殿様《とのさま》にむかっていうような言葉つきである。

「お客様はわかっている。なぜここへ案内しないのだ」

「いえ、そのお客様ではございませぬ。しらぬおかたがあらしにあって難渋《なんじゅう》するゆえ、しばしの雨《あま》やどりをさせてほしいとおっしゃいまして……」

「しばしの雨やどり……?」

と、一馬はまゆをしかめると、

「いったい、どのようなごじんじゃな」

「どのようなごじんと申しまして……男のかたでございますが、二重《にじゅう》まわしもきものもはかまも、ズブぬれになっておられますよ」

このやかたにしらぬ客があるというのは珍しいので、

「おじさま、わたしがちょっといってまいりましょうか」

と、早苗が立ちあがろうとするのを、

「いや、あなたはじっとしているんだ」

と、おさえつけるようにいってから、一馬はしばらく考えているふうだったが
「よし、わしがいってみよう、日奈児、おまえはここに待っていなさい。わしが呼ばないかぎりおりてくるんじゃないよ。早苗さん」

「はい」

「あなたもここで、日奈児のおあいてをしていてください」

「はい、承知いたしました」

と、いったものの、早苗はなんとなく不平そうである。彼女はまえから降矢木一馬が、できるだけ日奈児をひとまえに、出さぬようにつとめているのが不服なのである。これではまるで温室そだちの植物のように、いよいよ少年らしい活気をうしなっていくばかりである。

しかし、彼女はだまってひかえていた。

降矢木一馬が玄関へおりていくと、さっきの奇妙

な男が土間《どま》に立っている。なるほど全身ズブぬれで、ポタポタと滝のようにしずくがたれている。

「やあ、どうもおさわがせして申しわけございません。うっかりバスに乗りおくれてしまったところへこの暴風雨で」

と、しろい歯を出してにこにこわらっている。小《こ》柄《がら》でひんそうな男だが、笑顔にどこか魅力がある。

一馬はうたがわしそうな目で、じろじろあいてのようすを見ながら、

「このあらしのなかをどこへ……」

「いや、どこへというあてはなく、三浦半島一周としゃれこんだまではよかったんですが、すこし気象庁の予報をあまく見すぎていたようです」

「お名まえは……？」

「金田《きんだ》一耕助《いちこうすけ》」

金田一耕助……？　どこかで聞いたような名まえだと小首をかしげながら、

「ともかくおあがりなさい。杢衛、ぞうきんをもってきてあげなさい」

「はい、そのぞうきんならここに……」

杢衛はすでにぞうきんを用意していた。


「杢衛、応接室のストーブをたいてあげなさい。あいにくこのあらしで、きょうはふろをたてるのを見合わしたのだが」

このひとは根《ね》が親切な老人なのである。応接室へなん本もローソクを立てると、杢衛をとくそくして、ストーブにじゃんじゃん石炭をたかせた。

「そのままではおかぜをひこう。杢衛、なにかかわいたきものはないか」

「いや、いや、ご主人、これで結構です。さいわい二重まわしをきていたので、きもののほうはそうまでぬれておりません。この火がなによりのごちそうですよ」

マントル・ピースのなかで石炭が、ごうごうたる音を立ててもえはじめる。金田一耕助がそのそばに立って手をかざしていると、やがて全身からもうもうと湯気《ゆげ》が立ちはじめた。

降矢木一馬は鋭い目で、そのうしろ姿を見まもりながら、

「お客人」

「はあ」

「あなた、いま、金田一耕助と名のられたが、ひょ

っとすると、あの有名な私立探偵の、金田一耕助先生ではないかな」

「いや、虚名《きょめい》がお耳にたっしているとすれば光栄のいたりです」

と、金田一耕助はすずめの巣のようなもじゃもじゃ頭をペコリとさげた。

一馬はあいかわらず、うたがわしそうな目つきで、金田一耕助の横顔を見まもりながら、

「あなた、なにか目的があってこの方面へこられたのかな。それとも、たんなる物見遊山《ものみゆさん》で……？」

「いや、それはもちろんたんなる物見遊山です」

「ほんとうかな」

「ほんとうですが、どうしてですか」

と、金田一耕助がにこにこと、一馬のほうをふりかえったときである。

とつぜんまた戸外にあたって、猛烈に犬がほえはじめたかと思うと、ズドンという銃声一発、つづいてバターンと玄関のドアのあく音がして、

「ううむ！」

と、いううめき声とともに、だれかが土間へ倒れこんできたようすである。

## 青い毛髪

「だれか！」

叫んだときには降矢木一馬、やにわに一本のローソクをつかんで、応接室からとびだしていた。

金田一耕助もどきっとした顔色で、これまた一本のローソクをもぎとると、一馬のあとにつづいて玄関へととび出していた。

さっき金田一耕助がはいってきたとき、ドアの掛金《かけがね》をかけわすれていたのだろう。バターンとひらいたドアの内側、土間のうえに男がうつぶせに倒れている。その背後の左の肺あたりから、どくどくと血が吹き出しているところをみると、背後からそ撃《げき》されたものらしい。

「このひと、玄関に立って片手でドアの取手《とって》をにぎり、片手でいままさに呼鈴《よびりん》をおそうとしたところを、背後からそ撃されたんですな」

「畜生《ちくしょう》ッ！」

降矢木一馬はローソクをにぎったまま、戸外のあらしのなかへととび出したが、表はもううるしのよ

うな暗やみである。いよいよ吹きつのってくる風の音、車軸《しゃじく》をながすような猛豪雨、波の音はいよいよたかく、くせ者のすがたはもうどこにもみえない。

一馬はしかし、くせ者がそこにいるかととび出したのではない。かれの目的はほかにあった。

さきほどから猛烈にほえつづけている犬舎《けんしゃ》のほうへ走っていくと、

「隼《はやぶさ》！　隼！」

と、犬の名を呼ぶ。

隼というのは子牛《こうし》ほどもあろうというシェパードである。

隼はいったんほえるのをやめて、暗がりのなかをがりがりと、床をかく音をさせていたが、一馬が犬舎のドアをひらいて、

「隼！　追え！　くせ者のあとを追え！」

と、叫ぶのも待たずに矢のように、あらしのなかをとんでいった。

一馬がもとの玄関へひきかえしてくると、土間に倒れた男を中心に、金田一耕助と杢衛がかがみこんでおり、その背後から日奈児少年と早苗が、手に手にローソクをもったまま、よりそうようにしてのぞきこんでいる。

「金田一先生、生命《いのち》は……？」

「即死ですな。もののみごとに左肺部をやられているようです。そうとうの近距離からそ撃したものですね」

その男、黒ずくめの洋服に外套《がいとう》をきていたらしいが、玄関さきに立ったとき、外套をぬいで左の腕にかけ、それから呼鈴をおそうとしたところをやられたらしい。外套はズブぬれになっているが、洋服のほうはそれほどぬれてはいなかった。

金田一耕助がそっとその男を抱き起《おこ》したとき、うえからのぞいていた早苗が叫んだ。

「あっ、このひと、誕生日のお使いのかたね」

「ご存じのかたなんですね」

金田一耕助がふりあおぐと、降矢木一馬はだまったままうなずいた。

「もう命はないのですから、死体はこのままにしておきましょう。とにかく、警官と……それから念のために医者を呼ばなければ……電話、あるんでしょう」

「はい、それではあたしがかけましょう」

「早苗さん！」

「はあ」

「いや、いや、いい。電話かけなさい」

金田一耕助はふしぎそうに降矢木一馬の顔を見まもっている。そのときの一馬のようすでは、なにかしら、ひとを呼ぶことを好まないふうだった。

人殺しがあったというのに、いったいどういうわけだろう。

「このひと、どういう関係のかたなんですか」

「どういうといって、べつに……」

「お名まえは……？」

「名まえといって、わしのかね。それともこの男のかね」

「いや、そこに殺されているかたですが……」

「ところが、それをわしはしらんのだよ」

「ご存じない？　でも、さっきのお嬢さんのお言葉では、誕生日のお使いのかたとかおっしゃったようですが……」

早苗め、よけいなことをしゃべりおったといわぬばかりに、降矢木一馬はまゆをしかめて、

「いや、それはそうだが、じっさい名まえはしらんのだ。ただバースデイ・ケーキを切りにくるだけの使い使いだから……」

「バースデイ・ケーキを切りにくるだけの使い……？」

金田一耕助はあきれたように目を見張ったが、あいてはそれ以上、口をひらこうとはしなかった。

金田一耕助は身をかがめて、ローソクの光でもういちど、殺された男の顔を見る。年令は四十五六だろう、中肉中背《ちゅうにくちゅうぜい》のどこにこれといってとくちょうのない顔つきで、まあ、いわばまじめなサラリーマンというかんじであった。

金田一耕助が上着のポケットをさぐって、紙幣入《しへい》れを取りだしたとき、電話をかけおわった早苗がかえってきた。

「おまわりさんもお医者さんも、いい返事ではございませんでしたが、それでもくることはくるでしょう」

頼りない返事である。

金田一耕助はそれを聞きながら、紙入れのなかをさぐっていたが、

「おや、妙なものがはいっている」

と、つぶやきながらとりだしたのは一枚のトランプである。それはダイヤのジャックだったが、それがまっぷたつに切断されているのである。

諸君もトランプをご存じだろうが、トランプの絵《え》札《ふだ》は、キングでも、クインでも、ジャックでも、おなじ顔かたちがさかさまに、ふたつえがかれているのだ。

いま、金田一耕助が発見したカードは、ふたつのジャックをひとつずつに切りはなした、その断片なのである。

それを見ると一馬と李衛が、すばやく目くばせをしていたようだが、そのときまた玄関のドアを外からがりがりひっかく音……

一同はおもわずぎょっと顔を見合わせた。

「あっ、隼がかえってきたのではないか。李衛、ドアをひらいてみろ！」

一馬の命令に李衛がドアをひらくと、はたして玄関のなかへころげこんできたのは隼だったが、むざんにも隼は数発のピストルをくらって虫の息である。

「あっ、隼！　畜生！　しっかりしろ！　隼」

だが、隼はここまでかえってくるのが、関《せき》の山《やま》だったのである。降矢木一馬の声をきくと、かすかにしっぽをふってみせたが、それきりがっくりと息がたえてしまった。

「かわいそうに……」

と、一馬は隼の背をなでていたが、

「おや！　なにかくわえている……」

と、隼の口からとりあげたのは、五六本の髪の毛である。それは数センチの長さの、あきらかに人間の髪の毛だったが、なんとそれは海のようにまっさおな色をしているのである。

ああ、世の中にコバルト色をした毛髪をもった人間が、存在するのであろうか。

しかも、一馬と李衛がすばやく目くばせしたところをみると、このふたりはコバルト色の髪の毛の由来をしっているらしい。

こうして、金田一耕助はあらしの一夜を不思議なやかたに雨やどりの宿をもとめたところから、世にも奇怪な事件のなかに首をつっこむことになったのである。

# 逃亡者

おおあれにあれた大暴風雨の一夜はあけた。台風一過《いっか》の秋晴れとはまさにきょうの天気のことである。

海面はまだ波がたかかったが、空は紺碧《こんぺき》にすみわたって、はるかかなたの水平線まで一点の雲もない。台風が去ると同時にやってきたおびただしい海鳥の群《むれ》が、波間にあそんでいるが、さながらきょうの秋の日ざしを、心からたのしんでいるようにみえる。西北の空をながめると、すでにまっしろに雪をいただいた富士の峰《みね》が、まるでクリスマス・ケーキでもおいたようにそびえているのがうつくしい。

さて、あの奇妙な竜神館へ、付近の町から警官や医者がやってきたのは、あらしもおさまり、夜もあけてからのことだった。

しかし、医者がきたとて、もはや手のほどこしようもなかったことは、まえにもいったとおりである。医者はまるで死亡診断書をかくためにやってきたようなものだが、その死亡診断書をかくにあたってはたと当惑した。それというのが被害者の姓名《せいめい》がわからないからである。

この事件の捜査主任は山口《やまぐち》という警部補だったが、それに関して山口捜査主任はすっかりにがりきっていた。

「あなたは被害者の名まえをしらぬとおっしゃるが、あちらにいる小坂早苗という婦人の話によると、去年もいちどここへきたことのある男だというじゃありませんか」

「ああ、去年もきた。一昨年もきた。一昨々年きたのもあの男だったろう」

「それでもあなたはあの男の姓名をしらぬとおっしゃるんですね」

「ああ、しらない人だよ。警部補君、おれはほんとうにしらないんだ」

降矢木一馬はかくべつあいてをばかにしているつもりではないかもしれない。しかし、これではばかにしていると感ちがいされてもしかたがないではないか。山口捜査主任がふんぜんとして、おもてに朱《しゅ》をそそいだのもむりはないと、金田一耕助はそばで聞いていて同情した。

金田一耕助はぬれたきものやはかまを暖炉《だんろ》でかわ

かし、そのうえ早苗がアイロンをかけてくれたし、それに、あけがたあらしがおさまってから、杢衛じいやがふろをたててくれたので、いまはさっぱりした気持《きもち》になっている。

その金田一耕助が、いま山口警部補と降矢木一馬とのあいだに、一問一答がおこなわれている、応接室の一すみに席をしめているのは、一馬の要請によるところである。

「ご主人、それはいったいどういう意味です。これが押売《おしう》りにきた男とかなんとかいうのなら話はべつだが、小坂君の話によると、この家の主人、日奈児少年の誕生日のお祝いにきた客だという。と、すればあなたの被後見人《ひこうけんにん》にとっては、そうとうふかい関係があると思わねばならん。それを後見者たるあなたが、名まえもしらぬというのはどういうわけです」

降矢木一馬はふといくびをひねりながら、額《ひたい》にふかいしわをきざんで、しばらくだまってかんがえていたが、

「いやね、警部補君、きみがふんがいするのもむりはない。うろんに思われてもやむをえない。しかし、しらぬものはやっぱりしらぬとよりこたえようがないじゃないか」

「なるほど」

と、山口捜査主任は怒気《どき》を満面におどらせながら、つめたくいいはなつと、

「それじゃ、べつの方面からききましょう。この男はいったいどこからきたんです」

「どこからとは……？　どの地区からという意味かな、たとえば東京とか大阪とか……？　もし、そういう意味のおたずねなら、やっぱりおこたえすることはできんね。しらんのだから」

「ご主人！」

「いや、いや、まあ、お待ち。ただし、だれがこの男を誕生祝いの使者としてよこしたか……と、そういうご質問ならおこたえすることができる」

「だれです。それは……？」

「日奈児の父だよ」

「名まえは……？」

「東海林竜太郎《りゅうたろう》」

「そして、その人物はどこに住んでいますか」

「それがわからない。たぶん東京だろうとは思うが

な」

　山口警部補はあきれたような顔をして、降矢木一馬をにらんでいる。金田一耕助も興味ふかげに、応接室の一すみから、一馬の顔色を見まもっていた。

「いや、失礼しました。ご主人」

　と、山口警部補はかるくせきをすると、いくらか言葉をやわらげて、

「なんだかふかいしさいがありそうですが、ひとつそれを打ち明けてくださいませんか。なにしろここに人間ひとり殺害されているんですからね」

「ああ、いや、それはわかっている。なんでもそちらからきいてくれたまえ。しってるかぎりのことはお話ししよう」

「じゃ、東海林竜太郎という人物ですがね。そのひとはなにをする人物ですか」

「もと軍人だったね。陸軍大尉が終戦当時の階級だった」

「あなたとの関係は……？」

「わたしの妹むこということになる」

「すると、日奈児という少年は……？」

「そう、東海林竜太郎と妹の昌子《まさこ》とのあいだにうまれた子どもだ」

「それで、あなたは妹むこのいどころをごぞんじないんですか」

「ああ、しらないんだ」

　山口警部補の目にまたうたがいの色がこくなってくる。

「しかし、それはおかしいじゃありませんか。たんに妹むこという関係ばかりではなく、げんざいそのひとの子どもをあずかりながら、いどころをしらぬというのは……？」

「だから、きみもいまいったじゃないか。なにかふかいしさいがありそうだと」

「そのしさいというのをいっていただけるでしょうねえ」

「ふむ、まあ、あるていどはね」

「あるていどでもけっこうです。どういうしさいがあるんです」

「それはこうだ。つまり東海林竜太郎というのは、故意にすがたをくらましているんだよ。だから、たとえ東京のどこかに潜伏《せんぷく》しているとしても、おそらく名まえはかえているだろうな」

「潜伏している理由は？」

「復讐《ふくしゅう》をおそれているんだよ。ある団体のね」

「ある団体とは？」

「それはいえない」

降矢木一馬はそこでぴったり口をつぐむと、あとはてこでもくちびるをひらきそうにない顔色を示した。

## 日奈児の秘密

山口警部補はいまいましそうに一馬の顔をにらんでいたが、やがてかるい舌打ちをすると、

「それではもっとべつの方面からおたずねしましょう。それならこたえていただけるでしょうね」

「ああ、なんでも。こたえられる範囲内でね」

山口警部補はまたかるい舌打ちをすると、

「あなたの妹さんの昌子さんというひとも、いまご主人の東海林竜太郎氏とごいっしょなんですか」

「いや、昌子は死んだよ」

「いつ？」

「日奈児がうまれた直後にね。いわゆる血がのぼるというやつだな」

「日奈児少年がうまれたのはいつ？」

「昭和十九年の十月五日、すなわち、きのうのことだ」

「うまれた場所は？」

「東京。昭和十九年十月のことだから、そろそろ空襲のはげしくなりはじめたころで、お産には危険なじぶんだったらしい」

「そのじぶん、ご主人の竜太郎氏は軍人だったとすると……」

「むろん、前線にいたよ。マレー方面へ進駐《しんちゅう》していたんだ」

「復員されたのは？」

「二十一年の春だったそうだ。わりにはやいほうだった」

「たしかこの家ができたのは、昭和二十三年だったときいていたんですが、これはどなたが建てたんですか。つまり、だれが金を出してこの家をお建てになったんですか」

「日奈児の父が建てたんだよ」

「すると、東海林竜太郎氏というひとは、そうとう

のお金持《かねもち》なんですね」

「そうだろうねえ。これだけの家を建てるくらいだから」

「職業軍人……大尉だったとおっしゃったが、もとからお金持だったんですか。それとも軍人になってから財産をおつくりになったんですか」

「警部補君」

と、降矢木一馬は皮肉な目で、山口捜査主任の顔をみながら、

「ざんねんながらそういう質問にはおこたえできかねるね。個人の経済的な問題だから」

「いや、失礼しました」

と、かるく頭をさげた警部補のおもてには、またさっと朱《しゅ》がはしった。

「いや、あやまるにはおよばんがね」

と、降矢木一馬はソファからながながと足をのばして、口にくわえたパイプをいじくりながら、

「じゃ、もうすこしくわしく話してあげよう。それでないときみも役目がらすまんだろうからね。つまり、これはこういう事件なんだ。東海林竜太郎は大きな財産をつくった。その財産をつくった手段についてはここではいえんが、それに関連している個人ならびに団体から恨《うら》みをかったんだな。つまりその団体から脅迫《きょうはく》をうけて、生命の危険をかんじはじめたんだ。そこでここにこういう家をたてて、日奈児をわしに託《たく》して、じぶんはすがたをくらましたんだ。それが昭和二十三年のことなんだがね」

降矢木一馬のはなしぶりは、山口捜査主任にかたるというよりは、そばできいている金田一耕助にむかってはなしかけているようである。

おそらく、金田一耕助の名声をしっている降矢木一馬は、かれにこの事件の性質をしっておいてもらいたかったのだろう。金田一耕助も、だから、そのつもりで話をきいているのである。

「ところがやっぱり親だから子どもはかわいい。まして やうまれたときに母をうしない、父の顔さえしらぬ子どもだからな。だから、たまにはあいにいきたいのだが、この家が敵にしられているとすると、うっかりちかよれないわけだ。そこで毎年日奈児の誕生日につかいをよこして、せめてむすこの安否《あんぴ》をたしかめようというわけだ。そういう意味のつかいだから、名まえも名のらず、こちらもまたきく必要

もなかった。日奈児がぶじに成長していることさえ見てもらって、それを竜太郎に報告してもらえばよいのだからね」

「あなたはその使者に竜太郎氏のいどころを、きこうともしなかったんですか」

と、山口警部補は半信半疑《はんしんはんぎ》の顔色である。

「いや、はじめのうちは聞いていた。しかし、かたく竜太郎に口どめされているとみえて、ぜったいにいわんのだな。なんでも竜太郎の旧部下だった男らしく、その後も竜太郎に絶対服従をしていたようだ」

「それでもあなたはいま、竜太郎氏のいどころを東京だと思うとおっしゃったが……」

「いや、それはここにいられる金田一先生もごぞんじだが、あの男……被害者の紙幣《しへい》入れのなかから東京からの往復切符がでてきたからな」

「竜太郎氏の年輩、人相骨格は……?」

「としは四十五、六だろう。終戦からもう十年以上もたっているんだから。身長は五尺《しゃく》七寸《すん》五分《ぶ》。さいごにあったときは二十貫《かん》くらいあったかな、柔道五段。顔はこれという特徴はないが、なかなかの好男子だよ。しかし……」

「しかし……?」

「おそらくいまは変装しているだろうな。以前はめがねもかけず、ひげもはやしていなかったが……」

「それで、竜太郎氏の系累《けいるい》は……?」

「さあて、それをかれはよく知らんのだ。このおれじしんが昭和十三年から、支那《シナ》大陸から南方へと、各地を転戦していて、昌子が竜太郎と結婚したのも、そのるす中のことだったからな。でも、たしか三人きょうだいの末っ子だとはきいている。だからうえに兄だか姉だかふたりあるわけだが、それ以上のくわしいことは知らんのだ」

山口警部補はしばらくだまって、降矢木一馬の顔色をうかがっている。しかし、この点にかんするかぎり、一馬の話はほんとうらしい。

「ところで、ご主人はこの事件をどうお考えですか」

「どう考えるとは……?」

「いや、竜太郎氏の使者がころされたとすると、だれか、つまり竜太郎氏に恨みをいだいている団体のものが、この家の存在に気がついたということになるんじゃありませんか」

「そうだ。それをおれは心配しているんだ。しかし、まさか罪もない日奈児に危害をくわえるようなことはあるまいが……」

そうとはいうものの降矢木一馬のおもてには、くらい憂色《ゆうしょく》がただよっていた。

「しかし、ご主人」

と、そのときはじめて金田一耕助がそばから口を出した。

「この事件の犯人はなんだって、あの使いをころしたんでしょう」

「と、おっしゃるのは……?」

「いや、使者をころすことによって、復讐団の団体が、この家の存在に気がついたということを、あなたがたに知らせるようなもんです。この事件はいずれ新聞に出るでしょう。そうしたら竜太郎氏もそれを読む。そうすると、いままで以上に竜太郎氏を用心させることになる。そういうことをするより、この使者のかえりをひそかに尾行するほうが、復讐団にとっては、より好結果をえられたはずですがねえ」

「なるほど」

と、金田一耕助のほうをふりかえった降矢木一馬の顔色には、ぎょっとしたような光がほとばしった。金田一耕助のいまの言葉がにわかに一馬の不安をかりたてたようである。

「これは金田一先生のおっしゃるとおりだが、しかし、それじゃなぜ犯人は罪もない使いの男をころしたとおっしゃるんですか」

「さあ、それはぼくにもまだわからない」

金田一耕助はれいのくせで、すずめのすのようなもじゃもじゃ頭をかきまわしながら、ぼんやり首を左右にふった。

しかし、山口警部補はそういうことにはたいして興味がないらしく、

「それじゃ、ご主人、さいごにもうひとつおたずねしたいことがあるんですが」

「さあさあ、どうぞ」

「隼という犬が犯人を追っかけたんですね」

「ああ、そう」

「そして、犯人と格闘し犯人のピストルを数発くらって、やっとここまでかえってきたというんです

ね」

「ああ、そう、それは金田一先生もごぞんじのとおりだが……」

「ところが、その隼がこういう髪の毛をくわえてかえってきたというんですが、ご主人はこれをどう思いますか」

と、山口警部補が銀色のケースをひらいて出してみせたのは、あのコバルト色をした数本の毛髪である。

降矢木一馬はしばらくだまっていたのちに、

「世のなかにはいろいろ妙なことがある。不思議なことも少なくない。コバルト色をした髪をもつ人間だっているかもしれない」

と、金田一耕助の目をさけながら、降矢木一馬はひくい声でつぶやいた。

山口警部補はさぐるようにその顔色をよみながら、

「それじゃ、コバルト色をした髪の毛をもつ人間を、追究すればいいんですね」

降矢木一馬はまたしばらくだまっていたのちに、

「しかし、髪の毛は染めることができるからな」

と、ポツンとひとこえつぶやいた。

そのとき金田一耕助はつよく感じずにはいられなかった。この事件の背後には、まだまだ大きな秘密が伏在《ふくざい》しているであろうことを。いったい、あのかれんな日奈児少年の身辺には、どのような怪奇な秘密がまつわりついているのであろうか。

## 一馬の不安

その夜、金田一耕助は降矢木一馬とともに応接室の暖炉《だんろ》のまえにすわっていた。

警官たちはひきあげて、竜神館はいつものとおり、さびしい、孤独のとばりにつつまれている。別室には名まえもわからぬ被害者の死体がよこたわっているが、それも明朝、付近の町で火葬にふされることに、警部補とのあいだに話がついた。隼の死体はきょうすでに庭のすみに埋葬《まいそう》されたのである。

夜の九時。

日奈児少年も家庭教師の小坂早苗もそれぞれじぶんのへやにひきさがって、いま応接室の暖炉をかこっているのは、金田一耕助と降矢木一馬のふたりきりである。

一馬は金田一耕助をおそれている。しかし、おそれると同時に耕助に、たのむところがあるらしいのである。それが証拠にもうひと晩とひきとめたのは、降矢木一馬のほうであった。

金田一耕助はストーブのなかでいきおいよくもえている、石炭《せきたん》の青いほのおを見つめながら、降矢木一馬のきりだすのを待っている。台風一過《いっか》、寒冷前線が南下したとやらで、その夜はストーブでもたかないとしのげないくらいの寒さであった。

「で……？」「で……？」

と、しばらく話がとぎれたのち、同時におなじ言葉をきりだしたふたりは、思わずわらった。

それからまたちょっとした沈黙ののち、降矢木一馬がとうとう思いきったように切りだした。

「金田一先生、さっきのあなたのお言葉は、ずいぶんわたしを不安におとしいれました。そこで思いあまって、だれにもうちあけてはならぬことをあなたにだけうちあけるのですが、あなたはきっと秘密をおまもりくださるでしょうねえ」

「はあ、それはもちろん。それがわたしの職務ですから……。しかし、ご主人、さっきのわたしの言葉というと？」

「犯人はなぜ使いのものをころしたかということ。……むしろ使者を生かしておいて、かえりを尾行したほうが、はるかに好結果をえられたのではないかということ……」

「はあ、なるほど」

「それに、先生にそうおっしゃられてわたしも気がついたのじゃが、復讐団《ふくしゅうだん》の一味ならば、なにもあの使者をころす必要はないのです。あれはたんに竜太郎の部下にすぎないんですから」

「あなたがあの男の名まえをごぞんじないとおっしゃったのは、ほんとうのことですか」

「ほんとうです。きょう警部補にいったことはぜんぶほんとうなんです。ただ、いえないことがあっただけです」

「ふむ、ふむ、それであなたがわたしの言葉によって不安をかんじたとおっしゃるのは？」

「いや、それより先生のお考えをきかしてください。犯人はなんのためにあの男をころしたか」

金田一耕助はしばらく石炭のほのおを見つめていたが、一馬に顔をむけ、

「降矢木さん、ぼくはまだこの事件の性質をよく知らないんです。当《あ》て推量《ずいりょう》の範囲を出ないんですが、それでもよかったら……」

「はあ、けっこうですとも」

「いや、ぼくの考えというのはこうです。さっきのあなたのお話をうかがっていると、復讐団の一味のものは、なにも誕生日の使者をころす必要がないように思われる。いや、生かしておいたほうが有利だと考えざるをえませんね。それにもかかわらずころしたというのは、犯人はあの使いの男に顔を見られたのではないか。しかも、犯人は使いのものが知っている人物じゃなかったか……」

　降矢木一馬はだまって石炭のほのおを見つめていたが、金田一耕助の言葉のさいごの一句をきいたときおもわず肩をすぼめてためいきをついた。

「それについてご主人はなにかお考えでも」

　降矢木一馬はまたほっとためいきをついた。それからうるんだような目をあげて、

「金田一先生、あなたはほんとうにこわいかたですね。わたしの不安もじつはそこにあるんです。それにねえ、先生」

「はあ」

「あなたのその推理からわたしはこういうことにも気がついたんです。復讐団の一味のものは、みんな青い、コバルト色の髪をもっているんです。いや、うまれつきそんな髪の毛をしているのではありませんが、あるいうにいえない悲惨《ひさん》な境遇におかれたがために、頭髪が変色したんです」

「悲惨な境遇というと……？」

「いや、それはいつかお話ししましょう」

　と、降矢木一馬はいまその点にふれたくないらしく、言葉をにごした。

「それにとにかく、かれらをそういう悲惨な境遇におとしいれたのは、竜太郎の責任であると、かれらは思いこんでるんですね。それはもちろん、いくらか竜太郎にも責任はありますが、すべては戦争がひきおこした罪悪なんです。だが、まあ、それはそれとして、さっきもわたしがいったように、髪というものは染めることができるはずです。それでなかったら、コバルト色の頭髪をもつ人間が、すでに話題にのぼっていなければならんはずですからな」

「と、おっしゃると……？」

「いや、それだから、きょうあの使者をころしたやつは、復讐団の一味ではなく、使者がしっている人物で、使者をころしてからその罪を、復讐団の一味のしわざと思いこませ、じぶんは涼《すず》しいかおをして、つぎにうつべき手をうかがっているんじゃないかと思うんです」

「つぎにうつべき手とおっしゃると……？」

「日奈児少年の命ですな」

## シャム兄弟

「降矢木さん、それじゃあなたは、だれかが日奈児少年の命をねらっている、とおっしゃるんですか」

「いや、まだはっきりそうしっているわけじゃない。しかし、そういう不心得《ふこころえ》なやつがあらわれても、しかたのない立場にあの子はおかれているんです」

「しかたのない立場とおっしゃいますと……」

降矢木一馬はパイプをつめかえながら、

「わたしはいま竜太郎がどこでなにをしているかしらない。しかし、あれは大金持《おおがねもち》なんです。おそらく、何億という資産をもっておりましょう。ですから、復讐団との話合《はなしあ》いがついて、はれて世間へ顔出しすることができるようになったら、日奈児は竜太郎の相続人なんです。つまり、竜太郎が死んだときには、ばく大《だい》な遺産を相続することができるんです」

「なるほど、なるほど」

「ところがここにひとり、日奈児にとっては有力な競争者がいるんです。つまり日奈児のきょうだいですな」

「あの少年にきょうだいがあるんですか」

これは金田一耕助にとっては意外であった。きょう昼間の一馬の話では、日奈児少年の母なる婦人は、日奈児少年がうまれた直後にみまかったという話だが、それではそのうえに兄か姉かがあったのだろうか。

「そうです。きょうだいがあるんです。しかもふたごの……」

「ふたご……？」

と、金田一耕助はおもわず目を見はって、

「それではあの少年はふたごのひとりとしてうまれたんですか」

「そうです。そうです。しかもシャム兄弟のひとりとして……」

「シャム兄弟のひとり……？」

金田一耕助はぼうぜんとして、一馬の顔を見つめたっきり、しばらくは口をきくことすらできなかった。

シャム兄弟というのを諸君はしっていられるだろうか。それはからだがついたふたごのことで、昔、シャムの国にそういうふたごのうまれたところから、俗にシャム兄弟とよばれるようになったのである。

「それで、そのきょうだいはいまどこにいるんです」

「いや、それをいまお話ししましょう」

と、降矢木一馬はひたいににじむ汗をぬぐいながら、

「昭和二十九年、わたしの妹で東海林竜太郎の妻となった昌子は、おっとのるす中、わたしの妻の降矢木五百子《いおこ》といっしょに住んでいました。竜太郎は昭和十八年まで参謀《さんぼう》本部に勤務していたのですが、十九年の五月ごろ南方へ転出を命じられたのです。そこでわたしのるす宅へうつってきて、妻と同居することになったんです。ところで、その年の十月五日に昌子はお産をしたんですが、うまれたのがいまもいったとおり、からだのついたふたごでした。昌子が血がのぼって死んだというのも、それにおどろいたからなんです」

「なるほど、なるほど」

「そこで、五百子がこのふたごの名づけ親になって、日奈児、月奈児《つきなこ》と命名したんです。五百子は当時から へんな神道《しんとう》のようなものにこっておりましたから、こんな妙な名まえをつけたんですね」

「ふむ、ふむ、それで……」

「それで、昌子が死んだものだから、五百子がこのからだのくっついたふたごを育てていたんです。幸か不幸かわれわれ夫婦のあいだには、子どもというものがなかったもんですから」

「はあ、はあ、そして……」

「ところが昭和二十一年に竜太郎がマレーから復員してきました。竜太郎は南方からちょっとした財産をもってかえりました。その財産がなんであるか、それはここでは申しあげかねますが……で、その財産の一部を資本としてヤミ商売かなんかに手を出して、昭和二十三年ごろには、かなり大きな財産をつ

くっていました。そこへわたしが南方から復員してきたんです」

「ふむ、ふむ、それで……」

「わたしは日奈児、月奈児のシャム兄弟をみてふびんに思いました。シャム兄弟もいろいろあります。胴体がつながっているばかりではなく、ふたりで内臓の一部、すなわち消化器などを共通にもっているばあいがある。そういうばあいはふたりで胃袋や腸をひとつしかもっていないのだから、そういうばあいは切りはなすわけにはいきません。ところで、日奈児と月奈児のばあいはそうではなく、あらゆる内臓はそれぞれ完全にもっていてただ筋肉と皮膚だけがふちゃくしていたのです。それでわたしがふたりを切りはなすことをすすめたんです」

降矢木一馬の奇怪な話はまだまだあとへつづくのである。

## 切りはなされた双生児

夜はもうかなりふけている。

いくらか風がでてきたのか、よいのうちにくらべると、波の音もだいぶんたかくなっている。おりおり沖をとおる船から、霧笛《むてき》の音がひびいてきた。夜がふかくなるとともに、霧がおりてきたらしい。

こういう奇怪な話をさらにするには、うってつけの晩である。

「それで……」

と、降矢木一馬が語りつごうとした時である。

「あっ、ちょっとご主人」

と、かるく一馬を制した金田一耕助は、暖炉《だんろ》のまえをはなれると、いきなり応接室のドアを開いたが、そこに立っている女の姿に目をとめると、

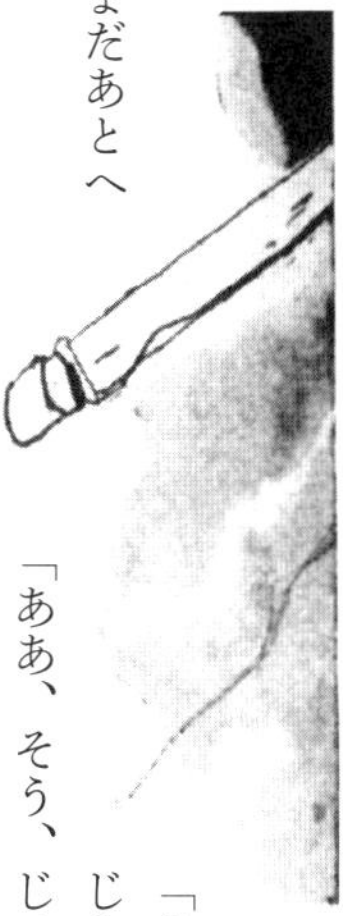

「ああ、小坂さん、なにかご用ですか」

「あら、いえ、あの、ちょっとおじさまに……」

「ああ、そう、じゃどうぞおはいりください」

早苗はなぜか顔をあかくして、どぎまぎとしたふうを、できるだけ取りつくろいながら、

「あの、おじさま、もう九時半でございますけれど、日奈児さま、おやすみになってもよろしゅうございましょうか」

「ああ、いいよ。早苗さん、あんたもおやすみ。戸締まりに気をつけてな」

「はい、それじゃおやすみなさいまし」

早苗はちらと上目《うわめ》づかいに、金田一耕助をにらむように見すえると、かるく、頭をさげて出ていった。

金田一耕助が用心ぶかくドアをしめて、もとの席へもどってくると、

「金田一さん、あの子、立ちぎきをしていたのだろうか」

と、降矢木一馬は声をひそめる。

「まさか、ただ偶然だったんでしょう。それよりご

主人、あとを聞かせてください」

「ああ、そう」

と、降矢木一馬はそれでもまだ不安そうに、ドアのおもてに目をそそいでいたが、やがて金田一耕助のほうをふりかえると、さっきよりだいぶん声をおとして話しだした。

「さっきは、日奈児と月奈児のシャム兄弟を、手術をして、切りはなすようにわたしがすすめたというところまでお話ししましたね」

「はあ、そこまでうかがいました」

「そこで、竜太郎も五百子もその気になり、医者に相談したところが、手術をするならはやいほうがいいというので、さっそく日奈児と月奈児を切りはなしたんです。昭和二十二年四月のことで、かぞえ年では四つですが、満《まん》でいえば二年と半年のときでした」

「なるほど、それで月奈児さんはいまどちらにいられるんですか。ここにはいらっしゃらないようですが……」

「いや、それをこれから聞いていただくんですが……」

降矢木一馬はまた不安そうにドアのほうへ目をそそぎ、あたりの気配をうかがうように、ちょっと話をとぎらせた。

話がとぎれると夜《よ》ふけの寂《さび》しさが身にしみる。海のほうからわびしい霧笛の音がひびき、暖炉のなかで石炭のもえくずれる音が、がさりと大きくへやじゅうにひびいた。

やがてまた降矢木一馬は口をひらくと、

「昭和二十二年はその調子で、わたしと妻の五百子の夫婦、それに日奈児と月奈児のふたごのきょうだい。竜太郎は家へかえったりかえらなかったりでしたが、それでも家族の一員として登録されておりました。そのうちにかれはだんだん資産をふとらせていったんですが、いっぽうその年の暮《くれ》ごろに、竜太郎をうらんでいる連中が、おいおい南方から復員してきたんです」

「ああ、そうすると、竜太郎氏をうらんでいる連中というのは、やはり軍人なんですね」

「いや、軍人じゃなく軍属《ぐんぞく》です。軍によって徴用《ちょうよう》されたひとびとですね。しかし、その話はまたこんどのことにしていただきたい」

「はっ、承知いたしました」

「それで、つまりそういう連中から脅迫《きょうはく》をうけはじめたんですね、竜太郎が。……それで身の危険をかんじた竜太郎は、姿をくらますことを考えはじめたんですが、それには日奈児と月奈児が問題です。ところがわたしと妻の五百子ですが……」

と、降矢木一馬はそこでちょっと顔をしかめると、

「昔っからあまり膚《はだ》のあわない夫婦でした。むろん、わたしにももろもろの欠点はあるが、五百子というのは妙に虚栄心《きょえいしん》のつよい、つめたい、権式《けんしき》ぶった女です。ことに戦後はへんな宗教にこったりして、鼻持ちのならぬ女になっていました。そこへもってきてわたしがすっかり戦争ボケで、なにもしないでブラブラしているもんだから、いっそう五百子の機嫌《きげん》を損じたんです。おなじうちに住みながら、いちにちじゅう口もきかないというような、状態がつづいていました」

一馬はそこまで語ると心苦しそうにからぜきをすると、

「竜太郎ももちろんそういう険悪《けんあく》な空気はしっていました。そこでかれは一計を案じたんですな。つまり家を二軒建て、わたしと五百子を別居させ、ふたりにひとりずつ子どもをあずけようというわけです」

「なるほど、そうすると月奈児さんはあなたの奥さん、五百子さんがあずかっているわけですね」

「そうです。そうです」

「それで、奥さんはいまどちらに……？」

「いや、それが……」

一馬はまた心苦しそうにまゆをしかめて、

「それがおたがいに居所《いどころ》はしらんことになっているんです」

「しらぬことになっているとおっしゃると……？」

「それはこうです。竜太郎は家を二軒たてた。しかし、どことどこに建てたかは、わたしもしらねば五百子もしらない。五百子は月奈児をつれて、竜太郎のさしずした家へうつり、わたしは日奈児をつれてここへ移ってきました。しかしわたしは五百子がどこへ移ったかしらなかったし、五百子もここをしらないはずです。二軒の家をしっているのは竜太郎と、竜太郎の使者として毎年やってきていた、ゆうべ殺された男だけでした」

なんとも妙な話である。夫婦が別居しているさえおかしいのに、おたがいにその居所さえしらないとは……。金田一耕助はあいての顔を見なおさずにはいられなかった。

「いや、それにはこういう意味があるんです」

と、一馬はギコチないからぜきをしながら、

「だいたいふたごというものは目につきやすい。だから復讐団《ふくしゅうだん》の手が、じぶんの子どもたちまでのびることを恐れた竜太郎は、世間の目から日奈児と月奈児をかくそうと思ったんですね。それにはべつべつにしておいたほうが世間の注意をひかずにすむ。まあ、そういう考えから、わたしと五百子にひとりずつ、自分の子どもをあずけたんですが、それではなぜわたしに五百子や月奈児のいどころをかくし、五百子にわたしや日奈児のいどころをかくしたか。……金田一先生の疑問もおそらくそこにあることと思うが……」

もちろんですといわんばかりに、金田一耕助はうなずいた。

降矢木一馬はそこでまた、ギコチないからぜきをすると、

「それにはわれわれ夫婦のあいだを理解してもらわねばならんが、われわれはもはや、膚のあわぬ夫婦というばかりでなく、おたがいに深讐綿々《しんしゅうめんめん》、憎みあい、のろいあう夫婦になっていたんです。わたしは五百子を憎んでいるし、五百子は五百子でわたし以上に、このわたしを憎んでいるんです。ですから竜太郎はそのわざわいがふたりの子どもに及びはしないかと、それを恐れていたようです」

降矢木一馬の物語は、いよいよもって怪奇味をおびてくるのである。

## 憎みあう夫婦

「そのわざわいがふたりの子どもに及びはしないかとおっしゃるのは……？」

金田一耕助はさぐるように相手の顔を見る。降矢木一馬はまぶしそうにその視線をさけながら、

「それはこうです。日奈児も月奈児もシャム兄弟でいるあいだ、すなわちわたしが前線からかえってくる以前には、ふたりとも五百子になついていたんです。ところがわたしが前線からもどってきて、わた

しの忠告でふたりが切りはなされてからというもの、どういうわけか日奈児だけがわたしになついてきたんです。日奈児には五百子よりもわたしのほうがよくなってきたんです。なつかれるとわたしもかわいい。それでしぜん、あまりなついてくれぬ月奈児よりも、わたしは日奈児を愛しました。そのこと……すなわち日奈児がじぶんよりもわたしになついたということが、五百子をおこらせました。つまり五百子の自尊心をきずつけたんですね。しぜん、五百子は日奈児をいじめるようになる。それがいよいよ日奈児をわたしに接近させると同時に、このわたしをおこらせました。そこでその返報《へんぽう》に、わたしはわたしで月奈児をいじめるようになる。こうして夫婦は完全に対立し、たがいにきゅう敵《てき》のように憎みあい、にらみあうようになったんです」

ひと息にそこまで語ると、降矢木一馬は額《ひたい》からしたたり落ちる汗をぬぐった。

それは暖炉《だんろ》の火がきつすぎたせいもあろうけれど、それ以上に、五百子にたいするはげしい怒りが、一馬の血をあつくするのである。

金田一耕助はあきれたように、相手の顔を見なおさずにはいられなかった。

降矢木一馬はこんどはがっきり、金田一耕助の視線をうけとめると、

「金田一先生、あなたはたしか独身でしたね」

「はあ」

「それでは夫婦というものをよくご存じないわけです。夫婦というものは憎みあいだすと際限がないものです。それはあかの他人よりももっともっと深刻なもんです。なぜならば、おたがいにこいつのために生涯を棒にふったという悔恨《かいこん》、怨恨《えんこん》がつねにつきまとうておりますからな。しかも、それは男よりも女のほうに、より大きな怨恨の情がのこるというのも当然でしょう」

なるほど、そういわれればそんなものかもしれないと、金田一耕助もうなずいた。

「つまり、竜太郎はそういう夫婦間のかっとうが、わが子にわざわいしないかということを恐れたんですね。じぶんが大きな財産をもっているだけに……」

金田一耕助はギクッとしたように、降矢木一馬の目を見かえした。その目はつよい光をおびて烈々《れつれつ》とかがやいている。

「つまりあなたのおっしゃるのは、あなたなり奥さんなりが、じぶんの愛している日奈児さんなり月奈児さんなりに、財産をひとりじめにさせたいがために、じゃまになる相手を殺しはしないかと……」

「ええ、そう」

と、一馬はつよくうなずいて、

「五百子はそういうことをやりかねまじき女です。あれはわたしを憎んでいるばかりではなく、日奈児そのものを憎んでいます。じぶんを捨てて、憎いわたしについた日奈児を……」

「しかし、ご主人あなたはどうです。あなたもやっぱり月奈児さんをどうかしようと……？」

降矢木一馬はあいかわらず、烈々たるかがやきをおびたひとみで、きっと金田一耕助をにらみすえながら、

「金田一先生、わたしにはそれほど乱暴な考えはないといえばうそになりましょう。むろんはじめからわたしにそういう考えがあったわけではない。しかし、相手が相手ならこちらもこちらという考えはまえからありました。だから、こちらが先手をうって月奈児をやってしまったほうが、日奈児の幸福になるとはっきりわかったら、わたしだって決行するにやぶさかではありませんな」

金田一耕助はゾーッと総毛立《そうけだ》つようなものを、かんじずにはいられなかった。

金田一耕助は五百子という婦人をまだしらない。しかし、彼女が一馬のいうような女であるとしたら、一馬も五百子ももはやふつうの人間ではない。子どもの愛に目がくらんだ……いや、いや、それ以前に意地のために気のくるった、狂暴《きょうぼう》な気ちがいとしか思えない。

「降矢木さん」

と、金田一耕助は沈んだ声で、

「あなたはたいへんにわたしを驚かせました。しかし、そういう打明《うちあ》け話をなすったあなたは、いったいわたしになにを期待していらっしゃるんですか」

「五百子のようすを偵察してきていただきたいんです」

一馬は言下《げんか》にキッパリこたえた。

「ああ、それじゃあなたは奥さんのいどころをご存じなんですね」

しかし、そのことは一馬のさきほどの口ぶりから、

金田一耕助にも察しられていたところである。一馬はつよくうなずいた。

「どういうふうにしてしられたんですか」

「それはこうです。日奈児と月奈児は誕生日がおなじです。だから、日奈児のほうへああして誕生日の使者がくる以上、月奈児のほうへもいっているにちがいないと思ったんです。では、うちへくる男とちがった男がいってるだろうか。……いや、いや、こういうだいじな秘密をいく人もの男にしらすはずがない。それに、誕生日の使者はひどく朝早くくるときと、日が暮れてからやってくるときと、ふたとおりあるんです。しかも、それが一年おきなんです。だから当然、おなじ男が二軒の家を往復しているにちがいないと気がつきました。去年は使者が朝早くくる番でした。そこでわたしが使者のあとをこっそり尾行したんです。わたしは五百子の居どころがわからんと、不安でたまらなかったものですから」

「それで、五百子さんの居どころ、すなわち月奈児さんの居どころをつきとめられたんですね」

　一馬はすごい目をしてうなずくと、

「そして、ことしは五百子がおなじこと……すなわち去年わたしがやったとおなじことをやったんじゃないか。しかし、わしは去年あの男に、尾行をかんづかれたとしても殺そうとまでは思わなかったろう。それだけにこわい。もし五百子のやつが誕生日の使者を尾行してきたものだとしたら……」

　一馬は熱い息をはき出すと、急に寒気《さむけ》をもよおしたように、ゾクリとからだをふるわせるのである。

　ああ、こうして金田一耕助は、竜神館に一夜の宿をもとめたところから、いろいろ奇怪な事件の渦中《かちゅう》に、まきこまれていくことになったのだ。

## 海神館の人々

東京湾を東と西からだいている房総、三浦のふたつの半島。

　この三浦半島のとっさきに観音崎の灯台があり、その附近《ふきん》に竜神館がたっていることは、この物語のはじめにいったがいっぽう房総半島のとっさきにも、洲崎《すざき》の灯台がたっている。そして、その洲崎の灯台の附近にも、竜神館とそっくりおなじ建物がたっており、附近のひとはこれを海神館《かいじんかん》とよんでいる。

うち見たところ、異国情緒《じょうちょ》――と、いうよりも、むしろいくらか南国情緒をおびた白亜《はくあ》の建物で、やかたの正面の壁にまるで船のへさきにあるような海神の像が彫りつけてあるが、この海神、胴体はひとつしかないのに、頭がふたつ、手が四本、足が四本ついているところも、竜神館とおなじである。

古くからこのあたりに住むひとの話によると、海神館がたてられたのは、いまから数年以前、昭和二十三年のことだというが、だれもおなじような建物が、海をへだてたむこう岸の、三浦半島のとったんにも建てられたことはしっていない。

さて、このやかたのあるじは東海林月奈児といって、まだやっと十四か十五の少年である。したがって、そこには月奈児の後見人《こうけんにん》がいっしょに住んでいるが、この後見人は降矢木五百子といって、もうそろそろ六十ちかい老婦人である。

五百子は身長五尺四寸《しゃくすん》くらい、したがって日本の婦人としてはずいぶん背の高いほうである。髪はもう半分くらい白くなっているが、からだはいたって頑健《がんけん》でやせぎすではあるが、なよ竹《たけ》のような強《きょう》じんさをおもわせる長身を、いつも黒っぽい洋装でつつんでいる。

附近のひとはいままで数年、この五百子というひとの、笑顔をついぞ見たことがない。べつに苦虫《にがむし》をつぶしたような顔というのではないが、性格のきびしさがそうさせるのか、いつもげんぜんたる表情を、かたくむすんでくずさない。

さて、海神館にはこのほかに、もうふたりの人物が住んでいる。

そのひとりは緒方一彦《おがたかずひこ》といって、月奈児の家庭教師である。月奈児少年も去年初等科の教育をおわり、中等教育へはいったので、それまでの家庭教師と交替に去年の四月から緒方一彦が、海神館に住みこむようになったのである。緒方一彦は二十七八、東大出身ということだが、いかにも秀才らしい好男子で、月奈児をこのうえもなく愛しているようだ。

さて、もうひとりというのは山本安江《やまもとやすえ》という四十くらいの中年の婦人で、このひとが炊事《すいじ》から洗《せん》たく、お掃除《そうじ》と、家事のいっさいをやっている。でっぷり肥《ふと》ったのんきそうな女だが、五百子にたいしては絶対服従で、少しぬけているのではないかと思われるくらい柔順である。安江がひとに語ったところによると五百子は昔、女学校の先生をしていたことがあり、安江はそのじぶんの教え子であるそうな。

さて、昭和三十二年十月八日、すなわち、対岸の竜神館であういう事件があってから三日めのことである。

この海神館へ降矢木五百子を訪問してきたひとりの人物があった。

安江から名刺をうけとると、

「金田一耕助……？」

と、五百子は小首をかしげながら、

「どういうひと……？」

「さあ、どういうひとって、きものにはかまをはいた貧相《ひんそう》な男で……」

「安江さん」

と、五百子はきびしい声でたしなめるように、

「お客様のことをそんなふうにいうものではありません。それよりどういうご用件かきいてみましたか」

「はあ、なんでも、先生のだんな様からのお使いだそうで」

「わたしのだんな様？」

「降矢木一馬様でございます」

「降矢木一馬……」

その名をきくと五百子はまるで、いすからはりでもとびだしたように、びくんと床のうえに立ちあがった。いっしゅんさっと憎悪《ぞうお》の色がきびしい顔をいっそうとげとげしいものにする。

五百子はしばらく、きっとくちびるをかみしめながら、へやのなかをあちこちと歩きまわっていたが、やがて心を決めたように、

「会ってみましょう。応接室へとおしておいてください」

と、きびしい口調で命令すると、またへやのなかを歩きはじめる。

「あの男はやっぱりここをしっていた。悪党めが……いったい、なにを企《たくら》んでいるのか……」

口のなかでつぶやきながら、おりのなかの猛獣のように、せわしなくへやのなかを歩きまわっている。その顔には血にうえたおおかみのようにものすさまじい憤《ふん》怒《ど》の色がうかんでいる。

応接室へとおされたとき、金田一耕助はそこもまた、竜神館の応接室と、すっかりおなじに設計され

ているのをみて、おもわず白い歯を見せて微笑した。

東海林竜太郎という人物は、ふたごの少年に、あくまで平等な権利と待遇を、あたえるつもりなのであろう。このぶんだと、家の間取りもほかのへやの設計もあくまで竜神館とおなじにちがいない。

金田一耕助はふと、卓上にひろげられている新聞に目をおとした。これは東京で発刊されている新聞で、しかも一昨日六日の夕刊であった。そして、そこには竜神館における奇怪な事件の記事がのっているのである。

金田一耕助はおもわずくちびるをほころばしたが、そのとき廊下のほうに足音がきこえてきたので、すばやくテーブルのそばをはなれると、窓のそばへよってなにげなく、戸外に見える海のうえへ目をやった。

「金田一耕助さんでいらっしゃいますね」

その声にくるりとふりかえった金田一耕助は、ひとめ五百子のすがたをみたとたんに、黒いかげろうのようなものを連想した。五百子の顔からはむろん、さっきのような兇暴《きょうぼう》な色は消えている。それでもなおかつ金田一耕助は、なにかしら五百子の姿に、いまいましいものをかんじずにはいられなかった。

「はっ、金田一耕助でございます。妙な時刻におうかがいして失礼ですが、汽車の時間の関係で、こういうことになってしまいました」

じじつ、それははじめての家を訪問するには、いささか時刻はずれの午後四時だった。

それにたいして、五百子はなんにもいわず、

「ともかくおかけください。立っていてはお話になりません」

「はあ、それでは失礼いたします」

金田一耕助がテーブルにむかって腰をおろすと、五百子は卓上にある新聞を見て、はっとしたように金田一耕助の顔色をうかがった。しかし、すぐさりげなくそれをたたんでかたわらにおしやると、金田一耕助の真正面《ましょうめん》に腰をおろして、

「まず第一におたずねいたしますが、あなたは一馬といったいどういう関係がおありなんでしょうか」

それが最初の、そしてさぐるような質問だった。

海神館炎上

「はあ、じつはわたし私立探偵を職業としておるのでございますが、たまたま去る五日の夜、竜神館に泊めていただいたところが、そこにひとつの事件が起《おこ》りまして……その事件というのをご存じでしょうか」

五百子はしってるともしらぬとも答えず、

「それで……？」

と、切《き》り口上《こうじょう》であとをうながす。

「はあ、それでむこうにああいう不吉な事件が起ったものですから、こちらにもなにか間違いがありはしないか、それをきいてほしいとおっしゃって……」

「一馬はしかし、どうしてここをしってるのでしょう」

「えっ？」

金田一耕助はわざとそらとぼけて、

「それはもちろんご夫婦ですから……」

しかし、金田一耕助のそういう技巧も、このするどい婦人のまえでは通用しなかった。

「いいえ、わかりました。あの悪党はまえからここをしっていたのですね。きっとあの誕生日の使者をつけてきたにちがいない。そして機会があったら月奈児をどうかしようと……」

ああ、やっぱりこの婦人も一馬とおなじことを考えているのだと思うと、金田一耕助は背筋《せすじ》をつらぬいて走る戦慄《せんりつ》を禁じえなかった。しかし、金田一耕助はわざとさりげなく、

「ああ、その月奈児さんですがね。お元気でいらっしゃるかどうか、それをたしかめてきてほしいとおっしゃって」

「月奈児は元気です。それより日奈児はどうですか」

「はあ、とってもお元気のようです。わたしもあんなにかわいい坊やは見たことがありません。それに小坂早苗さんというやさしい家庭教師がついて成績もなかなかおよろしいそうで、降矢木さんも大自慢でいらっしゃいました」

さすがにするどい五百子もそこは女である。まんまと金田一耕助の手にのったとみえ話なかばから頰《ほ》っぺたがひくひくけいれんしていたが、やがてたま

りかねたように卓上のベルをたおした。

「ああ、安部《あべ》さん、ここへ月奈児をよんできてください。ああ、それから緒方先生にもどうぞ」

それから金田一耕助のほうをふりかえると、

「それではうちの月奈児にも会ってください。わたしは月奈児を日奈児のようにひ弱くはそだてませんでした」

「ああ、そうすると奥さんは日奈児さんにお会いになったことがおありなんですね」

さりげない金田一耕助の質問に、五百子ははっとしたように、心中の動揺を顔にあらわした。そして、いまにもつかみかかりそうなものすさまじい目で、金田一耕助をにらんでいたが、耕助はすました顔で、

「ああ、いらしたようですね」

と、ドアのほうをふりかえった。

家庭教師の緒方一彦に手をひかれて、おずおずとそこへはいってきた月奈児は、日奈児とそっくりうりふたつである。五百子はさっき月奈児を、日奈児のようにひ弱くそだてなかったといったが、しかし、かくべつ頑健そうにもみえなかった。色白の、きゃしゃな美少年である。

「緒方先生」

と、五百子は金田一耕助を紹介もせず、

「月奈児の成績はどうでしょうか」

と、きびしい口調である。

緒方一彦はちょっととまどいしたように、ふたりの顔を見くらべていたが、

「はあ、とても優秀ですよ。ふつうの中学へはいれば当然、トップです」

「泳ぎはどのくらいできますかしら」

「千メートルはゆうに続泳《ぞくえい》できますよ。来年は三千メートルくらい平泳《ひらおよぎ》をやられるでしょう」

「ランニングは……」

「このあいだ百メートルをぼくと競争したんですが、ぼく、負けましてね。それでいて、ぼく学生時代ランニングの選手だったんですからね」

金田一耕助は不思議そうな目をして、緒方青年の顔を見ていた。なかなかの好男子でもあり、いかにも秀才らしい印象だのに、どうしてこんなに、けいはくな口調でものがいえるのだろう。

「ありがとう、緒方さん。それでは金田一さん、いまお聞きおよびのとおりですから、なにとぞそのと

おり報告してください」

これで面会はおわったとばかりに、五百子はいすから立ちあがる。

これでは金田一耕助もとりつくしまがない。かれはもっといろいろなことを、この婦人から聞きだすつもりであった。しかし、五百子は鋼鉄のようなつめたい意志の持主《もちぬし》である。さすがの金田一耕助もこの女には歯が立たなかった。

その晩、付近のうすぎたない宿に泊《とま》った金田一耕助は、思わず苦笑せずにはいられなかった。あわよくばかれは海神館へ一泊するつもりであった。そのためにわざと訪問の時刻をおくらせ、いやでもお泊りなさいといわざるをえないようにしむけるつもりであった。しかし、どうやらむこうのほうが役者が一枚うわてであったようだと、じぶんでじぶんをあざけった。

こうなったらしかたがない。五日の日五百子が洲崎をはなれてどこかへいったか、夜があけたらそれを調べてみようと考えながら、金田一耕助はうすぎたない寝床《ねどこ》のなかへもぐりこんだが、まよなかごろ、けたたましい半鐘《はんしょう》の音にふと目をさました。

はっとして枕《まくら》から頭をあげると、道を走っていくひとの、

「海神館だ、海神館だ！」

と、くちぐちにわめく声がきこえたので、ぎょっとして雨戸を一枚めくってみると、いまや海神館は一団のほのおと化している。金田一耕助はそれを見ると大いそぎで身支度《みじたく》をととのえはじめた。

それから、数分ののち、もえさかる海神館へかけつけると、パジャマ一枚の緒方一彦が、おなじくパジャマすがたの月奈児をだいて、もえさかる海神館をぼうぜんとしてながめているすがたが目についた。そばにはこれまたパジャマのうえに、オーバーをはおった五百子が、ギラギラと血走った目で、もえさかるほのおを見つめていた。

さいわい、月奈児にけがはなかったけれど、こうして海神館はやけおちた。竜神館でああいう事件があった直後に、海神館が消失したというのは偶然だろうか。そこには何者かの邪悪な意志がうごいているのではあるまいか——。

金田一耕助はそれをかんがえると、おもわず体内の戦慄を禁ずることができなかった……。

## 等々力警部

金田一耕助はいま、すっかりとほうにくれている。それというのがこうである。

海神館が焼失したその翌々日、その報をもたらして竜神館を訪問すると、これはしたり、竜神館はもぬけのからになっているのである。

付近のひとにきいてみると、きのうの昼過ぎどこからか三台のトラックがやってきて、家財道具いっさい運びだしたというのである。しかも、元来が近所づきあいのない家庭だったから、どこへもあいさつはしておらず、いったいどこへ引っ越していったのか、かいもく見当《けんとう》もつかなかった。

金田一耕助もこれにはおどろいてしまった。いや、おどろくというよりとほうにくれた。

耕助は降矢木一馬から多額の報酬《ほうしゅう》をもらっているのである。その額はたった一回海神館を訪問したくらいでは、とてもうまらないていどの多額なものである。しかも、かれはこのあいだの殺人事件について、いまのところなんの結論もだしていない。

むしろ、これからいよいよというやさきになって、依頼人がいなくなってしまっては、報酬のもらいっぱなしということになり、これではいささか気もちがわるい。

そこで金田一耕助は思いついて、警察へ訪ねていった。

警察でもこの事件の捜査主任、山口警部補が大憤《ふん》慨《がい》のさいちゅうだった。

「あっ、これはこれは金田一先生」

と、警部補の態度がこのあいだとすっかり変わっているのは、おそらくあとで金田一耕助のことをだれかにきいたのであろう。

「先生もなにかあの事件について……？」

「いや、そういうわけでもないんですが、ちょっと降矢木氏にたのまれていたことがあったもんですから……」

「たのまれていたこととおっしゃると、やはりこんどの事件のことで……？」

「いや、事件にはかくべつ関係はないんです。降矢木氏個人の問題なんですがね」

「個人の問題とおっしゃると、どういうこと……？」

山口警部補はしつこく追究してきたが、それは徳《とく》義《ぎ》上、口外すべきことではなかった。

山口警部補はまたこんどの事件について、金田一耕助の意見をただしたが、これまた耕助にもまだこれという意見はなかった。

山口警部補は大いに失望したようだが、金田一耕助もそれに劣らず失望した。けっきょく警察でも降矢木一家が、どこへ引っ越したかしっていないということを、たしかめたにすぎなかった。

そこで、ゆくえがわかったらしらせてくれるようにたのんだかわりに、こんどの事件について、なにかわかったらおしらせしようと約束して、その日は三浦半島からひきあげた。

ところが、そのつぎの日、金田一耕助がさらにおどろいたのは、房総半島の洲崎へ出向いてみて、海神館の住人が、これまたどこかへすがたをくらましてしまったのを発見したことである。

海神館の住人たちは、やかたが消失するといったん土地の宿屋に身をよせていたが、一昨日……と、いうことは、竜神館のひとたちが三浦半島を立ちのいた日である……これまたいずこともなく引き払っていって、だれもそのゆくえをしらないというのである。

こうして竜神館と海神館の住人が、同時にゆくえをくらましたのは、あきらかに竜太郎の指令によるものであろう。しかし、その竜太郎がどこにいるのかわからないのだから、金田一耕助も手のくだしようがない。

ちょっと思案《しあん》にあまった金田一耕助は、思いたって警視庁の捜査一課の第五調査室へ、等々力《とどろき》警部をたずねていった。

等々力警部と金田一耕助の関係は、ちょうど共棲《きょうせい》動物のようなものである。警部はしばしば金田一耕助のアドバイス（助言）によって事件を解決し、金田一耕助は金田一耕助で、等々力警部をとおして、警視庁という有力な犯罪捜査機関を利用しているのである。

「いやあ、金田一さん、しばらく。あなた伊豆方面をご旅行なすったんですって？」

「あっはっは、これはおどろきました。地獄耳《じごくみみ》とは、警部さん、あなたのことですね」

「ああ、じゃの道はへびといいましてね。あっはっは。いや、それはそれとして金田一さん、まるであなたのいらっしゃるところ、いたるところに犯罪ありというかっこうじゃありませんか」

「いやなことをいわないでくださいよ、警部さん。いや、じつはそのことについてお尋《たず》ねにあがったんですが、あなた東海林竜太郎という人物をごぞんじじゃありませんか」

「ああ、それなんですがね」

と、等々力警部はきゅうにまじめな顔になると、

「じつは三崎のほうから照会があったので、こちらのほうでもいちおう調査しておいたのですが、こいつ相当大物ですね」

「大物というと……？」

「いや、じつはこうなんです。これはむしろ捜査一課の問題じゃなく、二課関係のしごとなんですがね」

捜査一課というのは殺人や強盗などをたんとうする係だが、それに反して、二課というのは、主として経済的な犯罪、脱税とか密輸とか、そういう方面をあつかう係である。

「それで、三崎のほうから照会があったので、二課

のほうへききあわせてみたんですが、だいたいこういう人物なんです」

と、等々力警部がメモをくりながら、語りだした話というのはこうである。

## 日月商会

昭和二十一年ごろマレーから復員してきた竜太郎は、はじめのうちヤミ商売みたいなことをやっていたらしい。それから時計や薬品の密輸なんかにも、関係していたようであると等々力警部はつけ加えた。

しかし、戦後のインフレもおさまり、世のなかもしだいに落ちついてくると、不正事業から絶縁し、いまでは日月商会という貿易商をやっているというのである。

「しかし……」

と、金田一耕助はふしぎそうに、

「その東海林竜太郎というのは、いまゆくえをくらましているというじゃありませんか」

「そうです、そうです。昭和二十三年以来、地下へもぐっちまったんです」

「それじゃ、その日月商会というのはだれがやってるんです」

「陸士《りくし》時代以来の親友で、立花勝哉《たちばなかつや》という人物が代行しているんですね。しかし、いっさいのさしずは、地下へもぐっている東海林竜太郎から出ているらしいということです」

「警部さんは東海林竜太郎が地下へもぐっている理由をごぞんじですか」

「いや、これはこんど三崎からきた報告によってしったんです。それですから、その点に関するかぎり、あなたのほうがくわしいんじゃないかと思うんだよ……」

と、等々力警部はさぐるような目で、金田一耕助をみつめている。

しかし、それにたいして金田一耕助はわざとしらん顔をしていた。たとえ等々力警部から正式に質問が切りだされたとしても、金田一耕助にはこたえることができなかったであろう。それは依頼人の秘密であり、それを守ることが金田一耕助のような職業のものにとっては、なによりたいせつなことなのだから。等々力警部もそれをしっているから、あえてしつこく聞こうとはしなかった。

「それで、いま日月商会というのを代行している、立花勝哉というのはどういう人物なんですか」

「いや、どういう人物かとおっしゃっても、わたしはまだ会ったことはありませんが、新井君《あらい》、新井刑事の話じゃ相当の人物らしいんですね」

「新井さんは、じゃ、立花という人物に会ったんですね」

「それはもちろん。三崎から照会があったので、日月商会へいってみたんです。三崎の警察から被害者の写真を送ってきたので、それをもって訪ねたんですね」

「それで、被害者の身もとはわかりましたか」

「わかりました。郷田啓三《ごうだけいぞう》という男で東海林竜太郎の旧部下です。まるで犬のように忠実に東海林につかえていた男だそうです」

「それで立花という人物は、東海林竜太郎のいどころをいわないんですか」

「それなんです」

と、等々力警部は身をのりだして、

「新井君が手をかえ品をかえ、いかに尋《たず》ねてもがんとしていわなかったそうです。そういう意味ではひと筋《すじ》なわではいかん男らしい」

金田一耕助はそれから二、三、立花勝哉や竜太郎のことを尋ねてみたが、等々力警部もそれ以上、詳しいことはしっていなかった。

「それより、金田一さん、三崎のほうからの報告によると、犯人は青い、コバルト色をした髪の毛のもちぬしだというんですが、あなたもその髪の毛をごらんになりましたか」

金田一耕助がうなずくのをみると、

「しかし、金田一さん、コバルト色の髪の毛なんて、はたしてそんなものがこの世に存在するんでしょうか。金髪だとか、とび色の毛というのはきいたことがあるが……」

「それがあるんですね。しかし、それはうまれつきのものではなく、後天的にそうなったらしい……」

「後天的にとおっしゃると……?」

「いや、それ以上のことは僕もしりません。しかし、警部さん、僕にはなんだかこの事件が気になるんですよ。事件は三崎で起《おこ》った郷田啓三……と、いうんですか。その郷田殺しにとどまらず、こんご恐ろしい事件があいついで起るんじゃないかと、そんな気が強くしてならないんです」

　金田一耕助は気になるように、頭を二三度左右にふったが、さて、その金田一耕助にも、いったいどのようなことが起るのか、予測することはできなかった。

　しかし、いずれにしても東海林竜太郎の代行者がわかったのはしあわせだった。あしたにでも日月商会へ訪ねていって、こととしだいによっては、降矢木一馬からあずかった金を返してしまおうと、そんなことを考えながら、じぶんの住んでいるアパートへかえってくると、まるでかれのかえりを待ちかまえていたかのように電話がかかった。

　なにげなく受話器をとりあげると、

「ああ、もしもし、金田一先生……金田一耕助先生でいらっしゃいますか。こちら日月商会の専務で、立花勝哉というものですが……」

　金田一耕助はおもわずギクリと目をとがらせた。

## 双玉荘

　その翌日、中央線吉祥寺《きちじょうじ》で電車をおりた金田一耕助は、立花勝哉からおしえられた道をたどって、最近たったばかりと思われる双玉荘《そうぎょくそう》の門をくぐったが、そのとたん、おもわず大きく目をみ張《は》った。

　この双玉荘というのは、全部洋風建築なのだが、中央は平家《ひらや》のバンガローふうの建物なのに、その両翼に二階建てがつながっているのである。したがってかんじんのおも屋はまるで、両翼に建っている二階建ての洋館のために、おしつぶされそうなかっこうにみえた。

　しかし、金田一耕助がおもわず大きく目をみ張ったというのは、そういうふうがわりな建築様式のせいではない。かれが門をはいっていくと、その足音に気がついたのか、両翼の二階の窓から、いっせいに四人の人物が顔を出したからである。

　むかって右の建物から顔を出したのは、降矢木一馬と日奈児少年だった。いや、日奈児か月奈児か、金田一耕助にはみわけのつけようもないのであるが、降矢木一馬といっしょにいるところをみると、日奈児少年にちがいない。

さて、むかって左がわの建物から顔を出したのは、いうまでもなく五百子夫人と月奈児少年である。

金田一耕助は立ちどまって、あらためて左右両翼の建物を見くらべた。それが、なにからなにまで、そっくりおなじに造られていることに気がつくと、おもわずくちびるのはしに微笑がのぼってくるのを禁ずることができなかった。東海林竜太郎という人物は、よほど公平ということを気にするらしい。

しかし、それはそれとして、左右両翼の建物が、日奈児と月奈児のために建てられたものだとしたら、中央のおも屋は当然、竜太郎自身のものでなければならぬ。金田一耕助はおもわず緊張を感じずにはいられなかった。

左右両翼の二階からのぞいているひとびとのうち、降矢木一馬はなつかしそうにわらったが、五百子はにこりともしなかった。むしろ、憎々しそうに金田一耕助の顔をにらむと、月奈児をうながして窓の中へ姿を消した。

そのあとへかわって顔を出したのは、家庭教師の緒方一彦である。

金田一耕助は緒方一彦にえしゃくをかえすと、降矢木一馬と日奈児少年に手をふりながらまっすぐにおも屋のほうへ進んでいった。

気がつくと門をはいったところから、正面のおも屋と、左右両翼の建物と、三方へむかって舗装《ほそう》道路が放射状についているのである。

おも屋の玄関に立ってベルをおすと、四十前後の男がなかからドアをひらいた。執事《しつじ》とでもいうのであろう、洋服を身だしなみよく着ているが、感じが三崎の竜神館で殺された郷田啓三という男に似ているところをみるとこれまた竜太郎の旧部下なのかもしれぬ。

金田一耕助が名まえをつげると、

「はあ、さきほどからお待ちかねでございます。さあ、どうぞこちらへ……」

と、案内されたのは豪勢な応接間である。

「少々お待ちください。ご主人さまがすぐお見えになりますから……」

と、案内の男はひきさがったが、待つほどなくはいってきたのは、年は四十五六だろうが、もうすでにだいぶん額《ひたい》がはげあがって、ゆったりと肥満した紳士である。身長は五尺《しゃく》四寸《すん》ちょっとというところか。金田一耕助は淡《あわ》い失望を味わわずにはいられなかった。

案内の者がご主人さまといったので、ひょっとすると東海林竜太郎に会えるのではないかと思っていたが、この人は東海林竜太郎ではない。降矢木一馬の話では、竜太郎は身長五尺七寸五分《ぶ》という偉丈夫《いじょうぶ》だということだ。

「お待たせいたしました。わたし、きのうお電話申し上げた立花勝哉でございます」

さすがに軍人あがりだけあって、ものごしはテキパキしているが、ことばはいたってていちょうである。

「はあ、いや、私こそ失礼いたしました。それで、この私にご用とおっしゃるのは……?」

「はあ、いや、それでございますがね」

と、ちょっと沈んだ目の色になり、

「そのお話を申し上げるまえに、いちど先生に会っていただきたい人物がございまして……恐れいりますが、ちょっとこちらへきてくださいませんか」

と、自ら先に立ってドアから出ていく。

金田一耕助はちょっと無気味なものを感じたが、いまさら断るわけにもいかなかった。

しかたなしにあとからついていったが、こうして中へはいっていくと、ずいぶん広い建物だと思わずにはいられなかった。

やがて、いちばんおくまったへやのまえまでくると、立花がしずかにノックして、

「私だ。立花だ。金田一先生をおつれしたんだが……」

すると、なかからドアをひらいたのは、花のようにうつくしい看護婦である。

「どう、病人は……?」

「はあ、よくおやすみでございます」

「ああ、そう、それでは金田一先生にちょっと会っていただきたいのだが……」

金田一耕助が立花のあとについてはいっていくと、豪《ごう》しゃなベッドの上に男がひとり、こんこんとして眠っているが、その顔を一目見たとたん金田一耕助は身うちが寒くなるようなものをおぼえた。

頰《ほお》はこけ、目は落ちくぼみ、ぼしゃぼしゃと無精《ぶしょう》

ひげの生えた顔は土色をしており、そこには明らかに死相があらわれている。

「ど、どなた……？」

「東海林竜太郎……日奈児、月奈児兄弟のおやじなんです。」

金田一耕助はおもわず息をのんで、

「ど、どこかお悪いので……？」

「ガンです。喉頭《こうとう》ガン……もう半月《はんつき》はもつまいと医者から宣告されております」

むろん、病人にきこえないようなひくい声だったが、金田一耕助は爆発でもしたような大きなショックを感じずにはいられなかった。

さっき左右両翼の二階の窓からのぞいていた、憎みあう一馬と五百子の顔を思いだしたからである。

## 病人のへや

「で……？」

と、金田一耕助は悲惨《ひさん》な病人の顔から目をそらすと、おしころしたような声でつぶやいて、かたわらに立っている立花勝哉をふりかえった。

なぜじぶんをこのような、ひん死の病人の枕《まくら》もとへ案内したのか、その意味がよくのみこめなかったからである。

「いや、少々お待ちください。いまこの病人の肉親のものがまいりますから。加納《かのう》さん」

「はい」

と、病人の看護にあたっていた、花のようにうつくしい看護婦がつつましやかに返事をする。

「病人の肉親のひとたちをここへ呼んでください」

「はあ、あの……ごいっしょにおつれしてもよろしいでしょうか」

「そうだねえ。やっぱりべつべつにしたほうがいいだろう。まず東翼《とうよく》のひとたちを……」

「はい、承知しました」

と、看護婦がつつましやかに出ていこうとするのを、

「ああ、ちょっと……」

と、立花勝哉が呼びとめて、

「金田一先生、紹介しておきましょう。こちら加納美奈子《みなこ》さんといって、病人にたいしてながらく、献身的な愛情をもって看護にあたってくれた婦人です。

加納さん、こちらが有名な私立探偵の金田一耕助先生」

「はあ、はじめまして。今後ともなにぶんよろしく」

うつくしい看護婦にていねいにあいさつをされて、金田一耕助はめんくらった。

「いや、いや、ぼ、ぼくこそよろしく」

「加納さん、それでは東翼のご連中をどうぞ」

「はい、すぐ、そう申してまいります」

へやを出ていく美奈子のうしろ姿を見送って、金田一耕助はいよいよ不思議そうに小首をかしげた。ひん死の病人のへやへ案内するのさえ不思議なのに、たかが看護婦にたいして、あのていねいな紹介はどういう意味だろう。しかし、立花勝哉はいっこうおかまいなしの表情で声こそ低かったが、ことばつきはてきぱきしていた。

「さあ、どうぞそこへお掛けなすって」

と豪しゃなアームチェアーを指さすと、みずからまず腰をおろして、ポケットから、

「一本、いかがです」

と、外国たばこの箱を取りだした。

「かまいませんか。病人にたいして」

「なに、だいじょうぶです。呼吸器病患者ではありませんから」

それにしても喉頭ガンといえば、一種の呼吸器病もおなじことだがと思いながら、しかし、あいてがあまり無造作《むぞうさ》な態度なので、金田一耕助もついつりこまれて、箱のなかから一本ぬきとった。

「金田一先生は、日奈児にも月奈児にもお会いになったそうですね」

「はあ、偶然のことから……」

「じつはそのことについて、いずれ重大なお願いをしなければなるまいと思ってるものですから、そこできょう、こうして、病人に会っていただいたのですが……」

「重大な頼みとおっしゃると……」

「いや、いまはまだそれを申し上げるべき段階ではないのですが」

そのとき、病人がゴロゴロのどを鳴らして苦しそうになにやらつぶやいたので、ふたりは、はっとそのほうをふりかえったのだが、病人は、またそれっきりこんこんとして眠りつづける。

金田一耕助がへやのなかを見まわすと、そこは十畳じきばかりの豪しゃな洋間なのだがいま金田一耕助のはいってきたドアのほかに、もうひとつのドアがあるほかは、換気孔《かんきこう》がふたつあいているだけで、窓というものがひとつもない。したがって、昼でも電気をつけなければならないような陰気なへやでこれでは病人ならずとも呼吸がつまりそうである。

立花勝哉は金田一耕助のそういう気持《きもち》を読みとったのか、

「いや、わたしもこれではよくないと思うのですが、病勢がつのってから、本人が明《あ》かるい光線をきらうようになりましてね。みずからこういうへやを設計したんです」

「ご病気はいつごろから」

「だいぶまえから悪かったらしいんですが、それとはっきり決定したのは去年の暮れで、ことしの春あたりからしだいに悪化して」

「この家はいつごろできたのですか」

「先月のなかばごろ完成したんです」

「それまではどこにいられたんですか、東海林氏は……？」

「いや、それはいえません」

と、立花勝哉がしぶい微笑をうかべたとき、コツコツとドアをノックする音がきこえた。

「おはいり」

立花勝哉が声をかけると、ドアを開《ひら》いてはいってきたのは降矢木一馬と日奈児少年である。日奈児はおどおどと一馬にすがりついている。

「立花さん、竜太郎の容態《ようだい》は……？」

「はあ、降矢木さん、ごらんのとおりです」

と、おたがいに声をひそめて語りあっているとき、とつぜん、ベッドのほうから弱々しい声がきこえてきた。

「ああ、にいさん……日奈児……こちらへおいで」

おりもおり、東海林竜太郎が昏睡《こんすい》状態からさめたのである。

## 父子の対面

「おお、竜太郎、気分はどうじゃな」

降矢木一馬が日奈児をつれて、枕《まくら》もとへちかよると、熱にかがやくような目をそのほうへむけて、

「ああ、にいさん、あ、ありがとう」

と、しゃがれてかすれたひくい声で、

「きょうはいくらかよいようです。……日奈児こっちへこんか」

日奈児少年はうれしいような、はずかしいような微笑をうかべて、降矢木一馬のからだにすがりついている。

「これ、日奈児、おとうさんがそばへこいとおっしゃる。どうしてそばへいかないんだ」

日奈児は、はにかみの色をうかべながら、それでも、

「おとうさん」

と、小さい声で父を呼ぶと、なつかしそうにベッドのうえをのぞきこんだ。

「おお、日奈児……」

東海林竜太郎はふかい愛情をたたえた目で愛児の顔を見まもりながら、

「よく勉強しているか」

「はい」

「からだもだんだん大きくなるな」

「ああ、竜太郎、日奈児は同じ年ごろの少年として

は、からだも頭もりっぱなものじゃ」

「にいさん、……あ、ありがとう」

と、竜太郎は日奈児の顔から目も離さず、

「日奈児……大きくなったら、りっぱな人間になるんだよ」

「はい、おとうさん」

東海林竜太郎は、なおもなにかいいかけたが呼吸がつまるのか苦しげに顔をしかめて、細いふしくれだった手でのどをかきむしる。

それを見て看護婦の加納美奈子が、あわてて枕もとへちかよると、吸い飲みの口を病人の口にあてがった。

東海林竜太郎はごくごくと、ふた口《くち》三口《み》吸《くち》い飲みの水を口にふくむと、ほっと弱々しい息をはく。

「社長」

と、そばから立花勝哉がのぞきこむと、

「きょうはこれくらいで……おつかれになるといけませんから」

東海林竜太郎は力なげにうなずくと、降矢木一馬にむかって、むこうへいけというように弱々しく手をふりながら、それでもその目はあくこともなく、日奈児少年の顔をみつめている。

「それでは降矢木さん、きょうはこれで、社長がおつかれになるといけませんから」

降矢木一馬はなんだか心残りのようであったが、立花勝哉の厳然《げんぜん》たる態度に抗しかねたのか、

「竜太郎、だいじにするんだよ。さあ、日奈児、おとうさんにまたあしたとおいい」

と、その声は涙にうるんでふるえていた。

「おとうさん、またあした……」

日奈児が教えられたとおりにいうと、竜太郎はやさしい愛情をたたえた目で、日奈児をみながらこっくりうなずく。

看護婦の加納美奈子のひらいたドアから、降矢木一馬が日奈児少年をつれて出ていくと、立花勝哉が枕もとをのぞきこんで、

「社長、月奈児さんにお会いになりますか」

ちょっと返事がなかったので、

「きょうはおよしになったら、おつかれのようですから……」

その声が耳にはいったのか、東海林竜太郎は目をつむったまま、

「加納さん」

と、ひくい、しゃがれた声で呼んだ。

「はい」

「月奈児を……ここへ呼んでください」

「でも、社長さま。専務さんもああいって、心配していらっしゃいますから」

「いいや、やっぱり呼んでください。日奈児に会って、月奈児に会わぬなんて、そんな、そんな不公平なことはできん」

美奈子が相談するような目を立花勝哉にむけると、立花勝哉は無言のままうなずいた。

美奈子の出ていく足音がきこえたのか、東海林竜太郎はとつぜん目をひらくと、

「立花君、金田一耕助先生は……?」

「ああ、金田一先生ならさっきからここにいらっしゃいます」

「ああ……なぜ、それをはやくいわんのだ。金田一先生……金田一先生……」

「はあ、ぼく金田一耕助です」

金田一耕助が枕もとへ顔を出すと、竜太郎は熱《ねっ》っぽい目で、まじまじとその顔を見ていたが、すぐまたまぶたをとじると、

「金田一先生」

「はあ」

「あなたのおうわさはかねがね聞いておりました。……また、このあいだは兄貴がお世話になりましたそうで……」

兄貴が世話になったというのは、このあいだの竜神館の一件をいうのであろう。

「いいえ、いっこうお役にたちませんで……」

「金田一先生」

と、竜太郎は苦しそうに呼吸をついで、

「郷田啓三は殺されました。……わたしの誕生日の使者は殺されました」

「はあ」

「あれは、あれはわたしにとってはかわいい忠実な部下でした。あれを殺した犯人を見つけてください」

「承知しました」

「それから……それから、わたしはまもなく死ぬでしょう。わたしの死んだあとのことは……」

「はあ」

「万事、立花にまかせてあります。立花に……立花によく話をお聞きになってください」

東海林竜太郎はそこで苦しそうに絶句したが、そのときドアをノックする音がきこえた。

## 虎若虎蔵

五百子はあいかわらずきびしい顔つきである。まっくろなスーツにつつんだ五尺《しゃく》四寸《すん》のからだは、ちょっと秋霜烈日《しゅうそうれつじつ》というおもむきがある。

金田一耕助がそこにいるのをみると、ジロリと敵意をふくんだ視線をくれると、そのまま月奈児の手をひいて、ベッドの枕《まくら》もとへちかよった。

「竜太郎さん、おかげんいかがですか」

その態度は立花や金田一耕助の存在を、まったく無視しているかのようだった。月奈児はおどおどしたように、この女丈夫《おんなじょうふ》のうでにからみついている。

竜太郎はまた憔悴《しょうすい》した目をあげると、

「ああ、ねえさん、月奈児は……？」

「月奈児はここにいますよ。それ、月奈児、おとうさんですよ。ごあいさつなさい」

五百子は月奈児をまえへおしだすようにするのだが、月奈児はこの枯瘦《こそう》したような父におびえるのか、五百子の腰につかまったままうごかない。

「月奈児、こちらへおいで」

病める父がやせおとろえた手をさしだすと、月奈児はいよいよおびえたように、五百子の腰にしがみついた。

「まあ、月奈児ったら！」

と、五百子はじれったそうに舌打ちをしたが、すぐ思いなおしたようにやさしい声で、

「さあ、さっさとおそばへいくんですよ」

「月奈児、このおとうさんがこわいのかい？」

東海林竜太郎の目には、失望の色が濃かったが、やさしい愛情はあふれていた。

「いえ、いえ、とんでもない。月奈児がなんでおとうさんをおそれるものですか。さあ、月奈児、おとうさんのおそばへいくんですよ。それそれ、おとうさんが、呼んでいらっしゃる。さあ、おとうさんのおそばへ……」

五百子がつよく月奈児を、前へ押しだそうとすると、五百子の腰にしがみついた月奈児が、とつぜん

しくしく泣きだした。

「まあ、月奈児ったら！」

と、五百子の額《ひたい》にさっと紫《むらさき》色のいなずまがほとばしった。怒りか絶望か、あるいはきずつけられた誇りのうらみか、五百子はつよくくちびるをかみしめたまま、いうべきことばも失った。

「いや、……ねえさん、……いいですよ」

と竜太郎は失望のおもいをこめた目をとじると、やせおとろえた手をふって、むこうへいくように合図をする。

しかし、五百子はうごこうとはせず、

「竜太郎さん、竜太郎さん、月奈児はきょうちょっと、からだのかげんが悪いんです。月奈児はいつもあなたのおうわさをしてるんですよ。月奈児のことを忘れないで……この子に愛情をもってやってください、竜太郎さん、竜太郎さん！」

なおも五百子がいいつのろうとするのを、立花勝哉がさえぎった。

「奥さん、気をつけてください。あいてはご病人ですよ」

しかし、五百子の耳にはそのことばもはいらなかった。

「竜太郎さん、竜太郎さん、お願いです。月奈児によくしてやってください。遺言状《ゆいごんじょう》をお書きになるのでしたら、月奈児のことを忘れないでください」

「奥さん！」

と、立花勝哉がふん然《ぜん》たるおももちで、

「あなた、なんということをおっしゃる！」

五百子もさすがにいいすぎたと気がついたのか、はっと鼻白《はなじろ》んだ色をみせたが、

「竜太郎さん、いまのこと、よく考えておいてくださいよ」

と、念をおすように強くいって、それから月奈児の手をひくと、ゆうゆうとして出ていった。まるで立花勝哉や金田一耕助が、そこに存在しないかのように……。

五百子と月奈児が立ち去っていくとまもなく、竜太郎がまた目をひらいて、

「金田一先生……金田一先生……」

のどのつまったような声で呼ぶ。

「はあ、東海林さん、なにかご用ですか」

「さっきお願い申し上げたこと……わたしの忠実な

部下を殺した犯人を……どうぞ、どうぞつかまえてください」

「承知しました。東海林さん、きっとわたしが犯人をつかまえましょう」

金田一耕助の力強いことばを聞くと、安心したのか竜太郎は目をとじると、疲労の極《きわみ》にたっしたかのように、がっくりと大きな枕のうえに肩をしずめた。

「あの……もうそろそろ先生がおみえになるじぶんですから」

と、そばから看護婦の加納美奈子が、おそるおそる注意をする。

「ああ、そう、それでは金田一先生、別室でお待ちになって、いちおうお医者さんから容態をおききになってください」

「はあ」

金田一耕助はまた不思議なおもいにうたれながら、それでも立花勝哉にみちびかれて、さっきの応接室へひきかえしてきた。いったいなんのために、じぶんに東海林竜太郎の容態《ようだい》をきかせる必要があるのだろうか。

応接室でとりとめもない話をしていると、五分ほどたって表《おもて》のベルの鳴る音がした。

「ああ、主治医の高野《たかの》先生がいらしたようだ」

立花勝哉が立ちあがったとき、執事《しつじ》の案内ではいってきたのは、五十前後の温厚そうな人物である。

高野博士はガン研究の大家で、金田一耕助もその名声はしっていたが、会ってみるとそうとう近眼らしく、度の強そうなめがねをかけている。

「ああ、立花さん、患者の容態は？」

「あいかわらずというところです。さっそく診察してあげてください。ああ、そうそう、そのまえに、ご紹介しておきましょう。こちら金田一耕助先生、有名な私立探偵です」

「あっ、これは……」

と、高野博士は度の強そうなめがねのおくで、目じりにしわをたたえながら、

「お名まえはかねがねうけたまわっておりました。それではのちほどまた……」

ちょうどそのとき応接室の入口へ、異様な人物があらわれたが、高野博士はおなじみらしく、すぐそのほうへふりかえった。

「虎若《とらわか》君、それじゃ、いつものように案内をたのむ

よ」

　金田一耕助は虎若という名の人物を見て、おもわず目をみはらずにはいられなかった。

　その男はせむしであった。しかも、髪の毛をながくのばして、その顔はまるでサルである。金田一耕助は「ノートルダムのせむし男」の主人公、せむしのカシモドを連想せずにはいられなかった。

　立花は金田一耕助の気持《きもち》を察したのか、

「かわいそうに、あれも戦争の犠牲者なんですよ。東海林の旧部下ですが、弾丸で脊《せき》ズイをやられて、あんな姿になったんです。脳のほうも少しおかしくなってるんですが、殺された郷田啓三とおなじで、東海林にとっては犬のように忠実な部下です。おそらく東海林が死んだら、いちばん悲しむのはあの虎若虎蔵《とらぞう》でしょうねえ」

## 遺言状

　立花勝哉は東海林竜太郎の容態を、もう半月《はんつき》ももつまいといっていたが、その日、高野博士の診療後、金田一耕助が直接聞いたところでは、容態ははるかに急をつげていて、あと一週間はもつまいということであった。

　そして、博士の診療どおり、東海林竜太郎は昭和三十二年の十月十七日、四十六歳の生涯をとじたのである。

　立花勝哉から知らせをうけとって、金田一耕助もお葬式にかけつけた。このとき、金田一耕助の気がついたのは、立花勝哉の予言の正しかったことである。あまり数多からぬ焼香者《しょうこうしゃ》のなかで、目をまっかに泣きはらしていたのは虎若虎蔵だけだった。降矢木一馬はさすがにちょっと赤い目をしていたが、五百子にいたっては、悲しみよりも、むしろなにか心配ごとのほうが大きいように見受けられた。

　双生児の兄弟の日奈児と月奈児も、親子とはいえ、物心《ものごころ》ついてからはほとんどいっしょに暮らしたことのない父だけに、悲しみの色はみじんもみられなかった。

　日奈児と月奈児は相会《あいお》うても、たがいにはにかむだけで、まだむつみあうまでにはいっていなかった。いや、子ども心にもなんとなく、敵意を抱いているふうにもみえ、日奈児は小坂早苗に、月奈児は緒方一彦につきそわれて、そらぞらしい視線をかわしていた。

焼香がすんだあと、金田一耕助は、立花勝哉にたずねてみた。

「今後この家はどうしていくつもりですか」

「はあ、それなんですがね」

と、立花はあいかわらずてきぱきとした調子で、

「このまんなかの家には、わたしと虎若虎蔵と執事の恩田《おんだ》平蔵《へいぞう》、それから看護婦の加納君がいっしょに住みます」

「看護婦の加納美奈子さんが……？」

金田一耕助がおもわずまゆをひそめると、

「ええ、そう、それが東海林の遺志なんです。つまり、日奈児、月奈児ともにあんまり健康そうにみえないので、看護婦を身近においとく必要があるというんですね」

「なるほど、それで日奈児、月奈児さんは……？」

「いや、それなんですがね」

と、立花勝哉はため息をついて、

「そのことについて、金田一先生にお願いがあるんです」

「はあ、どういう……？」

「いや、じつは東海林は妙な遺言状《ゆいごんじょう》をのこしたんです。その遺言状の一部を初七日《しょなのか》の晩に発表するんですが、その時はぜひ先生に立ち会っていただきたいんですが……」

「はあ……」

と、金田一耕助がちょっとためらい気味の返事をすると、あいてはすかさず、

「いや、先生、東海林の生前、先生にお願いしたのもそのことなんで、あのとき、先生はおひきうけくだすったでしょう」

「ああ、それでは承知いたしました」

「じゃ、初七日の日にはぜひ……いずれ、こちらからお迎えをさしあげますが、その日の午後はあけておいてください」

「はあ、承知しました」

その初七日の夜、立花勝哉の口から遺言状の内容の一部が発表されたとき、金田一耕助は激しい戦《せん》りつを禁ずることができなかった。

それは立花勝哉の住むことになっている、中央の家の応接間のなかである。

しめきったへやの片方には、日奈児を中心として、降矢木一馬と小坂早苗、それから杢衛《もくえ》じいやがひかえている。いっぽう、そのむかいのソファには、月奈児を中心として、五百子と緒方一彦と女中の山本安江が一団となってすわっていた。

そして相対する両群を左右にみる中央には、立花勝哉を中心として、左に金田一耕助、右に看護婦の加納美奈子がひかえていた。

へやのなかにはちっそくするような緊張の気がみなぎっていたが、やがて、

「ええ、それではここに故人、東海林竜太郎氏の遺言状のごく一部分を発表いたします」

そこまでいってから、立花勝哉はハンケチを出して、そわそわと額《ひたい》の汗をぬぐうと、

「東海林竜太郎氏の全財産は、日奈児、月奈児両少年のうち、ひとりに譲られることになっております」

五百子がなにかいおうとするのを、立花はすばやく片手でおさえて、

「ただし、全財産を譲られるのが、日奈児少年であるか、月奈児少年であるか、それは故人の一周忌《いっしゅうき》までは発表できないことになっております。さて、一周忌までに全財産を譲られるほうが死亡したさいは、当然その財産はもうひとりのほうに譲られます。しかし、一周忌までにふたりとも死亡したさいは、その全財産は、加納美奈子さんに譲られることになっております」

## 密書

それはなんという奇妙な遺言状だろう。いや、それはなんという危険な遺言状だろう。

東海林竜太郎の何億という財産が、日奈児月奈児のふたごのひとりにゆずられるというのである。しかも、全財産をゆずられるのが日奈児であるか、月奈児であるか、それは東海林竜太郎の一周忌、すなわち来年の十月十七日までわからないのである。

しかも、来年の十月十七日になったとき、全財産をゆずられるときまっているほうが、すでに死亡していたばあいには、遺言状からオミットされているほうに、全財産がころげこむのである。

これだけでも、ずいぶん危険な遺言状というべき

なのに、さらにふたりが来年の十月十七日までに死亡していたら、東海林竜太郎の全財産は、看護婦の加納美奈子にゆずられるというのだから、これほど奇抜《きばつ》な遺言状はないではないか。

人間はだれでも慾《よく》というものがある。ましてや目のまえに何億という大きな財産がぶらさがっているのだ。その財産を手に入れるためには、どのような非常手段を講じないとも限らない。

げんにこの事件ではすでにひとり、郷田啓三という誕生日の使者が殺されている。いちど血を吸った殺人者というものは血をながすことにたいして、良心的にまひしているはずである。

そこへもってきてこの遺言状。……これではまるでたがいに殺しあえというのもおなじではなかろうか。

せめて、全財産をゆずられるほうが明示されていたら、少しは危険率も減少するであろうけれど、それすら判明していないのだから、たがいに憎みあい、そのろいあう公算はますますたかくなるわけである。

立花勝哉が、この危険な遺言状を発表したとき、金田一耕助はあ然《ぜん》としてあいた口がふさがらなかった。

あかの他人の金田一耕助があ然としたくらいだから、この遺言状に縁《えん》のふかいひとたちがあっ気《け》にとられて口もきけなかったのもむりはない。

一同は立花勝哉の顔をみまもりながら、あとの発表を待っていたが、それが全部だとわかると、まずまっさきに口をきったのは五百子である。

「立花さん」

と、五百子の声はいかりにふるえ、その目はハゲタカのようにらんらんとかがやいていた。

「わたしはそんな遺言状は信用しません。竜太郎さんが、そんなざんこくな遺言状をつくるはずがありません」

「信用するとしないとあなたのご勝手です。しかし、奥さん、あなたはいまざんこくな遺言状とおっしゃいましたね。ひょっとすると故社長は、全財産の相続人として、あなたのごひいきの月奈児さんを指定しているかもしれないのですよ。それとも、あなたはその可能性はうすいとでも思っているんですか」

五百子は、はっとひるんだような顔色で、にくにくしげに立花勝哉の顔をにらんでいる。

「立花君」

と、一馬も不安そうに声をふるわせ、

「君は竜太郎が指定している相続人をしっているかね」

「いいえ、それはわたしもしらないんです」

「じゃ、だれがしっているんです」

と、五百子はあくまで挑戦的である。

「いいえ、いまのところそれをしっているものはひとりもありません」

「じゃ、来年の十月十七日にどうしてそれがわかるのです」

「それはこの封筒のなかに、相続人の名まえを書いた紙がはいっているのです」

と、立花勝哉がデスクのうえからとりあげたのは、厚い洋紙でできた封筒である。みると三か所にわたって厳重な封《ふう》ろうがほどこしてある。

「この封筒の封は来年の十月十七日に、みなさんの面前でわたしが切ります。そしてなかに書いてある名まえをわたしの口から発表します」

「それまでは、その封筒は君が保管するのかね」

「いいえ、それはここにいられる金田一耕助先生におねがいするつもりです。金田一先生お引きうけくださるでしょうね」

金田一耕助はことの重大さにちょっとためらいをかんじたが、しかし、いっぽうこの事件に、少なからず興味も覚えているのである。

「承知いたしました。お引きうけいたしましょう」

金田一耕助がその封筒を手にとってみると、表《おもて》にはふるえるような筆蹟《ひっせき》で、

「東海林竜太郎最後の遺言状」

と、したためてあり、そのわきに、

「昭和三十三年十月十七日、午後二時開封のこと」

と、書きそえてあり、裏面には、

「昭和三十二年十月十日、作成」

と、おなじ筆蹟で書いてあった。

これでみると、東海林竜太郎は死の一週間まえに、さいごの決意をしたわけである。

「はっ、東海林竜太郎氏のさいごの遺言状、たしかにおあずかりいたしました」

金田一耕助がキッパリいって、むぞうさにその貴重な密書を懐中にしようとすると、

「あっ、ちょっと」

と、五百子がすかさずそれをさえぎって、

「その封筒、いちおうみせていただきましょう」

と、まるで命令口調である。

# コバルト鉱山

「ああ、そう」

と、金田一耕助はしろい歯を出してにこにこしながら、

「立花さん」

「はあ」

「これはこうしたらいかがでしょうか。後日問題がおこらないために、この封筒の裏面に、この遺言状に関して利害関係のふかいひとたち、すなわち、降矢木一馬氏と同姓《どうせい》五百子さん、それから加納美奈子さんと、この三人のかたのサインを記入しておいていただいたら……そうすると、ぼくにもインチキはできないわけですから」

「ああ、なるほど」

立花勝哉もにっこりしろい歯をみせて、

「それはよいおかんがえです。それでは降矢木さん、あなたからまずどうぞ」

言下《げんか》に五百子が立ちあがろうとするのを、

「いや、いや、ご主人のほうからどうぞ。いかにレディー・ファーストの現代でも、こういう法律的な事務のばあい、やはり男性優先といきましょう」

立花勝哉のことばには、あきらかに皮肉なひびきがこもっている。五百子はまたギロリとにくにくしげな視線をくれて、うかしかけた腰をおろした。

降矢木一馬は金田一耕助のさしだす封筒のうらおもてを吟味《ぎんみ》したのち、立花勝哉の万年筆で、じぶんの名まえを記入した。

「さあ、それでは奥さんもどうぞ」

降矢木一馬がひきさがるのも待たずに、五百子はつかつかとデスクのまえへちかづいてくると、まるでひったくるように貴重な密書を手にとりあげた。

そしてさい疑《ぎ》にみちたまなざしで、なんどもなんども封筒のうらおもてをひっくりかえした。

「奥さん、いかがでしょう。偽筆のうたがいがありますか」

立花勝哉はあいかわらず皮肉な微笑をたたえている。

五百子はまたギロリと、ハゲタカのような視線をそのほうへ送ると、無言のまま万年筆をとりあげて、一馬のサインのそばに署名した。それからいかにもにくにくしげないちべつを加納美奈子にくれると、じぶんの席へもどってすわった。

「それじゃさいごに加納さん、どうぞ……」

「はあ、でも、あたしは……」

加納美奈子はさっきから、ろうのようにあおざめた顔を、かたく、きつくこわばらせて、ハンケチをもつ手もわなわなと、けいれんするようにふるえていた。

美奈子もまた、この思いがけない遺言状の内容に、圧倒されているのである。

立花勝哉の話がおわったとき、美奈子の顔は火がついたようにまっかになっていた。しかし、みるみるそれが色あせていくと、こんどは白《びゃく》ろうのようにあおざめて、なんとも名状することのできない感情の起伏《きふく》に、みずからをもてあましているかっこうである。

「加納さん」

と、立花勝哉は、げんしゅくな調子で、

「あなたは社長と約束しましたね、どんなことでも社長の遺志とあらば服従すると……、これが社長の遺志なんですよ」

「はあ」

と、美奈子は、まぶしそうに一座のひとびとの顔を見まわした。この遺言状に服従することが、いかにこのひとたちの敵意をあつめる結果になるかということを、美奈子はよくしっているのである。

しかし、その視線がどくどくしい、敵意にみちた五百子の視線とぶつかったとき、彼女の顔は、いっしゅんきっとこわばった。美奈子はしばらく五百子の視線をはじきかえすようにみつめていたが、やがて、謎《なぞ》のような微笑がうつくしいそのくちびるをほころばせた。

美奈子は無言のまま万年筆をとりあげると、

「待ちなさい！」

と、いきりたつような五百子のことばもまるで耳にはいらぬかのごとく、すらすらとみごとな筆蹟で署名した。

それから、しずかに万年筆をそこへおくと、

「奥さん、なにかご用でございましょうか」

と、あでやかに微笑をたたえた顔を五百子のほうへふりむけた。

しかし、五百子はわざとそのほうから、視線を立花勝哉のほうへうつして、

「立花さん、いったいこの女は何者です。なんだって竜太郎さんの遺言状のなかに、この女の名まえがはいっているんです」

「なるほど、それはごもっともな質問です。それではこれからお話ししましょう」

立花勝哉はそこでちょっとせきをすると、

「社長、東海林竜太郎氏は戦争中、マレー半島にあるコバルト鉱山《こうざん》の監督官をしていました。そこにはマレー人の鉱夫のほかに、十二人の日本人の監督がいました。ところが戦争がだんだんはげしくなり、コバルトの必要量が多くなるにつれ、鉱夫の人数がたりなくなったのです。そこで上層部の命令で、日本人の監督も鉱夫として使わなければならなくなったのです。むろん、それはさいしょの約束とちがっていました。コバルト鉱山の鉱夫というのは、とてもひどい労働です。十二人の日本人は内心不服でたまらなかったのですが、当時の情勢では反抗するわけにはいかなかったのです。そこでマレー人の鉱夫といっしょに、はげしい労働に従事しているうちに、頭髪がコバルト鉱の色素の影響をうけて、みんな海のようにまっさおになったのです」

金田一耕助は、なるほどとうなずきながら、おもわずゾクリと身をふるわせずにはいられなかった。そのときの十二人の日本人の世にもせい惨《さん》な労働状態を想像したからである。

「それはかならずしも、故社長のせいとのみいえません。しかし、任務に忠実でありすぎたため、社長がそれらの日本人を、酷使《こくし》しすぎたといえないこともなかったのです。そこでそれらの十二人は団結して、戦後、社長に復《ふく》しゅうをちかいました。社長はそれをおそれてながく姿をかくしていたのです。しかしその後社長もしだいに良心にめざめてきました。おのれの非をさとったのです。そこでそれらの復しゅう団のひとたちには謝罪をし、握手をしたのです。つまりそれぞれ相当の財産をおくり、生涯こまらないようにしてあげたのです。復しゅう団のうらみものろいも解消したのですが、十二人のうちただひとり、死亡したがために、社長が謝罪することのでき

なかった人物があります。それがこの加納美奈子さんのおとうさん、加納周作《しゅうさく》さんなのです」

美奈子はうなだれたまま話をきいている。肩がこまかくふるえているのは、亡くなった父のことをおもっているのか、それとも一同のやけつくような凝視《ぎょうし》をあびて、心が動揺しているのであろうか。

「つまり、故社長が遺言状のなかに加納さんの名まえを書きこんだのは、一種の罪ほろぼしの気持《きもち》、死亡された、加納周作氏にたいする謝罪のお気持からなんです」

「すると、加納君が死ねばどうなるんだね。つまり来年の十月十七日までに、日奈児、月奈児のほかに加納君も死んでしまえば、遺産はだれにゆずられるんだね」

これはもっともな降矢木一馬の質問だった。

「ああ、その場合には、はじめて法律的継承順序によって相続されます」

「法律的継承順序といいますと……？」

と、五百子がするどく目を光らせた。

「いや、故社長東海林竜太郎氏には姉がふたりありました。このふたりのお姉さんはともに死亡しているんですが、当然、その遺族があるはずです。いま、その遺族がゆくえ不明になっているんですが、来年の十月十七日までに三人とも死亡したばあいには、遺族をさがしだして、そのひとたちのあいだで、法律による継承順序によって遺産がわけられるわけです」

その話をはじめてきいた金田一耕助は、またあやしく心がさわぐのをおぼえずにはいられなかった。そうすると、ここにもまた、遺産をねらう人物が存在しうるわけである。

もう、だれも口をきこうとするものはいなかった。だれもかれも疑いぶかい目をひからせて、たがいの顔をさぐりあっている。

日奈児と月奈児は顔を見合わせているが、もうすでにふたりのあいだには敵意と憎悪《ぞうお》がうまれているのである。昔から憎みあっている一馬と五百子夫婦のあいだには、この瞬間から憎悪と敵意は決定的なものになってしまった。杢衛じいやと山本安江もたがいに憎らしそうに顔見合わせている。

ふたりの家庭教師、緒方一彦と小坂早苗もまじまじと顔を見合わせている。一彦のくちびるにはあざけるような微笑がうかび、それにたいして早苗もむっとしたようにまゆをつりあげた。しかし、これらのひとびとの視線の、さいごにおちつくところはいうまでもなく加納美奈子である。そして、それらの視線のなかにふくまれているのは、美奈子にたいする憎悪とせん望《ぼう》と敵意であった。

## 侵入者

「なるほど、それじゃ、まるで遺族のものをけしかけて、血で血を洗う騒動を起《おこ》させようとしているようなもんですな」

十月二十五日。すなわち、東海林竜太郎の遺言状《ゆいごんじょう》が発表されてから三日のちの夜のことである。金田一耕助は警視庁の等々力警部といっしょに晩めしを食ったあとで、あの奇怪な遺言状のことを打ちあけると、さすがに警部もおどろいてまゆをひそめた。

「そうなんです。しかも、従来の東海林のやりかたをみると、あくまでふたごの兄弟に公平でありたいと努力しているんです。それがさいごのどたん場《ば》になって、そういう不公平きわまる遺言状をのこしたというんですからそれがぼくにはふにおちないんです」

　警部はしばらくだまって考えていたが、

「しかし、いずれにしても東海林にたいする復しゅう団のうらみは解消したわけですね」

「ええ、そうです、そうです。ですからそのほうは問題がなくなったわけです」

「いつごろ円満に解決したんですか」

「去年の秋だそうです。ガンになんかなったもんだから、東海林も気がよわくなったんだろうと立花という男もいってました」

「しかし、そうすると三崎で郷田啓三という男を殺したのは、いよいよ復しゅう団の一味ではないということになりますな」

「そうです、そうです。ですからやっぱり降矢木一馬がおそれていたように、五百子かあるいはその一味かもしれないんです」

「そして、そいつは東海林が復しゅう団と和解したことをしらなかったんですね」

「結局、そういうことになりますね」

「そこで、こんごどうなさるおつもりです」

「どうって。まあ、乗りかかった舟ですからね。なりゆきをみているつもりですが、そのうちなにか起るかもしれません。その節はなにぶんよろしくおねがいいたします」

「それはもちろんですが……」

　と、等々力警部はまじまじと気づかわしそうに金田一耕助の顔をみまもりながら、

「それで、あなた、東海林の最後の遺言状をあずかっていらっしゃるんですね」

「はあ」

「金田一先生、気をつけてくださいよ。一馬にしろ五百子にしろ、その遺言状のなかみを見たいでしょうからね」

「それは見たいでしょうねえ」

　金田一耕助がしろい歯をだしてにこにこわらうと、

「先生、わらっている場合ではないかもしれませんよ。何億という大きな財産のゆくえをあなたがにぎっていらっしゃるのも同様ですからね。大いに身辺を警戒してください」

「はあ、ありがとうございます」

　金田一耕助は、ペコリとひとつ警部のまえに頭を

さげたが、警部の不安な予感はあまりにもはやく事実となってあらわれた。

金田一耕助は東京の郊外《こうがい》、緑《みどり》が丘《おか》町にある緑が丘荘という高級アパートの、二階のフラットにひとりで住んでいるのだが、その夜、警部とわかれてアパートへかえってきたのは、もうかれこれ十二時ちかくのことだった。

正面の玄関をあがって、ドアの鍵穴《かぎあな》に鍵をさしこもうとして、金田一耕助はおもわずドキリといきをのんだ。ドアのじょう前《まえ》がこわされているのである。

金田一耕助はギョッとして、ドアのとってをにぎったまま、なかのようすに耳をすませた。しかし、その金田一耕助の緊張したおもてに、しだいに微笑がひろがってきた。

へやのなかにはたしかにだれかいるのである。ガサガサとなにかをひっかきまわす音がきこえる。しばらくようすをうかがっていたのちに、金田一耕助はしずかにとってをまわした。しかし、いかにしずかにとってをまわしても、ガチャリという音を消すことはできなかった。

突然、へやのなかでろうばいの音がきこえた。

「だれだ!」

金田一耕助がさけんでさっとドアをひらいたとき、窓をあける音がした。

金田一耕助の借りているフラットは、ドアをはいると小玄関になっており、玄関のおくに応接間兼書斎《しょさい》がある。そのドアもじょう前がこわされていた。

金田一耕助が応接室のドアを開いたせつな、花《か》びんがむこうからとんできた。反射的に耕助が首をすくめたとたん、花びんが壁にあたって、ものすごい音をたてて散乱した。

金田一耕助がすぐに姿勢をたてなおしてむこうをみると、いましもひとりのくせ者が庭をこえて外へ出ようとするところだった。

「待て!」

と、声をかけてかけよったとき、ひと足ちがいでくせ者は、雨《あま》どいをつたわって階下へすべりおり、みるみるうちに暗やみのなかにすがたをかくしてしまったのである。

一瞬のこととて金田一耕助にも、あいてを見定めるよゆうはなかったが、鳥打帽子《とりうちぼうし》をまぶかにかぶり、大きな黒めがねをかけていたようだ。そして鼻から

下はこれまた黒いネッカチーフでかくした男であった。しかし、それも男の洋服をきていたから男とみたまでのことで、じっさいは男か女かわからない。

「先生、どうかしましたか。なんだか大きな音がしましたが……」

と、そのとき、ドアからなかをのぞいたのは、このアパートの管理人である。

管理人はひとめへやのなかを見ると、

「せ、先生、ど、どろぼう……?」

と、ガタガタふるえだしたのもむりはない。へやの中はみるもむざんな荒されようだ。

デスクのひきだしというひきだしが放りだされ、床いちめんに書類が散乱している。デスクのひきだしばかりか、整理戸だなのひきだしも、全部そこに放りだしてある。

「管理人さん、こいつをもとどおり整理しなおすのは、そうとう骨《ほね》ですね」

「先生、じょうだんいってるばあいじゃありません。なにか盗まれた品は……？」

「いや、いいです、いいです。どろぼうのねらってた品はわかってるんですから」

ろうばいしている管理人を、金田一耕助のほうからなだめると、さっそく卓上電話をとりあげた。そして、メモに目をやりながらダイヤルをまわすと、しばらくジージーという音が継続的にきこえていたが、やっとガチャリという音がして、むこうに女の声が聞《きこ》えた。

「もしもし、どなたさまでしょうか」

「ああ、こちら金田一耕助ですが、あなたはどなた？」

「ああ、先生、こちら加納美奈子でございます」

それではさっきのくせ者が、美奈子でないことだけはあきらかである。

「ああ、そう、美奈子さん。こんやそちらにみなさん、おそろいでしょうか」

「おそろいとおっしゃいますと……？」

「いや、立花さんはいらっしゃいますか？」

「いえ、専務さんはまだおかえりじゃございませんが、恩田さんや虎若さんはいらっしゃいます」

「東翼《とうよく》や西翼《せいよく》のひとたちはどうでしょうか。みなさん、いらっしゃいましょうか」

「さあ十時ごろまではみなさん、いらっしゃいましたけれど、その後はどうですか……金田一先生、どうかなさいましたか」

「いや、それはいいんですが、あなた、恐れいりますが、東翼と西翼のひとたちを、ちょっと調べていただけないでしょうか。みなさん、おそろいかどうか、出かけてるとしたら、だれが出かけてるか……」

「金田一先生、ほんとになにか？……」

と、美奈子の声はふるえているようだ。

「いや、それはあとで話しましょう。恐れいりますがなんらかの口実をもうけて、両翼の人たちの在否《ざいひ》をたしかめてください」

「はい、それでは少々お待ちください。電話はいちおう切りましょうか。それとも……」

「いや、このまま待っていましょう」

「それでは……」

と、美奈子は電話口からはなれたが、五分たっても、十分たっても、美奈子からはなんの報告もなかった。

報告がなかったのもむりはない。

一時ごろ、彼女が裏庭で首をしめられ、こん倒《とう》しているのが、虎若虎蔵にょって発見されたのである。

虎蔵が彼女をだきあげたとき、その首にはまがまがしい黒ひもが、からすへびのように巻きついていたのである。

## はずれた受話器

金田一耕助の住んでいる緑が丘町の緑が丘荘から、吉祥寺のおくにある双玉荘《そうぎょくそう》までは、どんなに自動車をいそがせても、十五分はかかるのである。

その十五分がたっても美奈子から、なんの応答もないとさとったとき、金田一耕助の胸はあやしくふるえた。

時計をみると十二時十分。金田一耕助はガチャンとたたきつけるように、卓上電話の受話器をおくと、「管理人さん」

と、まだそこに立っているアパートの管理人をふりかえり、

「ぼく、ちょっと出かけてきます。ここはこのままにしておいてください」

「金田一先生、いまじぶんからいったいどちらへ……?」

「いや、ちょっと……」

と、金田一耕助はまたあらためて卓上電話のダイヤルをまわし、すぐ自動車を一台よこすように命じると、

「管理人さん、このドアのカギがつきこわされているのですが、なんとか、このへやへひとがはいれないようにしておいてください。ひょっとすると、今晩はかえりがおそくなるかもしれませんから」

「承知しました。しかし、金田一先生、なにかだいじな品を盗まれなすったのじゃ……」

管理人も金田一耕助の職業をしっているから、これから出かけるといってもあえておどろかないのである。

「いや、それはだいじょうぶ。どろぼうのほしい品

はこのへやにはないのだから」

金田一耕助は窓をしめ、うちがわから掛金《かけがね》をかけると、いまさらのようにへやのなかを見まわして苦笑した。

「いや、はや、こいつをもとどおりにかたづけるのはたいへんだな」

さんたんたるあたりのようすを見まわしながら、思案《しあん》をしているところへ、表《おもて》へ自動車がきてとまるけはいがした。

「金田一先生、おくるまがきたようで……」

「ああ、そう、ではあとをお願いします」

それから約二十分ののち、金田一耕助が双玉荘の表で自動車をおりると、門の鉄柵《てっさく》がぴったりしまっている。門がぴったりしまっているということは、立花勝哉がかえってきているということを示しているのではないか。それにもかかわらず家のなかがシーンと寝しずまっているというのは……?

門柱についているベルのボタンを押すとき、金田一耕助はまた怪しく胸が騒ぐのをおさえることができなかった。

じりじりするような思いにじれる金田一耕助を、よほど待たせて、やっと玄関のうちがわにあかりがついた。そして、門のほうへちかづいてきたのは執事《しつじ》の恩田平蔵である。

「どなたですか」

鉄柵のうちがわから、すかすように外をみながら声をかける恩田の態度は、あいかわらず昔の軍隊生活を思わせるようなきちょうめんさである。

「ああ、ぼく、金田一耕助です」

「あっ、金田一先生……」

と、恩田もちょっとおどろいたらしく、

「いまじぶんなにか……?」

「ええ、ちょっと……夜分《やぶん》おそくおしかけてきて恐縮ですが、ちょっとなかへ入れてください」

「はあ、少々お待ちください」

恩田はガチャガチャ錠前《じょうまえ》を鳴らして、やがてギイと門のとびらを左右にひらくと、

「金田一先生、なにかかわったことでもあったんですか」

「ええ、ちょっと……立花さんはもうかえっていらっしゃいますか」

「はあ、さっきおかえりになって、いまおふろをつ

かっていられます」

「加納美奈子さんは……?」

「加納さん……?　あのひとはもうとっくにねてるでしょう」

玄関をはいるとすぐ左側が応接室になっている。さきに立った恩田平蔵が壁のスウィッチをひねったとき、金田一耕助は卓上電話の受話器がはずれたままおいてあるのをみて、またしてもあやしく胸をふるわせた。

「恩田さん、あなた十二時十分まえごろどこにいましたか」

「どこにいたかとおっしゃると……?」

「いや、十二時十分まえごろ、僕はこちらへお電話したんです。そしたら、加納美奈子さんが電話口へ出たんです。ほら、あの受話器……」

「あっ!」

と、恩田平蔵は大きく目をひんむいて、

「それじゃ、さっきこのへやに電気がついていたのは……」

「あなたが電気を消したんですか」

「はあ……だれがつけたのだろうと思いながら……」

「そのとき受話器がはずれているのに気がつきませんでしたか」

「はあ、ついうっかり……それではいま先生のおたずねの時刻には、わたしおふろのかげんをみていたにちがいありません。ガスを調節していたんです。それからこっちへ出てくると、このへやに電気がついているので、なかをのぞいたみたがだれもおりません。また虎若のやつが消しわすれたのだろうと思いながら、ついうっかりスウィッチをひねったのです。あの卓上電話はそのつもりでのぞかなければみえませんから。……しかし、加納さん、電話の途中でどこへいったんですか」

「それを調べていただこうと思ってやってきたんです」

金田一耕助にじっとひとみを見すえられて、恩田平蔵のおもてには、にわかに不安の色が濃くなったが、そこへ、

「恩田、いまじぶん、いったいどなただい」

と、声をかけてはいってきたのは、湯上がりの顔をてらてらと光らせた立花勝哉である。

## 女の悲鳴

「あっ、金田一先生……」

と、湯上がりのガウンをまとった立花勝哉は、思いがけなく金田一耕助のすがたをそこに発見して、びっくりしたようにドアのところで立ちどまった。

「先生！」

と、立花勝哉は不安そうに声をひそめて、

「いまじぶんどうなすったんです。なにかあったんですか」

「あの、専務さん。まことに申しわけございませんでした。わたしあれに気がつかなかったものでございますから……」

「あれって？」

「はあ、あの、卓上電話の受話器がはずれていることに……」

立花勝哉はそのほうへ目をやると、びくっとしたようにまゆをつりあげて、

「恩田、それはどういう意味なのか」

「いや、立花さん、それはわたしから説明申し上げましょう」

と、金田一耕助がどろぼうを取り逃がしたいきさつから、こちらへ電話をかけたら美奈子が出たという話を語ってきかせると、立花勝哉の顔色はみるみるうちに不安そうにくもってきた。

「そうすると、金田一先生、加納君は東翼《とうよく》と西翼《せいよく》のひとたちの在否《ざいひ》をたしかめにいったまま、かえってこないとおっしゃるんですね」

「はあ、ですからなにかまちがいがあったんじゃないかって……」

「恩田、おまえは電話がかかってきたのをしらなかったのか」

立花勝哉の語気はするどかった。

「はあ、まことに申しわけございません。たぶんそのときわたしは、おふろのかげんをみていたんだろうと思いますが……」

「虎若を呼んでこい！」

「はっ」

恩田平蔵がいそぎあしで出ていくと、立花勝哉は金田一耕助のほうをするどくふりかえって、

「先生、どろぼうがはいったとおっしゃいましたが、

まさか東海林の遺言状《ゆいごんじょう》は……？」

「それはだいじょうぶです。たしかなところへ保管を依頼してありますから」

「ああ、そう、ありがとうございます。それを聞いて安心しました。しかし、先生、先生のおかんがえでは、そのどろぼうは東海林の遺言状をねらってしのびこんだのではないかというんですね」

「じゃないかと思うんです。はっきりとは断言できませんがね。しかし、まあ、いちおう念のためにと思ったものですから、こちらへお電話したんです。みなさん、こちらにいらっしゃるかどうかと……」

「加納君の返事はどうでした」

「あなた以外のひとはみんないるはずだと……」

と、そういいながら金田一耕助はさりげなく、立花勝哉の顔色を読んでいる。それに気がついたのかつかないのか、勝哉はあいかわらず憂色《ゆうしょく》をおもてにみなぎらせて、

「なるほど、それであなたは、念のために、加納君をたしかめにやったんですね。そしたらそれきり……」

と、立花勝哉がおりのなかの猛獣のように、へやのなかをいきつもどりつしているところへ、恩田が虎若虎蔵をつれてきた。この哀《あわ》れなせむしは、寝入りばなをたたき起《おこ》されたとみえて、目をショボショボさせながらまるで床をはうようにのろのろはいってくる。

「専務さん、ついでに加納さんのへやものぞいてみましたが、すがたは見えませんでした」

「ああ、そう」

と、立花勝哉はそのほうへうなずくと、いたわるように虎若をみて、

「虎若、眠いところを起してすまんな。ちょっとおまえに聞きたいんだが、おまえ加納さんをしらんかね」

「加納サン……？」

と、虎若はさるのような顔をしかめて、

「加納サンナラ、サッキ、電話カケテタダ」

この哀れなせむしは、同時に言語障害をも起しているのだ。聴覚には異状はないらしいのだが、ろれつがよくまわらない。

「さっきって、いつごろだい」

「サア……」

と、虎若はあいかわらず目をショボショボさせな

がら、

「オラ、ヨク寝テタダ。ソシタラ、電話ノベル鳴リダシタダ」

「ふむふむ、それで」

「ベル、ズイブン、長イコト鳴ッテタダ。オラ、起キヨウカ起キマイカト……」

「ふむ、ふむ、そしたら加納さんが電話へ出たんだね」

「ウン」

「それで、おまえどうしたんだ」

「オラ、ソノママ寝チマッタダ。ダケド……」

と、虎若はなんだか急に不安になったらしく、そわそわあたりを見まわしながら、

「加納サン、ドウカシタダカ」

「いや、あのひとのすがたが見えないので捜《さが》しているんだが……」

「ウン」

と、虎若はいっそう不安になったらしく、小鼻《こばな》を大きくふくらませて、

「アレ、ヒョットスルト、加納サンダッタカモシレネエ」

「あれとはなんだ！」

「ナンダカ、キャッ、チュウヨウナ、女ノ声ガシタヨウダッタガ……」

「恩田……」

とつぜん、立花勝哉がするどく恩田平蔵をふりかえった。

「おまえ、これからすぐに東翼と西翼の連中をよんでこい！」

「はっ」

と、へやから走りだす恩田平蔵のうしろすがたを見送って、

「金田一先生！」

と、金田一耕助のほうをふりかえった立花勝哉のひとみには、ものにおびえたような色がふかかった。

金田一耕助がうなずきながらうで時計をみると、時刻はまさに午前一時。

## 凶報

「虎若おまえ、その女の悲鳴をきいてからどうしたんだ」

「悲鳴……?」

　悲鳴ということばがわからなかったのか、虎若虎蔵は目をショボつかせながら首をかしげる。

「いや、女の声をきいてからだ」

「オラ、夢ダト思ウタダ。女ノ声、イチドシカ聞《キコ》エナカッタダカラ……」

「その声はどっちの方角から聞えたんだね」

「サア……」

「どっちの方角からかわからないのか」

「オラ、夢ダト思ウタモンダカラナ」

「ときに、立花さん」

　と、そのとき、金田一耕助がことばをはさんで、

「このおも屋と東西の建物との連絡はどのようになってるんです。自由に往来ができるようになってるんですか」

「いや、われわれは自由にいけます。どちらの翼へも……しかし、東西の翼の住人はそういうわけにはいかないんです」

「と、おっしゃると……?」

「東翼へいくにも西翼にいくにもあいだにドアがあります。ドアには、いつもカギがかかっています。そのカギはふたつずつしかありませんが、それは加納君と恩田がひとつずつもっているんです」

「すると、東西の翼のひとたちが、このおも屋へきたいときには……?」

「玄関からくるよりしかたがありませんね」

「すると、東翼のひとがこのおも屋をとおりぬけて、ひそかに西翼へいくというようなことはできないわけですね」

「それは絶対にできません。あいだにドアがふたつありますからね。つまり東海林はそういうことができないように、あいだにふたつの関所《せきしょ》を設けたのです」

「なるほど」

　金田一耕助がかんがえこんでいるところへ、降矢木五百子を先頭に立てて、西翼のひとたちがやってきた。いずれも大急ぎで着がえをしてきたとみえ、家庭教師の緒方一彦などまだネクタイが十分にむすべていなかった。月奈児はおびえたようにおどおどしている。

「立花さん」

　と、五百子は例によってそこにいる金田一耕助を

無視するような態度で、ハゲタカのような目を、きっと勝哉のおもてにすえると、

「いまじぶん、いったいどうしたというのです。恩田さんの話によると、加納という看護婦がどうかしたとか……」

「はあ、いや、そのことについて、奥さんにちょっとお尋《たず》ねしたいんですが、きょう……というよりもきのうですが、十二時ごろ加納君があなたのところへいきませんでしたか」

「十二時ごろ……？」

と、五百子はギロリと目を光らせて、

「いいえ、きませんでした」

「ほんとうに？」

「ほんとうです」

「緒方君も山本君も、十二時ごろ加納君に会いませんでしたか」

「はあ、会いませんでした。十時ごろ加納さんが月奈児君の検温にきて、それからのちは会いません。十二時ごろといえばわれわれは、白河夜舟《しらかわよふね》のたかいいびきだったでしょう」

緒方一彦はふしぎそうに金田一耕助と立花勝哉を見くらべている。山本安江はおびえたような目の色だった。

「山本君はどうだね」

「はあ、わたしも緒方先生とおんなじです」

そうすると、加納美奈子は金田一耕助の電話をきいてから、西翼の方へは、いっていないのだ。彼女がなんらかの災難にあったとしても、それは西翼へいくまえだったにちがいない。それでは東翼の方へは、いっているだろうか。

「しかし、加納美奈子はそんな時刻になんだって、わたしのところへこなければならなかったんです。あの娘はいつも十時にくるのが最後になっているんですよ」

東海林竜太郎の死後も、加納美奈子がこの家にふみとどまっているのは、日奈児と月奈児の看護のためであることは、まえにもいったとおりである。加納美奈子は一日に三回、このふたごの兄弟の検温をすることになっているのである。午前十時と午後四時と、それから最後が午後十時である。

「いや、じつはこんや金田一先生のところへ……」

と、立花勝哉が話しかけたときである。あわただ

しくかけこんできた恩田平蔵の顔はまっさおだった。

「専務さん、た、たいへんです」

と、恩田はぐっとつばをのみこんだ。

「恩田、ど、どうしたんだ？」

「日奈児さんが……？　日奈児さんが、ど、どうしたというんだ」

「日奈児さんが殺されて……だれかにのどをしめられて……」

## 日奈児の死

およそ憎悪《ぞうお》と憤怒《ふんど》の化身というのは、その夜の降矢木一馬のことであろう。

つめたくなった日奈児のむくろを抱いて、気が狂ったように人工呼吸をやっていた一馬が、かけつけてきた立花勝哉と金田一耕助の顔をみると、いきなりこう浴びせかけた。

「あのばばあはどうした。あのばばあがとうとう日奈児を殺しおった。おお、日奈児……日奈児……」

たけりくるう降矢木一馬をおしのけて、金田一耕助がベッドのうえをのぞいてみると、そこにはパジャマすがたの日奈児が、つめたいむくろとなってよこたわっている。そののどをひとめみただけで、なにによって日奈児の生命がうばわれたかわかるのである。そこには大きなおやゆびの跡が、くっきりときざみこまれている。

「ばばあは……あの五百子ばばあは……はなせ、はなせ、この返報《へんぽう》に月奈児の首の骨をおってやらにゃ……」

たけり狂う降矢木一馬を、立花勝哉と杢衛じいやが、さっと抱きとめている。

「降矢木さん。落着《おち》いてください、奥さんはここへ来れっこないじゃありませんか。さあ、いまに医者がやってきますから、落着いてください。金田一先生、日奈児君の容態《ようだい》は……？」

金田一耕助はベッドのそばをはなれると、暗い顔をして首をよこにふった。それからおびえたように立ちすくんでいる家庭教師の小坂早苗をふりかえって、

「小坂さん、話してください。落着いて、よくかんがえて返事をするんですよ」

金田一耕助は、ふとこの娘が、いつか三崎の竜神館で、じぶんと降矢木一馬の会話を、立ちぎきしていたのではないかということを思い出しながら、それでもことばはやさしかった。

「はあ、あの、どんなことでしょうか」

小坂早苗はパジャマの胸を抱きながら、おびえたように金田一耕助の顔をみる。その目にはいっぱい涙をたたえていた。

「きょう、いや、正確にいってきのうの十二時ちょっとまえに、ここへ加納美奈子さんがやってきやあしませんでしたか」

「はあ、あの、お見えになりました」

金田一耕助はちらと立花勝哉に目くばせすると、

「そのとき、日奈児さんはまだ生きていましたか」

「いえ、あの……、ところが、加納さんはこのへやをドアのところからちょっとのぞいていかれただけで……」

「じゃ、日奈児君を起《おこ》さなかったんですね」

「はあ、よく寝ているようにみえたものですから……」

小坂早苗はいまさらのように、あふれおちる涙をおさえた。

おそらく加納美奈子も、金田一耕助が電話をかけてきた意味をさとったのであろう。したがって子どもには用はないと思ったにちがいない。

「ああ、なるほど、それじゃ、そのとき、日奈児君が生きていたか死んでいたかわからないんですね」

「はあ、でも、まだ生きていらしたと思います。十時ごろ加納さんが検温にこられて、そのあとすぐ、あたしがこのへやへおつれして、お寝かせしたんですから……」

「加納さんが十二時ごろにたずねてきたとき、このへやにカギは……？」

「はあ、それなんですの」

と、早苗はまたあらためて涙にむせびながら、

「おじさまもあたしも、日奈児さんに、寝る時はいつも内側からドアにカギをかけておくように申し上げてあったのですが、今夜はお忘れになったとみえて、加納さんがいらしたとき、なにげなくドアに手をかけると、なんとなく開いたんですの。ですから、そのとき日奈児をお起しして、ドアにカギをかけておくようにご注意申し上げればよかったのですけれ

ど、よく寝ていらっしゃるのをお起しするのもと思ったものでございますから……」

早苗は両手で顔をおおって、よよとばかりに泣きむせぶ。両手の指のあいだから、涙があふれて、したたりおちた。

問題のカギはベッドの枕《まくら》もとの小卓の、電気スタンドのそばにおいてある。

「それで、さっき恩田さんが迎えにきたのであなたが起しにきたのですか」

「はあ。そうしたら、このようにつめたくなっていられたものですから……」

小坂早苗は、いまさらのように、肩を小きざみにふるわせながら、いよいよむせび泣くのである。

「あいつだ、あいつだ、あのばばあだ！」

と、またしてもいきりたつ降矢木一馬を、杢衛じいやと立花勝哉が抱きすくめて、なだめたりすかしたりしているところへ、恩田平蔵がはいってきた。

「お医者さんはすぐくるそうです。警察へも電話をかけておきました。」

「恩田、あのばばあは……？　五百子ばばあはどうしている……？」

「はあ、奥さんは西のおすまいにおいでです。金田一先生のご注意で、ドアにカギをかけてきました」

「ああ、そうそう、恩田さん」

と、金田一耕助が思い出したように、

「あなた、さっき西翼のほうへさきにいらしたんですね」

「はあ」

「そのとき、西翼のドアはどうでした。カギがかかっていましたか」

「はあ、かかっておりました。ああ、そうそう、それに反して東翼のほうはカギがかかっていなかったんです。あっ、あれはなに？」

恩田がとつぜんことばを切ったのもむりはない。おも屋のうら庭のほうから、そのときとつぜんものすごい咆哮《ほうこう》がきこえてきた。

虎若虎蔵の声のようである。

## カーテンのひも

虎若虎蔵の叫び声は、おも屋の後庭からきこえてくる。

東翼からいったんおも屋へかえってきた金田一耕助と立花勝哉、それに恩田平蔵の三人が後庭へ出るドアまでくると、ドアにはカギがかかっていた。恩田がそのドアを開いたので金田一耕助と立花勝哉がとび出すと、

「加納サン、加納サン、シッカリスルダ！　コンナコトニ負ケチャイケネエ！」

と、怒りにくるった声をはりあげながら、月光のもとにうずくまっているのは、あのせむしの虎若虎蔵である。このような男でも大きな感情の刺《し》げきをうけると、いくらか神経がしゃっきりするのか、いつもとちがってろれつもわりにはっきりしていた。

「虎若、どうした、どうした！」

一同がそばへ駆けよると、そこには白衣の美奈子がよこたわっていて、虎若はいよいよ人工呼吸に大わらわだった。

「あっ、虎若、加納君はまだ生きているんだね」

立花勝哉は身につけている白衣にもおとらぬほど、そう白《はく》にこわばった美奈子の顔をのぞきこみながら、いそいで脈をとってみたが、かすかながらも生命の鼓動《こどう》をかんずると、

「ありがたい！」

と、ほっと額《ひたい》の汗をぬぐいながら、

「しかし、だいじょうぶだろうな、虎若！」

虎若は、しかしそれには答えないで、一心不乱に人工呼吸をつづけている。恩田平蔵が手つだおうとしてそばへよると、

「ウウム、イカン！」

と、犬のように鼻を鳴らせてのぞけた。

「恩田、虎若にまかせとけ。こいつ加納君にとてもなついてるんだし、昔とったきねづかで人工呼吸ぐらいできるだろう」

じっさいそのときの虎若は、ひとが変わったようであった。せむしでびっこのあのみにくい容貌《ようぼう》には、日ごろとかわりはなかったが、美奈子のうえに馬乗りになり、規則ただしく両腕の屈伸《くっしん》運動をつづけている虎若のその意気組みには、なにかしら崇高《すうこう》なものさえかんじられる。

金田一耕助もうえから美奈子の顔をのぞきこんでいたが、ふと、そののどに目をやると、そこにひも状のものでしめられたらしいあとがいたいたしくくいこんでいて、ちょっぴり血のにじんでいるところ

もある。

金田一耕助があわててあたりを見まわしていると、立花勝哉が土のうえから細い絹《きぬ》のひもを拾いあげた。それは、カーテンなどをしばっておくために使用されるもので、いったんがプッツリと鋭利《えいり》な刃物で切断されている。

「虎若、加納君はこのひもで首をしめられていたのか?」

「ウン、ウン」

と、虎若は犬のように鼻を鳴らしながら、したたりおちる汗をぬぐおうともせず、人工呼吸をつづけている。

「専務さん、どうやらうちの応接室のカーテンのひもですね」

「ふむ、これは後日の証拠になるかもしれない。金田一先生、これはあなたにおあずけしておきましょう」

「ああ、そう、応接間のカーテンのひもなんですね」

「はあ……そのことについては、またあとでお話ししましょう」

金田一耕助がその絹ひもを手にとってみると、ながさ約一メートル、ひとを絞めるにはおあつらえむきの寸法である。片方のさきは、さっきもいったとおり、鋭利な刃物で切断されているが、片方のさきにはながい房《ふさ》がついている。いかさまカーテンのひもである。

金田一耕助がそれをまいて、ふところへしまいこんでいるとき、とつぜん、美奈子が大きくあえいで、それから二、三度強いせきをした。

「しめた!」

と、立花勝哉がかがみこんで美奈子の顔をのぞきこもうとすると、遠くのほうからベルの音がきこえてきた。

「ああ、先生がきたんじゃないかな。それとも警察か……」

「専務さん、わたしちょっといってみます」

「よし、頼む、こちらはだいじょうぶだ」

恩田平蔵がそそくさと裏口からおも屋のなかへはいっていくのを見送って、金田一耕助は、あらためて、あたりのようすを見まわしたが、かれはいまさらのようにこの双玉荘の奇怪な構造に目をみはらずにはいられなかった。

いま美奈子のよこたわっている後庭はおも屋にだけ附属《ふぞく》していて、東翼と西翼からはたかいへいをもって隔離《かくり》されているのである。

　この双玉荘の平面図をごくかんたんに図解すると、だいたいつぎのような構造になるようである。

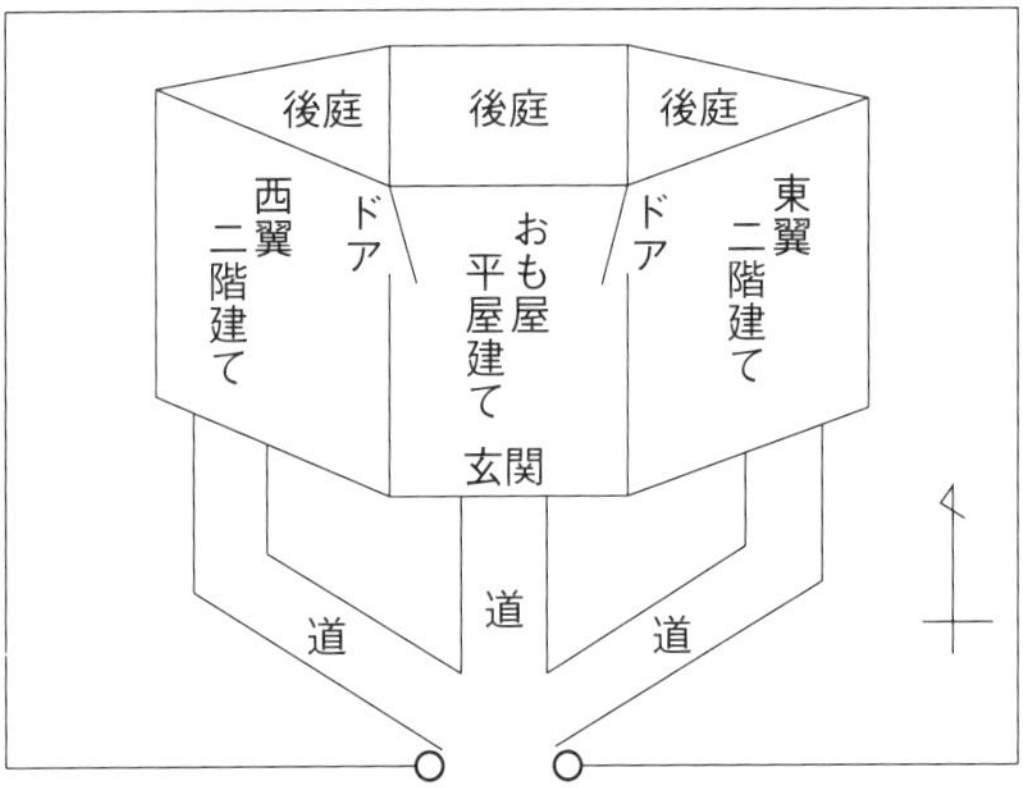


　いま、美奈子の倒れているのは、おも屋に附属している後庭のいちばんおくまったところで、そばに小さな物置がたっている。彼女はその物置のまえに倒れているのだが、金田一耕助があたりを見まわすと、東翼と西翼の二階のうらの窓から、こちらをのぞいているひとの姿が、影絵のように窓わくのなかにうかんでいた。

　東翼からのぞいているのは降矢木一馬で、西翼のほうはいうまでもなく一馬の妻の五百子である。

　ふたりは、まじまじと月光にさらされたおも屋の後庭の情景をみつめていたが、そのうちに金田一耕助の素振《そぶ》りによって気がついたのか、降矢木一馬が窓から身をのりだして五百子のすがたを見つけた。と、機関銃のようなば声《せい》が一馬の口からとび出すのである。

「ばばあ、こっちへこい！　こっちへきて日奈児のようすをみてみろ！　てめえが日奈児をひねりやがったんだろう！　いまにみろ！　いまに月奈児の首根っ子をおっぺしょってやるぞ！　このばばあこの鬼ばばあ！」

　足ふみならし、にぎりこぶしを振りまわす降矢木

一馬の形相《ぎょうそう》は、気がくるったとしか思えない。
それにたいして五百子の顔は、お能《のう》の面のように表情もなく、月光のなかにつめたくとりすまして、ただまじまじとおも屋の後庭に目をやっているのである。
金田一耕助はいまさらのように、この双玉荘をおおうている憎悪《ぞうお》と敵意の深さに、ゾーッと鳥はだの立つような恐怖をおぼえ、事件はまだまだこれだけではおさまらないのではないかと、いまさらのように身うちをつらぬいて走る戦《せん》りつをおさえることができなかった。

## 等々力警部登場

金田一耕助の要請によって、警視庁から等々力警部が駆けつけてきたのは、朝の九時ごろのことである。

「金田一先生、とうとうおっぱじまりましたね」

双玉荘のおも屋の応接室で、金田一耕助の顔をみると、いきなり等々力警部のあびせかけたことばがそれだった。

とうとう事件が起《おこ》りましたね、といわずに、とうとうおっぱじまりましたね、といったところをみると、警部のかんがえをもってしても、これが最初でしかも最後の事件とは思えないらしい。これを最初としてまだまだひきつづき、血なまぐさい事件が起るのではないかと、等々力警部もそれをおそれているようである。

「いやあ、どうも」

金田一耕助はゆうべはほとんど寝ていない。立花勝哉の寝室をかりて、ほんの三時間ほどまどろんだだけだから、目が赤く血走って、無精《ぶしょう》ひげがもじゃもじゃとのびている。そうでなくても、あまり健康的とはいえない金田一耕助のその朝の顔色は、しょうすいのかげがふかかった。

むろん、もうそのころには所轄《しょかつ》の武蔵《むさしの》野署から駆けつけてきた大勢の係官や新聞記者で、家の内外はいもを洗うようにごったがえしていた。捜査主任の日下部《くさかべ》警部補も等々力警部をむかえると、

「警部さん、ひとつよろしくお願いします、だいぶんやっかいな事件らしいんで……」

と、いささか心細そうである。

「なあに、金田一先生にまかせときゃいいんだ。先生はこの事件に最初からタッチしてらっしゃるんだからな。それで、君、金田一先生からお話をきいたか」

「いや、それが、おなじことを二度くりかえすのもなんだから、警部さんがきてから話そうとおっしゃるんで、じつはさっきからあなたのおみえになるのを待ってたんです」

「ああ、そう、それじゃ、金田一先生、日下部君のために、あの奇妙な遺言状《ゆいごんじょう》の件から話してやってください。そのあとで、ゆうべお別れしてからのいきさつをどうぞ」

「承知しました」

と、そこで金田一耕助が東海林竜太郎のあのふうがわりな遺言状の内容から、それにまつわる過去の背景などを語ってきかせると、日下部捜査主任も目をまるくしておどろいた。

「それじゃ、先生、まるでおたがいに殺しっこをするのを、奨励《しょうれい》するようなものじゃありませんか」

「それなんだよ、金田一先生がおそれていらっしゃったのもそのことなんだ。それでは先生、こんどは

ひとつゆうべのことをお話しねがえませんか」

「承知しました」

と、そこで金田一耕助がゆうべ等々力警部にわかれてうちへかえると、泥棒がはいっていたいきさつから、日奈児の殺害、さらに瀕死《ひんし》の状態で発見された加納美奈子のことなど語ってきかせると、日下部警部補はいうにおよばず、さすが冷静な等々力警部もしだいに顔面が紅潮《こうちょう》してくる。金田一耕助の奇妙な物語にこう奮《ふん》してきた証拠である。

「そうすると、金田一先生、加納美奈子は先生の電話をきくと、まず東翼《とうよく》へいってそこの住人の在否《ざいひ》をたしかめたんですね」

「どうもそのようです。加納君からまだ直接話はきいていないんですがね」

「しかし、そのとき東翼には降矢木一馬をはじめとして、杢衛というじいやも小坂早苗という家庭教師も、みんないあわせたんですね」

と、これは日下部警部補の質問である。

「早苗という娘の話をきくとそういうことになるようです」

「と、すると、先生のおたくへはいった泥棒は、たとえこのうちの住人としても、東翼の人間でないことはたしかである……と、こういうことになりますか」

「金田一先生、緑が丘町からここまで自動車を走らせて何分くらい？」

「それはゆうべぼくもためしてみたんですが、すぐ自動車がとっつかまって、まっすぐにこの家へのりつけることができるとすれば、十五分みとけばよろしいでしょうねえ。しかし、自動車を拾うのにひまがかかったり、どこかで自動車をのりすてて、こっそりうちへはいろうとしたり、そういうことに時間をくっていたら、二十五分はみとかなきゃいけないんじゃないでしょうか」

「それじゃ、先生が泥棒をにがしてから、加納美奈子に電話が通じるまでは、どのくらいかかりました？」

「わたしは、泥棒が窓から逃げだすのを見送ると、すぐに受話器をとりあげたんです。しかし、ここは直通じゃないでしょう。いわゆる市外通話というやつですから、それに三分ほどかかりました。それからこのうちへ通じてから、美奈子さんが出るまで二、三分はかかったでしょうか。それから会話に二、三分かかったとしても、美奈子さんが東翼へ出かけていくまでには十分くらいのものでしょうねえ」

「とすると、どろぼうはまだ自動車で走っている最中とみてよろしいですね。かりにそのどろぼうがこのうちの住人としても」

「まあ、そういうことになりましょうねえ」

「さて、それじゃ……」

と、等々力警部は指を折って計算しながら、

「加納美奈子は金田一先生のご注意によって、まず東翼の連中の在否をたしかめにいった。そのとき東翼の連中はぜんぶそこにいあわせた。ただし美奈子はそのとき日奈児が健在であるかどうかたしかめようとはしなかった……」

「そうです。そうです。美奈子さんにしてみれば、そのとき、頭がいっぱいになっていたのは、ぼくの電話のことでしたろうからねえ。だいたい、あのひとはぼくの電話で事情を察していたにちがいない。したがって、あのさい日奈児君は問題外であった。だから、ドアの外から日奈児君の寝ている姿をみただけで満足したんですね」

「さて、それから加納美奈子はどうしたんでしょう。東翼を出て、いったんこのおも屋へかえってきた。そして、西翼《せいよく》へいこうとするところを、だれかに絞められたということになるんですかね」

「さあ、それを美奈子さんに聞きたいと思ってるんです。あのひとが訊問《じんもん》に耐えうるようになったらね」

ちょうどそこへ恩田平蔵がはいってきた。

「金田一先生、お医者さんのお許しが出ました。加納さんとお話ししてもいいって……」

## カギ

加納美奈子のへやは、いつか金田一耕助も通されたことのある、東海林竜太郎のへやのすぐとなりになっていた。

東海林竜太郎の息をひきとったあのへやは、いまはもうしめきってあるのだけれど、美奈子のへやからはドアつづきになっている。むろん、そのドアもいまはぴったり閉ざされているのだけれど。

金田一耕助と等々力警部、それから日下部捜査主任の三人が、恩田平蔵の案内でへやのなかへはいっ

ていくと、美奈子のベッドの足もとに、虎若虎蔵が背中をまるくして腰かけていた。

虎若は、またゆうべとはひとがちがったようである。美奈子に人工呼吸をほどこしているときの、あのいきいきとしたひとみのかがやきはうせて、いかにも愚鈍《ぐどん》らしく、どんよりとにごった目の色である。

しかし、ゆうべ立花勝哉もいったとおり、虎若は愚鈍ながらもこの美奈子に、一種の献身的な愛情をささげているらしい。ベッドのすそにうずくまっていたかれは、見なれぬひとたちがはいってくるのを見ると、ギロリとにぶい目を光らせた。

「さあ、金田一先生、ゆうべ少しはお眠れになりましたか」

美奈子のまくらもとのほうから元気よく声をかけたのは立花勝哉である。短軀《たんく》ながらも精力的なこの男は、金田一耕助以上に寝ていないであろうにかかわらず、はつらつたる生気を全身にたぎらせている。

「いや、どうもあなたのベッドを占領してしまってすみません」

「なあに、ぼくはあそこで寝たからだいじょうぶです」

と、立花勝哉が首をかしげてみせたのは、となりのへやへ通ずるドアである。してみると立花勝哉は昨夜、東海林竜太郎が最後の息をひきとったベッドのうえで寝たとみえる。

「それじゃ、先生、だいじょうぶですね」

と、立花勝哉はまくらもとにひかえている高野先生のほうへ相談する。

高野先生というのは、東海林竜太郎の主治医であったガン研究の大家《たいか》だが、きょうはあいつぐ惨劇《さんげき》に警察医とはべつに、立花勝哉に呼ばれてきたのである。

「ああ、もうだいじょうぶ。加納君はがんらい健康なほうだから……金田一先生」

と、高野博士は度の強そうなめがねのおくから、目をしわしわさせながら、

「故東海林竜太郎氏の予感は的中していたようですね。やっぱりあなたの手腕が必要となってきたらしい」

「いや、どうも……」

「それじゃ、われわれは失礼しよう。虎若、おまえもおれといっしょにおいで」

高野博士に手招きされても、虎若は容易にベッドのはしから立ちあがろうとはしなかった。それをむりやりに立花勝哉にうながされ、やっとふしょうぶしょうに立ちあがると、ギロリと薄《うす》きみわるい一べつを一同にくれて、それからのろのろはうようにして、高野博士やら立花勝哉の背後から出ていった。

「金田一先生」

と、一同がへやから出ていくのを見送って、金田一耕助のほうへむけた加納美奈子の微笑には、どこか弱々しいところがある。

「昨夜はたいへん失礼いたしました」

「いや、いや、ぼくこそ。それで、あれからあとのことをひとつ、あなたの口から直接おうかがいしたいのですが、あなた、あれからまず東翼《とうよく》へいかれたのですね」

「はあ、そちらのほうが順序だと思ったものですから」

「そのとき、東翼のほうには異状はなかったんですね」

「はあ、でも、日奈児さんが……」

と、美奈子はおびえたように胸を抱く。そうでなくともそう白《はく》のおももちが、いっそうの血の気がひいてまっさおだった。

「そうそう、あなたはそのとき、日奈児の姿をドアのところからごらんになっただけでしたね」

「はあ、だいたい、日奈児さんに会う必要はないと思ったんですの。先生がお電話で在否《ざいひ》をたしかめてほしいとおっしゃったのは、たぶんおとなのかたがたのことでしょうから。それでも、小坂さんがなにげなくドアをひらくと、なんなく開いたものですから、そこからちょっと……」

「そのとき、日奈児君はまだ生きていたんでしょうな。」

と、これは日下部警部補の質問である。

「さあ、……むろん、それは生きていらしたと思いますけれど……」

と、美奈子の顔はいよいよあおざめて、くちびるがわなわなふるえていた。

「そう、それでは、そのあとを話してください。それからあなたは東翼を出られて、このおもやへかえってこられたんですね」

「はあ、東翼のほうからこのおもやへかえってきました。ところがちょうどそのとき、うらのほうへ自動車がきてとまったような気がしたんですの。

そこで先生のお電話を思い出しました。だれかがこっそりかえってきたのではないか……と、そこで、裏のドアをひらいて、うしろの庭で耳をすませていると……」

「耳をすませていると？」

「いきなりうしろからふろしきのようなものをかぶせられました。はっと思っていると、こんどはのどへなにか巻きついてきて……それきりなにもわからなくなってしまったんですの」

そうすると、美奈子は失神しているところを、物置のそばまでひきずっていかれたらしい。

「ところで、あなたカギは……？」

「はあ、のどをしめられたとき、あたし手にカギ束《たば》をもっていました。カギ束をもったまま失神してしまったんです」

「そのカギ束というのはこれですね」

と、ベッドのまくらもとから等々力警部がとりあげたのは、丸い環《わ》に通された数種のカギの束である。そのなかにはむろん、東翼と西翼《せいよく》のドアのカギもまじっているのである。

「このカギはどこに……？」

「いや、警部さん、そのカギ束ならぼくが見つけたんですよ。後庭へ出るドアの内側に落ちていたんです。

ところで、美奈子さんにおたずねしたいのですが……」

と、金田一耕助はベッドのほうへむきなおって、

「あなたは東翼から出てこられて、あとのドアにカギをかけましたか。それとも……」

「さあ……」

と、美奈子はあお白《じろ》んだ顔をかしげて、しばらく考えこんでいたが、

「あたしとしてはカギをかけたつもりでしたが、ひょっとすると……」

「ひょっとすると……と、おっしゃるのは……？」

「それはこうですの。東翼から出てきたあたしは、あとのドアにカギをかけるつもりで、カギ穴にカギをさしこみました。

そこへ自動車がとまる気配がきこえたものですから、あわててカギ穴からカギをぬいたんですの。で

すから、そのときカギをまわしたか、まわさなかったか、もうひとつはっきりしないんですけれど……」

美奈子がそのときカギをかけたか、かけなかったか、後日、それが大きな問題となってきたのである。

## 犯人は男

「金田一先生、これはどういうことになりますかな」

美奈子のじん問《もん》をおわって、もとの応接室へかえってきた等々力警部は、まゆをひそめてにがりきっている。

「この事件には共犯者があるということなんですか。それともべつべつにふたりの犯人があるということなんでしょうか。もし、美奈子のきいた自動車の音というのが、先生のおたくをおそったどろぼうのご帰館とすると、おたくをおそったどろぼうと、美奈子を襲撃した犯人とは別人ということになりますが」

「しかし、警部さん」

と、そばから不服そうにことばを出したのは、日下部捜査主任である。

「どろぼうがうちのすぐうらまで、自動車をのりつけるというのはおかしいじゃありませんか。これはやっぱりさっき金田一先生がおっしゃったように、どこかで自動車をのりすてて、こっそりかえってくるのがほんとうじゃないでしょうかねえ、金田一先生」

「そうですねえ」

と、金田一耕助はかんがえぶかそうな目つきをして、

「それに美奈子もはっきり自動車の音をきいたとはいってませんでしたね。うらのほうへ自動車がきてとまったような気がした……と、いってましたね」

「あっはっは、なかなかふくみのあることばですね」

日下部警部補がのどを鳴らしてあざわらうところをみると、このひとは美奈子にたいしてそうとうふかい疑惑をもっているらしい。

なんといっても美奈子こそ、東海林竜太郎の遺言《ゆいごん》状《じょう》によって指定された最終的な相続人なのだ。日奈児も月奈児も死んでしまえば、ばく大《だい》な財産が彼女

のふところにころげこんでくるのである。

金田一耕助は応接室のなかをいきつもどりつ、しばらく考えにふけっていたが。やがてふっと立ちどまると、警部補のほうをふりかえって、

「日下部さん、恐れいりますが、もういちど恩田平蔵をここへ呼んでくれませんか。ちょっとたしかめてみたいことがありますから」

「ああ、そう」

日下部捜査主任が部下の刑事に合図をすると、まもなく恩田平蔵がはいってきて、

「はっ、わたくしになにかご用でありましょうか」

と、あいかわらず軍隊口調である。

「ああ、恩田さん、あなたにもういちどききたいんだがね」

と、金田一耕助がものしずかに、

「ゆうべ立花勝哉氏の命令で、あなたが東翼《とうよく》のひとたちと、西翼《せいよく》のひとたちを呼びにいったときのことですがね」

「はあ」

「そのとき、西翼のほうのドアのかぎはかかっていたが、東翼のほうはかぎがかかっていなかったというお話でしたね」

「はあ」

「それにまちがいはありませんか」

「それは絶対に」

と、恩田平蔵は力をこめて、

「だいいちかぎがかかっていなかったばかりではなくドアが細目にひらいていたんです」

「ああ、なるほど」

と、金田一耕助はうなずいて、

「それじゃ絶対にまちがいありませんね」

「はあ」

「それからもうひとつおたずねいたしますが加納美奈子さんというひとは、ああして四六時中《しろくじちゅう》、看護婦の制服をきてるんですか。」

「はあ、だいたい……」

「だいたいとおっしゃるのは？」

「はあ、加納美奈子さんがここにいるのは、日奈児さんと月奈児さんの健康に、たえず注意していること……これがあのひとの任務なんです。ですから、一日三回、すなわち午前十時と午後四時と、それから最後に午後十時に、ふたりの検温をして記入いた

します。ですからまあ、一日じゅう看護婦の制服をきているわけです」

「しかし、午後十時以後は……？　午後十時に検温がおわると、日奈児君も月奈児君もベッドへはいるときいてますが、それでも加納君は看護婦の制服をきているんですか」

「いや、それは……ふだんは十時以後は平服《へいふく》に着かえるか、あるいはじぶんもベッドへはいるかするんですが……」

　日下部警部補にもやっと金田一耕助の質問の意味がのみこめてきた。かれの目にはいよいよ加納美奈子にたいする疑いの色がこくなってくる。

「しかし、それじゃ加納君はゆうべはなぜ、看護婦の制服をぬがなかったんです。あのひとが首をしめられたのは、十二時以後のはずだのに、ちゃんと看護婦の制服をつけていましたね」

「はあ、あの、それは……」

　と、恩田平蔵はちょっといいよどんだが、

「たぶん、……立花専務のかえりを待っていたんじゃないでしょうか。それに……そうそう」

　と、恩田は急に目をかがやかせて、

「専務よりさきにふろへはいるわけにはいきませんから、ふろへはいるとき制服をぬぐつもりだったんじゃ……」

「ああ、そう、ありがとう」

　金田一耕助があっさり承服して右手をふると、恩田平蔵はなんとなく不安そうに、等々力警部や日下部捜査主任の顔をみていたが、やがて直立不動《ちょくりつふどう》の姿勢であたまをさげると、そのままへやから出ていった。

「金田一先生」

　と、日下部捜査主任は呼吸をはずませて、

「あいつ、なんだかかくしてるんですぜ。ひょっとするとあいつが美奈子のぐるじゃ……」

「いいえ、日下部さん、なにかをかくしてるのはあの男だけじゃありません。このおも屋の住人は、みんななにかをかくしてるんじゃないですか。立花勝哉も加納美奈子も、それから白痴《はくち》の虎若虎蔵にいたるまで……」

「金田一先生、それはどういう意味ですか」

　と、等々力警部がするどく金田一耕助をふりかえったとき、警察医の弘瀬《ひろせ》先生と東海林竜太郎の主治医であった高野博士が、うちつれだって応接室へはいってきた。

「ああ、日下部君」

と、弘瀬医師は等々力警部にちょっと目礼《もくれい》して、

「いま高野先生にも立ち会っていただいてもういちど被害者の少年の検屍《けんし》をしたが、被害者がのど首を両の手でしめられたってことはもうまちがいない。のどぼとけの骨が折れているところをみると、よほど強い力でなければならず、また、のどに残っている親指の跡からしても、犯人は男ということになりましょう」

だれが切断したか

弘瀬医師の説明をきいても、もう日下部警部補はおどろかなかった。

だいいち、東翼《とうよく》と西翼《せいよく》へ自由に出入りができるのは、加納美奈子と恩田平蔵だけである。もしこのふたりが腹を合わせれば、どのようなことだってできるはずである。

美奈子はゆうべ日奈児の寝室のドアに、かぎがかかっていないことをしった。そこで東翼からかえってくると、そのことを恩田にしらせた。そこで恩田が東翼の日奈児のへやへしのびこみ、ひと思いにしめころしてしまった。

しかし、ただそれだけでは、美奈子に疑いがかかるかもしれないので、恩田が美奈子を死なない程度に、カーテンのひもでしめておいた……

と、こう解釈すればなにもかも一目《いちもく》りょう然《ぜん》ではないかと、日下部警部補ははやくも犯人をつかまえたような気もちで、意気込んでいる。

動機……？

動機はわかりきっているではないか。日奈児と月奈児をころしてしまえば、ばく大な財産が美奈子のものになる。そうすればそのなかからそうとうの分け前をもらう約束なのだ。いや、いや。ひょっとすると、ふたりは夫婦になる約束をしているのかもしれない。そうすれば恩田平蔵は大金持《おおがねもち》のだんなさんということになるではないか。

そうだ、そうだ、それにちがいないと、日下部警部補は大いに意気込んだが、立花勝哉はその説をきくと一笑のもとにはねつけた。

「恩田が東海林の遺児を殺す……？　そんなばかげたことが……」

と、それからまもなく、応接室へ呼び入れられた立花勝哉は、日下部警部補の説をてんで問題にしなかった。

「主任さん、あなたは恩田平蔵という男をご存じないから、そんなことをおっしゃるんです。恩田はじぶんの子ども……もし、恩田に子どもがあるとしてですね、恩田はじぶんの子どもを殺せても、東海林竜太郎の子どもは絶対に手をかけることはできないでしょう。じっさい東海林はふしぎな男で、恩田にしろ三崎で殺された郷田啓三にしろ、また白痴《はくち》の虎若虎蔵にしろ、旧部下からは親のようにしたわれていました。この三人は東海林のためなら水火《すいか》も辞せずという忠勤《ちゅうきん》ぶりでした。それだけに東海林のほうでも、この三人にめをかけており、また信頼もしていたんです。その恩田が東海林の遺児の首をしめるなんて……それはばっかりはあなたの思いちがいでしょう。ああ、そうそう、それに……」

と、立花勝哉は思い出したように、

「あの、加納君の首をしめたカーテンのひもの問題がありますね」

「ああ、これですね」

と、日下部警部補はさっき金田一耕助からあずかった、カーテンのひもをとりだした。

「そうです、そうです。これはゆうべ金田一先生に申し上げようとして、つい、そのひまがなかったのですが……」

そういえば、ゆうべ立花勝哉はそのひものことについて、あとでなにかいうことがあると金田一耕助にいっていた。

「ほら、ごらんください。このカーテンのひもですね」

立花勝哉がへやをよこぎり、ひきしぼられた窓のカーテンをふりほどくと、なるほどそのカーテンのひもが、五センチほどのこしてぷっつり切断されている。

「ところで、問題はこのひもがいつ切断されたかということなんですが……」

「なにかそれについてご記憶が……」

「記憶もなにも、きのう、われわれ、すなわちわたしと加納君と恩田の三人のあいだで問題になったんです。と、いうのは……」

と、立花勝哉はアーム・チェアーにかえってくるとゆうゆうとたばこをくゆらせながら、

「きのうの朝、また月奈児君がてんかんの発作を起《おこ》したんです。あの子はときどきてんかんの発作を起すことがあるんですね。で、高野先生の病院へかつぎこむことになったんですが、そのとき同行したのが五百子夫人に家庭教師の緒方一彦、それに看護婦の加納美奈子、さらに男手もひとりじゃ不安だというので、恩田平蔵もいっしょにいったんです。そのとき、わたしが自動車を運転したんですが、みんながくるまに乗ってから、わたしは忘れものを思い出して、この応接室へかえってきました。そのとき、思いついて窓のカーテンをしめましたが、そのときにはカーテンのひもはたしかにあったんです。ところが一同を神田の高野病院まで送りとどけておいて、わたしひとりがここへかえってきて、窓のカーテンを開《ひら》こうとすると……」

と、立花勝哉がちょっとことばを切ったので、

「開こうとすると……?」

と、おうむ返しにききかえしたのは日下部警部補である。

「このとおりカーテンのひもがぷっつり切断されていたんです」

「なるほど」

と、金田一耕助がうなずいて、

「そうすると、加納美奈子さんにしろ恩田平蔵君にしろ、このひもを手にいれるチャンスはなかったとおっしゃるんですね」

「そうです、そうです、そのことは虎若……いや、あいつは白痴だからだめだが、東翼の家庭教師、小坂早苗にきいてもらってもわかります。なんとなく気がかりだったから、小坂を呼んできいてみたんです。小坂はむろんしらぬといってましたがね」

「そうすると……」

と、こんどは日下部警部補が身をのりだして、

「そのときこの双玉荘にのこっていたのは……?」

「東翼のひとたちが全部と西翼では女中の山本安江、それから虎若の六人ですね」

「このおも屋の戸締まりは……?」

「虎若というるすばんがおりましたからべつに玄関にかぎはかけていきませんでした。ところが虎若は

あの調子だし、たいてい奥にとじこもってますから、だれかこの応接室へしのびこもうと思えばしのびこめたわけです」

「しかし……」

と、日下部警部補はちょっとためらったのち、

「東翼のひとたちが日奈児を殺すはずはありませんね。しかも、おそらく日奈児を殺した犯人が美奈子の首をしめたのでしょうから、そうなると大きな矛《む》盾《じゅん》ができてきますね。少なくとも……」

「少なくとも……？」

と、立花勝哉は日下部警部補のいわんとするところがわかっているらしく、挑戦するような口ぶりである。

「いや、たいへん失敬《しっけい》ですが、いまのあなたのお話だけでは、あなたじしんがこのカーテンのひもを、切断したのではないという証拠はどこにもありませんね」

「なるほど」

と、立花勝哉はにんまり笑うと、

「そして、それを恩田にわたしておいて、ひとしばいうたせたとおっしゃるんですか」

「そういう可能性がたぶんに出てきたわけですが……」

「ところが……」

と、立花勝哉の態度は落ちつきはらったものである。

「わたしのお答えはただひとつです。カーテンのひもを切断したのはわたしではない。これだけは神に誓ってでも申し上げておきましょう」

## 遺言状開封

もしカーテンのひもの問題がなかったら、日下部警部補は加納美奈子と恩田平蔵を日奈児殺しの重大な容疑者として検挙していたかもしれない。ところが立花勝哉の証言によって、いちじおあずけのかたちになった。

念のために小坂早苗を呼び出してたずねてみると、たしかにきのうの朝の十一時ごろ、おも屋のほうへ立花勝哉に呼びよせられ、切断されたカーテンのひもについて、質問をうけたという返事であった。しかも、立花勝哉と加納美奈子、さらに恩田平蔵の三

人が共謀《きょうぼう》して日奈児を殺したという証拠はまだ不十分である。

それにしても、もしこの三人がしらぬことだとすれば、いったいだれが日奈児を殺したのか。恩田の証言が事実だとすれば、西翼《せいよく》のドアのかぎはかかっていたというのである。とすれば西翼の住人は、だれもおも屋をとおって、東翼《とうよく》へはいっていくことはできなかったはずである。

と、すれば東翼のひとたちのだれかが、日奈児少年ののどをしめたのであろうか。なるほど、恩田平蔵の証言によると、東翼のドアには、かぎがかかっていなかったという。また美奈子も東翼から出てきたとき、かぎをかけたかかけなかったか、はっきりおぼえていないという。

とすると、美奈子がかぎをかけ忘れて後、庭のほうへ気をうばわれているすきに、東翼からしのび出ただれかが、美奈子の首をしめておいて、さてそのあとで日奈児少年をしめころすことができたであろう。

しかし、日奈児ののどをしめたのは、男の手であるという。東翼の男といえば降矢木一馬と杢衛じいやである。一馬はあんなにも日奈児少年を愛していたのだし、また西翼への対抗上、日奈児を殺すはずがない。杢衛じいやにしてからが、降矢木一馬に献身的な忠誠をささげている男である。主人があんなにも愛していた日奈児少年を、むざんにもしめころそうとは絶対に思えない。

こうなってくると、やっぱり疑わしいのはおも屋の住人たちなのだが、立花勝哉は実業界でも、そうとう名のとおった人物である。むやみに検挙したり拘引《こういん》したりするわけにもいかなかった。

「それにしても、金田一先生、立花勝哉にしろ恩田平蔵にしろ、加納美奈子にしろ、またばかの虎若虎蔵までが、なにかかくしているとおっしゃったが、あの連中はいったいなにをかくしているとおっしゃるんですか」

と、いう等々力警部の質問にたいして、金田一耕助はただユーウツそうに首を左右にふるばかりであった。そして彼はこういった。

「警部さん、それこそぼくもしりたいところなんですよ」

それから金田一耕助はこうつけ加えた。

「しかし、かれらにそれを打ち明けさせることは、おそらく不可能でしょうね。ただ、ぼくの直感がしってるんです。かれら四人がなにか重大なことをかくしていると……」

それはさておき、現実にこうして殺人事件が起《おこ》ってみると、問題になるのは金田一耕助が預かっている、東海林竜太郎の最後の遺言状《ゆいごんじょう》である。

故東海林竜太郎から全権を委任されている立花勝哉も、警察の厳重な要請にあうと、あくまでそれをこばみつづけることはできなかった。結局、その遺言状は日奈児少年の葬式の翌日、捜査当局立会いのもとで、遺族のまえで開封されることになったのである。

それはかつて第一の遺言状が開封された、あのおも屋の応接室のなかでのことである。

中央には立花勝哉が陣取っており、そのまえには悲しみにしずんだ降矢木一馬と小坂早苗、杢衛じいやの三人ひと組と、それに対立するように、月奈児を中心として五百子に緒方一彦、山本安江の四人。

このグループから少しはなれたところに加納美奈子がしょんぼり首をうなだれている。

このまえにはこれらのひとびとのほかには金田一耕助ひとりだけだったが、きょうはほかに等々力警部と日下部警部補がげんじゅうに目を光らせている。

「それでは、立花さん」

と、金田一耕助はたずさえてきた折《おり》かばんのなかから、例の封筒を取り出すと、

「これをあなたにお返しするまえに、みなさんに改めていただきたいと思います。たしかにこのあいだみなさんからおあずかりした封筒にちがいないということを……」

そこには降矢木一馬と五百子、それから加納美奈子の署名がはいっている。一馬と美奈子は形式的に、じぶんの署名を確認しただけだったが、五百子はハゲタカのように目を光らせて、おのれの署名のみならず封《ふう》ろうまでも入念に点検していた。

「いかがでしょうか、奥さん、中身がすりかえられているという疑いでもおありですか」

金田一耕助がひにくると、五百子はギロリとその顔をにらんで、無言のまま封筒を立花勝哉にかえした。

「では、みなさん、疑義《ぎぎ》はございませんね」

と、立花勝哉ももういちど念をおした。

「確かにこのあいだ、わたしが金田一先生におあずけしたものにちがいございませんね」

一馬と美奈子はすなおにうなずき、五百子もしぶしぶながら首をたてにふった。

「ああ、そう、それじゃここに故人、東海林竜太郎氏の最後の遺言状を開封いたします」

と、立花勝哉がいくらかもったいぶった口調でいって、はさみをとって、いままさに封筒の封を切ろうとしたしゅんかんである。

疾風《しっぷう》のごとくへやのなかへおどりこんできたのは虎若虎蔵であった。こぶしをかためて、立花勝哉のみけんに一撃をくれると、虎若の手は、はや遺言状をわしづかみにしていた。

「あっ、虎若、なにをする!」

ほとばしる鼻血をおさえて、彼が立ちあがろうとしたとき、遺言状をわしづかみにした虎若虎蔵の姿はもうドアの外に消えていた。

それはあの白痴《はくち》の虎若としては、目にもとまらぬはやわざであった。金田一耕助はいうにおよばず、等々力警部も日下部警部補も、ぼう然としてなすすべもしらなかった。

やっとことの重大性に気がついて、一同がドアをとび出してろうかへ出てみると、虎若は背中をまるめて奥のほうへ逃げていく。

「虎若、待てえ!」

と、一同がやっとその背後へ迫ったとき、虎若虎蔵はかつて東海林竜太郎が、最後の呼吸をひきとった、あの奥の一室へとびこんで、なかからガチャリと掛け金をかけてしまった。あの貴重な遺言状をもったまま……。

## 灰になった遺言状

「虎若! ここをあけろ! 虎若!」

立花勝哉はどんどんドアをたたきながら、必死となってさけんでいる。

しかし、観音開《かんのんびら》きになった二枚のドアはかぎがかかっているうえに、なかからかんぬきがさしこんであるらしく、たたいたくらいではびくともしない。ドアを破ってはいろうにも、がんじょうな厚板でできたドアだから、ちょっとやそっとでは破れるはずがない。

「立花さん、このへやの入口、ここしかないんですか」

あせる立花に、日下部警部補がたずねた。

「あっ、そうだ」

と、立花は急に気がついたように身をひるがえすと、

「ああ、恩田、おまえはここで見張っていてくれ。虎若が逃げだささないように用心しろ！」

と、早口に命令しておいて、

「金田一先生、警部さん、日下部さんもこっちへきてください！」

ろうかをまがるとそこに美奈子のへやがある。美奈子のへやのおくには、いま虎若が閉じこもっているへやへ通ずるドアがあるのだ。もちろん、そのドアもかぎがかかっていたけれども、もしぶちこわすのなら、こっちのほうが簡単である。

しかし、立花勝哉としては、なるべくおだやかに虎若を説き伏せるつもりなのである。

「虎若、さあ、いい子だからこっちへ出ておいで。そして、いまおまえがもって逃げた封筒を、おとなしくおれに返しておくれ……」

「ああ、ちょっと立花さん！」

とつぜん金田一耕助が立花勝哉の腕に手をかけた。

「ちょっと、黙って……、ほら、あの音……」

「え？」

と、立花勝哉がだまりこむと、しいんとしずまりかえったへやのなかから聞《きこ》えてくるのはびりびりと紙を引きさくような音である。

「ああっ！」

と、立花勝哉はおどろきの声をあげ、

「虎若！　虎若！　おまえはいったいなにをしているんだ！　あけろ！　あけろ！　ここをあけろ！」

立花勝哉は猛然としてふたたびドアにぶつかっていく。日下部警部補もそれを手伝ったが、がんじょうなドアはびくともしない。

「恩田！　恩田！」

と、立花勝哉が大声でさけぶと、恩田があたふたとやってきた。

「はっ、専務さん、なにかご用でありますか」

と、恩田平蔵はあいかわらず軍隊口調。

「おまえ、むこうへいってまきかなたをもってきて

くれ、このドアをぶっこわして……」

「はっ！」

走り去る恩田のうしろすがたを見送って、立花勝哉はふたたびドアにむかってなだめにかかった。

だが、立花勝哉のそのことばを、まるであざけってでもいるように、紙を破る音がつづいていたが、それが終《おわ》るとマッチをする音がする。

「あっ！」

と、立花勝哉はふたたび絶叫した。

破ったものならまたはりあわせて、そこになにが書いてあったか読むことができるだろう。しかし、焼きすてられてはそれこそもとも子もなくなるのである。

「ちくしょうッ！　ちくしょうッ！　虎若めっ！」

立花勝哉がじだんだを踏んでいるところへ、恩田がおのをもってやってきた。とその時、ドアのむこうがわからのろのろと、こちらへちかづいてくる足音がする。

恩田がおのをふりかぶったまま、まごまごしていると、ドアのむこうがわでガチャガチャとかぎをいじる音。と、ドアが開いて、ぬうっと顔を出したのは、せむしで白痴の虎若虎蔵である。

「ばか、この野郎！」

いきなりぴしゃっとビンタをくわされた虎若は、二、三歩横へすっとぶと、どしんとそこにしりもちをついて、あきれたような顔色である。

立花勝哉をせんとうにたて、金田一耕助と等々力警部、日下部警部補の一行は、しりもちをついてきょとんとしている虎若には目もくれず、どやどやとへやのなかへふみこんだが、そのせつな、

「おっ！」

と、叫んで一同はその場に立ちすくんでしまったのである。

へやのすみには大きなストーブが切ってあるが、そのストーブのなかで青白いほのおをあげているのは、あの貴重な遺言状ではないか。

「しまった！」

と、叫んで立花勝哉はそばにあった石灰《せっかい》ばさみで、遺言状をつまみあげようとしたが、そのとたん薄白いもえがらとなった遺言状は、石灰ばさみのさきで砕《くだ》け散って、こなごなの灰となってくずれてしまった。

「虎若、き、きさまはなんだってこんなことを！」

と、立花勝哉はそこから虎若をにらみすえたが、その虎若虎蔵はぺったり床にしりもちをついたまま、ほっぺたをなでながらきょとんとしている。

さっき表《おもて》の応接室へおどりこんできたときの権幕《けんまく》にくらべると、まるでひとが変わったようである。

金田一耕助はしばらくまじまじとその顔をみつめていたが、その目をもういちどストーブのなかに移した。

ストーブのなかには遺言状のもえがらが、もはや完全な灰となって薄白くもりあがっている。ああ、その遺言状のなかにはいったいどんなことが書いてあったのか。いや、なにが書いてあったにしろ、その遺言状は二度とこの世に帰らぬものになってしまったのだ。金田一耕助はそれを思うと、おもわずゾクリとからだをふるわせたのである。

## 上海《シャンハイ》ジム

双玉荘で東海林竜太郎の遺言状が、あとからもなくもえくずれてしまったそのよく日《じつ》の夜のことである。

銀座《ぎんざ》裏の三光《さんこう》ビルというビルディングの地下室、「山猫《やまねこ》」という名の酒場の片すみで、さっきから人待ちがおに、しきりにたばこを吹かしているふたりづれがある。

ひとりは金田一耕助で、れいによって、よれよれのはおりはかまにインバネスをだらしなく肩からはおって、頭はいつものとおりすずめの巣のようなもじゃもじゃ頭である。

さて、もうひとりは等々力警部なのだが、もちろん警部は制服などは着ていない。はでなせびろにまっかなワイシャツ、黒い大きなサン・グラスをかけているところは、とんと密輸団のボスというかっこうである。

ふたりは「山猫」のいちばんおくのすみっこに陣取って、この酒場へはいってくる人間があるごとに、じろりとそのほうへふりかえる。はいってくるのはいずれも人相の悪い男ばかりである。

それもそのはず、この「山猫」という酒場は、密輸業者ややみブローカー、もっとたちの悪いのになると、ヒロポンの密造者など、よからぬ連中の集会所になっているのである。それだけに、すねに傷もつ身のうえだから、そこに見かけぬふたりづれを発見すると、みんなギョロリと目を光らせて、酒場のバーテンにひそひそなにか聞いている。

等々力警部は多少薄気味悪くなってきた。

「金田一さん、いったいわれわれはここでだれを待ってるんですか」

「なあに、上海《シャンハイ》ジム君を待ってるんでさあ」

「上海ジム……？」

と、等々力警部は黒いサン・グラスのおくで目を見張って、

「金田一さんは上海ジムをご存じですか」

と、おもわず息をはずませた。

等々力警部がおどろくのもむりはない。上海ジムというのは密輸団のボスで、かねてから警察からも目をつけられている人物だが、やりくちが巧妙なのでなかなかしっぽがつかめない。ふつう上海ジムでとおっているが、もちろん日本人である。それでいて本名はなんというのかだれもしっているものはない。等々力警部は係がちがうが、いつも警視庁の同僚からうわさは聞いている男である。

「金田一さんは上海ジムをご存じですか」

と、等々力警部はまた同じことをたずねた。

「はあ、ちょっと……」

「いったい、どういう関係なんです」

「いやあ、いつかジム君が殺人の疑いをうけたとき、わたしがちょっと働いて、無実であることを証明してあげたんです。ああ、そうそう、そのことはあなたには内《ない》しょでしたね」

そういえば等々力警部もおぼえている。

いつか上海ジムが三人の人を殺したという疑いで逮捕されたことがあった。証拠も十分そろっており、もしそのとき上海ジムが有罪ときまれば、死刑はまぬかれなかったのである。ところがさいごのどたんばになって事件がひっくりかえった。世にも意外な人物が真犯人として逮捕され、上海ジムは無実の罪が晴れたのである。

「ああ、そうだったのですか。それじゃあの事件は金田一さんが解決なすったのですか。わたしゃちっともしらなかった」

「いや、あのときよっぽどあなたに相談しようかと思ったんですが、止められやあしないかと思ってね。

まあ、ジム君の職業は職業として、正義はやっぱり正義ですからね」

「そりゃ、そうです。しかし、金田一先生、上海ジムにいったいどういう用事がおありなんですか」

「いや、じつはあのひとに頼んで酒井《さかい》圭介《けいすけ》君のゆくえをさがしてもらっていたんです。そのゆくえがわかったというもんですからね」

「酒井圭介というのはどういう男ですか」

「なあに、東海林竜太郎のおいなんですよ」

あっ！　と、等々力警部はおもわず口のうちで叫んで、金田一耕助を見なおした。

「ああ、それじゃ東海林の肉親のものが見つかったんですか」

「はあ、ふたりね。おいと、めいです」

と、そこで金田一耕助はテーブルのうえに身を乗りだすと、

「東海林竜太郎にふたりの姉があったということは、たしかまえにお話ししましたね」

「はあ、それはうかがいました」

「その姉はうえを松子《まつこ》、下を梅子《うめこ》といって、もちろんふたりとも結婚したんです。ところが結婚したあいてというのがふたりとも軍人なんですね。松子の夫は酒井良介《りょうすけ》、梅子のだんなさんは古坂敏雄《ふるさかとしお》といったんです。ところが軍人ですからふたりとも戦争中に、武運《ぶうん》つたなく戦死してしまったんです。しかも、松子も梅子も戦後死んでしまったんですが、ふたりにはひとりずつこどもがあったんです。松子のこどもが男の子で、いまいった酒井圭介、梅子のこどもは女の子で古坂綾子《あやこ》というんですが、ふたりともながいあいだゆくえ不明になっていたんですね。それがこんどやっと松子のこどもの酒井圭介のほうだけ、どうやら消息がわかりそうになってきたわけです」

「それがこのへんにいるというわけですか」

「はあ、酒井の郷里は兵庫県の姫路《ひめじ》なんですが、両親の死後、父の兄、すなわちおじのところへあずけられていたんです。終戦のときがなんでもかぞえ年で十四だったといいますから、いまでは二十六七になってるわけですね。ところがおじのところにいてもおもしろくなかったとみえて、二十《はたち》のとしに姫路をとびだして、それきりゆくえがわからないんです。それをいろいろ姫路のほうへ問いあわせたりなんかしているうちに、去年、親《しん》せきのものが東京であっ

たことがあるが、すっかり不良になって、グレン隊みたいなかっこうをしていたというんです。それなら上海ジムに頼めば捜《さが》してもらえやしないかと思って話してみたら、快《こころよ》くひきうけてくれて、けさがたやっと居所《いどころ》がわかったから、ここへくるようにって使いをくれたわけです」

「なるほど」

と、等々力警部はうなずいて、

「ところでもうひとりのめい、古坂綾子のゆくえは……？」

「いや、それはまだわからないんですが、姫路からの手紙によると、酒井圭介にきけばわかるはずだというんです」

「ああ、そう、ところで金田一先生は……」

と、等々力警部はあいての顔をまじまじと見まもりながら、

「東海林竜太郎のおいとめいとがこんどの事件、日奈児殺しになにか関係があるという見込みなんですね」

「いや、べつにそういうわけではありませんが、いちおうその消息をしっておくのもむだではないと思いましてね。あっと、ぼくになにか用……？」

金田一耕助のそばへやってきたのは、一見してヤクザの下っぱみたいな風態《ふうてい》の青年だが、その態度はていちょうをきわめている。

「金田一耕助先生でいらっしゃいますね」

「ああ、そう、ぼく金田一だが」

「失礼ですがおつれのかたはどなたでいらっしゃいましょうか」

「ああ、こちら警視庁捜査一課の等々力警部さんだ」

「えっ？」

と、わかい男の顔にさっと恐怖と敵意の色が走ったが、金田一耕助はにこにこわらいながら、

「なにも心配することはないんだよ。ジムさんも万《ばん》事《じ》承知のうえなんだから」

## ものいわぬ病人

「金田一先生、よくいらっしゃいました」

そこは三光ビルの三階の一室、「上海興業株式会社社長室」と、金文字ですりこんだガラス戸をひらくと、なかは豪勢なへやである。ふたりのすがたを

見て、にこにこと立って出迎えたのは、五十歳前後の白髪の老人で、これが上海ジムだった。

密輪団の大ボスで上海ジムなどというあだ名があるところから、どんなおっかない男かと思っているのと、これはまた意外な、いかにも柔和《にゅうわ》なかんじの好々《こうこう》やだ。

「これはこれは、等々力警部さん、ご高名《こうみょう》はかねてからうけたまわっておりましたが、お目にかかるのははじめてですね。これをご縁《えん》にこんごなにぶんよろしく」

上海ジムのじょ才《さい》ないあいさつに等々力警部はにがりきっている。それはそうだろう。密輪のボスによろしくとあいさつされて、承知しましたともいえないではないか。

金田一耕助はにやにやしながら、

「いやあ、ジムさん、あいさつはぬきにして酒井圭介君はどこにいるんですか」

「ああ、そう、それじゃさっそくご案内いたしましょう。話はいずれ自動車のなかででも申し上げるとして……」

三光ビルはぜんたいが上海ジムの支配下にあるらしい。三階からエレベーターで地階へおりていくとちゅうには、いたるところにジムの子分らしいのが警戒の目を光らせていた。

三人を乗せたキャデラックが走り出すと、あとから子分を乗せた自動車が見えがくれについてくる。

「ところで金田一先生、おたずねの酒井圭介ですがね、これがちょっとやっかいなことになっておりましてね」

自動車が走りだすとさっそく上海ジムが話をはじめた。

「はあ、やっかいなこととおっしゃると？」

「いや、酒井圭介という男は新宿《しんじゅく》の五《いつ》つ星《ぼし》組の身内になっていたんです。五つ星組――ご存知でしょうねえ」

等々力警部はいうにおよばず、五つ星組なら金田一耕助もしっていた。五つ星組の親分五つ星長太郎《ちょうたろう》というのは、新宿を根城《ねじろ》にするボスで、ユスリ、タカリが専門の一種のギャングみたいな組合なのである。

「ところが酒井圭介という男ですが、これがなにかヘマをやったらしくて、わたしが捜《さが》しあてたときには、仲間のオキテでまあリンチみたいな目になってたんですね。それをまあ、いろいろ五つ星組に交渉して、やっと身柄《みがら》をこちらへもらったんですが、やつれはてた状態ですからいま病院へ入れてあります」

「そんなに重態なんですか」

と、金田一耕助はどきりとする。

「いえ、いえ、重態といってもべつに内臓の病気ではなく外傷ですからね。それに年齢もまだ若いしするから、快方にむかえばはやいでしょうが、わたしがあったときは相当弱っていました。一週間ほどろくに食べ物もあてがわれなかったらしいんですね」

「ひどいことをするもんですね」

「いや、金田一先生なんかの目からみればひどいでしょうけれど、本人もそれを承知のうえで仲間に誓《せい》約《やく》を入れてるんですからね」

「しかし、ジムさんはそんな手荒なまねはしないでしょうねえ」

「いや、わたしも昔はやりましたよ。あっはっは、いや、その天罰《てんばつ》でいつかああしてあやうく死刑になりかけたでしょう。あのとき金田一先生に助けていただいたうえに、こんこんとご意見をいただいて以来、そういうことはやめました。けっきょく、むちゃピストルで仲間をおさえようというのは、まちがってるということに気がついたのです。あっ、どうやらついたようです」

そこは神田《かんだ》でも有名な安全病院のまえである。自動車からおりるとき等々力警部がふりかえると、護衛の自動車も十メートルほどさきでとまった。

薬くさい病院のながいろうかをいくどか曲がると、かたわらの病室のまえに酒井圭介の名札がかかっており、そのドアのかたわらでいすにもたれて本を読んでいた男が、遠くのほうから上海ジムのすがたをみると、いすから立ち上がって直立不動《ちょくりつふどう》の姿勢でむかえた。

「ああ、花井《はない》か。患者さんはどうかね」

「はっ、いま看護婦が検温して出ていきましたが、おいおい調子はよいようです」

「ああ、そう、金田一先生、等々力警部さんもどうぞ」

等々力警部ときいて子分の花井が、ぎょっとしたように目をまるくしているのもいさいかまわず、上海ジムはみずからドアをあけてさきへはいった。

さすがに上海ジムのお声がかりだけあって、そこはこの病院でもいちばんよい病室で、むろん、酒井圭介ひとりのへやである。

「酒井君、どうかね。おいおい調子がよいそうでけっこうだね」

上海ジムが声をかけたが、酒井は鼻のうえまで毛布をかぶって返事もしない。

「あっはっは、やっこさん、よくねているとみえる。おい、おい、酒井君、ちょっと目をさましてくれないかね。たいせつなお客さんをご案内してきたんだから……」

上海ジムはにこにこしながら、酒井をゆすり起《おこ》しにかかったが、そのとき、だしぬけにうしろから叫んだのは金田一耕助である。

「あっ、ジムさん、その男にさわらないで！」

「えっ、金田一先生、ど、どうしたんで……」

上海ジムはおどろいて振り返ったが、金田一耕助は返事もせず、ベッドのうえの酒井のひたいを、じっと見ていたが、きゅうに、

「け、警部さん！」

「き、金田一さん、ど、どうしたんですか」

「警部さん、お願いです。あなたの手であの毛布をめくってみてくださいませんか」

等々力警部にもようやく金田一耕助のおそれている意味がわかってきた。毛布からのぞいている酒井の目のふちは、土色をしているのである。警部がベッドのそばへより、ひと思いに毛布をひっぺがえしたとたん、

「むうう！」

と、うなった上海ジムの面上には、さっといかりの色がもえあがった。

なむさん、仰向《あおむ》けに寝た酒井の胸には、医学用の鋭いメスがぐさっと根もとまで突っ立っているではないか。

## 怪看護婦

「花井！　花井！」

と、怒りにふるえる上海ジムの声に、

「はあ、社長」

と、ろうかの外で見張りをしていた用心棒の花井

が、びっくりしたようにドアを開いて顔を出した。

「きさま、これはどうしたんだ。だれがこんなことをやってのけたんだ!」

「こんなこと……?」

と、なにげなくベッドのうえに目をやった花井は、酒井圭介の胸に突っ立っている鋭いメスに目をやると、

「あっ!」

と、思わずとびあがって、

「ちくしょう、そ、それじゃいまの看護婦が……」

「花井さん、その看護婦がやってきたとき、この患者はたしかに生きていたんでしょうね」

と、これは金田一耕助の質問である。

「ええ、そりゃもちろん。ぼくはへやのなかへははいりませんでしたが、患者の声がきこえてましたから」

「しかし、花井、この患者がさされたときの叫び声を、きさまは聞いていなかったのか」

「いえ、ところが、いっこうそんな声はきこえなかったんで……」

「花井さん、その看護婦はどれくらいながくこのへやにいましたか」

「へえ、十分ぐらいでしたろうか。検温にしちゃ少し時間が長過ぎると思ったんです」

「ああ、そう」

と、金田一耕助はそでのめくれあがった患者の左腕を指さして、

「ジムさん、被害者の声を立てなかった理由がわかりましたよ。ここに注射のあとがあります。だから犯人は被害者をだまして眠り薬の注射をしたんですね。そして被害者が眠りこむのを待って、毛布で顔をおおって、声を立てても外へもれぬようにしておいて刺したんじゃないでしょうか」

「なるほど、それだからこううまく心臓がねらえたわけですな」

と、等々力警部は金田一耕助のけいい眼《がん》に感心している。

「それで、その看護婦はどんな女でした」

「はあ、ところがわたしはろくすっぽ顔もみていないんです。そういえばまえにきた看護婦とちがっていて、大きな黒めがねをかけていましたけれど……」

「それで、それ、何時ごろのこと……?」

「はあ」

と、花井は腕時計に目をやって、

「いま、八時四十五分ですね。それじゃ、看護婦がやってきたのは、いまからちょうど三十分まえです。いまごろ回診があるのかなと思って時計をみたら八時十五分でしたから」

「それから、十分ほどここにいて出ていったというんですね」

「そうです、そうです。ですから二十分ほどまえにここを出ていったことになります」

しめた！　と、金田一耕助は心の中で叫んだ。神田から吉祥寺までどんなに自動車をいそがせたところで、二十分ではおぼつかない。

「警部さん、あなた病院のひとたちを呼んで、このことを報告してください。それからジムさん」

「はあ」

「花井さんをおしかりにならないように、花井さんはこのひとの生命をねらっている人間がいようとは、ゆめにもしらなかったんですし、それに犯人はよくよく奇妙なやつなんですから」

「いいや、先生、まことに申しわけございませんでした。あなたのだいじなひとを殺してしまって……」

「ああ、いや、警部さん。それじゃぼくちょっといってきます」

「いくってどちらへ……？」

「いや、ここの電話をかりて吉祥寺へかけてみます。みんなそろっているかどうか……」

「ああ、そう、じゃ、あとはわたしが引きうけました。」

「お願いします。ぼくはもういちどここへかえってきますけれど……」

と、そういう話ももどかしげに、病室をとびだした金田一耕助が、病院の受付で電話をかりて、吉祥寺へかけると、思いのほかはやくむこうが出て、電話の声は女である。

「ああ、もしもし、こちら金田一耕助ですが、あなた加納美奈子さん？」

「いいえ、あたし小坂早苗でございます」

「あっ」

と、金田一耕助はおどろいて、

「あなた、どうしてそこにいらっしゃるんですか」

「はあ、あたしおるす番をたのまれて……」

「おるす番……？　じゃ、みんないないんですか」

「いいえ、虎若さんはいらっしゃいますけれど……」

「虎若さんはいるけれど、ほかのひとたちはいないんですか」

「はあ」

「いったいどこへ出掛けたんですか」

「はあ、じつはさっき月奈児さんがまたてんかんの発作を起されて、立花さんが自動車で病院へつれていかれたんです」

「病院……？」

　と、聞きかえしたせつな金田一耕助は、ゾーッと背筋《せすじ》をつらぬいて走る戦《せん》りつを、禁ずることができなかった。

「病院というと、神田の高野病院ですね」

「はあ」

「そして、だれとだれが月奈児君についていったんですか」

「奥さまと家庭教師の緒方一彦さん、そ

れから加納美奈子と恩田平蔵さんが自動車の運転をしていかれたんですね」

「そして、立花さんが自動車の運転をしていかれたんですね」


「はあ」

「いったい、それ、なん時ごろのことなんですか。自動車がそちらを出発したのは……」

「はあ、六時半ごろのことでした。お夕飯のさいちゅうに発作を起されたとか……」

金田一耕助はまた背筋をつらぬいて走る戦りつを、おさえることができなかった。六時半に吉祥寺を出たとすると、おそくとも七時半には高野病院に到着しているはずである。そうすると、怪看護婦が酒井圭介の病室へあらわれた八時十五分ごろには、立花勝哉をはじめとして、降矢木五百子に緒方一彦、加納美奈子と恩田平蔵と、この五人の関係者は、ついの鼻のさきの高野病院へきているのだ。

「金田一先生、金田一先生」

と、電話のむこうで小坂早苗が、気づかわしそうに声をふるわせて、

「なにかまた、あったんでしょうか」

「いや、いや、いまにわかります。それじゃまた……」

受話器をおいて受付を出たとき、金田一耕助のひたいには、ぐっしょり汗がうかんでいた。

もとの病室へかえってくると、医者や看護婦がかけつけてきて、病室のなかはごったがえすような騒ぎである。

「金田一先生、やっぱり看護婦がやったらしい。先生の診断ではやられたのは八時以後だろうということですから」

と、等々力警部もこう奮《ふん》している。

「ああ、そう」

と、金田一耕助はうなずいて、

「それじゃ、警部さん、ここはみなさんにまかせておいて、あなたはわたしといっしょにきてください」

「どこへ……？」

「いえ、それはここを出てから申し上げましょう」

「金田一先生、お出掛けでしたらわたしの自動車で……」

と、上海ジムがそばから口を出したが、

「いや、それにはおよびません。歩いていけるとこ

ろですから、……そうそう、ひとつこの花井さんを貸してくださいませんか。ちょっと見てもらいたいものがありますから」

「さあ、さあ、どうぞ」

「すぐおかえししますが、ジムさん。これもなにかの縁《えん》だと思って、酒井圭介さんのおとむらいをしてあげてください」

「はっ、承知いたしました」

上海ジムはいんぎんに頭をさげた。

## 第三のさん劇

酒井圭介が殺された安全病院から、月奈児の入院している高野病院までは、男の足であるいて五分くらいの距離である。

みちみち金田一耕助が事情を説明すると、等々力警部はおどろいて、

「金田一先生、それじゃやっぱり加納美奈子が……」

「さあ、なんともいえません。とにかく花井君に首《くび》実検《じっけん》をしてもらおうじゃありませんか。花井君はろくすっぽ顔をみていないといってますが、会ってみれば身につけているふんい気やなんかでわかるかもしれませんからね」

「ああ、なるほど」

と、等々力警部もうなずいて、

「しかし、このことは花井にはいわないほうがいいでしょうかねえ。先入観を植えつけるようなもんだから」

「そうです、そうです。ですからひとつ、加納君を待合室にでも呼び出してもらって、さりげなく会わせてみようじゃありませんか」

花井は、なんにもしらずに五、六歩おくれて、ふたりのあとからついてくる。

「ときに、金田一先生、きょうのこの殺人事件は日奈児殺しに関係があるんでしょうねえ」

「それはもちろんあると思いますね」

「あるとすればどういう関係が……?」

「さあ、それはまだ……」

と、ことばをにごしているものの、金田一耕助になにか考えるところがあるらしいのを、等々力警部は知っていた。酒井圭介が殺されたと知ったときの、金田一耕助のひとみにうかんだかがやきを、等々力

警部は見落《みおと》さなかったのである。しかし、こういう場合、よほどの確信をもたないかぎり、ぜったいにそれを口に出さないあいてであることも、等々力警部はよくわきまえている。だから警部はそれ以上、つっこむことはさしひかえていた。

やがて高野病院へ到着すると、受付に頼んで、加納美奈子を待合室へ呼び出してもらった。

美奈子はいつものように看護婦の制服をきているが、その顔を見ても花井の表情に、なんの変化も起らないのをみて、等々力警部はふかい失望をかんじずにはいられなかった。

美奈子はふしぎそうに三人の顔を見まもりながら、

「金田一先生、なにかまた……？」

と、不安そうに声をふるわせている。

「いや、いや、べつに……じつはさっき吉祥寺のほうへ電話をかけてみたところが、月奈児君がまた発作を起《おこ》して入院なすったと聞いたもんですから、どういうごようすかとおうかがいにあがったんです。ちょうど警部さんとこのひと……花井君と三人でこの近所、ほら、このさきに安全病院というのがあるでしょう。あそこまできたもんですから」

「はあ」

安全病院ときいても、美奈子の顔にはべつになんの変化も起らなかった。また、花井のほうにちらと目を走らせたが、全然恐怖の色もうかばない。花井は花井でまじまじと美しい美奈子の顔をながめながら、あいかわらずきょとんとしているので、等々力警部はいよいよふかい失望を味あわずにはいられなかった。

「ときに、月奈児君の容態《ようだい》はどうなんですか」

「はあ、ありがとうございます。やっとさっき落着いたところでございます」

「こちらへお着きになったのは何時ごろでしたか」

「はあ、七時半ごろだったんじゃないでしょうか」

「みなさん、まだそばに付きそっていらっしゃるんですか」

「いえ、専務さんはわたしどもを送ってくだすって、すぐおかえりになりました。それから恩田さんも月奈児さんが落ち着いたところをみていまさっきおかえりになりました」

「ところで、あなたは七時半ごろこちらへお着きになって、ずうっとこちらに……？　どちらへかお出掛けになりませんでしたか」

「はあ、あの、奥さまのおいいつけでパジャマを買いに……あんまりあわてて緒方さんが月奈児さんのパジャマを忘れていらしたものですから……」

「それ、何時ごろのことですか」

「はあ、八時ちょっと過ぎのことですけれど……」

と、美奈子の目にはまた不安の影がさしてきて、

「しかし、先生、なにかまた」

「いや、いや、それではいま奥さんと緒方さんが付きそっていらっしゃるわけですね」

「はあ、あの、奥さまはわたしのるす中にどこかへお出掛けになったようでしたが、つい今しがたかえってお見えになりました」

「ところで、あなた、酒井圭介というなまえをきいたことはありませんか」

美奈子ははっとしたように、

「酒井圭介さんといえばたしか社長さん、いえ、あの、おなくなりになった社長さんのおいごさんだとか……」

と、美奈子のことばもおわらぬうちに、ろうかの奥からあわただしい足音がちかづいてきたかと思うと、待合室の入口にあらわれたのは五百子である。

「ああ、金田一先生、警部さん！」

と、五百子は怒りの形相《ぎょうそう》ものすごく、わななく声で加納美奈子を指さしながら、

「この女をとらえてください。この女をしばり首にしてください！」

「ええ、奥さん、ど、どうかしたんですか」

「月奈児が殺されています。犯人はこの女にちがいありません」

つぎの瞬間、等々力警部は待合室をとびだしていたが、金田一耕助はすばやく花井をふりかえって、耳に口をよせてささやいた。

「きみ、さっき安全病院へきた看護婦というのは、いま目の前にいるひとじゃない？」

花井はびっくりしたように美奈子の顔を見なおしたが、すぐ強く首を左右にふって、

「それはちがいます。ぼく、ちらとしか顔を見なかったんですが。それでもこのひとではありません。もっといかつい女でした」

「ああ、そう、それじゃきみはもうかえってよろしい。ジムさんによろしく」

いまにも失神しそうになっている加納美奈子の手をとって、月奈児の病室へやってくると、ベッドのそばに緒方一彦がぼう然とした顔色で立っている。

　みると月奈児の細い首には、絹《きぬ》の細ひもが食いいるようにまきついているが、その細ひもはいつか美奈子がのどをしめられた、カーテンのひもとおなじ種類のものである。犯人はまた双玉荘のカーテンのひもを切断したらしい。やがて、医者がかけつけてきて手当《てあて》をしたが、もうすでに手おくれだった。

「この女がやったのです。財産ほしさにこの女がやったんです。あたしがちょっと外出してかえってきたとき、この女がひとりでベッドの枕《まくら》もとにすわっていました。月奈児は毛布を鼻のうえまでかぶっていたので、あたしはそのとき気がつかなかったのです。そこへあなたがたが面会にこられたので、この女が出ていったのです。そのあとでなにげなく毛布をずらせると……この女がやったのです。この女が月奈児を殺したんです」

　五百子は気ちがいのようにわめきつづける。

「緒方君、きみはそのときどこにいたの？」

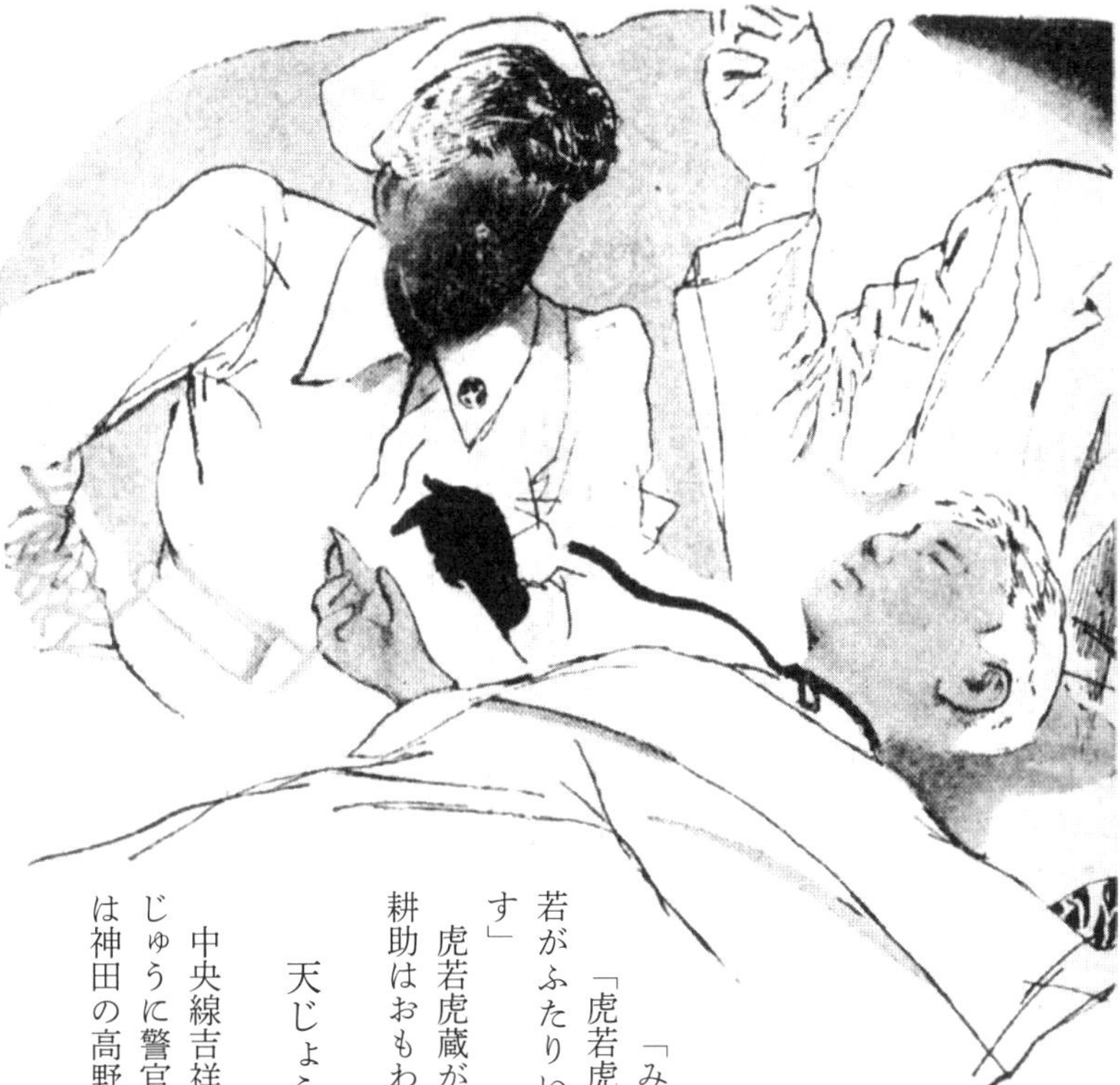

金田一耕助がたずねると、

「はあ、ぼくはとなりの付きそいのへやで新聞を読んでいたんです。ところが金田一先生」

と、緒方は目をひからせて、

「月奈児君はきょう発作を起すまえに、みょうなことをいいましたよ」

「みょうなことって？」

「虎若虎蔵がふたりいるって。あのうちに虎若がふたりいるといいはってきかなかったんです」

虎若虎蔵がふたりいる……それを聞いたせつな、耕助はおもわずぎょっと息をのんだ。

## 天じょう裏の怪人

中央線吉祥寺のおくにある双玉荘は、いまげんじゅうに警官たちによって包囲されている。それは神田の高野病院で、月奈児が何者にともしれずしめ殺された夜の十二時過ぎのことである。

　双玉荘の空高く、とがまのような月がかかって、なんとなく異変を思わせるような夜である。双玉荘のまわりをとりまく警官たちも、みなぼうしのあごひもをかけて、きっと結んだくちびるにも緊張の気がみなぎっている。その緊張は双玉荘の内部においては、いっそうきびしかった。

　双玉荘の中央の建物の応接室には、ここに住むひとびとが全部かん詰めにされている。まず東翼《とうよく》の住人からいえば、降矢木一馬に家庭教師の小坂早苗、それに杢衛じいやの三人、また西翼《せいよく》から降矢木五百子に家庭教師の緒方一彦、それから女中の山本安江さらに中央の建物の住人である立花勝哉に恩田平蔵、虎若虎蔵に加納美奈子と、以上の十人が呉越同舟《ごえつどうしゅう》といったかんじで、さっきからむっつりとたがいににらみあっているのである。そのへやの周囲を警官が、げんじゅうに取りまいて、監視の目を光らせていることはいうまでもない。

　金田一耕助と等々力警部、それから所轄《しょかつ》警察の捜査主任日下部警部補の三人は、かつて東海林竜太郎が息をひきとった、あの箱のようなへやに閉じこもって、しきりに床を調べ、壁をたたいて、その音響をしらべている。

「しかし、金田一先生」

　と、へやのなかを調べあぐねた日下部警部補は、多少うんざりしたように、

「月奈児がいったからって、そんなことまにうけていいんでしょうかねえ。虎若虎蔵がふたりいる……ああいう精薄児のいうことですから、あんまり当てにならないんじゃないですか」

「いいえ、主任さん」

　と、金田一耕助はげんぜんたる調子で、

「精薄児のいうことですからまにうけていいと思うんです。精薄児はわれわれふつうの神経をもつものの、気がつかぬところに意外な神経がはたらくものです。それに……」

「それに……？」

　と、等々力警部がふしぎそうにあとをうながす。

「いや、われわれはもっとはやくそのことに気がつかなければならなかったんです。あの遺言状《ゆいごんじょう》をうばい去っていった虎若虎蔵と、遺言状を焼きすてたのち、このへやのなかで発見された虎若虎蔵とは、た

しかに人間がちがっていましたよ。また、加納美奈子があやうく殺されかかった夜の虎若も、ふだんの白痴《はくち》の虎若と、たしかにちがっていたようです」

「そうすると、金田一先生のお考えでは、このへやにどこか密室が付属していて、そこににせの虎若虎蔵がひそんでいるというんですね」

「そうです。そうです。ほら、日奈児の殺された晩、看護婦の加納美奈子が、夜おそくまで看護婦の服を着ていたでしょう。あれなども、ここにだれかがかくれている証拠です」

「しかし、その密室はどこに……?」

等々力警部と日下部警部補が、きょろきょろへやのなかを見まわしているとき、とつぜん金田一耕助は、きっと天《てん》じょうを仰《あお》いで叫んだ。

「天じょううらにかくれているにせの虎若虎蔵君よ、よく聞きたまえ」

「えっ?」

と、叫んで等々力警部と日下部警部補も、おもわず天じょうをふりあおぐ。このへやの天じょうは格《ごう》天《てん》じょうになっているのだが、むろん、天じょううらはしいんとして、物音ひとつきこえない。

「天じょううらにかくれているにせの虎若虎蔵君よ、よく聞きたまえ」

と、金田一耕助はもういちどおなじことばをくりかえすと、

「日奈児君についで、今夜月奈児君も殺されましたよ。そして、わたし、この金田一耕助はこんやはじめてこの事件の犯人がだれであるかをしったのです。もし、君が事件の真相をしりたかったら、天じょううらからおりてきたまえ」

天じょううらからはすぐに返事はきこえなかった。等々力警部と日下部警部補は手に汗にぎってきっと天じょうを見まもっている。

やがて、ガタリと天じょううらで物音がしたかと思うと、

「金田一先生、それはほんとうでしょうねえ。この事件の犯人がわかったというのは……?」

と、しゃがれた男の声がきこえてきたので、等々力警部と日下部警部補のふたりは、おもわずぎょっと呼吸をのみこんだ。

「ほんとうです。東海林竜太郎さん」

「な、な、なんだって? 東海林竜太郎だって?」

等々力警部と日下部警部補は、めんくらったように叫んだが、そのとき、天じょううらでくすくすとひくい笑い声がきこえたかと思うと、

「恐れいりました、金田一先生、よくわたしが生きていることがおわかりになりましたね。それではいま降りていきます」

そのことばもおわらぬうちに、格天じょうの中央の一部が音もなくさがってきたかと思うと、その天じょううらの安楽《あんらく》いすに、ゆうぜんと腰をおろしているのは、なんと喉頭《こうとう》ガンで死んだはずの東海林竜太郎ではないか。

## 生きている竜太郎

「金田一先生」

と、等々力警部はするどく金田一耕助をふりかえって、

「これが東海林竜太郎氏とすると、高野博士は誤診したのですか。それとも博士もこのいかさまの共犯者だとおっしゃるのですか」

「いいえ、警部さん、高野先生はほんものの東海林竜太郎氏をしらなかったのだろうと思います。ですから喉頭ガンでひん死の病人をここへつれてきて、これが東海林竜太郎であるといえば、だれもそれを疑うことはできませんね。ですから高野先生はその病人を東海林竜太郎氏だとばかり信じこんで、死亡《み》診断書を書かれたのです。東海林さん、あなたの身替《がわ》りになって死んだのは、いったいだれですか」

「はあ、あれが加納美奈子の父なんです」

「あっ！」

と、叫んで金田一耕助は、思わず両のこぶしを握りしめた。こればかりはさすがの金田一耕助も予測しえなかったとみえる。

「しかし、東海林君、君はなんだってそんないかさまをやったのだ。それが法にもとることだということをしっているだろうね」

「もちろん、しっています」

と、東海林はさびしそうにほほえんだが、急にいかりの色をおもてにあらわし、

「わたしは復《ふく》しゅうしてやりたかったんです。わたしの愛する部下郷田啓三を殺した人間を発見して、そいつに天《てん》ちゅうをくわえてやりたかったのです。

その人間は日奈児なり月奈児なりをねらっていたにちがいないのです。だからわたしが死んだものになり、ああいうへんな遺言状《ゆいごんじょう》をのこしておくと、そいつは毒牙《どくが》をむいて、日奈児なり月奈児なりをねらうにちがいない。わたしはこの家にかくれていて、そいつの正体をあばいてやろうと思っていたのです」

金田一耕助もだいたいのことを察していたが、それにしてもこの男の思いきった行動には、りつ然《ぜん》とならざるをえなかった。

「しかし、東海林さん、あなたのとった行動が、日奈児くんや月奈児くんにとって、非常に危険なものになるだろうとはお考えになりませんでしたか」

「それはもちろん思いました」

「あなたはごじぶんのお子さんをかわいいとはお思いになりませんでしたか」

「金田一先生」

と、東海林は悲しげに首を左右にふって、

「あなたは日奈児と月奈児が、どういう子どもだったかご存じでしょうね。わたしはあの子たちを見るのがつらかった。ああいう子どもは生きていないほうがしあわせだと思ったのです」

「そんな、そんな……」

「いいえ、金田一先生、先生がふんがいなさるのもむりはありません。精薄児といえども生きていく権利があるとおっしゃるのでしょう。わたしだってそれを認めます。しかし親の身になってみると、あの子たちが成長したあかつきを想像すると、身を切られるようにつらかったのです。ああ、日奈児よ、月奈児よ。おまえたちはどうしてこの世にうまれてきたのだ。おまえたちはこの世にうまれてこないほうが、どれほどしあわせだったかわからないんだよ」

東海林竜太郎は両手でひしと顔をおおうと、男泣きに、さめざめと泣いた。指のあいだをつたって熱い涙がこぼれ落ちる。

竜太郎とて人間である。親としての愛情を人一倍もっていたのだ。いや、いや、わが子を愛し、その愛児のゆくすえを案じるがゆえにこそ、こういう非常手段をとったのであろう。

「それじゃ、東海林くん」

と、日下部警部補もりつ然として、

「立花勝哉や恩田平蔵、虎若虎蔵と加納美奈子は、君のこのお芝居《しばい》の共犯者なんだね」

「主任さん、あの連中を責めないでください。あの連中はずいぶんぼくをいさめたり、なだめたりしたんです。しかし、ぼくは決心をかえませんでした。ぼくはいつでも思いたったことは、さいごまでやりぬく男なんです」

　東海林竜太郎はぐいと肩をそびやかすと、

「それより、金田一先生、郷田啓三をはじめ日奈児や月奈児を殺したのはいったいだれなんですか」

「ああ、そう」

　と、金田一耕助はふりかえって、

「それじゃ、むこうへいきましょう。犯人を指摘してさしあげますから」

金田一耕助のあとについていく等々力警部と日下部警部補の顔色も、緊張そのものであった。

## 完全犯罪

この事件の関係者がかん詰めにされている応接室のまえには、大きな黒めがねにマスクをかけた男がひとり、警官たちにまもられて立っていた。もし、諸君がその男のめがねとマスクをとってみれば、それは上海ジムの部下の花井であることに気がつくだろう。

花井は金田一耕助の目くばせをうけると、無言のままうなずいて、一同のあとについて応接室のなかへはいっていった。

応接室のなかで待っていたひとびとは、金田一耕助といっしょにはいってきた東海林竜太郎のすがたをみると、まるでゆうれいにでも出会ったようにおどろいた。

「あっ、竜太郎？　竜太郎？　おまえは竜太郎ではないか」

降矢木一馬は死んだ子がよみがえってきたようによろこんだが、反対に五百子の顔にはさっといかりの色がもえあがった。

「ああ、わかった。竜太郎さん、あなたはこの看護婦を愛しているのね。そして、この看護婦と結婚したいがために、じゃまになる日奈児や月奈児を殺したのね」

さすがに五百子の目はするどかった。図星《ずぼし》をさされたのか竜太郎は、ちょっと顔をあからめたが、すぐ金田一耕助をふりかえって、

「先生、犯人は……？　三人を殺した犯人は……？」

だが、竜太郎のことばもおわらぬうちに、とつぜん金切《かなき》り声《ごえ》を張りあげたのは、黒めがねの花井であった。

「あっ、こいつです、こいつです。こいつが看護婦に変装して酒井圭介を殺したんです」

と、花井がおどりかかっていったのは、なんと月奈児の家庭教師の緒方一彦ではないか。

一彦は東海林竜太郎の出現に気をうばわれて、うっかり花井の存在を見落《みお》としていたのだが、それを聞くとなむさんとばかりに花井をつきとばして逃げようとするところを、日下部警部補がとりおさえたか

と思うと、はやその両手にはガチャリと手錠《てじょう》がはまっていた。

そのとたん。

「ヒーッ」

と、いうような悲鳴がおこったかと思うと、くち木《き》を倒すように床のうえに倒れたのは、日奈児の家庭教師の小坂早苗である。見るとそのくちびるのはしからあわのような血がにじんでいて、ちょっとのま、床の上をのたうちまわっていたが、やがて全身の筋肉が硬直して、その顔色はみるみるむらさき色に変色していった。

「青酸《せいさん》カリをのんだのですね」

「金田一先生、こ、これは……?」

等々力警部はあきれたように目を見張る。

「東海林さん」

と、金田一耕助は竜太郎をふりかえって、

「これがあなたのめいの古坂綾子さんですよ」

「はあ」

「この男、緒方一彦が酒井圭介君を殺したのは、圭介君がここにじぶんのいとこの古坂綾子がいることをしっていたからです。この男は東海林氏を死んだものとばかり信じていたから、東海林氏の遺産相続人をつぎつぎと殺して、古坂綾子に遺産を相続させ、その綾子と結婚して、東海林氏のばく大《だい》な遺産をじぶんのものにしようとたくらんでいたんです」

「この悪党め! この悪党め!」

降矢木一馬が憤怒《ふんど》の形相《ぎょうそう》ものすごく、緒方一彦におどりかかろうとするのを、警官たちがあわててうしろから抱きとめた。

「しかし、金田一先生」

と、五百子はあいかわらずするどい目を光らせて、そばからことばをはさんだ。

「あなたはそうおっしゃいますけど、緒方さんは日奈児を殺すことはできませんよ」

「どうしてでしょうか、奥さん」

金田一耕助のくちびるにうかんでいるあざけるような微笑をみると、五百子はむっとしたように、

「だって西翼《せいよく》のドアにはかぎがかかっていたというじゃありませんか。どうして緒方さんはそこを抜けて、東翼《とうよく》へしのんでいくことができたのです」

「奥さん、それはわけのないことです。あの晩、加納美奈子さんはまず東翼へいって、みんなそろって

いるか調べました。そして、みんなそろっていたので安心して、東翼からこの建物へ出てきました。そして、うしろのドアにかぎをかけようとしているところへ、ぼくのアパートへどろ棒にはいったあなたが自動車でこのうちへかえってきました」

ぎょっとしたように五百子は青ざめた。

「その瞬間、美奈子さんははっとして、うしろのドアのかぎをかけ忘れて、裏庭のドアを開いて外のようすをうかがっていた。そこをあとからつけてきた小坂早苗、すなわち古坂綾子がうしろからふろ敷《しき》をあたまからかけ、カーテンのひもで首をしめたのです。美奈子さんはかぎをもっていました。だから、そのかぎで西翼のドアをひらいて、緒方一彦を東翼へ忍びこませ、日奈児君の首をしめさせたのです。そして、緒方君が西翼へもどると、またあとのドアにかぎをかけておきました。そのあとで、かぎを中庭のドアのそばに落《お》としておいて、じぶんはなにくわぬ顔をして、へやへかえっていたのです。これで完全犯罪ができあがったというわけですね」

金田一耕助はそこまで語ると、東海林竜太郎をふりかえって、

「東海林さん」

「はあ」

「こういうことが起《お》こったのも、すべてはあなたの思いきった行動からです。まいた種《たね》はからねばなりません。あなた、覚悟はきめていらっしゃるでしょうね」

「それはもちろんです」

と、竜太郎は男らしい顔にしぶい微笑をうかべて、

「愛する部下郷田啓三を殺した犯人が罰せられさえすれば、ぼくは何年だって服役する覚悟だったのです。美奈子さん」

「はい」

「ぼくが刑務所から出てくるまで待っていてくれるだろうね」

「はい、何年でも……」

一同の視線に射すくめられた加納美奈子は、おとめの恥《はじ》らいをみせて真《ま》っ赤《か》であった。

# 灯台島の怪

## 地獄の八十八岩

伊豆《いず》半島の南方――というよりも南端にちかいところに、Sという漁港があります。

関東と関西のあいだを往来する汽船は、すべてこのSの沖合いを通るわけですが、その付近いったいの海は、昔から有名な難所になっていて、海面いたるところに、にょきにょきと、大小さまざまの岩がつき出ています。

いつ、誰《だれ》がかぞえたのか、それらの岩のかずは八十八あるそうで、土地のひとは、これを地獄の八十八岩とよんでいます、それというのが、この八十八岩をめぐって、いつも海流が、はげしい渦《うず》をまいているので、船がうっかりその渦に捲《まき》こまれると、八十八岩のどれかにぶつかって、こっぱみじんにくだけてしまうことが多いからです。

そういう難所から汽船を守るために、なにが必要だか、みなさんもごぞんじですね。それは灯台です。灯台こそは、こういう危険な海上をいく汽船にとって、命の親ともいうべき、みちしるべなのです。

S漁港の港外にも、そういう灯台がひとつあります。それはS漁村の西がわにつき出ている、てんぐの鼻という岬《みさき》の突端《とったん》から、約五百メートルはなれた海上にうかんでいる、小さい島のうえに立っているのです。

その島はもと、かたちが、うちわに似ているところから、うちわ島《じま》だの扇島《おうぎしま》だのとよばれていたのですが、そこに灯台ができてからは、灯台島《とうだいじま》とよばれるようになりました。

これからお話しする物語は、この、灯台島を中心にしておこった、ふしぎな事件なのです。

さて、昭和二十六年七月下旬の、とあるお昼すぎのことでした。

灯台守《も》りの島崎《しまざき》さんが、灯台のうえの展望台から、なにげなく双眼鏡で、付近の海上をながめていますと、S漁港のほうから、一《いっ》そうの漁船がちかづいてくるのが目につきました。

乗っているのは漕《こ》ぎ手《て》の漁師のほかに、白がすりの着物にはかまをはいて、古ぼけたパナマ帽をあみだにかぶった小《こ》がらな男と、中学生らしい少年のふたりきり。

「おやおや、あのひとたち、この灯台島へくるつもりかな」

島崎さんはそうつぶやきながら、なにげなく白がすりの男の顔に、双眼鏡の焦点をあわせましたが、きゅうに、はっとしたように、

「やっ、あれは金田一《きんだいち》先生じゃないか。そうだ、そうだ、金田一先生だ、金田一先生だ。先生、おうい、金田一先生……」

展望台から身をのりだして、島崎さんが右手をふると、船のほうでも気がついたのか、白がすりの男が帽子をとって、にこにこしながらふりました。

「ああ、やっぱり金田一先生だ。これはありがたい。いいところへ来てくださった。先生におねがいすれば、きっと疑問もとけるだろう」

島崎さんはそんなことをつぶやきながら、おおいそぎで灯台の階段をおりていきました。

この灯台の正面には、灯台守りの宿舎がたっていますが、島崎さんが灯台の正面入口からとび出すと、出あいがしらにばったり出あったのは、その宿舎からとび出してきた、灯台守り助手の、古河《ふるかわ》という青年でした。

「島崎さん、どうかしたんですか」

ふしぎそうにたずねる古河助手の肩を、島崎灯台守りは、いかにもうれしそうにたたきながら、

「金田一先生だよ。ほら、いつかきみにも話したことがある、金田一先生がいらっしゃったんだ。もうだいじょうぶ。先生がいらっしゃれば、なにもかも解決するよ」

そういいすてると島崎さんは、おおいそぎで船着き場のほうへ走っていきました。

## 消えた旅人

島崎さんが金田一先生といったのは、おなじみの名探偵金田一耕助《こうすけ》です。

そして、中学生の少年は、立花滋《たちばなしげる》君といって、金田一耕助の少年助手なのです。金田一耕助が灯台島へやってきたのは、べつに理由があるわけではありません。

金田一耕助は去年の夏も、避暑かたがた、伊豆半島を旅行しましたが、そのときやってきたのがS村です。耕助はそのとき山海寺《さんかいじ》という寺へとめてもらいましたが、どういうものか、そのお寺の和尚《おしょう》さんと気があって、二週間以上も逗留《とうりゅう》しました。そのとき、灯台見物にきたのが縁《えん》になって、島崎さんとも心やすくなったのです。

それで、ことしも山海寺へやってきたのですが、いっしょに来た滋君が、いっこくも早く灯台を見たいというので、さっそく、灯台島へやって来たのでした。

「それはそれは、よく来てくれましたね」

それから間もなく宿舎へついた島崎さんは、ふたりにつめたい麦湯をすすめながら、いかにもうれしそうに、にこにこして、

「それではさっそく、灯台へごあんないしますが、そのまえに金田一先生、今夜はこちらへおとまりになってもいいのでしょう」

と、なにかしら意味ありげな顔色です。

「ええ、それはかまいませんが、なにもそんなにしなくても、とうぶん、山海寺にいるつもりですから、また、たびたびやって来ますよ」

「いや、そうじゃなく、ぜひ先生にとまっていただきたいことがあるんです。ちょっとへんなことがありましてね。もっともここにいる古河君は、神経《しんけい》だというんですが……」

と、島崎さんはかたわらにひかえた、助手の古河青年をかえりみながら、いくらかきまり悪そうに、ごましお頭をなでました。

「はあ、へんなことというと……」

「じつは、こういう話なんですがね」

と、島崎さんの話によると、こうでした。

いまから七日まえの夕がたのこと、灯台を見せて

ほしいと、S村から船でわたって来た旅人がありました。ところが、そのひとが、灯台見物をしているうちに、お天気もようがおかしくなってきたのです。

「ごしょうちのとおり、このへんの海はとても危険で、お天気がよくても、日が暮れるとうっかり船は出せません。そこへ嵐がきそうな空もようになったので、そのひとは船をかえして、ここへとまることになったのです。そのひとの名は野口清吉《のぐちせいきち》といって、三十五、六のおとなしそうなひとでした」

「それで、そのひとがどうかしたんですか」

「はあ、あの、それが……その夜のうちに島から消えてしまったんです」

「島から消えた……」

「そうです、そうです。その晩はあんのじょう、そうとうひどい嵐になったので、わたしどもはなかなか寝つかれず、つい朝寝坊《あさねぼう》をしたんです。ええ、明けがたごろには嵐もおさまって、よいお天気になっていました。それで、野口さんもよく寝ているのだろうと思って、起《おこ》しにもいかなかったんです。ところが天気が、かいふくしたものだから、朝の十時ごろ、S村からランチをしたてて、二十人あまりの団体客が、灯台見物にやってきました。わたしどもはその案内で、てんてこ舞いをしていたもんですから、つい野口さんのことも忘れてしまって……ところが団体客がかえってから……団体客は一時間ばかりで、ランチでひきあげていったのですが、そのあとで、野口さんのことを思い出して、起こしにいったところが、ベッドのなかはもぬけのから。どこにもすがたが見えないのです」

「それは、しかし……そのひとも団体客といっしょに、かえったのじゃありませんか」

金田一耕助がそういうと、古河青年はわが意をえたりといわぬばかりに、

「それごらんなさい。金田一先生もぼくと同じご意見ですよ」

「ふむまあ、それはそうかもしれんが、あいさつもしないで行くというのがおかしいし、それにわたしはランチまで、団体客を送っていったんですが、そのなかに野口さんがいたとは、どうしても思えないんですがね」

「なるほど。するとランチで帰ったのでないとすると、夜のうちに……」

「いや先生、それこそ不可能ですよ。さっきもいったとおり、その晩はそうとうの嵐でしたから、そんな危険なまねをするはずがない。だいいち島をぬけ出すにも船がありません。野口さんの乗ってきた船は、さきにかえしたし、わたしどものモーター・ボートは、ちゃんとボート・ハウスのなかにありましたからね」

「と、いうと、どういうことになりますか。海へでも落っこちたのではないかと……」

「ええ、そうも考えられるんですが、もうひとつわたしの考えでは、その晩の嵐で、この裏にある、ほら、先生もごぞんじの土地のひとが竜《たつ》ノ口《くち》とよんでいる洞穴《ほらあな》。あの洞穴のうえの崖《がけ》がくずれて、洞穴の口をふさいでしまったんです。ひょっとすると野口さんは、あの洞穴のなかへ入っていて、出られなくなったんじゃないかと……」

古河助手は、それをきくと、げらげら笑って、

「金田一先生、島崎さんはそればかり心配しているんですが、その洞穴なら、のちに土を掘りおこして、なかを調べてみたんですよ。それにだいいち、野口さんが、そんなところへ、入るはずもありませんしね」

「しかし、それじゃ、あの声は……あれ以来、ときおりきこえる、あのへんな声は……」

「アッハッハ、また、それをおっしゃる。あれこそあなたのそら耳ですよ。あれはなんでもない、波の音かなんかです」

古河助手はこともなげにうち消しましたが、金田一耕助はふと、ききとがめて、

「声ですって……どんな声がするんです」

「それがね、どんな声と、はっきりしたことは、いいにくいんですが、どうかすると遠くのほうから……地の底からでもきこえるように、ときおり声がするんです。昼間はほかの音にまぎれてわからないんですが、夜など、ときおり……だから、野口さんはひょっとすると、まだこの島の、どこだかしらんが、たとえば地《ち》の底にでもいるんじゃないかと思って……」

島崎さんのその話をきいたとき、滋君はなにかしら、ぞっとするような、うすきみ悪さをかんじたのでした。

## 地底の声

その晩、灯台島へとまることになった滋君は、しかし、なかなか寝つかれませんでした。

島崎さんはしんせつに灯台へ案内して、いろいろ説明してくれました。滋君はそれによって、いろいろなことを知りました。

その灯台の光源が、石油単心灯《たんしんとう》であること。この光源のまわりにとりつけてある、大きなレンズによって、六十万燭光《しょっこう》という強い光が、遠くまでとどくこと。そのレンズの重さが約二トンあること。しかも、そのレンズが、ぐるぐるまわるしかけになっていて、どこからでも光が見えるようになっていること。二トンもある重いレンズをまわすには、いろいろな歯車をかみあわせ、その歯車のひとつにつなをまきつけ、そのはしに分銅《ふんどう》がとりつけてあること。分銅が地球の引力によってさがるにつれて、レンズが回転するようになっていること……。滋君はそれらの説明をたいへん興味ぶかくきいたのです。

しかし、いま灯台守りの宿舎の一室に、ひとり寝《ね》ている滋君の頭にうかぶのは、灯台のことよりも野口清吉というひとの、ふしぎなゆくえのことでした。

灯台見物がおわったあとで、滋君は金田一耕助とともに、島のなかを案内されましたが、そのとき、崖くずれがあったという洞穴も見せてもらいました。

わずか五千坪《つぼ》の小さな島ですが、それでも平坦《へいたん》なのは、灯台の立っている五百坪ばかりの地面だけで、あとは、小さいながらも崖あり、谷あり、かなり険《けん》阻《そ》な地形ですが、なるほど竜ノ口といわれる洞穴の入口は、崖くずれのために半分うずまっていました。

島崎さんの話によると、嵐の翌日、この洞穴の入口は、すっかりふさがっていたそうですが、それを古河青年とふたりで、ここまで掘りおこしたのだそうです。

金田一耕助と滋君は、こころみに、なかへ入ってみましたが、それは深さ三メートルばかりの、なんのへんてつもない洞穴で、どこにもかくれるところはありません。

だから、島崎さんと古河青年が、入口をふさいでいる崖くずれを掘りおこしたとき、野口さんが、ここにいなかったとしたら、そのひとは、ここへ入らなかったのにちがいない。

　しかし、それでは野口さんは、いったい、どこへいったのでしょう。海へ落ちたか、それとも団体客といっしょに、ランチでかえってしまったのでしょうか。

　しかし、それでは、そののちきこえる声というのは、なんでしょう。古河助手がいうように、それはやっぱり、島崎さんのそら耳か、波の音でしょうか。

　いえいえ、島崎さんのいうとおり、野口さんはまだこの島の、どこかにかくれているのではないでしょうか。

　とつおいつ、そんなことを考えているので、滋君はなかなか眠れませんでした。金田一耕助は食堂で、島崎さんや古河助手をあいてに、おそくまで話しこんでいたようすですが、それでも十二時が鳴るとともに、それぞれへやへひきとったようでした。滋君はそれをきいてから、やっと、うとうと眠りについたのです。

　それから、およそどのくらいたったか……。

　滋君はだしぬけに、はっと目をさますと、ベッドのうえに起きなおりました。そして、暗がりのなかで、じっと耳をすましていましたが、きゅうに気がついて、ベッドからすべりおりると、床に耳をつけました。

　すると、ああ、きこえる、きこえる。たしかに、ひとのさけび声がきこえるのです。それは波の音でも、風の音でもありません。意味はよくききとれませんが、ひとのさけび声であることだけはまちがいありません。

　はじめ、それは地《ち》の底をうろついているようでしたが、それがだんだん近くなってきたかと思うと、やがてはっきり、地上からきこえるようになりました。

　滋君は電気をつけると、おおいそぎで洋服を着て、へやの外へとび出しましたが、そのとたん、となりのへやからとび出したのは、白がすりにはかまをはいた金田一耕助です。

「あっ、滋君、きみもきいたのか」

「ええ、先生、あれは地の底からではありません。たしかにこの島にいるんです」

「うん、よし、いってみよう」

　ふたりが宿舎の玄関のうちがわまできたとき、島崎さんと古河助手も、てんでに懐中電灯を持ってとび出して来ました。

「金田一先生、やっぱり……」

「しっ、こっちのほうへやってくる」

一同が、息をのんできいていると、怪しの声はしだいにこちらへ近づいてきます。それはまるで、気がくるったような、さけび声とも、うなり声とも、うめき声とも、すすり泣く声とも、わけのわからぬ声でしたが、やがて玄関の外までたどりつくと、がりがりと外からドアをひっかく音、一同がきみわるそうに顔見あわせていると、やがて間もなく、ううんとひと声、ふかい、ふかいため息をはいたかと思うと、どさりと、ものを倒すような音。

それをきくと一同は、はっとわれにかえりました。おおいそぎで玄関から外へとび出すと、そこに倒れているのは洋服を着た男です。その顔へ懐中電灯の光をむけた島崎さんと古河助手は、あっといっせいにさけびました。

「あっ、や、や、やっぱり野口さんだっ」

それにしても野口さんは七日あまり、いったいどこにいたのでしょう。洋服もくつも泥だらけになり、やつれはてた全身には、ほうぼうかすり傷ができて、血がにじんでいます。

しかも、金田一耕助があわてて抱きおこしたとき、ああ、なんということでしょう、野口さんはすでに息がたえていたのでした。

## 鎖の輪

七日のあいだ、ゆくえをくらましていた野口さんが、とつぜんあらわれたかと思うと、なにもうちあけるひまもなく、死んでしまったときには、一同はまるでキツネにつままれたようなかんじでしたが、それでも夜が明けるとともに、金田一耕助の注意によって、古河助手がS村の駐在所とお医者さんのところへ、このことをしらせにいきました。

駐在所の清水《しみず》巡査とお医者さんは、すぐ古河助手といっしょに、灯台島へかけつけてきましたが、お医者さんの見たてによると、野口さんはべつに、誰《だれ》にどうされたというわけではなく、極度の疲労と衰《すい》弱《じゃく》のために、死んだのだろうということでした。

だが、それにしても野口さんはいったい、どこにいたのでしょう。まえにもいったとおり、わずか五千坪《つぼ》の小島《こじま》のこと、七日という長いあいだ、島崎さんや古河助手の目をのがれ、かくれていられるはずはありません。

と、すると。……誰の頭にもさっとひらめくのは、野口さんがゆくえ不明になって以来、ときおりきこえたという地底の声のこと。

ああ、もう、まちがいはない。この灯台島にはひと知らぬ、地下の洞窟《どうくつ》があるのです。

野口さんはその洞窟へはいりこんだが、なにかのはずみに出口がわからなくなり、七日七晩、飲まず食わずで、死の恐怖にさいなまれながら、あてもなく、まっくらな洞窟をさまよい歩いていたのではありますまいか。そして、八日めの夜になって、やっと出口を見つけてはい出し、灯台守《も》りの宿舎までたどりついたとたん、気のゆるみから、あえなく息がたえたのでしょう。

だが、それにしても野口さんは、なんだって地下の洞窟へはいっていったのか。いやいや、それより、長くここに住んでいる、島崎さんさえ知らぬ洞窟のありかを、どうして知っていたのでしょう。しかし、それらの秘密も、地下の洞窟を発見し、そこに何があるかわかれば、とけるのではありますまいか。

そこで金田一耕助は一同と力をあわせて、島のなかをくまなく調べてみましたが、どこにも洞窟の入口らしいものを発見することはできませんでした。それはよほどうまく、かくされているらしいのです。

さて、いっぽう野口さんの持ち物も、げんじゅうに調べてみましたが、いくばくかのお金のほかには、なにひとつ身もとのわかるような書類は、身につけていないのです。ただ、なにかの役にたちそうに思われたのは、野口さんの左の腕に、みょうないれずみがあったことです。それはオリンピックのマークのように、五つの輪を鎖《くさり》につないだいれずみで、なにかそこに、意味がありそうに思われました。

それともうひとつ、紙入れのなかから発見された、ふしぎな紙がありました。

それはたて二十五センチ、よこ十五センチばかりの、ふつうの画用紙でしたが、ところどころ、ふきそくに四角な穴が、窓のように切りぬいてあるのです。

それはちょうど、つぎのようなかっこうでした。

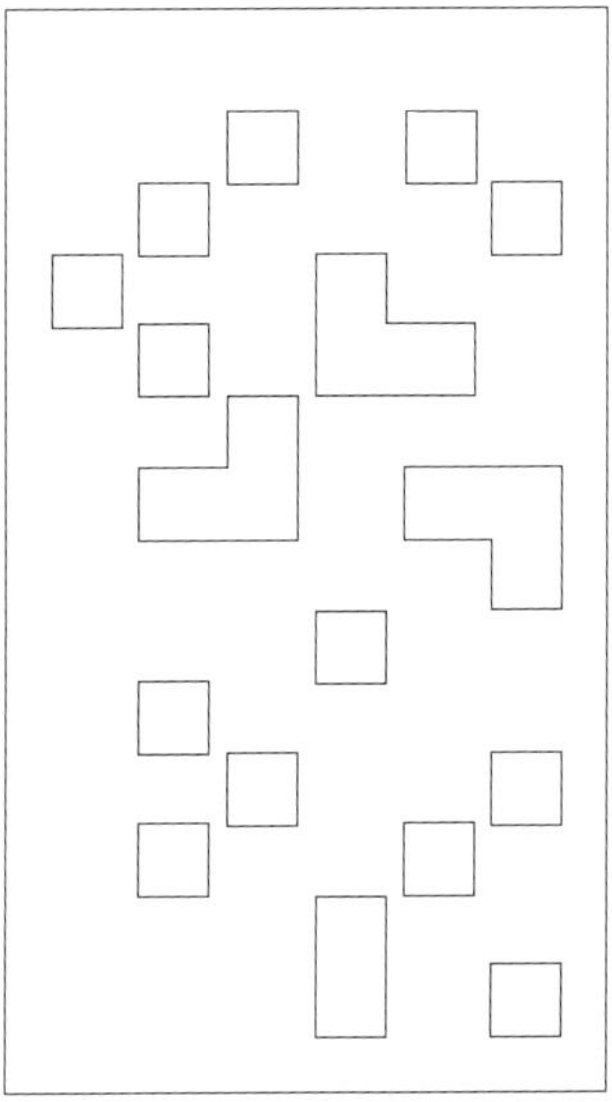

「おやおや、これはなんでしょうね」

清水巡査はふしぎそうな顔をしていましたが、金田一耕助はきらりと目を光らせて、

「清水さん、これはぼくがおあずかりいたします。いいでしょう」

「ええ、それはいいですが、何かそれに……」

「いや、べつにたいしたことはありませんがね」

金田一耕助は、ふしぎな紙をていねいにたたんで、手帳のあいだにはさみました。

さて、野口さんの死体のしまつですが、なにしろ夏のことですから、いつまでもほうっておくわけにはまいりません。そこで、S村へはこんでいって火葬にし、山海寺で、かたちばかりのおとむらいをすることになりました。

それは野口さんが死んでから三日めの晩のことで、山海寺の和尚《おしょう》さんのへやには、和尚さんに金田一耕助、清水巡査に立花滋君もまじって、灯台守りの島崎さんがくるのを待っていましたが、その島崎さんは六時ごろ、あたふたと灯台島からかけつけてきました。

「やあ、おそくなってすみません。出かけようとするところへ、灯台見物の客が、ふたりやってきたものですから……」

島崎さんはそんないいわけをしながら、もうけの席につきました。

さて、こうしてみんなそろったので、こんどのふしぎな事件について、いろいろ語りあっていましたが、そのうちに金田一耕助が思い出したように、

「ときに和尚さん、去年ぼくがここへ来たとき、むこうの額堂《がくどう》に、ふしぎな額がかかっていましたね。なんだかわけのわからぬ、おまじないみたいなこと

を書いた、……あの額はどうしました。いま見るとありませんが……」

和尚さんはそれをきくと、ぴくりと眉《まゆ》をうごかして、

「ああ、あの額ならちゃんととってあるよ。しかし、金田一さん、あんた、どうしてそんなことをきくのかしらんが、ちょっとみょうなことがあるよ」

「みょうなことというと……」

「じつはさっき、ふたりづれの客がきて、あの額のことをきくので、出して見せてやったばかりのところじゃでな」

「えっ、あの額のことをききに……いったい、それはどんな男でした」

「ひとりは右足が義足の男、もうひとりは片腕のない男じゃったな」

それをきくと島崎さんが、びっくりしたように膝《ひざ》をのり出しました。

「な、な、なんですって、義足の男に片腕の男ですって。それじゃさっき、灯台見物にやってきた連中です。あの連中なら、まだ灯台島にいるはずだが……」

それをきくと一同は、思わずあけはなった障子《しょうじ》の外に目をやりました。

八十八あるといわれる岩が、にょきにょきと海面からつき出ているなかに、灯台島の灯台が、しだいに暮れなずんでいく海にむかって、くるりくるりと、きそくただしい回転をしながら、つよい光をなげていました。

## 奉納額の秘密

一同はしばらく灯台の光を見ていましたが、やがて和尚が一枚の板の額を取りだして、

「金田一さん、いまお話のあった額というのはこれじゃが、これになにか……」

滋君がのぞいてみると、じっさいそれはふしぎな額でした。たて二十五センチ、よこ十五センチほどの、けずった板のうえに、なにがなんだか、わけのわからぬ文字が、墨《すみ》でべたべたと書いてあるのです。それはつぎのような文句でした。

いきかれなたなめそきのやまい
たわつわのなねしほひてもする
まつのとのかまんいろはなわを
ちにぬほさしへかよれつむいけ
こてよふくへ三ちぬとそおろや
まもさせけひねいちさくまなん

金田一耕助はしばらく額のおもてを見ていましたが、やがてふところから取り出したのは、このあいだ、野口さんの紙入れから発見した、あの穴のあいたふしぎな紙です。

「滋君、この紙を額のうえにあててごらん、そうすると、穴のあいたところへ文字が出てくるから、それを読んでくれたまえ」

「あっ、先生。それじゃこれは暗号ですか」

「そうだ、そうだ、暗号の一種なんだ。こうしてでたらめに文字をならべてあるのだから、ぜったいにとけやしない。ただ、この紙を持っているものだけが、暗号をとくことができるのだ」

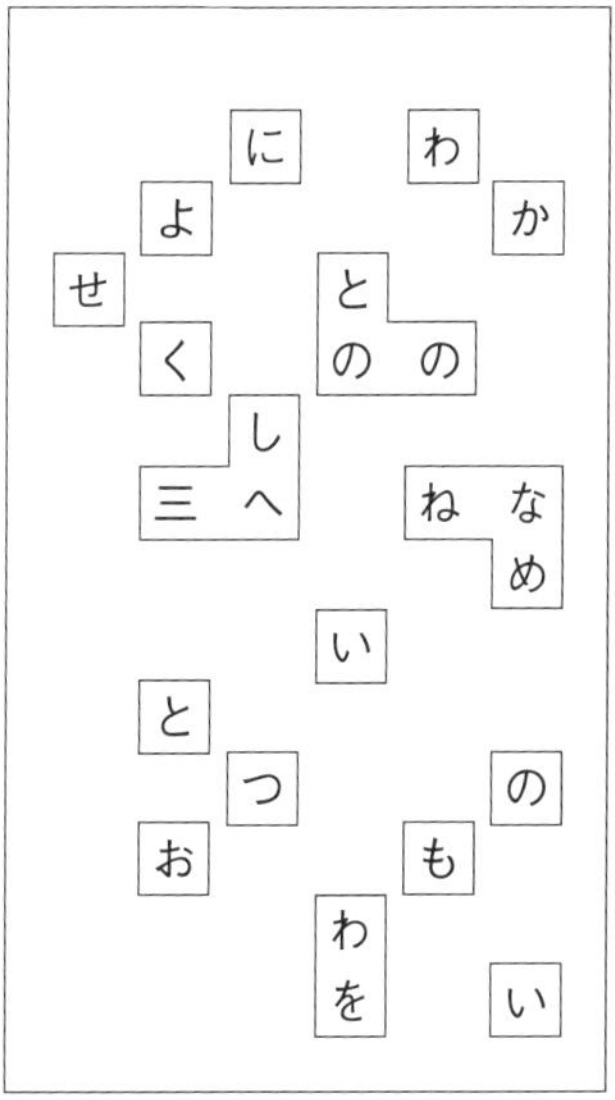


滋君はふるえる指で、耕助からわたされた紙を、額のうえにあてがいました。するとそこに出てきたのは、まえのような文字でした。

「かなめの岩の根元の岩を、西へ強く三度押せ。……あっ、先生、ひょっとすると、これは洞窟の入口のことではありませんか」

「そうだ。それにちがいない。島崎さん、灯台島にかなめの岩というのがありますか」

島崎さんはびっくりして、目をぱちくりさせていましたが、やがて息をはずませて、

「ええ、あります。あの島はもと、うちわ島だの、扇島だのとよばれていたのですが、扇のかなめにあたるところに、大きな岩があって、それをかなめの岩とよんでいるんです」

「あっ、それだっ。それにちがいない」

金田一耕助はうれしそうにさけびましたが、そのときそばから、ふしぎそうに膝《ひざ》をのり出したのは清水巡査です。

「しかし、どうしてこんなものがここにあるんです、和尚さん。この額を奉納《ほうのう》したのは、いったいどういう人物ですか」

和尚さんもびっくりして目を見はっていましたが、清水さんにそうきかれると、

「いや、じつはそのことについて、今夜みなさんにきいてもらおうと思っていたことがありますのじゃ。島崎さん、あの灯台ができあがったのは、昭和十六年のことでしたな」

「はあ、そうです」

「すると、あれは昭和十五年のことじゃったろう。まだ地《じ》ならしもできておらなんだじぶんのことじゃから」

ある日、この村の漁師がひとり、波にまきこまれて、あやうくあの島へ逃げこんだが、するとそこに男がひとり、頭をぶちわられて死んでいるのが発見されたのです。

「それで大さわぎになったのじゃが、誰《だれ》もその男を知っているものはない。また、持ち物を調べても、身もとのわかるようなものは、なにひとつ持っておらんのじゃ。そこで、どこのだれともわからぬままに、火葬にして、この寺へほうむったのじゃが、その死体の左の腕に、こんどの野口という男と、すっかり同じいれずみがあったのじゃな」

一同は思わず顔を見あわせました。

「ところが、そのことがあってから一年あまりのちのこと、この寺へ四人づれの男がやって来た。なんでも四人とも、ちかく戦争にいかねばならぬが、戦争にいくと、生きてかえれるかどうかわからない。ついてはこの額を額堂にかかげて、せめて、われわれの武運長久《ぶうんちょうきゅう》をいのってもらいたいと、額とかなりたくさんの金をおくと、名まえも名のらずたち去っ

たのじゃ。わしはこのことと、まえのいれずみのある死体と、つながりがあろうとは、たったいままで気がつかなんだが、いま、金田一さんの話をきいているうちに、はっと思い出したことがある。このあいだ死んだ野口という男、あれがたしか、四人づれのひとりだった。それから、さっき来た義足の男と片腕の男、これまた四人のなかまだったように思う。と、すると、昭和十五年に殺された男をいれて五人の男、これがいれずみにある鎖《くさり》の輪、五つの輪を意味するのではあるまいか」

和尚さんの話をきいて、一同がしいんとだまりこんでいるときでした。滋君がとつぜん、大きな声でさけびました。

「あっ、金田一先生、島崎さん。あれは、どうしたんでしょう。灯台のあかりの回転が、さっきより早くなったようですが……」

その声に一同はぎょっとして、海のほうをふりかえりましたが、ああ、なんということでしょう。灯台のあかりの回転速度は、各灯台によってきまっているものなのに、それがたしかにさっきより、早くなっているのです。

「金田一先生、いってみましょう。灯台になにか変《へん》事《じ》があったにちがいない」

島崎さんは血相《けっそう》かえて立ちあがりました。

## 大金塊

灯台の回転がつなのさきにぶらさげられた、分銅《ふんどう》によって起《おこ》るということは、まえにお話ししましたね。だから、分銅の重さがかわれば、回転度数もかわるわけです。

島崎さんは灯台島へかえってくると、すぐ灯台へとびこんで、分銅を調べましたが、そのとたん、思わず、あっと立ちすくみました。

分銅は灯台の塔の中心を、たてに走っている、コンクリートの円筒のなかにぶらさがっているのですが、なんと、その分銅のうえに男がひとり、ぐったりと、しばりつけられているではありませんか。しかも、そのからだからポタポタと血のしずくが……。

「あっ、義足の男だっ」

いかにも、それは義足の男。どうやらピストルでうたれたらしく、分銅とともに宙にぶらさがっているきみ悪さ。滋君は、思わずぞっと身ぶるいをしました。

「金田一先生、清水さん、手をかしてください。とにかく、あの死体をおろして、灯台の回転を正常に復《ふく》さねばなりませんから」

一同が死体をおろすと、金田一耕助は左の腕を調べてみました。するとそこにはまぎれもなく、鎖の輪のいれずみが……。

「やっぱりそうです。なかまのひとりですね」

「金田一先生、それより古河君はどうしたのでしょう。ひょっとすると古河君も……」

島崎さんのことばに、一同はぞっとしたように顔を見あわせました。

「とにかく、さがしてみましょう。灯台のうえにいるのではありませんか」

そこで一同は回転階段をかけのぼり、ガラス張りの光源室から、展望台のほうへも出てみましたが、古河助手のすがたはどこにも見えません。

「あっ、そうだ。ぼくはなんというばかだろう。片腕の男は洞窟《どうくつ》へはいっていったにちがいない。ひょっとすると、古河君もそのあとを追っかけていったのかもしれない。島崎さん、かなめの岩というのはどこですか」

「行きましょう、こっちへ来てください」

灯台から外へとび出すと、今夜はさいわい月夜なので、懐中電灯もいらないくらい。やがて一同は島のはずれの、小高い絶壁のうえにたどりつきました。見るとその絶壁のうえには、針《はり》のようにさきのとがった大きな岩が、くろぐろと空にそびえているのです。

「金田一先生、あれがかなめの岩です」

かなめの岩の根もとには、親牛《おやうし》ほどの岩が横たわっています。

「島崎さん、西といえばあちらですね。清水さん、その岩を押してみてくれませんか」

清水さんは無言のまま、小岩に手をかけ、一度、二度、三度つよく押しました。すると、どうでしょう。押すたびに加速度的に、小岩がぐらぐらゆれましたが、三度めに力をこめて押したとたん、かなめの岩がとつぜん、ぐらりと二十度ほどかたむいたのです。

「あッ、あぶないッ」

一同は思わずとびのきましたが、しかし、かなめの岩はそれ以上かたむくこともなく、ふしぎな平衡《へいこう》をたもっています。そして、その岩の根もとにぽっかりひらいたのは、それこそ洞窟の入口なのです。

「ああ、これじゃ、わからないのもむりはない。だれがこの大きな岩が動くと思いましょう。これこそ神の奇蹟《きせき》ですね。大岩と小岩とが、たくみに平衡をとりあって、洞窟の入口をかくしていたのです。あっ、あの音はなんだっ」

そのとき、とつぜん洞窟のなかからきこえてきたのは、ピストルをうちあうような音。

「あっ、いけない。片腕の男と古河君とが、うちあいをやっているのだ。いってみましょう」

金田一耕助は懐中電灯をふりかざし、いちばんに洞窟へとびこみました。そのあとから三人もつづきます。

洞窟のなかは岩をきざんで天然の階段ができています。階段は約五十段、それをおりると、じめじめとした横穴です。横穴は、ずいぶん長くて、まがりくねっていましたが、それを五百メートルほどいったところで、一同はぎょっとして立ちどまりました。

大きな木の箱をなかにはさんで、ふたりの男がピストルをにぎったまま倒れています。いうまでもなく片腕の男と古河青年。片腕の男はみごとに胸をつらぬかれて死んでいましたが、古河青年の傷は急所をはずれていました。

島崎さんが古河青年の傷をしらべているあいだに、金田一耕助は木の箱をひらいて、懐中電灯の光でなかを調べていましたが、とつぜん、声をふるわせてさけびました。

「あっ、し、島崎さんも清水さんもごらんなさい。金塊《きんかい》ですよ、す、すばらしい大金塊！」

金田一耕助の声に、一同はぼうぜんとして、箱のなかを見つめました。

×　　　×

かけつけてきた医者の手当《てあて》で、古河青年は間もなく正気にかえりましたが、その告白によって、なにもかも明らかになりました。

古河青年には謙一《けんいち》という兄があって、長く満州《まんしゅう》にいましたが、昭和十五年に内地《ないち》へかえり、間もなくゆくえ不明になりました。古河青年は兄のゆくえをさがしていましたが、そのうちに兵隊にとられて、ビルマへ派遣《はけん》されました。ところが同じ部隊に山本《やまもと》という上等兵がいましたが、その男の左の腕に鎖《くさり》の輪のいれずみがあったのです。

古河青年は兄の腕にも、同じいれずみがあったことを知っているので、山本上等兵にそのわけをたずねました。山本上等兵は、なかなか話をしませんでしたが、戦傷をうけて死ぬまぎわに、はじめて秘密をうちあけたのです。

古河青年の兄と山本上等兵、それからほかに三人のなかまがあって、これが鎖の輪の一味でした。五人は満州から金塊を持ちかえり、それを扇島の洞窟にかくしたのです。

あの岩窟《がんくつ》は昔、海賊《かいぞく》が利用していたものですが、その後世間から忘れられていたのを、なかまのひとりが発見したのです。

ところが金塊をかくしたのち、五人のあいだに、いさかいが起《おこ》って、とうとう謙一は殺されました。あとの四人は死体をすてて扇島をたちのきましたが、のちに、洞窟を開くしかけを忘れぬように、暗号にして、山海寺へおさめ、それぞれ兵隊にとられたのです。

古河青年は山本上等兵から、そういう話をきいたので、内地へかえると、つてをもとめて、灯台島へ住みこんだのです。

「ぼくはこの島に、金塊がかくされていることは知っていました。しかし、洞窟のありかも、それを開《ひら》くしかけも知らなかったのです。山本上等兵はそれを語るまえに、息が絶えてしまったのです。ぼくが、この島へきたのは、金塊がほしかったからではありません。兄の復讐《ふくしゅう》をしたかったからです。兄は、あの金塊を、政府に供出すべきだと主張したために、四人のなかまに殺されたのです。その四人のうち、山本上等兵は戦死しましたが、あとの三人は生きているかもしれない。生きていれば、きっと金塊をとりにくるでしょう。ぼくは、それを待っていたのです」

古河青年の目的はみごとにとげられました。三人のうちのひとり、野口は、洞窟のなかで道にまよって狂死し、あとのふたりも非業《ひごう》のさいごをとげました。義足の男を殺したのは、片腕の男でしたが、その死体を分銅にぶらさげたのは古河青年でした。それによって、島崎さんや、金田一耕助に、灯台に異変の起っていることをしらせるとともに、自分は片腕の男のあとを追って洞窟へはいり、あいてに決闘を申しこみ、ついに兄の復讐をとげたのです。

問題の金塊は、いま、政府の金庫に保管されています。それは、遠からず、有益な社会事業のために使用されるということです。

# 黄金の花びら

# 深夜の客

「おにいさま、おにいさま」

ドアの外から呼ぶ声に、竜男《たつお》君は、目をさまして、はっとベッドの上に起きなおりました。

「だれ……？　由紀子《ゆきこ》さん……？」

「ええ、そう。おにいさま、ここあけて……」

「どうしたの？　由紀子さん……」

由紀子の声がふるえているので、竜男君はびっくりして、ベッドからとびおきると、いそいでドアを中からひらきました。

「ど、どうしたの？　由紀子さん、いまごろ……？」

「おにいさま、おにいさま」

由紀子もベッドからぬけ出してきたばかりらしく、パジャマのまま、まっさおになってふるえながら、

「だれかいるのよ、おとうさまのお書斎《しょさい》に……ど、どろぼうらしいの。さっき、窓をこじあけるような音がしたの」

「ど、どろぼうだって」

竜男君も、ぎょっと息をのみました。

そこは鎌倉《かまくら》の海岸ちかくにたっている、丹羽《にわ》博士のお屋敷です。

竜男君は、博士のおいにあたりますが、お正月の休みを利用して、おじさまのところへ遊びに来たまま、二、三日泊まっているうちに、今晩、こうして、いとこの由紀子さんにたたき起こされたのです。

「おにいさま、どうしましょう。あたし、こわい」

「しっ、静かに……。今夜はおばさまは、おかげんがわるくて寝ていらっしゃるんでしょう。それにお客さまも泊まっていらっしゃるんだから、あんまりさわがないほうがいいよ」

「堀川《ほりかわ》さんを起こしてきましょうか」

「堀川さんは別棟《べつむね》に寝てるんだから、そんなことしてたら、どろぼう、逃げてしまうよ」

「じゃ、どうすればいいの、おにいさま……」

「由紀子さんはここにいらっしゃい。ぼく、ちょっと、様子を見てくる」

「あれ、いけません、おにいさま。そんなことして、もし、どろぼうがとびついてきたら……」

「なに、大丈夫《だいじょうぶ》だ。どろぼうなんかにまけるもんか」

丹羽博士のお屋敷には、いま、お客さまがふたりとまっていらっしゃいます。それにもかかわらず、由紀子の父の丹羽博士は、夕がた、東京から電報がきて、急に出かけていかれたのです。

それに、おかあさんは、病気。おとうさまの助手の堀川さんは、ずっとはなれた別棟に寝ているのですから、由紀子がたよりにするのは竜男君だけです。

それだけに竜男君は責任を感じました。

「大丈夫だよ、由紀子さん、なにも心配することはない。あんたはここにいらっしゃい。ちょっと、様子を見てくるだけだから……」

「いや、いや、おにいさま。おにいさまがいらっしゃるなら、あたしもいきます。だって、一人でいるの、怖《こわ》いんですもの」

「そう、それじゃ、いっしょにいらっしゃい」

時刻は真夜中の二時ごろ、俗にいう丑満時《うしみつどき》です。草木もねむるといわれるほど、静まりかえったまっくらなろうかを、竜男と由紀子はパジャマのまま、這《は》うようにしてすすんでいきます。

丹羽博士の邸宅《ていたく》は、洋館の三階だてになっていますが、そこは二階で、二階の庭に面したところに、丹羽博士の書斎があるのです。そして、お客さまは一階と三階に、一人ずつ泊まっています。

竜男と由紀子は、やっと書斎のドアの外まではいよると、じっと耳をすましました。

と、聞こえる、聞こえる。なにやら、ゴトゴトとひっかきまわすような音……。

かぎ穴からのぞいてみると、庭に面した窓が一つあいていて、そこから明るい月光が、ひとはばの流れとなってさしこんでいます。

そして、その月光のなかに、こちらに背をむけて、くっきりと立っているのは、去年、博士が手にいれた等身大の愛染明王《あいぜんみょうおう》。どろぼうは、その愛染明王のむこうがわで、なにやら、ゴトゴトやっているのです。

「おにいさま……。」

「しっ！」

竜男君は、どうしてやろうかと考えていましたが、そのとき、大変なしくじりをやってしまったのです。なにしろ、冬の真夜中に、パジャマ一枚ですから、たまりません。

「ハークション！」

とつぜん、大きなくしゃみがとび出してしまいました。おどろいたのは書斎にいたどろぼうです。

「あっ！」

とさけぶと、身をひるがえして、開いた窓のほうへとんでいきます。

その気配を感ずると、いままでいくらかおっかながっていた竜男君も、きゅうに勇気が出てきました。さっと外からドアをひらくと、

「どろぼう、待て！」

と叫びながら、壁ぎわにある、スイッチを押しましたが、そのとたん、竜男君も由紀子さんも、思わずあっと立ちすくんでしまったのです。

それもそのはず、窓に片足かけたまま、くるりとこちらをふりかえったどろぼうは、つばのひろい帽子にマスクをかけ、だぶだぶのマントをはおっている、しかも、その顔は白蝋《びゃくろう》のように白いのです。

「あっ、白蝋怪盗だ！」

竜男君が思わず叫んだその声が、耳にはいったのか、どろぼうは帽子をとって、うやうやしく一礼すると、ひらりと窓をのりこえて、壁にからみついたキヅタづたいに、するすると下へおりていきました。

## 竜男君の射撃

それにしても、竜男君がいま口走った、白蝋怪盗とは、なにものでしょうか。

それこそは、いま世間を騒がせている、世にもふしぎな怪盗なのです。神出鬼没《しんしゅつきぼつ》ということばは、この怪盗のために用意してあったのではないかと思われるほど、そいつの行動は、まかふしぎで、大胆不敵なのでした。

そいつはまるで風のように、どんなお屋敷へでも

忍び込みます。そして、宝石だの仏像だの、貴重なものを盗んでいくのです。そいつはまた、他人の事件へ首をつっこみ、自分だけ甘い汁を吸うと、さっさと消えていくこともあります。

いま、日本中の警察が、やっきとなって追っかけ回しているのが、この怪盗ですが、誰《だれ》一人として、その正体を知っているものはありません。

いつも、白蠟のようにまっしろな顔に、マスクをかぶっているところから、誰いうとなく白蠟怪盗。

その白蠟怪盗が忍び込んだのです。

竜男君は、しばらく、全身がしびれたように立ちすくんでいましたが、急に気がついたように、ろうかの外へとび出しました。

「あら、おにいさま、どこへいらっしゃるの」

「由紀子さん、あんたは窓から白蠟怪盗を見張っていてくれたまえ。ぼく、すぐひきかえしてくる」

「おにいさま、すぐ来てね」

由紀子が窓のそばに走りよってみると、いましもキヅタをつたって、庭の芝生《しばふ》へとびおりた白蠟怪盗は、身をひるがえして、むこうのほうへ逃げていきます。

丹羽博士のおうちの庭は、ずいぶん広くて、一面に芝生がうわっています。そして、ゆるやかな傾斜をもって、むこうへいくほどさがっており、はるかかなたに、まるい、大きな西洋風のお池があります。

そのお池の中央には、女神《めがみ》の像が立っていて、その女神の片手のさきから、いつもは、いきおいよく、噴水が吹き出しているのですが、今夜は水がこおっているのか、ほんのちょろちょろとしか出ていません。

そういう景色が、おりからの満月の光で、手にとるように見えるのです。

白蠟怪盗はいま、そのお池のほうへ走っています。そのお池のむこうには裏門があるのです。

「ああ、おにいさまは、どうなすったのかしら。どろぼうは逃げてしまうわ」

由紀子がはらはらしているところへ、竜男君がかけこんできましたが、見るとその手には、丹羽博士の猟銃《りょうじゅう》を持っています。

「あら、おにいさま、どうなさいますの」

竜男君は、それにはこたえず、

「白蠟怪盗のやつは……あっ、あそこだな！」

といううと、白蠟怪盗めがけて、きっと狙《ねら》いをつけました。おどろいたのは、由紀子さんです。

「あら、おにいさま。いけません、いけません。そんなことして、殺してしまったらどうなさいますの」

「大丈夫《だいじょうぶ》だ。殺しやしない。ただ、おどかしに射つだけだ」

竜男君は新制中学の二年生ですが、おじさまの丹羽博士のコーチをうけて、射撃はとても上手なのです。

白蠟怪盗はいま、窓から二十五メートルほどむこうを走っています。それにむかって、きっと狙いを定めた竜男君が、いきをはかってズドンと一発。

そのとたん、白蠟怪盗が、ばったりお池のそばの芝生の上に倒れました。それから、片手をついて起きあがろうとしましたが、またばったりと倒れると、そのまま動かなくなってしまったのです。

「おにいさま!」

由紀子がまっさおになって叫びました。

「ほんとに、お射ちになりましたの」

「ううん、ぼく、からだとすれすれに射っただけなんだ。きっと、いまに起きあがるよ」

しかし、いつまでたっても白蠟怪盗は身動きもしません。由紀子と竜男はまっさおな顔を見あわせましたが、そのときでした、頭の真上から声が聞こえました。

「ど、どうしたんだ。いまの音は……そして、そして、あそこに倒れているのは誰だ」

窓から乗り出してみると、それは三階にとまっている黒沼《くろぬま》博士でした。

「あっ、おじさん、どろぼうです。どろぼうがはいったのです」

「な、なに、ど、どろぼうだって?」

こんどは、真下から声がしました。それは一階にとまっている小説家の古川《ふるかわ》先生。黒沼博士も古川先生もびっくりしたように、窓から乗り出していましたが、

「とにかく、いってみよう。きみたちさきへおりていたまえ」

と、黒沼博士のさしずに、由紀子と竜男君が下におりて待っていると、黒沼博士もおりて来ました。そこへ古川先生も加わって、一同は庭の芝生へ出て

いきましたが、見ると、白蠟怪盗は、まだ、お池のそばに倒れたままなのです。

「変だなあ。ぼく、たしかに、わざと狙いをはずして射ったはずなのに……」

しかし、そばへ近づいてみると、白蠟怪盗の背《せ》なかから、まっかな血が吹き出しているではありませんか。古川先生はすぐかけよって、白蠟怪盗をだきおこしましたが、

「ああ、もうだめだ。息が切れている！」

竜男はそれを聞くと、目の前がまっくらになって、手に持っていた銃を、思わず取りおとしてしまいました。

「おにいさま！」

由紀子が、おどろいてかけよったとき、マスクをはずして、死体の顔を見ていた黒沼博士と古川先生が、びっくりしたように叫んだのです。

「あ、こ、これは助手の堀川君じゃないか」

いかにもそれは、ちかごろこの家に住みこんだ、丹羽博士の助手の堀川青年でした。なんと堀川青年は、顔にいっぱい蠟をぬった、白蠟怪盗そのままのすがたで、倒れていたのです。

## 奇妙な小説家

丹羽博士邸《てい》で起こったこの事件ほど、そのころ、世間をおどろかせた事件はありません。

それはそうでしょう。日本中の警察が、やっきとなって追っかけまわしながら、いままで、どうしてもつかまらなかった怪盗、白蠟怪盗が、一少年の手によって、たあいもなく、射ち殺されたというのですから、世間があっとおどろいたのも無理はありません。

それはさておき、知らせを聞いて鎌倉の警察から、すぐに警部や刑事やおまわりさん、さてはお医者さんなどが、どやどやと、かけつけてきました。

竜男君は、一同をお池のそばへ案内すると、おどおどしながら事情を説明しました。

警部はそれを聞くと目をまるくして、竜男君の持っている猟銃《りょうじゅう》に目をやると、

「それじゃ、きみが射ち殺したのかあ」

「いいえ、それがおかしいんです。ぼくは狙いをはずしておいたはずなんです」

「しかし、こうしてげんに死んでいるからには、やっぱり、きみの射った弾《たま》にあたったにちがいない。先生、そいつ、鉄砲で射たれて死んだのでしょう」

お医者さんは死体を調べながら、

「ああ、もうそれはまちがいないな。弾は背なかからはいって、胸のどこかに残っているようだ。あとで取り出してみれば、その子の持っている猟銃の弾かどうか、すぐわかる」

お医者さんのこたえを聞いて、そのとき、そばから口を出したのは、小説家の古川先生。

「先生、そのとき、ついでに、どの角度から弾がはいったか、調べてみてくださいませんか。何度ぐらいの角度で、弾がからだの中にはいっているか……」

お医者さんは妙な顔をして、古川先生をふりかえりましたが、それでも、だまってうなずきました。

やがて解剖《かいぼう》するために、死体が外へはこび出されると、一同は洋館のほうへひきあげてきました。

「きみ、きみ、竜男君といったね。その猟銃は、どこにおいてあったのだね」

家の中へはいると警部がたずねました。

「二階の広間にかざってあるのです。こちらです。来てください」

階段をあがっていくと、そこがちょっとした広間《ちょう》になっていて、そこの壁のガラス戸の中に、一丁の猟銃がかけてあります。それは大きさも、形も、製造会社も、なにからなにまで、いま、竜男君の持っている猟銃と、そっくり同じものでした。

「おや、銃は二丁あるんだね」

警部がまゆをひそめます。

「そうです、そうです。いつもここに銃が二丁、弾をこめたままかけてあるのです。それを思いだしたものだから、ぼくはこれを取りに来たんです」

いっしょについて来た小説家の古川先生が、もう一丁の銃を手に取ってみましたが、それには、ちゃんと弾がこめてありました。

「竜男君、きみが、その銃を取りに来たとき、銃は二丁あったかね」

小説家がたずねました。

「はい、ありました。それで、ぼくはこっちのほうを持っていったのです」

竜男君はそういいながら、銃を、もとどおりにかけました。

「それで、どろぼうがはいったのは……」

「こちらです、来てください」

竜男君は、そういって、警部と小説家と黒沼博士を、書斎《しょさい》のほうへ案内しました。

「ぼくがこのドアのまえまでくると、白蠟怪盗《びゃくろう》は、あの仏像のむこうで、なにやら、ゴトゴトしていたんです。そのうちに、ぼく、思わず、くしゃみをしたものだから……」

警部は書斎の中へはいって、仏像の前へまわりましたが、そのとたん、思わず大きく目を見はりました。

それは愛染明王《あいぜんみょうおう》の立像です。ふつう愛染明王は、すわっているものですが、これは立っているところがめずらしい。

大きさは人間の大人くらいあって、目が三つ。一つの目は、ひたいの中央にたてにさけており、その中に、きらきら光る玉がはめこんであります。腕は六本、それぞれ、弓だの矢だの鈴だの、蓮華《れんげ》の花だのを持っていますが、なんとなく気味がわるい仏像です。

「この仏像は、どうしたんですか」

警部は、気味わるそうにひたいをこすりました。

「ああ、警部さんはごぞんじないんですね。ここのご主人丹羽博士は、有名な仏像蒐集家《しゅうしゅうか》なんです。この仏像も、去年先生が手にいれたもので、とてもだいじにしているんです」

そう説明する小説家を、警部はあやしむように見ながら、

「そういうきみは」

「ああ、ぼくですか。ぼくは古川緑泥《りょくでい》という小説書きですが、こんど書く小説の中に、仏像が出てくるものですから、こちらに泊めていただいて、いろいろ先生の教えをうけているのです。あっはっは」

なにがおかしいのか、小説家は、妙な声でわらいました。小《こ》がらで、貧相《ひんそう》な人物で、もじゃもじゃ頭をしているところは、いかにも小説家らしく見えますが、よれよれの着物に、よれよれのはかまをはいているところを見ると、あまりたいした小説家でもないのでしょう。だいいち、古川緑泥なんて名まえ、聞いたこともありません。

警部は、あやしむように小説家の顔を見ていましたが、やがて黒沼博士のほうを振り返り、

「そして、あなたは？」

「ああ、このかたですか。このかたは……」

黒沼博士が口をひらくまえに、小説家がすばやくひきとって、

「このかたは黒沼博士といって、やはり仏像に趣味を持ってらっしゃるんです。それで、紹介状をもって先生のところへ来られたんです。ねえ、博士、そうでしたね。あっはっはっ」

でしゃばりの小説家は、また、妙な声でわらいました。なんだか変な小説家です。

黒沼博士は五十ぐらいの、ひたいのはげあがった人物で、ちょっとイギリスの名探偵、シャーロック・ホームズみたいな顔をしていますが、小説家が変なわらいかたをすると、いやな顔をして、にらみつけながら、それでも警部にむかって、うなずきました。

博士と聞くと、警部はきゅうに尊敬の念をもよおしたらしく、態度もあらたまって、

「いや、これは失礼いたしました。ときに、なにか、なくなったものでも……」

「いや、それはわかりませんよ。ご主人がお帰りにならなければね」

と、またしても、小説家がでしゃばりました。よく、でしゃばる小説家です。

「それより、ぼくは、妙なものを手にいれましたよ。白蠟怪盗の堀川君が、こんなものをにぎっていたんです。ほら」

そういいながら、ぱっとひろげて見せた手のひらに乗っているのは、一枚の黄金の花びら、どうやらそれは、ハスの花の一片のようでした。

## R.3 —— L.5

その日のひるすぎ、丹羽博士が鎌倉から、急を聞いて帰って来ました。

博士は、すぐに書斎を調べましたが、べつに、なくなっているものはないと断言しました。それからまた、小説家の手にいれた、黄金の花びらについても、なんの心あたりもないとつけ加えました。

さらに、堀川助手が白蠟怪盗であるなどとは、もってのほかだとおこりました。げんに、白蠟怪盗が、東京で悪事をはたらいた晩に、堀川助手は、鎌倉で

博士のお手伝いをしていたというのです。

さあ、そうなるとわからないのは堀川助手です。なんのために、白蠟怪盗にばけて、博士の書斎《しょさい》へ忍び込んだのでしょう。そして、また、あの黄金の花びらは、いったい、なにを意味するのでしょう。

その花びらを虫めがねでみると、

R.3——L.5

という字が彫ってありましたが、この文字は、またどういうわけでしょう。

それはさておき、堀川助手を射ったのは、たしかに竜男君だと思われましたから、ちょっと問題がむずかしくなりました。

いくらどろぼうでも、抵抗もせずに逃げていくのを、うしろから射ち殺したのですから、正当防衛《せいとうぼうえい》ということにはなりません。

竜男君はあくまで、狙《ねら》いをはずしたといいはりましたが、げんに、堀川助手は射ち殺されているのだから、その言《い》い訳《わけ》はとおりません。竜男君は、警察へ引っぱられそうになりましたが、それを救ってくれたのは小説家です。

「まあまあ、警部さん、なにもそう急ぐことはないじゃありませんか。竜男君は逃げもかくれもいたしません。死体から弾《たま》が出てきて、どの角度から死体へはいったか、それがわかってからでも、おそくないではありませんか」

よく出しゃばりたがる小説家ですが、その言葉にも一理あるので、その晩、一晩だけ、竜男君は、おじさまのおうちに泊まることをゆるされましたが、すると、真夜中になって、またしても、妙な事件が持ち上がったのです。

真夜中の二時……。ちょうど、昨夜と同じ時刻に、竜男君は、はっとベッドの中で目をさましました。どこかでゴトリという音、それから、しばらく間をおいて、ガタガタとかすかなもの音……。たしかに、また書斎からです。

昨夜のことがあるので、竜男君は、すぐに、ベッドからすべりおりると、そっとろうかへ出ましたが、そのとたん、暗闇《くらやみ》の中から、強い力で、ぎゅっと竜男君の肩をつかんだものがあります。

「あっ」

と叫ぼうとする口を大きな手のひらがおさえると、

「しっ、声を出しちゃいけない、わしだ」

そういう声は警部です。警部は竜男君を逃がさぬように、今夜泊まっていたのです。

「あっ、警部さん、書斎に誰《だれ》か……」

「わかっている。わしもそれで起きてきたのだ。いっしょに来たまえ」

ふたりがそっと、書斎の前でしのんでくると、たしかに誰かいるらしく、ガタガタと、かすかな音が聞えます。

竜男君はまた、かぎ穴からのぞいてみましたが、ゆうべとちがって、窓がしめきってあるらしく、中はまっくらでなにも見えません。

ふたりは、じっと息をのんで、中の様子をうかがっていましたが、そのとき、とつぜん、

「わっ！」

という悲鳴が聞えたかと思うと、ばたばたと取っ組みあいをするような、大きなもの音とともに、

「う、う、う、く、苦しい、た、助けてえ」

いかにも苦しそうなうめき声。警部は急いでドアに手をかけましたが、中から掛け金がおりているらしく、びくともしません。

「ちくしょう、あけろ、あけろ、あけろというのにあけんか」

警部はやっきとなってドアをたたきましたが、そのとき、書斎の中で、ドスンとなにか倒れるような音がしたと思うと、あとは、死のような静けさの中に、なにやら、ギリギリ、ギリギリと、歯車のかみあうような音。

「ちくしょう、あけろ、あけろ」

警部がまた、ドアをけったり、たたいたりしていると、丹羽博士と下男《げなん》がひとり、びっくりしてかけつけてきました。

そこで警部が、てみじかにことのいきさつを語ってきかせると、博士は、すぐに下男を走らせて、まさかりを取りよせました。

そのまさかりで、ドアの一部をぶちわると、それから手をいれて掛け金をはずし、ドアをあけて、中へどやどやふみこむと、竜男君が、すぐに電気をつけました。と、そのとたん、一同は、あっと、そこに立ちすくんだのです。

ゆかの上に、ぐったり倒れているのは黒沼博士、見ると、誰かに首をしめられたらしく、のどのあたりに、むらさき色のあざが二つ、大きくついているのです。そして、そのからだのすぐそばに、気味わるく立っているのは、あの恐ろしい顔をした、三つ目で六本腕の愛染明王《あいぜんみょうおう》。気のせいかその腕が、すこし震《ふる》えているようでした。

しかし、それにしても黒沼博士ののどをしめたやつは、どうしたのか……。

一同はすばやくあたりを見まわしましたが、そこには黒沼博士のほかに、誰一人かくれてはいないのです。しかも、窓という窓は、みんな、内側から掛け金がかかっています。

それでは、黒沼博士の首をしめたやつは、いったいどこから逃げたのか……。

警部はあっけにとられたような顔をして、へやの中を見まわしていましたが、急に気がついたように、

「小説家はどうした、あの小説家は……」

「はい、そのあやしい小説家ならここにおりますよ。あっはっは」

そういいながら、ゆうゆうとドアからはいって来たのは、古川緑泥。夜中だというのに、ちゃんとよれよれの着物に、よれよれのはかまをはいています。

それを見ると、警部の目が、うたがわしそうに光りましたが、しかし、小説家はたしかにドアの外からはいって来たのです。

すると、黒沼博士をしめた犯人は……?

## わら人形の実験

幸い、黒沼博士は死んだのではありませんでした。のどをしめられて、一時気を失っていたのですが、医者がかけつけてきて、介抱《かいほう》すると、あけがたごろには正気にかえりました。

しかし、博士も、じぶんののどをしめた犯人を知らないというのです。

「わたしも変なもの音を聞いたので、三階からおりてきて書斎《しょさい》へはいっていったのです。すると、誰かがドアをしめて、掛け金をおろし、くらやみの中から、いきなりわたしにおどりかかって、強い力でぐいぐいのどをしめつけたのです。わたしはそれで、気がとおくなって……だからわたしは、犯人がどんなやつだか知りません」

黒沼博士は、痛々しい、あざのあとをなでながら、ゴホン、ゴホンとせきをしました。

それにしても、ふしぎなのは、黒沼博士ののどを

しめた犯人です。

あの書斎にはドアが一つ、窓が二つあるきりなのですが、それにはみんな内側から、厳重に掛け金がかけてあったのです。それだのに犯人は、いったいどこからにげたのか。煙のように消えてしまったのでしょうか……。

それはさておき、その日になって、堀川助手の死体から、弾《たま》がとり出され、弾が、からだへはいった角度もわかりました。

それは上から下へ、六十度の角度ではいっており、弾も、竜男君の持っていた猟銃《りょうじゅう》に、ぴったり合うのでした。

「そうれ、ごらん。小説家さん」

警部は勝ちほこったようにあざわらいました。

「堀川が射たれた場所は池のそばで、あのへんは、建物の建っているところからくらべると、だいぶ低くなっている。しかも、竜男君は、二階から射ったのだから、弾が上から下へはいるのはあたりまえでしょう。六十度か、まあ、そんなところでしょうなあ。さあ、そうわかったら、竜男君を、警察へつれていってもいいでしょう」

「いや、まあ、ちょっと待ってください。念には念を入れよということもありますからな。あっはっは。それではひとつ、実験をしてみようじゃありませんか」

小説家の古川緑泥は、にこにこわらっています。

「実験……？　実験てなんですか」

「まあ、なんでもよいから庭へ出てください。おっと竜男君、きみは銃に弾をこめて、おとといの晩、堀川君を狙《ねら》った、二階の書斎の窓へ出てくれたまえ」

竜男君はふしぎそうな顔をしてましたが、それでも、だまって二階へあがっていきました。

それを見送っておいて、警部や丹羽博士や、それから元気快復した黒沼博士、さては由紀子までいっしょになって、小説家のあとから庭へ出ましたが、そのとたん、一同は思わずあっと目をまるくしたのです。

このあいだ、堀川助手が射たれたと同じ場所に、なんと、ひとつのわら人形が立っているではありませんか。そして、そのそばには、警察の人がひとりひかえていました。

「あっはっは」

小説家は、うれしそうに、びっくりして目をまるくしている一同の顔を見まわしながら、

「ぼくは、ちょっとした実験をするために、この人にたのんで、わら人形をこしらえてもらったんですよ。このわら人形は、堀川君と同じ背の高さにつくってあります。由紀子さん、堀川君が射たれたのは、ちょうどここでしたね」

「ええ、そうです、そうです。お池のすぐ手前……ああ、そこに血のあとがのこっていますわ」

「ああ、そう。木村《きむら》さん、そこへわら人形を立ててください」

警察の人が、わら人形を立てなおしました。わら人形は両足をふんばって、しゃっきりと直立しています。

「ところで、堀川君の射たれたのは、背中のちょうどこのへんでしたね」

警部と木村さんがうなずくのを見て、小説家がすみくろぐろと、わら人形に印をつけました。それから、おうちの方を振り返ると、書斎の窓には竜男君が、銃を持ってひかえています。小説家は大声でさけびました。

「竜男君、この印を狙って射ってくれたまえ。これは、わら人形だから、ほんとに射ってもかまわないんだ」

竜男君は、ちょっと妙な顔をしていましたが、やがて狙いをさだめると、わら人形めがけてズドンと一発。

狙いはあやまたず、弾は印に命中して、わら人形はばったり倒れました。

「木村さん、その角度をはかってください。わら人形のたまのはいった角度を……」

木村というのは、警察でも、そういうことを専門にしているらしく、すぐに機械を取り出して、弾のはいった角度をはかっていましたが、

「ああ、きっちり六十度です」

それを聞いて、おどりあがってよろこんだのは警部です。

「そうれみろ。それは、堀川君が射たれた角度と同じじゃないか。それじゃ、やっぱり堀川君は、あの二階から、竜男君に射たれたんだ」

しかし、小説家はそのことばを耳にも入れず、

「由紀子さん、あなたはこのあいだ竜男君が発砲したとほとんど同時に、もう一発、鉄砲の音がしたように思いませんでしたか」

　由紀子は、はっとしたように、

「ああ、そういえば、おにいさまが射ったすぐそのあとで、もう一発、音がしたように思います。しかし、そのときは、おにいさまの射った音で、耳ががあんとしていましたし、それにほとんど同時でしたから、気のまよいかと思って……」

　小説家はそれを聞くとにこにこしながら、警部のほうをふりかえって、

「警部さん、このわら人形はまっすぐに立っているんですよ。そこを、あの二階から射たれた角度が、一昨夜、堀川君の射たれた角度と、まったく同じなのです。だからぼくは堀川君は、あの二階から射たれたのではないと思うんです」

　ああ、小説家はいったいなにをいっているのでしょうか。同じ角度から射たれているのに、堀川助手は、二階から射たれたのではないという。それでは、どこから、誰に射たれたのでしょう。ここに、ちょっと図解をしておきますが、諸君、これをごらんになって、変だと思うことはありませんか。このわら人形の射たれた角度が、坂道を走りながら、にげていく堀川助手の射たれた角度と、同じだというのです。さあ、では堀川助手は、誰に射たれたのでしょうか。

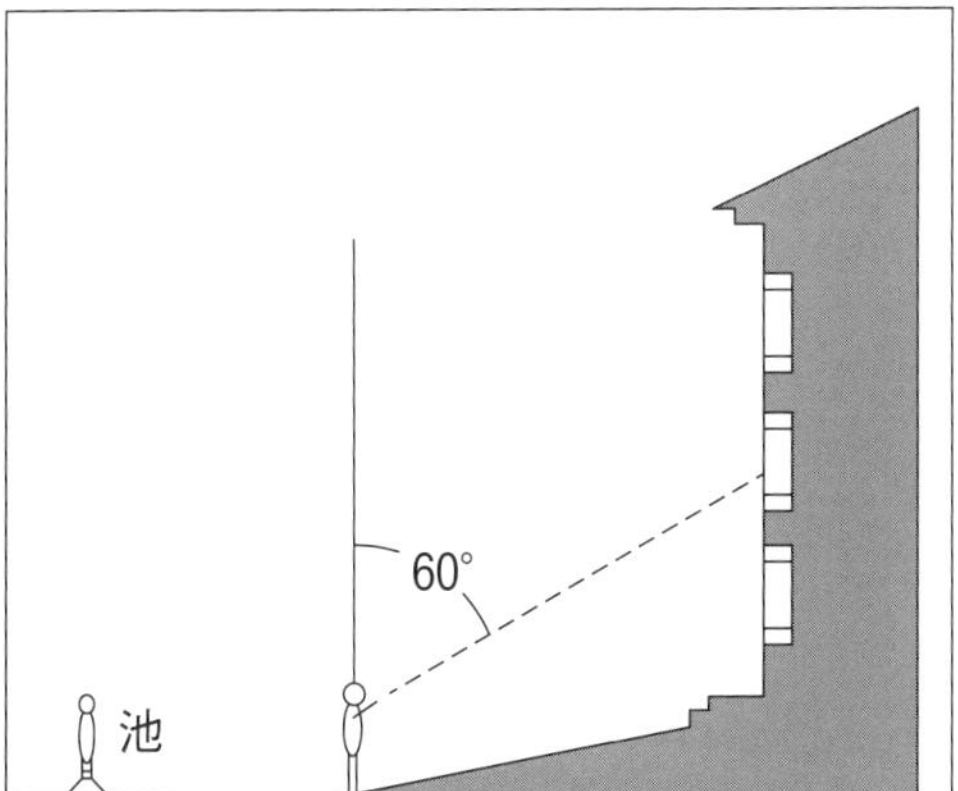

「古川さん、そ、それはいったい、どういう意味です。同じ角度ならば……」

警部はまだ、わかりかねる顔色です。

「あっはっは、おわかりになりませんか。あの晩の堀川君は、いっさんににげていたんですよ。にげる場合、人間の姿勢はどうなりますか。どうしても前へ傾斜するものですよ。しかもここは坂になっていますから、よけい前へかがみます。ほら、こういうふうに……」

と、小説家は図のように、わら人形をすこし前へ傾斜させて立てました。警部は思わず、はっと、目を見はります。

「こうして、前へ傾斜しているところを、あの二階から射ってごらんなさい。角度は、六十度より大きくなるはずじゃありませんか」

「しかし、しかし、それじゃ、あの晩堀川君は、いったいどこから射たれたんだ」

警部もだんだん、様子がわかりかけてきたらしい。

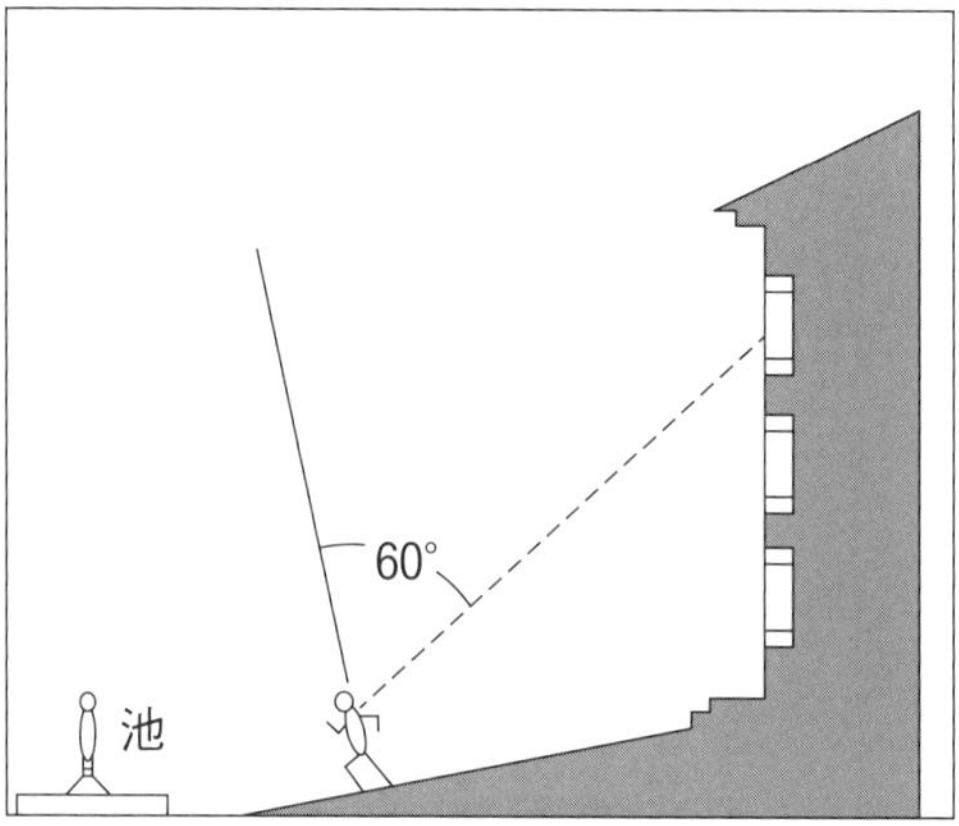


小説家はにっこりわらって、おうちのほうを振り返ると、

「竜男君、もう一度弾《たま》をこめなおして、三階の窓へ出てくれたまえ」

と、大声で叫びました。

竜男君は、わかったらしくうなずくと、二階の窓から消えましたが、まもなく三階の窓へ姿をあらわしました。

小説家は、わら人形を裏返して、さっき腹だったほうを背中にし、そこへまた、すみくろぐろと印をつけると、

「さあ、竜男君、もう一度、そこから射ってくれたまえ」

竜男君はすぐに、狙《ねら》いをさだめると、ズドンと一発。狙いはあやまたず、弾が、印に命中すると、わら人形は、またばったりと倒れました。

「さあ、角度を測《はか》ってください」

警察の人は、すぐに角度を測ると、

「かっきり六十度！」

そのときでした。

いままで、わざと無表情につっ立っていた。黒沼博士の顔色が、悪鬼のごとく変わったかと思うと、やにわに、ポケットに手をつっこみました。そして、なにやら取り出そうとしましたが、そのときはやくも、横あいから、おどりかかったのは警部です。

「おのれ」

黒岩博士が、ポケットから取り出したピストルをたたきおとすと、
ガチャリ。

冷たい音を立てて、黒沼博士の両手には、はや手《て》錠《じょう》がかかっていました。

「そ、それじゃ、黒沼さんが……しかし、しかし、なんだって……」

丹羽博士はびっくりして、目玉をくるくるさせています。

「先生、そのわけは愛染明王《あいぜんみょうおう》です。みなさん、それじゃ、書斎《しょさい》へ来てください」

一同が書斎へはいっていくと、竜男君も三階からおりてきました。

「竜男君おめでとう。きみの疑いは晴れたよ。警部さん」

「はあ」

警部も、もうこのへんてこな小説家を、軽蔑《けいべつ》する気はなくなりました。うやうやしく返事をすると、

「庭の池を調べてください。竜男君の射った弾は、きっとあそこに落ちているんです。竜男君が二丁《ちょう》ある猟銃《りょうじゅう》の一丁をとって書斎へひきかえすのを見て、黒沼博士も三階から、のこりの一丁を取りにきたの

です。そして、竜男君は二階から、黒沼博士は三階から、ほとんど同時に発砲しました。ぼくはあの晩、一階に寝ていたのですが、たしかに二発聞きましたよ。さて、黒沼博士は首尾《しゅび》よく堀川君を射ち殺すと、大急ぎで銃を掃除《そうじ》し、弾をつめかえたのです。そして、竜男君と由紀子さんが、下へおりていったあとで、三階からおりてきて、銃をもとのところへ返しておいたんです」

「そして、そして、そのわけは、この愛染明王だというんだね」

丹羽博士が、もどかしそうにたずねます。

「そうです、そうです。みなさん、見ていてください」

どこから用意してきたのか、小説家は、ながいステッキを取り出しましたが、見るとそのステッキのさきには、くぎぬきのようなものが、むすびつけてあります。

小説家はそれをのばして、愛染明王のまんなかの目を、くぎぬきで、しっかとはさみました。そして、目玉にはめてある玉を四、五回ぐるぐるまわしましたが、すると、どうでしょう、上にふりあげた仏像の二つの腕が、ふいに、があっとおりてくると、もし、その前に人間が立っていたら、きっと首をしめられただろうと思われるような位置に、がっきと両手がとまったのです。

「あっ！」

一同は思わず、息を飲みこみます。

「あっはっは」

小説家は、青くなってふるえている、黒沼博士を振り返ると、

「ゆうべ、きみはあの目玉を盗もうとして、仏像に首をしめられたんだね。丹羽先生、これは仏像をつくった人が、仏像の目をまもるために、こさえておいたしかけなんですよ。では、この目玉を抜き取るにはどうすればよいか。……それが、この黄金の花びらです」

小説家が取り出したのは、堀川助手のにぎっていた、ふしぎなハスの花びらです。

「ごらんなさい。あの仏像のおへそのところに、ハスの花が彫ってあります。この黄金の花びらは、あのハスの花のいっぺんに、きっちり合うのですよ。そして、これには R.3 —— L.5 と彫ってありますが、

これはたぶん、右へ（Right）三べん、左へ（Left）五へんまわせということでしょう。由紀子さん、ひとつやってごらん」

ふるえる指で黄金の花びらを、仏像のおなかにあてがった由紀子が、右へ三べん、左へ五へんまわしたかと思うと、ふいに、あのたてにさけたまん中の目から、ぽろりと光る玉が落ちてきたではありませんか。

丹羽博士はそれを手にとり、

「や、や、これはダイヤモンドだ。しかも、すばらしい、すばらしい大粒のダイヤモンド！」

「あっはっは、先生、おめでとう。堀川君がどうしてこの花びらを手に入れたかわかりませんが、あいつは、仏像の秘密を知っていたのですね。そこで助手に住みこんで、チャンスを狙《ねら》っていたんですが、幸い、ゆうべは先生がお留守《るす》だったので、この書斎へ忍び込んだが、もし、見つかった場合のことを考えて、ちかごろ有名な白蠟《びゃくろう》怪盗に化《ば》けていたんです」

警部はいよいよ、尊敬の色を浮かべて、

「しかし、そういうあなたは……？　あなたは、まるで名探偵のようです。ひとつ、小説なんか書くのをやめて探偵におなりになったら……」

それを聞くと、とつぜん丹羽博士が、大声をあげてわらいました。

「警部さん、紹介しておきましょう。この仏像を手にいれてから、とかく家の中に、妙なことがおこるので、このかたに、調査にきていただいたのです。こちらは小説家ではありません。名前をいえば、きっとあなたも、ご存じでしょう。有名な名探偵、金《きん》田《だ》一《いちこうすけ》耕助先生です」

「あっはっは、どうぞよろしく」

あっけにとられた警部の顔を、いかにもうれしそうに見やりながら、金田一耕助は、もじゃもじゃ頭をかきまわしました。

巻末資料

『仮面城』(1952年版)まえがき

『金色《こんじき》の魔術師』(1952年版)まえがき

横溝正史のジュヴナイルと金田一耕助　山村正夫

## 『仮面城』（一九五二年版）まえがき

### はじめに

少年少女のための探偵小説を書くということは、考えようによってはたいへんむずかしいことである。探偵小説というものの性質上、どうかすると血なまぐさく、ざんこくになりがちである。それともうひとつ、会話の用語などがらんぼうになりはしないかと、そういうことも作者として気になる。

と、いって、あまりそういうことに神経質になりすぎると、かんじんの夢、――少年たちにとっていちばんたいせつな、飛躍的な夢、空想力という点で、なまぬるくなってしまう。

そこのところのかねあいがなかなかむずかしい。少年たちの好奇心、空想力を刺戟《しげき》しながらしかも、幼い心をきずつけない、上品でよい文章を書こうというのが、この『仮面城』を書くにあたって、作者が第一に用意した心づもりであった。そして、それは相当うまくいっていると思う。

一九五二年秋

横溝正史

『金色《こんじき》の魔術師』（一九五二年版）まえがき

「金色の魔術師」について

少年少女むきの探偵小説を書くとき、私がいつもいちばん気をつけるのは、それが少年少女諸君に、わるい影響や感化をあたえはしないかということである。

探偵小説に必要かくべからざる怪奇、冒険、スリルなどを、私はけっしてわるいものとは思わない。いや、むしろ少年の冒険心や探求心をはぐくむものとして、もっとも適当な刺戟剤《しげきざい》だと信じている。少年の心はいつもしばられていてはならない。ゆめ多く、のびのびとして、未知のものにたいする探求心にもえていなければならない。

その意味で、探偵小説にもっとも必要な怪奇、冒険、スリル等は、少年の心によい栄養をあたえると信ずる。

しかし、これには限界があって、ちょっとあやまれば、良薬変じて猛毒となるおそれのあることも事実である。

探偵小説といえば、とかく俗悪なものとかんがえられがちなのは、この猛毒的探偵小説が、まま見受けられるからである。

私がいつも少年少女むき探偵小説に筆をとるにあたって、意をそそぐのはその点だが、「金色の魔術師」を書くばあいには、とくにそれを注意した。

私はこの小説のなかで、少年少女諸君にかずかずのなぞを提供する。しかし、そのなぞを提供するばあいでも、必要以上に童心を刺戟しないように心がけた。そして、そのなぞのときかたには、できるかぎりの合理性をとうとんだ。ごまかしやはったりは、つとめてさけるように試みた。

私はこの小説を読むことによって、少年少女諸君が、興味のほかに、かずかずの科学的な事実をも、ならいとられるであろうことを信じている。

昭和二十七年十二月

横溝正史

# 横溝正史のジュヴナイルと金田一耕助

山村正夫《やまむらまさお》

最近の推理作家の中には、小学生を対象にしたジュヴナイルに、意欲を燃《も》やす書き手がすこぶる少なくなった。

一つには、需要《じゅよう》がなくなったせいがあるかもしれない。ひと昔前のように少年少女雑誌が氾濫《はんらん》した時代は終りを告げて、その種のものは学習雑誌を除くと、わずか数誌を残すのみになってしまったからである。それというのも、テレビの普及が年少の読者の娯楽を視覚的なものに変え、コミック週刊誌の漫画や劇画に、人気が集中する結果を生んだためにほかならないだろう。

私の子供の時分は、エンタテインメントといえば活字の世界しかなかった。したがって「少年倶楽部《クラブ》」や「譚海《たんかい》」に載《の》った連載小説を、貪《むさぼ》るように読んだものだった。これは私だけに限らない。同世代以上の年輩者だったら、例えば江戸川乱歩《えどがわらんぽ》の『怪人二十面相』や『少年探偵団』『妖怪博士』、あるいは海野十三《うんのじゅうざ》の『火星兵団』などによって、探偵小説やSFの魅力に取り憑《つ》かれ、成長して本格的なマニアになった読者がほかにも大勢いたのではないだろうか。

作家の側も読者の要望に応《こた》えて、ジュヴナイルに筆を染めない者はいなかった。その現象は、戦前よりも戦後の方が著《いちじる》しかった。発表舞台が一時にドッと増えたからである。私が憶《おぼ》えているだけでも、戦前から名の通った「少年倶楽部」や「少女倶楽部」をはじめ「譚海」「少年」「少女」「少年世界」「太陽少年」「冒険王」「面白少年」「少女サロン」「少女世界」「ひとみ」などがあった。これに小学館、旺文社、学習研究社系統の学習雑誌を加えると、優に三十誌を超える盛況であった。そして、そのどれもが、探偵小説の連載を柱にしていたのである。

それだけに、作家はジュヴナイルの分野でも、大いに情熱を燃したと言っていい。

その証拠に、戦後の新作に多大な期待を寄せられていた江戸川乱歩は、大人物《おとな》の方こそ容易に筆を執《と》らなかったものの、ジュヴナイルの執筆はいち早く開始しているのだ。戦前から人気の高かった〝少年探偵団〟シリーズを再開し、昭和二十四年の『青銅《せいどう》の魔人』を皮切りに、昭和三十五年までの十二年間に、十八冊の長編を発表している。他の作家も同様で、戦前派では横溝正史《よこみぞせいし》、海野十三、大下宇陀児《おおしたうだる》、角田喜久雄《つのだきくお》、戦後派では高木彬光《たかぎあきみつ》、島田一男《しまだかずお》、香山《かやま》滋《しげる》、山田風太郎《やまだふうたろう》、楠田匡介《くすだきょうすけ》などの諸氏が健筆をふるった。

だが、それらの作家の中で、戦前戦後を通じて、江戸川乱歩につぎもっとも旺盛《おうせい》な活躍をしたのが、横溝正史氏だったのである。早熟だった横溝氏は、ジュヴナイルに筆を染めたのも早かった。氏が弱冠十九歳で「新青年」の懸賞に応募し、処女作の「恐ろしき四月馬鹿《エイプリル・フール》」が当選したのは大正十年だが、翌大正十一年には「中学世界」に「化学教室の怪火」を発表しているのだから、乱歩の『怪人二十面相』より実に十五年も先んじていたと言えるだろう。それ以後ジュヴナイルを書きつづけ、戦前では「新少年」「少年世界」「少女世界」「少年倶楽部」「譚海」などが舞台だった。

昭和四年に平凡社から刊行された少年冒険全集第十二巻には「渦巻《うずま》く濃霧」と「怪人魔人」「変化幽霊賊」の三編が収められているほか、中島河太郎《なかじまかわたろう》氏の作品目録を参考にすると、長編には『南海囚人島』(「譚海」昭和6年)『深夜の魔術師』(「新少年」昭和13年)『南海の太陽児』(「譚海」昭和15年)『亜細《アジ》亜《ア》の日月』(同昭和18年)があり、一方、短編には「爆発手紙」(「日本少年」昭和2年10月)「曲馬団に咲く花」(「少女世界」昭和3年12月)「猫眼石の秘密」(「少女世界」昭和4年7月)「仮面の怪賊」(「少年倶楽部」昭和6年5月)「鋼鉄仮面王」(「少年世界」同年9月)「ヴィナスの星」(「譚海」昭和17年3月)などがある。

戦時中のブランクを経《へ》て、戦後、探偵小説が華々しく復活すると、横溝氏は他の作家に先駆けて目覚《めざま》しい執筆活動に着手したが、ジュヴナイルの方でも昭和二十三年には偕成社の書き下し長編として『怪獣《かいじゅう》男爵《だんしゃく》』を刊行した。以後、数多くの作品を発表しており、長編にはほかに『幽霊鉄仮面』(掲載誌?　昭和24年)『夜光怪人』(「譚海」同年)『大迷宮』(「少年クラブ」昭和26年)『金色《こんじき》の魔術師』(同昭和27年)『仮面城』(「小学五年生」同年)『大宝窟《だいほうくつ》』(「少年クラブ」

昭和28年）『黄金の指紋』（掲載誌？　同年）『青髪鬼《せいはつき》』（掲載誌？　昭和29年）『真珠塔』（掲載誌？　同年）『白蠟仮面《びゃくろう》』（掲載誌？　同年）『蠟面博士』（掲載誌？　同年）『獣人魔島』（掲載誌？　昭和30年）『迷宮の扉《とびら》』（「中1時代」発表年月日？）『まぼろしの怪人』（「中1コース」発表年月日？）があり、いずれも偕成社、ポプラ社、講談社などから出版された。その数は昭和三十年までの約十年間で十四冊を算《かぞ》える。これは戦前の倍以上の作品量と言っていいだろう。

また短編の方は、「まぼろし曲馬団」（掲載誌？　昭和24年）「黒薔薇《くろばら》荘の秘密」（「少年倶楽部増刊」同年8月）「皇帝の燭台《しょくだい》」（「少年世界」昭和25年1月）「道化《どうけ》仮面」（「少年痛快文庫」同年1月）「幽霊花火」（「譚海」同年2月）「謎《なぞ》の五十銭銀貨」（「少年倶楽部」同年2月）「深夜の魔術師」（「王冠」同年5月）「孔雀《くじゃく》扇の秘密」（「少年クラブ」同年12月）「悪魔の画像」（「少年クラブ」増刊昭和27年1月）「怪盗どくろ指紋」（「別冊宝石」18号）「灯台島の怪」（「少年クラブ」同年8月）「探偵小僧」（「読売新聞」同年12月28日）「片耳の男」（掲載誌？　昭和29年）「廃屋《はいおく》の少女」（掲載誌？　同年）「謎のルビー」（掲載誌？　同年）「真珠塔」（掲載誌？　同年）「花ビラの秘密」（掲載誌？　同年）「魔人都市」（「少年クラブ」同年8月）「悪魔の画像」（掲載誌？　同年）「バラの呪《のろ》い」（掲載誌？　同年）「真夜中の口笛」（掲載誌？　同年）「鉄仮面王」（掲載誌？　昭和30年）「動かぬ時計」（掲載誌？　同年）のほか、「ビーナスの星」「バラの怪盗」「『蛍《ほたる》の光』事件」（いずれも掲載誌・発表年月日？）など数十編がある。

掲載誌や発表年月日に不明（？）のものがあるのは残念だが、横溝氏が一方で大人物《おとな》の長短編を量産しながら、ジュヴナイルでもこれだけの多作をしているのだから、その精力的な健筆ぶりには舌を巻かざるを得ない。もっとも昭和三十年以降にそうした作品がないのは、前述した通りテレビの普及が少年少女の娯楽を一変させ、コミック週刊誌がその種の読者の寵児《ちょうじ》となったせいだろう。ジュニア雑誌の衰退が著しく、相ついで廃刊されたからである。

ところで、横溝氏は終戦を境《さか》いにそれまでの変格派から本格派への脱皮を志《こころざ》し、作風の一大転換を試みた。そしてそのジャンルでの第一人者としての名声を確立しただけに、ジュヴナイルにもその影響による変化が生じた。戦前の作品は、冒険小説的な色彩の濃いものが多かったが、戦後はトリッキイな要素の強い怪奇本格物ばかりになった。

この種の作品には、事件の謎解きに当《あた》るシリーズ・キャラクターとしての名探偵役が欠かせない。横溝氏の生んだ名探偵といえば、戦前では元警視庁捜査局長の〝由利《ゆり》先生〟こと由利麟太郎《りんたろう》と新日報社《しんにっぽうしゃ》の敏腕記者三津木俊助《みつぎしゅんすけ》が知られているが、戦後はいうまでもなく金田一耕助《きんだいちこうすけ》である。『本陣《ほんじん》殺人事件』や『獄門島《ごくもんとう》』など一連の大人物の本格作品においては、由利先生に代ってこの金田一耕助が完全に主役の座を奪ったが、ジュヴナイルの方はいささか違う。由利先生や三津木俊助は相変らず健在で、三者がそろって腕を競うのだ。ただ、横溝氏が戦後はじめて手がけた『怪獣男爵』は、科学者の小山田《おやまだ》博士が探偵役をつとめるので、この一作だけが異例と言っていい。その意味で十四冊の長編を分類すると、『怪獣男爵』を除けば三通りの作品群に分けることができる。

由利先生シリーズが、『幽霊鉄仮面』と『夜光怪人』の二作。

三津木俊助シリーズは、『青髪鬼』『真珠塔』『蠟面博士』『白蠟仮面』『獣人魔島』『まぼろしの怪人』の六作。

金田一耕助が活躍するのが、『大迷宮』『金色の魔術師』『仮面城』『黄金の指紋』『迷宮の扉』の五作である。

数の上では〝三津木物〟が〝金田一物〟を上回っているが、これは大人向きの作品と違い、ジュヴナイルは悪の権化《ごんげ》である怪人を相手に闘うというストーリーの展開上、どうしてもスリラー的な要素を加味しなければならないので、作者が意図的にそうしたのであろう。そのためには、探偵の行動性が要求されるから、その点では天才探偵の金田一よりも、敏腕記者の三津木がふさわしかったのに違いない。だが、現代の読者には、何といっても金田一耕助の方が知名度が高いし親しみも深い。

そのような時流を考慮し、私が監修に当った朝日ソノラマ版と角川書店版の文庫収録作品では、『夜光怪人』と『蠟面博士』を〝金田一物〟に改作してある。作者とも相談の結果、『夜光怪人』の由利先生と『蠟面博士』の三津木俊助を、私がそれぞれ金田一耕助に改めたのである。ついでに書いておくと、文体の統一を図る必要上、作者の許可を得て、『夜光怪人』『大迷宮』『金色の魔術師』『仮面城』『黄金の指紋』『真珠塔』『白蠟仮面』は、原文がです調で書かれていたのをである調に直し、身体不自由者に関する表現など差し障《さわ》りのある語句も若干改訂した。どちらの文庫も、編集構成という名目で私の名前が謳《うた》ってあるが、これはあくまで私の責任においてそのような補正をしたことを、明《あき》らかにしたためにほかならない。

　したがって、偕成社版やポプラ社版、講談社版などの原文と文庫版では違いがあるので、この際はっきりしておきたいと思う。

　では、短編はどうかというと、私の調べでは「怪盗どくろ指紋」「花ビラの秘密」「鉄仮面王」「ビーナスの星」などが〝三津木物〟で、〝金田一物〟は「灯台島の怪」しか見あたらない。他はいずれも、一編ごとに主人公の探偵役が独立しているのだ。

　それにしても大人向きの作品に較べると、金田一耕助のキャラクターや探偵術の描き方はかなり変えられている。くしゃくしゃのおカマ帽によれよれの着物と袴《はかま》、雀《すずめ》の巣のようなもじゃもじゃの髪の毛をしている貧相《ひんそう》な風采はむろん同じだが、行動面が別人のように颯爽《さっそう》として、飄々《ひょうひょう》とした風来坊《ふうらいぼう》の魅力は失われているのである。作者が前に挙げたジュヴナイルの特性に合わせたのだろうが、一つには『大迷宮』や『黄金の指紋』に登場する立花滋《たちばなしげる》のように、大人も顔負けの大活躍をする勇敢な少年が、耕助のよきアシスタントとして副主人公的に配されているので、それとの対応上もそうせざるを得なかったのかもしれない。

　まず金田一耕助は大変な変装の名人なのだ。『金色の魔術師』では人相や手相を見る黒猫《くろねこ》先生という占師《うらないし》に扮するし、『黄金の指紋』でも天運堂《てんうんどう》という大道易《だいどうえき》や浮浪者《ふろうしゃ》、おまけに毛皮をまとってライオンにまで化《ば》ける。また、豆懐中電灯や虫眼鏡などの探偵道具のほかピストルも持っており、それをかまえて敵のアジトへ乗り込むといった具合である。しかも、いざとなれば袴のももだちを取って敏捷《びんしょう》に動き回るし、自転車に乗ったり鉄梯子《てつばしご》をよじのぼったりして悪人たちと格闘も辞さない。袋詰めにされて海中へ投げ込まれたときも、懐中ナイフでその袋を切り裂くという離《はな》れ業《わざ》を演じるのだ。

そういえば、『黄金の指紋』には、浮浪者に変装した金田一耕助について次のような記述がある。

ドアにはむろんカギがかかっている。しかし、そんなことで、しりごみするような浮浪者ではなかった。ポケットから太い、曲がった針金《はりがね》をとりだすと、なんの苦労もなくドアをひらいた。かれはどろぼうのように、どこのドアもあけることができるらしいのだ。
ドアのすき間からは、まだピストルがのぞいている。（中略）
それを見ると金田一耕助は、ヘビのようにするすると、ドアのそばへはいよると、ポケットからとりだしたピストルをさか手に持って、上からハッシとばかりにピストルをたたきつけた。

これを見ても、金田一耕助のイメージに、本来の彼とはだいぶ差のあることがわかろうというものだろう。

ただし『迷宮の扉』は、作者が読者年齢の高い中学生雑誌に連載しただけあって、金田一耕助も本来の姿に戻し、慧眼《けいがん》と卓抜《たくばつ》した推理力の持主《もちぬし》である天才型探偵に徹しさせている。

前にも書いたが、横溝氏は昭和三十年を最後に、ジュヴナイルと決別した。以後その種の作品は一作もないが、それは発表舞台である少年少女雑誌の衰退のせいばかりではなく、名探偵の扱いに矛盾《むじゅん》を感じて、情熱が急速に冷めたせいもあったのではないかという気がしないではない。だが、年少の読者の立場で見れば、耕助が本来の姿で活躍していたら、はたして喝采《かっさい》を博していたかどうかはわからない。貧相な身なりをしていても、行動面では颯爽としていたからこそ、憧《あこが》れのヒーローとして彼等の目に映《うつ》ったのではないだろうか。私は自ら改訂の作業に当ったたけに、そのことを痛感せずにはいられないのである。

いずれにせよ、この種のユニークなタイプの名探偵は、かつてどのジュヴナイルにも登場したことはなかった。江戸川乱歩の作品の熱烈なファンが、少年時代に取り憑かれた明智小五郎《あけちこごろう》の魅力がもとでそうなった者が多いように、ジュヴナイルの小説ではじめて金田一耕助に接した年少の読者の中からも、将来、本格的な横溝文学のファンに育つ人間が多数生れるに違いないのである。

『名探偵読本8　金田一耕助』（一九七九年）所収

# 編者解説

日下三蔵《くさかさんぞう》

横溝正史《よこみぞせいし》の少年少女向けミステリをオリジナルのテキストで集大成する柏書房の新シリーズ《横溝正史少年小説コレクション》、第二巻の本書には、金田一耕助《きんだいちこうすけ》が活躍する長篇三作と短篇二作を収めた。

『仮面城《かめんじょう》』は小学館の児童向け月刊誌「小学六年生」に一九五一（昭和二十六）年四月号から翌年三月号まで、十二回にわたって連載され、五二年十月にポプラ社から単行本として刊行された。同書には短篇「謎《なぞ》の五十銭銀貨」と「黒薔薇《くろばら》荘の秘密」が併録されていたが、いずれも金田一ものではない。本シリーズでは、この二篇は第七巻『南海囚人塔《なんかいしゅうじんとう》』に収録される予定である。

連載に先立つ同年三月号には、五大連載長篇小説として予告が掲載されていた。

熱血小説　友情行進曲　火野葦平《ひのあしへい》
ユーモア小説　ゆかいな五郎くん　南達彦《みなみたつひこ》
探偵小説　仮面城　横溝正史
少女小説　さすらいの花　北條誠《ほうじょうまこと》
時代小説　三つ星物語　大佛次郎《おさらぎじろう》

この作品の刊行履歴は、以下の通り。

| | | |
|---|---|---|
| 仮面城 | 52年10月 | ポプラ社 |
| 仮面城 | 57年？月 | ポプラ社（少年探偵小説文庫） |
| 仮面城 | 61年3月 | ポプラ社（少年探偵小説全集8） |
| 仮面城の秘密 | 67年6月 | ポプラ社（名探偵シリーズ8） |
| 仮面城 | 74年1月 | 朝日ソノラマ（少年少女名探偵金田一耕助シリーズ1） |
| 仮面城 | 76年9月 | 朝日ソノラマ（ソノラマ文庫） |
| 仮面城 | 78年12月 | 角川書店（角川文庫） |
| 仮面城 | 05年10月 | ポプラ社（ポプラポケット文庫／名探偵金田一耕助1） |

『仮面城』
ポプラ社（52年版）カバー

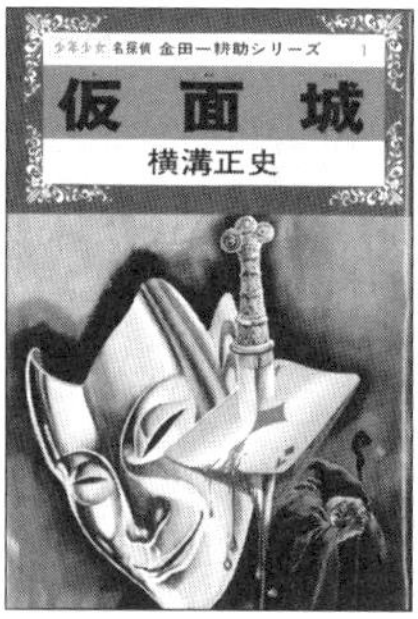

『仮面城』
朝日ソノラマ版カバー

『仮面城』
ポプラ社（61年版）カバー

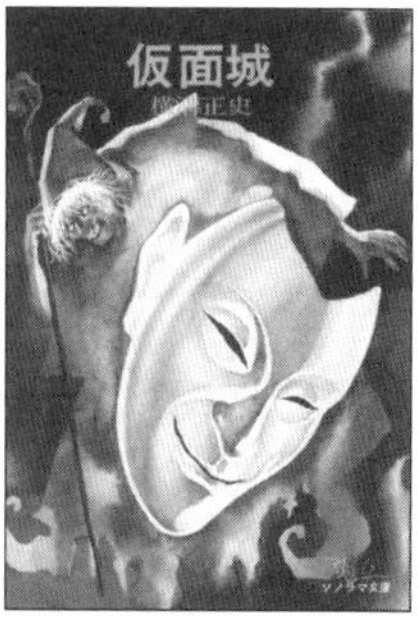

『仮面城』
ソノラマ文庫版カバー

『仮面城の秘密』
ポプラ社（67年版）カバー

『仮面城』
角川文庫版カバー

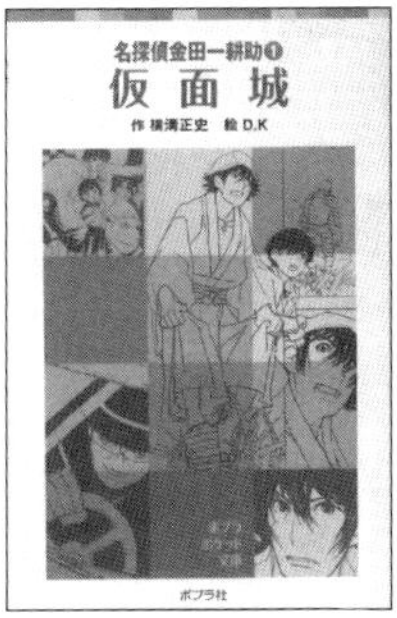


『仮面城』
ポプラポケット文庫版カバー

児童書は重版であっても版数を表記しないケースが多く、書誌的には出るたびに新版扱いとせざるを得ない。ポプラ社版は、確認できただけで五四年版、五五年版、五六年版があることが分かっているが、煩雑《はんざつ》になるのでリストからは省いた。

本書には初刊本から諏訪《すわ》部《べ》晃《あきら》氏によるイラスト十三葉を再録した。また、著者によるまえがき「はじめに」が付されていたので、本書にも巻末資料として収めた。

『金色《こんじき》の魔術師』は講談社の児童向け月刊誌「少年クラブ」に五二（昭和二十七）年一月号から十二月号まで、十二回にわたって連載され、五三年二月に講談社から単行本として刊行された。前年に連載された『大迷宮《だいめいきゅう》』（本シリーズ第一巻に収録済）に引き続いての登板である。連載に先立つ前年十二月号には、次のような予告が掲載されていた。

「大迷宮」以上のおもしろさ！　身の毛もよだつ怪事件……。
金田一名探偵と立花滋《たちばなしげる》君またまた大活躍！

作者のことば　もし諸君のお友だちが、つぎからつぎへと、いずこともなく、すがたをけしていくとしたら、どんなにおそろしいことでしょう。そうです。そういう事件が東京におこったのです。諸君と同じ年ごろの少年や少女が、何者にともなくつぎからつぎへと、ゆうかいされていくのです。そして、その事件のうしろにひかえているのが、金色の魔術師とよばれる、世にもふしぎな怪人です。そして、その怪人とたたかうのが、おなじみの金田一耕助や立花滋君、それから、いとこの謙三《けんぞう》にいさんです。
さあ、金色の魔術師とは、いったい、どんなおそろしいやつでしょう。

「大迷宮」最終回の最終ページにも、囲み記事の予告がある。

新年号からはじまる連載探偵小説
金色の魔術師
横溝先生が、ひきつづき熱筆をふるわれます。金田一耕助、立花滋君が大活躍する、すばらしくおもしろい大探偵小説。

この号では「連載小説で活躍される諸先生」というグラビアページにも登場している。写真に添えられたキャプションは、「探偵小説「金色の魔術師」は、「大迷宮」以上の傑作にするよ、と自信満々の横溝正史先生」であった。
この作品の刊行履歴は、以下の通り。

金色の魔術師　53年2月　大日本雄弁会講談社
金色の魔術師　72年7月　講談社（少年少女講談社文庫）
金色の魔術師　76年4月　講談社（少年倶楽部文庫）
金色の魔術師　79年6月　角川書店（角川文庫）
金色の魔術師　06年9月　ポプラ社（ポプラポケット文庫／名探偵金田一耕助3）

「少年クラブ」グラビアより

『金色の魔術師』
少年倶楽部文庫版カバー

『金色の魔術師』
少年少女講談社文庫版カバー

『金色の魔術師』
大日本雄弁会講談社版カバー

『金色の魔術師』
角川文庫版カバー

『金色の魔術師』
ポプラポケット文庫版カバー

本書には初刊本から富永謙太《とみながけんた》郎《ろう》氏によるイラスト十葉および中村《なかむら》猛男《たけお》氏によるトビラ絵一葉を再録した。また、著者によるまえがき「「金色の魔術師」について」が付されていたので、本書にも巻末資料として収めた。《少年少女講談社文庫》は叢書《そうしょ》名に「文庫」と付いているが文庫本のサイズではなく、普通のハードカバー単行本サイズのシリーズである。

初出以来、作中に登場する「オリオン三きょうだい」の表記が「オリオン三姉妹」と混在している箇所がある。ポプラポケット文庫版では「オリオン三姉妹」に統一したうえで「きょうだい」とルビをふる処置がなされているが、本書では初出、初刊本のままとした。

**『迷宮の扉』**
**ソノラマ文庫版カバー**

**『迷宮の扉』**
**角川文庫版カバー**

『迷宮の扉《とびら》』は小学館の児童向け月刊誌「中学生の友2年」に五八（昭和三十三）年一月号から三月号まで、新年度で学年が繰り上がるため、四月号から中学三年生を対象にした「中学生の友高校進学」に移って十二月号まで連載された。

この作品の刊行履歴は、以下の通り。

迷宮の扉　76年12月　朝日ソノラマ（ソノラマ文庫）
迷宮の扉　78年12月　角川書店（角川文庫）

リアルタイムでの発表時には単行本化されずに埋もれていたものが、横溝ブームのおかげで、文庫オリジナル作品として日の目を見た訳である。

ソノラマ文庫版、角川文庫版ともに「片耳の男」と「動かぬ時計」の二篇を併録。本シリーズでは「片耳の男」は第四巻『青髪《せいはつ》鬼《き》』、「動かぬ時計」は第五巻『白蠟仮面《びゃくろうかめん》』に、それぞれ収録される予定である。

朝日ソノラマの初刊本は、山村正夫《やまむらまさお》氏の手によって文章が全面的に書き換えられているため、本シリーズの原則に従って、底本には初出連載のテキストを使用した。本書には初出連載の誌面から深尾徹哉《ふかおてつや》氏によるイラスト十一葉を再録した。

「双玉荘《そうぎょくそう》」の章で登場する執事《しつじ》は「遺言状《ゆいごんじょう》」の章で「恩田《おんだ》」という名前だと判明するが、初出誌では初回のみ「平造《へいぞう》」、それ以降は一貫して「平蔵」となっている。ソノラマ文庫版と角川文庫版では、「平造」に統一されているが、本書では「平蔵」で統一した。

連載では「海人館炎上」の章までが三月号、「等々力警部《とどろき》」の章からが四月号に載《の》っているが、ここで学年が変わったためか、「等々力警部」の章の前に、それまでのあらすじをまとめた「シャム兄弟物語」という章が置かれていた。内容からいって、著者自身ではなく編集者が書いたのかもしれないが、初刊本以降、単行本ではカットされているので、ここに全文を再録しておこう。

昭和二十一年春、マレーから復員してきたもと陸軍大尉東海林竜太郎《しょうじりゅうたろう》は、そうとう大きな財産を前線からもってかえった。しかし、そのために、もと軍属《ぐんぞく》だったひとびとのグループからうらみをかい、いまは命をつけねらわれる立場になっているのである。

これら東海林竜太郎の命をねらうひとびとは、みんな髪の毛がコバルト色をしているというが、どういうわけでそうなったか、また、竜太郎がもちかえった財産というのがなんであるか、それはまだ謎《なぞ》につつまれている。

東海林竜太郎というのは一種の快男子であるらしい。かれは南方からもちかえった財産を資本として事業を起《おこ》し、何億という財産をつくったが、復讐団《ふくしゅうだん》の追究がいよいよきびしいので、とうとう姿をくらましてしまった。

さて、東海林竜太郎には双生児の子供がある。双生児の母の昌子《まさこ》は、もと陸軍大佐降矢木《ふりやぎ》一馬《かずま》の妹である。

おっとのるす中、昌子は兄降矢木大佐の妻の五百子《いおこ》と同居していた。当時は降矢木大佐も、もちろん前線へ出ていてるすだった。そのるす中の昭和十九年十月五日に昌子は、子供をうんだが、その子供というのが双生児で、しかもからだのくっついたシャム兄弟だったので、昌子はおどろきのあまり、その場で死んでしまったのである。

昌子の死後、シャム兄弟は降矢木五百子の手でそだてられた。五百子はシャム兄弟に、日奈児《ひなこ》、月《つき》奈児《なこ》と命名した。当時、五百子はへんな神道《しんとう》にこっていたので、こんな妙な名まえをつけたのである。

やがて終戦となり、まえにもいったように昭和二十一年春に、まず竜太郎が復員してきた。そして、それから少しおくれて、降矢木一馬が復員してきた。

降矢木一馬は胴のつながった日奈児、月奈児のシャム兄弟をみてふびんに思った。

シャム兄弟にもいろいろあって、内臓の一部、たとえば消化器などをふたりで共有しているような場合には、ぜったいに切り離すわけにはいかないが、日奈児と月奈児の場合はそうではなかった。ただ筋肉と皮膚だけがふちゃくしているだけだったので、降矢木一馬のすすめにしたがい、手術をうけて、日奈児も月奈児も独立した一人まえの人間となった。

それが昭和二十二年四月のことで、日奈児月奈児は満二年と六か月。したがってふたりともじぶんがシャム兄弟のかたわれだったとはしらない。ただ、日奈児の左の腰に、また月奈児の右の腰に、大手術をしたあざがのこっており、日奈児も月奈児もそれをふしぎに思っているのである。

それというのが、日奈児も月奈児も昭和二十三年以来、べつべつに住んでいるのである。

東海林竜太郎はすがたをくらますまえに、伊豆の三浦半島のとったんと、房総半島のとったんに、ふたごのようにそっくりおなじ家を二軒たてた。そして、前者を竜神館、後者を海神館とよび、門のかまえから内部の間取りまでそっくりおなじにしておいた。

そして、日奈児は降矢木一馬にともなわれ、竜神館にうつり住み、月奈児は降矢木五百子にともなわれ、海神館にうつり住んだ。そして、ながいあいだ一馬と五百子はおたがいのい所《どころ》をしらなかった。

それというのが、一馬と五百子はとても仲のわるい夫婦だった。仲がわるいというよりも、互《たがい》にかたきのようににくみあっていた。しかも、日奈児は一馬になつき、月奈児は五百子になついた。だから、一馬は月奈児を憎み、五百子は五百子で日奈児をはげしく憎んでいた。

しかも、日奈児にしろ月奈児にしろ、おたがいにあいてが死ねば、竜太郎のばく大《だい》な財産を、ひとりじめにすることができるのである。だから、一馬、五百子の日奈児、月奈児にたいする偏愛から、なにかまちがいが起《おこ》ってはならぬという竜太郎の心使いから、一馬と五百子、日奈児と月奈児を隔離したのだ。

ふたりの居所《いどころ》をしっているのはゆくえをくらましている竜太郎だけだった。

日奈児と月奈児はそれぞれいま、家庭教師によって教育されている。日奈児の家庭教師は小坂早苗《こさかさなえ》というきれいな若い婦人である。いっぽう月奈児の家庭教師は緒方一彦《おがたかずひこ》という東大出の秀才だった。

こうしてふたりを隔離してしまった竜太郎は、毎年十月五日の誕生日には、竜神館と海神館に使者を派遣《はけん》して、わが子の誕生日を祝福すると同時に、子どもたちの成長をたしかめることにしていた。

さて、昭和三十二年十月五日は、日奈児にとって第十四回目の誕生日だったが、その日は猛烈な台風が本土をおそった。その台風をおかして竜神館に一夜の宿をもとめたのが、名探偵金田一耕助である。

ところが、金田一耕助が竜神館の応接室へとおされて、降矢木一馬と話をしているところへ、玄関の外でズドンという銃声。そして背後から狙撃《そげき》されて、玄関のなかへ倒れこんできたのは、毎年、日奈児のところへやってくる誕生日の使者で、むろんもう息はなかった。

降矢木一馬はただちに愛犬隼《はやぶさ》に、犯人のあとを追わしたが、隼はまもなく全身に数か所の弾痕《だんこん》をうけてかえってきた。かえってくるとそのまま息がたえたが、口にくわえている数本のコバルト色の髪をみて、降矢木一馬はふかい疑惑にとらわれた。

東海林竜太郎をねらう一味のものは、青い髪をしているという。しかし、髪の毛というものは染められるものである。わざとひとめをひくような、青い髪のままで出歩くばかがあるだろうか。ひょっとすると、これは復しゅう団のしわざではなく、五百子のやったことではないか。五百子が誕生日の使者のあとをつけてきて、日奈児のいどころをたしかめたが、あいてに顔を見られたのでころしてしまったのではないか。……

じつは昨年降矢木一馬も、誕生日の使者のあとをつけて、五百子と月奈児のいどころをたしかめておいたのである。

そこで一馬は五百子の動勢をさぐるために、金田一耕助を海神館に派遣したが、そこで耕助が知りえたことは、五百子の一馬や日奈児にたいする憎悪《ぞうお》が、一馬以上につよいということだけだった。

しかも、その夜、海神館から火を発して、みるみるうちに焼けてしまった。

竜神館であああいう殺人事件があった直後に、海神館が消失するとは……。これははたして偶然なのだろうか。それともそこに、何者かの邪悪な意志がはたらいているのではないか。


短篇「灯台島の怪」は「少年クラブ」五二（昭和二十七）年八月増刊号に掲載され、五五年八月に偕成社から刊行された単行本『獣人魔島《じゅうじんまとう》』に初めて収録された。その後、ソノラマ文庫版『蠟面博士《ろうめん》』（76年11月）に併録され、同書の角川文庫版（79年6月）、角川スニーカー文庫版（95年12月）にも、そのまま収められている。

本書には初刊本から岩田浩昌《いわたひろまさ》氏によるイラスト二葉を再録した。


犯人あての懸賞小説として発表された短篇「黄金の花びら」は「少年クラブ」五三（昭和二十八）年一月増刊号に問題篇が、二月号に解答篇が掲載された。

同誌には五一年の『大迷宮』、五二年の『金色の魔術師』に続いて『大宝窟《だいほうくつ》』（『青髪鬼』）が連載されており、その第一回の末尾に囲み記事の予告があった。

新年大増刊にのる横溝正史先生の傑作探偵小説！

犯人さがし大懸賞つき
黄金の花びら　だれでも応募できます。
奇々怪々！　思わず、ぞっとするふしぎな大事件！

問題篇の末尾に載った懸賞の告知は、以下の通り。

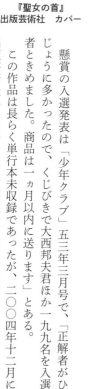

犯人さがし大懸賞
問題　堀川青年をうった犯人は、だれでしょうか。犯人の名まえと、そのわけをかんたんに答えてください。（この小説をよく読むとすぐわかります。）
わかった人は、答《こたえ》を、はがきにかいて、東京都小石川局区内音羽町三ノ一九、少年クラブ「犯人さがし大懸賞係」へ送ってください。
正解者二百名に二色シャープペンシルを一本ずつあげます。（正解者が多いときはくじびきで当選者をきめます）
この小説の解決篇は、二月号にのりますから、二月号の出る前に答を出してください。（しめきりは、一月五日）。

『聖女の首』
出版芸術社　カバー

懸賞の入選発表は「少年クラブ」五三年三月号で、「正解者がひじょうに多かったので、くじびきで大西邦夫君ほか一九九名を入選者ときめました。商品は一ヵ月以内に送ります」とある。
　この作品は長らく単行本未収録であったが、二〇〇四年十二月に出版芸術社から刊行された『横溝正史探偵小説コレクション3　聖女の首』に初めて収録された。
本書には初出誌から山中冬児《やまなかふゆじ》氏によるイラスト二葉を再録した。

横溝ブームのさなかに刊行された「名探偵読本8　金田一耕助」(79年11月／パシフィカ)は、角川文庫版作品集の大半を編んだ中島河太郎《なかじまかわたろう》氏の編纂《へんさん》によるものだけに、各氏の評論、エッセイのみならず、作品リスト、事件年表などの資料も充実した読み応《ごた》えのあるムックであった。
少年ものの観点からは、横溝ジュブナイルの多くをリライトした山村正夫氏が、少年ものの系譜をまとめたうえで改訂作業の内幕を明かした評論「横溝正史のジュヴナイルと金田一耕助」が注目される。本書には、夫人の山村陽子さんのご厚意で、この評論を巻末資料として収録させていただいた。当時の事情がうかがえるまたとない証言である。

本稿の執筆及び本シリーズの編集に当たっては、横溝正史の蔵書が寄贈された世田谷文学館に多大なご協力をいただきました。また、弥生美術館、日本児童出版美術家連盟、黒田明氏に貴重な資料や情報をご提供いただいた他、創元推理倶楽部分科会が発行した研究同人誌「定本　金田一耕助の世界《資料編》」の少年ものの書誌を参考にさせていただきました。記して感謝いたします。

本選集の底本には初刊本を用い、旧字・旧かなのものは新字・新かなに改めました。なお、山村正夫氏編集・構成を経て初刊となった作品および単行本未収録作品については初出誌を底本としました。明らかな誤植と思われるものは改め、ルビは編集部にて適宜振ってあります。今日の人権意識に照らして不当・不適切と思われる語句・表現については、作品の時代的背景と価値とに鑑み、そのままとしました。また、『仮面城』の画家・諏訪部晃氏のご消息を突き止めることができませんでした。ご存じの方がいらっしゃれば、ご教示下さい。

横溝正史《よこみぞせいし》少年小説《しょうねんしょうせつ》コレクション2

# 迷《めい》宮《きゅう》の扉《とびら》

二〇二一年八月五日　第一刷発行

著　者　横溝正史《よこみぞせいし》
編　者　日下三蔵《くさかさんぞう》
発行者　富澤凡子
発行所　柏書房株式会社
　東京都文京区本郷二-一五-一三（〒一一三-〇〇三三）
　電話（〇三）三八三〇-一八九一［営業］
　　（〇三）三八三〇-一八九四［編集］
装　丁　芦澤泰偉＋五十嵐徹
装　画　深井　国
組　版　株式会社キャップス
印　刷　壮光舎印刷株式会社
製　本　株式会社ブックアート



ISBN978-4-7601-5385-5